Stendhal

Lamiel

Édition présentée,
établie et annotée
par Anne-Marie Meininger

Gallimard

PRÉFACE

Dans l'Annuaire historique de 1842, il n'est pas cité parmi les notables disparus de l'année. De son modeste état consul de France à Civitavecchia, il avait voulu que soit gravé sur sa tombe : « Visse, Scrisse, Amò », *et prédit que son œuvre ne serait pas appréciée avant 1880.*

« Scrisse. » *Outre son œuvre publiée, déjà importante, Stendhal laissait une masse de manuscrits, achevés ou non, de quelques lignes ou de milliers de pages, des genres les plus divers : pièces de théâtre vainement ébauchées sa vie durant, romans, nouvelles, autobiographies, journal et, partout, dans les pages blanches et les marges de ses manuscrits et des livres qu'il avait lus, des notes. Elles constituaient à la fois les confidences et le mémento de toute l'existence de ce solitaire qui fut son meilleur ami et juge, et de l'homme incroyablement oublieux qui avait constaté lui-même cette* « vérité » : « le manque absolu de mémoire pour tout ce qui ne m'intéresse pas. » « Je ne retiens que ce qui est peinture du cœur humain. Hors de là, je suis nul[1]. »

Découvrir du Stendhal inédit devint une mode, au moment prédit, une mode d'autant plus excitante que le désordre des manuscrits proposait une sorte de jeu de

---

1. *Journal*, 10 août 1811, *Œuvres intimes* (Bibliothèque de la Pléiade, 2 volumes, 1981-1982), I, 710.

puzzle, et que sa terrible écriture, doublée de sa manie des cryptogrammes anglo-italo-anagrammatiques, faisait d'un déchiffrement un exploit. Plusieurs générations de stendhaliens se sont relayées pour publier ces textes, sans en venir jamais tout à fait à bout. Restent inédits, non plus des œuvres, mais des passages, des phrases, des mots, et le jeu peut continuer. Il doit continuer, car Stendhal a presque tout écrit sur lui et sur son travail de créateur. Un mot, enfin lu, peut contribuer à mieux ou autrement éclairer une œuvre et Stendhal lui-même. C'est, me semble-t-il, le cas de *Lamiel*.

Vers la fin du siècle dernier, en 1889, un événement émut les belles-lettres parisiennes : la publication d'un « roman inédit » de Stendhal, intitulé *Lamiel*. Inédit, ce roman était, en fait, inachevé. Quelque peu surprenant aussi.

On se récria sur le caractère de l'héroïne, son esprit libre de toute idée de morale et d'inégalité, l'audace de ses curiosités physiologiques, son mépris de séduire, la détermination de sa chasse à l'aventure et non au bonheur, son dédain froid des règles du jeu social, bref sur la modernité de ce Julien Sorel féminin. Ce qui plut souvent autant est le Plan où Stendhal prévoyait, pour la suite de ses aventures, qu'elle découvrirait le « véritable amour » avec le bandit Valbayre — dérivé de Lacenaire, voleur assassin réel, célèbre et récemment guillotiné —, qu'elle épouserait le duc de Miossens, qu'elle le quitterait pour rejoindre la bande de son amant et qu'elle mourrait dans l'incendie du Palais de Justice allumé par elle pour venger Valbayre. Ce Plan a tant plu que, dès la première édition et encore de nos jours, il a été présenté comme dernier chapitre ou donné comme dénouement du roman.

Il y eut aussi des critiques de l'œuvre telle qu'elle est, avec ses péripéties de mélodrame et la lourdeur de ses scènes d'action, et de l'œuvre telle que la révèlent les manuscrits dont ébauches entassées, redites, contradictions, plans et portraits divergents ou rabâchant prouvent que Stendhal s'était irrémédiablement et sans issue possible enlisé dans l'inextricable.

« On ne peut critiquer une œuvre qui n'a pas eu le temps de naître ; on peut remarquer seulement qu'elle n'allait pas et essayer de comprendre pourquoi », écrivait Alain à propos de Lamiel.

Tout roman d'un écrivain comme Stendhal intéresse de deux façons : par l'histoire qu'il raconte, par l'histoire de sa création. S'agissant d'une œuvre inachevée, la seconde se révèle, souvent, plus riche que la première.

Pour Le Rouge et le Noir, La Chartreuse de Parme, rien n'est resté des manuscrits. De Lamiel, dernière création de Stendhal, tout subsiste : les textes successifs, dont nombre de pages portent des dates de rédaction ou de révision, les plans, les chronologies, les identités de plusieurs modèles de personnages, et les notes, dont certaines semblent l'aboutissement d'une vie de réflexion sur l'art et le métier du romancier. Le texte du roman dégagé de la masse, le reste, dont l'essentiel est publié ici à sa suite sous la forme d'un Journal-Calendrier, forme son histoire. Ces manuscrits donnent beaucoup à comprendre sur ce qui n'allait pas et d'abord sur l'évolution interne de la création et sur son créateur, tout ensemble Henri Beyle, Dominique — son moi-interlocuteur —, et Stendhal.

Le 13 mars 1842, dix jours avant l'attaque qui le foudroyait, à cinquante-neuf ans, sur un trottoir de Paris, Stendhal écrivait encore une scène de l'œuvre annoncée en mars 1839, sous le titre d'Amiel, comme un roman en deux volumes in-8. Une gestation de trois ans augurait mal de ses chances. Pour Le Rouge et le Noir, de l'ébauche au début de l'impression, à Paris, il s'était

écoulé à peine cinq mois. Juste avant Amiel, La Chartreuse de Parme *avait pratiquement été créée en cinquante-deux jours, à Paris, du 4 novembre au 26 décembre 1838.*

A Paris *constitue un début d'explication. Car, obligé
de regagner* Civitavecchia *peu après avoir « commencé*
Amiel *», c'est dans ce « trou », « qu'il faut avoir tué père
et mère pour habiter* [2] *», que Stendhal entreprit réellement d'écrire son roman. Or, ni à Civitavecchia, ni
même à Rome où il fuyait souvent, Stendhal n'a fini
aucun ouvrage. Un romancier a, tout comme un autre,
ses conditions de travail. Stendhal a souvent exposé les
siennes, morales, physiques, matérielles. En octobre 1840, un an après avoir entrepris* Lamiel, *il écrivait
à* Balzac : « *Voici mon malheur, trouvez-moi un remède.
Pour travailler le matin, il faut être distrait le soir, sinon
le matin on se trouve ennuyé de son sujet ; de là mon
malheur au milieu de cinq mille épais marchands de
Civita-Vecchia* [3]. »

*L'ennui est un véritable mal chez Beyle. Il fut d'ailleurs
diagnostiqué comme tel quand de longs et sérieux
malaises l'affectèrent à dix-huit ans. Il nota alors, dans
son* Journal : *d'après « M. Depetas, que je crois excellent
médecin, il paraît que ma maladie habituelle est l'ennui
[...] Je ferai bien toute ma vie d'agir beaucoup. M. D m'a
dit que j'avais quelques symptômes de nostalgie et de
mélancolie* [4]. » *En avril 1835, à* Rome, *il écrivait dans
une marge du manuscrit de* Leuwen : « *L'ennui dans
lequel je nage ne me remonte pas pour ce travail. Les
travaux de l'intelligence sont invisibles pour les gens au
milieu desquels je vis. L'atmosphère de Paris produit un*

2. *Correspondance*, 1er octobre 1839 (Bibliothèque de la Pléiade,
3 volumes, 1962-1968), III, 295.
3. *Correspondance*, III, 397.
4. *Journal*, 12 décembre 1801, I, 31-32.

effet contraire. » *De 1830 à 1836, il avait hurlé à la mort, cent fois, qu'il « crevait d'ennui » en Italie. Pouvait-il être « remonté » pour travailler à* Lamiel *quand, après trois ans de vie à Paris, où il avait écrit, achevé, publié les* Mémoires d'un touriste, *plusieurs* Chroniques italiennes *et* La Chartreuse de Parme, *il s'était retrouvé, recrevant d'ennui, plus seul, plus vieux et de moins en moins bien portant ?*

Car Beyle est un homme malade. Le gros garçon, que ses camarades de Grenoble nommaient « la tour ambulante » était devenu un obèse. Dès 1831, il avait dû commander un siège à sa taille au tapissier parisien Dervillé, « inventeur de fauteuils [5]. *» Atteint de la malaria, alors féroce à Civitavecchia, de la goutte, d'accès d'* « *envie de tomber » et de faiblesses au bras et à la jambe gauches, souffrant de maux de tête, le cœur fatigué, il avait en outre une nature fragile et nerveuse. On imagine les ravages que dut faire le retour d'août 1839 à Civitavecchia.*

Il « reprend » Lamiel *le 1ᵉʳ octobre. Relativement aux œuvres précédentes, quelles sont ses chances ? Tous les romans de Stendhal avaient eu, pour point de départ, un texte. Pour* Armance, *un roman de Mᵐᵉ de Duras ; pour* Le Rouge et le Noir, *deux comptes rendus de procès criminels ; pour* Lucien Leuwen, *le manuscrit de son amie, Mᵐᵉ Gaulthier ; pour* La Chartreuse de Parme, *comme aussi pour les* Chroniques italiennes, *de vieux manuscrits italiens qu'il commença à se procurer en 1833. Pour* Lamiel, *rien. En outre, les chefs-d'œuvre ont eu au départ, non comme point d'appui, mais, me semble-t-il, comme véritable détonateur, un événement politique jugé imminent : en 1830, pour* Le Rouge et le Noir, *la révolution qui éclata en juillet alors que le*

5. *Correspondance*, II, 227, 264, 278, 279, et *Almanach du commerce* de 1830.

*roman avait été écrit avant — il parut après; en 1834,
pour* Lucien Leuwen, *la révolution instaurant la république, que laissaient augurer l'ampleur des insurrec-
tions d'avril et le désarroi du pouvoir; en 1838, pour* La
Chartreuse de Parme, *l'attente des troubles qui devaient
effectivement exploser en 1839 et qui auraient fort bien
pu achever le régime de Louis-Philippe par les attentats
qui abattent le prince de Parme. Quand Stendhal entreprend* Lamiel, *nulle révolution n'est plus à l'horizon.*

*Avant d'être commencé, le roman n'a pas toutes ses
chances. Ensuite?*

Pour essayer de comprendre pourquoi Lamiel *n'allait
pas, il faut d'abord savoir quand et comment. En 1839,
au printemps, à Paris, Stendhal commence; à l'automne, à Civitavecchia, il rédige le manuscrit jusqu'à la
fin connue de l'intrigue, en deux temps: du 1er octobre
jusque vers le 10, puis du 19 novembre au 3 décembre.
En 1840, en janvier, à Rome, il dicte la partie écrite en
octobre, très augmentée; en février, à Civitavecchia, il
remanie le début du texte dicté, en particulier le chapitre I, ajouté lors de la dictée. En mars 1841, à Civitave-
chia, il refond le début, puis donne un autre titre au
roman et trace les plans d'un changement radical par
coupures et « Choses ajoutées ». En mars 1842, à Paris,
il fait le point sur l'œuvre nouvelle et il ébauche deux
scènes. Chaque étape a un contenu significatif.*

*Le 13 avril 1839, dans une rue de Paris, Stendhal a
« vu Amiel » — un modèle physique — et, le jour même,
nota qu'il a « commencé Amiel ». Quoi qu'on en ait dit,
ce n'est pas ce jour-là que naquit la première idée du
roman, puisque le roman était déjà annoncé en mars.
Depuis ses voyages en province de 1838, Stendhal a
l'épisode initial et le lieu de l'action au début: les
missions religieuses et la Normandie. Le 5 avril 1838, il
indique, dans son* Voyage dans le Midi, *pour Toulouse:*

« *j'y ai trouvé une mission en plein exercice et j'ai consacré trois jours à étudier cette affaire. Je ne placerai point ici le mémoire que j'ai écrit sur cet objet* [...] *je me bornerai à dire que la spéculation est bonne ; le métier est amusant.* » Du 12 octobre au 2 novembre, un autre voyage le fit passer, notamment, par Avranches, Bayeux, Caen, Le Havre, Rouen, villes nommées dans le roman. Dès ce moment il avait déjà « vu Amiel », puisque, dans une note sur « *L'Amiel* », il écrira en mai 1839 : « *je l'ai vue de la Bastille à la Porte Saint-Denis et dans le bateau à vapeur de Honfleur au Havre ; sa tête est la perfection de la beauté normande.* »

Ce que Stendhal écrit d'Amiel à partir du 13 avril 1839 devait être soit détruit, soit fondu dans le manuscrit d'octobre et mal identifiable. Le ministère Molé avait permis le long séjour de Beyle à Paris ; sa chute, en mars, si provisoire qu'elle paraisse, ne favorise pas le feu continu d'une création. Amiel est abandonnée pour Trop de faveur tue, *abandonnée pour* Le Chevalier de Saint-Ismier. *Le 9 mai, le 16, le 18, Stendhal esquisse pour* Amiel *plans, liste de personnages, notes sur les caractères. Comme toujours quand il est contrarié, il tombe malade :* « *Grand accès de goutte.* » L'éviction de Molé est définitive dès le 12 mai avec l'instauration du ministère Soult, auprès duquel, apprend-il le 20, il n'aura aucun soutien. De ce jour, il sait qu'il va devoir repartir pour Civitavecchia. C'est la fin de Féder, *qu'il vient de commencer. Un point : des quatre ébauches de cette période, seule* Amiel *ne sera pas définitivement abandonnée.*

Arrivé le 10 août à Civitavecchia, Stendhal a « repris » L'Amiel *le 1ᵉʳ octobre. Le 10, quand débarque Mérimée, avec lequel il ira à Rome et à Naples, il a écrit un chapitre I d'environ cinquante-six folios et le début, d'une dizaine de folios, d'un chapitre II. Comme il s'agit de la version première de ce qui deviendra nos dix premiers*

*chapitres, comparons. A peu près cinq fois plus courte,
l'histoire est simple, centrée sur l'héroïne, avec peu de
personnages et très secondaires par rapport à elle. Le
récit commence par le miracle des pétards, qui détermine
l'adoption de l'Amiel au foyer normand et dévot du
bedeau magister Hautemare. Devenue grande, l'Amiel
s'ennuie, découvre l'aventure par des lectures clandes-
tines, a la révélation que « les Hautemare, c'est bête » et,
donc, que ce qu'ils anathématisent est le contraire,
comme, par exemple, le grand Mandrin et M. Cartouche
ou, mystérieux, « l'amour ». Mme de Miossens, châte-
laine de l'endroit, a besoin d'une lectrice, l'Amiel est
placée au château à ce titre. Un an plus tard, elle y tombe
malade d'ennui. Mme de Miossens fait appeler Sansfin. A
peine le médecin bossu introduit dans le récit, Stendhal
le plante là pour une subdivision du chapitre I,* Histoire
de la conscience de Lamiel, *où il montre comment un
nouveau venu, l'abbé Clément, « sans s'en douter, devint
amoureux de Lamiel ». Julien Sorel était séminariste.
Fabrice del Dongo était grand vicaire puis coadjuteur et
finissait archevêque. L'abbé Clément pouvait avoir de
l'avenir. Le chapitre I du manuscrit s'achève sur ce
projet de Lamiel : « je vais redoubler d'amitié pour lui
afin de le faire enrager. » Début du chapitre II : la
révolution de 1830 ramenant au château le fils de Mme de
Miossens, cette dernière renvoie Lamiel, dont le bonheur
d'être libre est bientôt éteint par cette constatation :
« elle se trouvait condamnée tout le long du jour aux
idées les plus vulgaires de la prudence normande, exprimées dans le style [...] le plus bas. » Fin de la rédaction
d'octobre 1839.*

*La suite, c'est le texte de nos chapitres XI à XVI, écrit
du 19 novembre au 3 décembre et que nous lisons tel
qu'il a été écrit alors puisque Stendhal l'a abandonné
ensuite. On peut constater que Lamiel, comme dans la
version initiale de ce qui précède, est traitée en héroïne*

*unique, qui mène tout le jeu, achetant d'un paysan
l'expérience de « ce fameux amour », subjuguant le duc,
se jouant de lui et, lui suivant, quittant le village pour
Rouen, Le Havre, l'abandonnant pour courir seule la
poste et s'installer à Paris. Le 25 novembre, Stendhal en
est là quand il esquisse le Plan avec Valbayre, dont la
première phrase sur l'histoire marque : « L'intérêt arrivera avec le véritable amour. » En attendant, Lamiel
rencontre le comte d'Aubigné. « Fort indifférente à ce
qu'on appelle l'amour et ses plaisirs », elle est vite
ennuyée de cet homme. L'aigreur de ses relations avec lui
se transforme en rapports de nette agressivité lorsque,
sans crier gare, Stendhal métamorphose le noble d'Aubigné en fils de chapelier parvenu, nommé Boucand de
Nerwinde. Lamiel déploie un « courage plus que féminin ». Fascinant les hommes, « chose incroyable, elle
n'était point haïe des dames ». L'actrice Caillot —
comédienne réelle, ancienne maîtresse de Mérimée —
devient « une de ses passions ». Un jour qu'un nouveau
céladon vient « la voir le matin pour la troisième fois »,
elle fuit. Ici, Stendhal note : « Modèle : D[omini]que
with Mélanie, entresol des Petits-Champs. Exemple d'insistance. » C'est le 2 décembre. Le lendemain, il écrit la
rencontre de Lamiel avec l'abbé, la scène de l'humiliation de Nerwinde, le soir même et organisée par elle.
Nerwinde « pâlit extrêmement » : « Il sortit et ne reparut
plus de la soirée. » Stendhal s'arrête net. Il n'ira jamais
plus loin. Pourquoi ? pourquoi cet arrêt brutal et comme
stupéfait ? Aussi brusquement que Nerwinde, Stendhal
tourne le dos à Lamiel et, le 5 décembre, il est à Rome.
Malade, sans doute, sinon il ne noterait pas : « Enfin, en
décembre 39, trouvé [...] un médecin homme d'esprit et
de bonne foi[6]. »*

6. *Journal*, II, 359.

*Le 1ᵉʳ janvier 1840 : « Tombé dans le feu en corrigeant
la 35ᵉ [page] de Lamiel[7]. » Ainsi commence l'année,
ainsi Stendhal reprend le roman.*

*Le 3 janvier, Stendhal commence à dicter le texte
d'octobre qu'il refait à mesure. Quand il arrive au bout,
le 15 janvier, il a « 322 pages » d'une écriture nettement
plus serrée que la sienne. Or, l'essentiel de l'augmenta-
tion considérable par rapport au manuscrit de moins de
soixante-dix pages est constitué par la duchesse de
Miossens et Sansfin : leurs portraits au chapitre I,
ajouté ; la chute de Sansfin au lavoir forme tout un
chapitre III ; le rôle de Sansfin lors de la maladie de
Lamiel, ainsi que les sentiments et actes singuliers de la
duchesse envers sa favorite, donnent deux chapitres ; les
calculs de Sansfin sur la duchesse par le moyen de
Lamiel font éclater l'Histoire de la conscience ; le renvoi
de Lamiel, expédié en une page du manuscrit, fournit
tout un chapitre des faits, gestes et exaltations de la
duchesse, prolongé par l'arrivée de son fils et les intrigues
de Sansfin jusqu'à notre chapitre X, où le départ de la
duchesse pour Le Havre précède le retour de Lamiel chez
les Hautemare. Relativement à la première version, qui
s'achevait sur cet épisode, Stendhal n'a pratiquement
rien ajouté au rôle de Lamiel, devenue, en termes
simplement quantitatifs, cinq fois moins importante.*

*Revenu à Civitavecchia, Stendhal réécrit le chapitre I.
Il étoffe les portraits de la duchesse et de Sansfin. Le
10 février, en face des plans de Sansfin sur la duchesse,
au verso du folio 209, il marque : « Le roman pour moi
commence ici. » Il écrit des notes sur Sansfin et se donne
des instructions sur la nécessité du « rire ». Être un
auteur comique a toujours été l'obsession de ce maître de
la nostalgie. Mais ceci est une autre histoire.*

Lamiel *est délaissée pour « Earline », héroïne*

7. *Journal*, II, 361.

romaine réelle — peut-être la comtesse Cini — d'une longue « guerre » amoureuse et platonique qui occupe Stendhal non pas, en fait, comme une passion vraie, mais comme s'il fuyait un roman en en faisant un autre.

De Civitavecchia, il écrit le 29 mars à son ami Di Fiore : « J'ai eu de fortes migraines, je prends de la belladonna et je viens d'acheter un fusil. Au total, vaut-il la peine de vivre[8] ? » C'est le 25 mai seulement qu'il rouvre son manuscrit, pour quelques notes sur l' « Art de composer les romans », sur Sansfin, et pour se pres-crire : « j'abrégerai à Paris en publiant », et : « Le grand objet actuel est le RIR[E]. » Puis, jusqu'en mars 1841, il n'ajoutera ni une note, ni un mot à Lamiel.

Vers la fin de l'automne 1840, se multiplient les « migraines horribles », ponctuées des « quatre accès du mal » qu'il avouera le 5 avril 1841 à Di Fiore : « Tout à coup j'oublie tous les mots français [...] Je m'observe curieusement ; excepté l'usage des mots, je jouis de toutes les propriétés naturelles de l'animal. Cela dure huit à dix minutes ; puis, peu à peu, la mémoire des mots revient, et je reste fatigué[9]. »

C'est du 5 au 19 mars 1841 qu'il est revenu au roman. Peut-on encore dire à Lamiel ? Il trace une courte « Préface à mes ouvrages » six notes sur Sansfin, et conclut : « Il faut réduire en style rapide de nouvelle tout ce qui n'est pas le personnage de Sansfin acteur. » Le 8, il reprend le chapitre I. D'entrée, à propos de Carville, ajouté lors de la dictée : « A Paris, conserverai-je en les corrigeant les descriptions qui suivent ? Il me faut de la place pour le caractère de Sansfin. » Puis, dès les premières lignes, il avise le lecteur que le roman qu'il va lire est « l'histoire de la duchesse de Miossens et du docteur Sansfin ». Je souligne, car cette phrase est tout

8. *Correspondance*, III, 341.
9. *Correspondance*, III, 434.

*de même capitale. De plus, pour la duchesse, au lieu de
quarante-cinq ou passé cinquante ans : « Changé. Elle a
30 ans. » Il s'indique de sauter le chapitre II : plus de
miracle des pétards, plus d'adoption de Lamiel. Au
chapitre III : « Ne laisser ici Mme Hautemare que si j'ai
besoin de l'introduire, ce que je ne crois pas. » Enfin, la
crise se dénoue, le jour même. Un nouveau plan est tracé.
En tête, Stendhal inscrit : « Choses ajoutées à l'ancienne " Lamiel " [je souligne] pour en faire " Les
Français of φιλιπε " [entendez : de Louis-Philippe]. »
Cela commence par : « La révolution de 1830 éclate », et
cela finit par : « Sansfin sous-préfet ».*

Le 9 mars, sous le titre Les Français du King φιλιππε,
*Stendhal ébauche le chapitre I et le début du chapitre II
de l'œuvre nouvelle. Les jours suivants sont consacrés
essentiellement à des notes sur Sansfin — avec l'ajout
d'un nouveau personnage, le père de Sansfin —, et
surtout à Sansfin député, qui « se vend pour chaque
vote », le 17. Le même jour, Stendhal rédige le chapitre I,
qui sera « mis au net » le 19. Il n'est pas juste de dire que
Stendhal ne sait pas où il va. Qu'on lise ces pages :
l'intrigue se pose sur une chronique politique et Stendhal
rejoint là ses grands romans. Un fait : toute l'histoire de
Lamiel est réduite à deux folios. Depuis l'arrêt du texte
initial, le 3 décembre 1839, jusqu'au 19 mars 1841, la
création a constamment évolué dans le même sens :
l'effacement de Lamiel. Dans l'œuvre qui ne porte même
plus son nom, elle ne sert plus que de prétexte à la
rencontre de Sansfin avec la duchesse. Autant dire que
Stendhal l'a éliminée.*

*Pour « le rire » ? Pour la chronique politique ? En ce
cas, le roman nouveau avait de bonnes chances. Mais, le
9 mars, Stendhal avait dû subir l'application de
sangsues, une saignée et des sangsues le 16, une saignée
le 17. « Pendant l'avant-dernier accès, au petit jour »
écrira-t-il le 5 avril à Di Fiore, « je continuais à*

m'habiller pour aller à la chasse ; autant vaut rester immobile là qu'ailleurs. » Lisons : « *autant vaut mourir là qu'ailleurs* ». Le 25 mars, et non le 15 — date classiquement donnée d'après un document incontrôlable et dont la chronologie de la rédaction du roman oblige à douter (il a en effet travaillé le 16, le 17 et le 19) —, Stendhal est terrassé. Ce jour-là, écrira-t-il, il s'est « *colleté avec le néant ; c'est le passage qui est désagréable* ». Jamais il ne se remettra.

Autorisé à aller à Genève puis à Paris pour se soigner, il quittera Civitavecchia pour mourir et il le sait. Il arrive à Paris le 8 novembre 1841. En 1842, le 9, le 10, le 13 mars, il reprend son roman. *Autant vaut mourir là qu'ailleurs.* Son médecin lui avait interdit tout travail. Le 22 mars, il s'effondre sur un trottoir. Un an plus tôt, il avait écrit : « *je trouve qu'il n'y a pas de ridicule à mourir dans la rue, quand on ne le fait pas exprès.* »

L'arrêt des Français du Roi Philippe me semble donc aussi dramatiquement qu'évidemment explicable et je trouve, dans l'évolution de la création, depuis la version de janvier 1840 jusqu'à l'arrêt du 19 mars 1841, bien moins de ce que l'on a décrit comme confusion, contradictions et rabâchages, que les difficultés d'une transformation à coup de brouillons, qui ne sont ni plus ni moins que des brouillons, et dont l'originalité principale est d'avoir été conservés.

Deux arrêts, deux œuvres. Les sources de la création, qui permettent de mieux comprendre, furent, nécessairement, distinctes.

Stendhal a une règle, qu'il a prescrite à Mme Gaulthier : « *En décrivant un homme, une femme, un site, songez toujours à quelqu'un, à quelque chose de réel* [10] » Mais ses « *modèles* », dont il indique bon nombre, loin

10. *Correspondance*, 4 mai 1834, II, 644.

*d'apparaître comme des éléments primordiaux de l'inspi-
ration, semblent plutôt, au long des marges, des nœuds
au mouchoir : ne pas oublier de « songer à » tel ou telle
en repassant par là. « L'épine dorsale, chose la plus
essentielle, se forme d'abord, les choses d'un intérêt
secondaire s'établissent plus tard sur l'épine dorsale »,
notait Stendhal à propos de* Leuwen. *Aussi, les modèles
d'intérêt secondaire ne sont-ils indiqués ici que dans les
notes.*

Dans son Essai sur les sources de « Lamiel » [11], *Jean
Prévost estimait que Stendhal se « sert de source à lui-
même » en empruntant à ses œuvres antérieures. Ainsi,
la mission de Toulouse au* Voyage, *le lavoir de Grand-
ville au* Touriste. *Des noms : La Vernaye, dans* Le
Rouge et le Noir ; *Miossens, dans* Le Chevalier de
Saint-Ismier, *précédé d'un Miossince dans* Le Rose et le
Vert ; *Malivert, dans* Armance... *Des détails : Mina de
Vanghel utilisait le vert de houx avant Lamiel ; Valentine
était fascinée par Mandrin et Cartouche et lisait M*ᵐᵉ* de
Genlis et le* Dictionnaire des étiquettes *avant Lamiel,
dans* Féder ; *Malivert, Leuwen, le duc de Montenotte
dans* Le Rose et le Vert, *étaient polytechniciens avant le
duc de Miossens. Et Du Poirier, dans* Leuwen, *consti-
tuait un notable précédent de Sansfin : médecin de
province, d'une laideur exceptionnelle, maître en mani-
gances, et pourvu d'un avenir potentiel identique. Selon
nombre de notes, Du Poirier devait être le personnage
comique et un personnage politique dont la carrière de
député vendu se serait développée après la révolution de
1830. Du Poirier et Sansfin ont, en outre, la même manie
pédagogique. Du Poirier enseigne la vie à Leuwen
comme Sansfin à Lamiel.*

Autre source : La Gazette des tribunaux. *Stendhal*

---

11. Lyon, Imprimeries réunies (1942).

put y étudier Lacenaire à travers les comptes rendus du procès de la fin de 1835. Dans le numéro du 10 décembre 1827, à côté de l'affaire Berthet, utilisée pour Le Rouge et le Noir, *se trouvait l'histoire réelle d'une jeune Espagnole dont l'éclat frappe un bandit qui vient de tuer sa famille :* « il l'enlève. Et chose incroyable, cette fière beauté, jusqu'alors insensible, devint éperdument amoureuse de son ravisseur. » *Là, selon Jean Prévost, se trouve l'argument du Plan avec Valbayre. Mais c'était aussi l'argument du* Capitaine parisien, *dans* La Femme de trente ans. *Ce roman, alors l'un des plus connus de Balzac, avait été republié lors du séjour de Beyle à Paris, en 1837, puis en octobre 1839 et, donc, peu avant le Plan du 25 novembre.*

Lors de la création de Sansfin, le bossu retors était à la mode en littérature, sans doute grâce à La Maison en loterie, *comédie de Picard et Radet, créée en 1817 et reprise à cette époque. Son clerc bossu Rigaudin est cité en 1838, 1839, 1840 et en 1844 par Balzac qui, dans le même temps, crée deux bossus : Goupil dans* Ursule Mirouët, *Butscha dans* Modeste Mignon. *Le caractère du personnage de la comédie et sa vogue ne permettent guère de croire au modèle de Jean Prévost pour Sansfin : le bossu Tourte — dont le nom sert dans* Leuwen *et* Lamiel —, *professeur des enfants Beyle,* « mangeur de crapauds » *méprisé et un peu haï pour avoir découvert une supercherie du jeune Henri qui, en souvenir, le fait réapparaître quarante-cinq ans après* « dans un autre épisode de bossu malin, précepteur et amoureux d'une fille trop jeune ». *Mais, ailleurs, dans le Sansfin précepteur de Lamiel, le même critique voit Beyle lui-même avec sa sœur Pauline qu'il régentait volontiers. Il prolongeait le parallèle avec Sansfin amoureux d'une duchesse, comme le héros d'*Une position sociale, *dont une note disait :* « Roizand est Dominique idéalisé. » *Bref, dans Sansfin, Stendhal* « crée, sans le vouloir, un autre* *personnage à sa ressemblance — un reflet difforme et douloureux* ». Outre la cohabitation de Beyle avec Tourte, c'est oublier « le rire » et, aussi, le contenu de la pédagogie de Sansfin. Dans le Sansfin pédagogue de l'amoralité, du cynisme en société, de l'énergie pour l'énergie, du plaisir sans frein et sans scrupules, je vois surtout un double du Vautrin de Balzac, endoctrinant Rastignac dans Le Père Goriot. Le fond, la forme même se ressemblent singulièrement, et la création de Balzac, outre qu'elle s'était révélée remarquable en littérature, avait aussi pu frapper Beyle par sa cruelle logique.

Sansfin eut des modèles successifs : en mai 1839, Hugo pour se « faire un grand homme » ; en janvier 1840, le colonel de La Rue pour le « beau [sic] de cinquante-huit ans » et Claude Hochet comme « maquereau » de Lamiel ; en février, Duvergier de Hauranne et Odilon Barrot pour la politique ; en mars 1841, « le talent de M. Prévost », qui était le médecin genevois de Beyle, et les mystérieux « Pot de vin blanc » et « Slavgoli. » Or, fait à souligner, le tout dernier des modèles du personnage devait, en tout cas, venir de Balzac, comme le prouve la note du 6 mars 1841 où Stendhal prévoit pour Sansfin : « Il devient le sénateur comte Malin. Modèle for me : Le S[énateu]r C[lément] de Riz [sic]. » Il prenait à la fois un personnage et son modèle. C'est du 14 janvier au 20 février 1841 que venait de paraître dans Le Commerce, *un des journaux préférés de Beyle,* Une ténébreuse affaire, *histoire de Malin,* devenu le comte et sénateur Malin de Gondreville, *tirée par Balzac de l'histoire réelle, et alors bien connue, du sénateur comte Clément de Ris. Stendhal tenait donc un texte et « quelqu'un de réel ».*

Mais si la mort de Stendhal tranche la question de l'avenir de Sansfin et des Français du Roi Philippe, *reste la question de* Lamiel *et de son héroïne, personnage*

*choisi puis, à l'évidence, fui. C'est le seul vrai « pour-
quoi ».*

*En Lamiel résidaient à la fois le principe de la création
première et celui de sa destruction.*

Dans La Création chez Stendhal[12], *Jean Prévost
proposait comme modèle Giulia Rinieri : « Giulia elle
aussi était la nièce fort libre d'un personnage semi-
ecclésiastique ; elle aussi était fort curieuse d'expériences
amoureuses et de vie intellectuelle. » C'est en 1830
qu'avait commencé la liaison de Beyle avec la fausse
nièce et fille adoptive du commandeur de l'Ordre de
Malte Berlinghieri, ministre résident de Toscane à Paris.
En février, elle embrassait Beyle en lui disant : « Je sais
bien que tu es laid et vieux[13]... » Elle avait vingt-huit
ans. En mars, elle se donnait à lui. Le 6 novembre, Beyle
demandait sa main. En 1833, elle épousait son cousin,
nommé à la légation de Paris.*

En 1835, Stendhal évoque, dans la Vie de Henry
Brulard, *douze femmes et rêve « aux étonnantes bêtises
et sottises[14] » qu'il avait faites pour elles. Parmi les
douze, Giulia. En 1836, projetant son voyage à Paris et
passant en revue les femmes qu'il y verrait, il note : « Je
ne sens de transport que pour Giul. » En 1838, à Paris, il
remarque : « She gives wings, the amica of eleven
years.[15] » Maîtresse volage et adorable, elle le sera
encore, en 1839 et 1840, quand elle habitera Florence où
Beyle ira plusieurs fois la retrouver. En octobre 1841,
ravagé, le visage déformé par sa paralysie du côté*

12. Mercure de France (1951).
13. *Journal*, II, 126.
14. *Vie de Henry Brulard*, Folio (1973), p. 39.
15. Lecture de François Michel (*Études stendhaliennes*, Mercure de
France, 1972, p. 155). Dans sa nouvelle édition du *Journal* (II, 322),
Victor Del Litto lit : « kiss » pour « wings ».

gauche, la parole lente et embarrassée, il passera par Florence sur le chemin de son dernier voyage pour lui dire adieu. C'est sans doute à elle, qui s'était moquée qu'un homme soit laid et vieux, à elle qui donnait des ailes, que Stendhal pensait en écrivant, à propos de Lamiel, le 6 mars 1841 : « (Modèle : la pic[c]ola Maga) ». Mais « la petite magicienne » est en fait évoquée, donnée comme « modèle » dans une note écrite le même jour : « La vanité, la seule passion de Sansfin, la vanité, irritable et irritée, le porte à montrer à Lamiel qu'il peut séduire la Duchesse. » A ce moment, Sansfin est devenu le héros du roman et Lamiel, une entrée en matière.

C'est depuis le 3 décembre 1839 que Lamiel est effectivement déchue. Et tout le pourquoi de la fin du roman et du personnage de Lamiel repose sur le modèle marqué la veille : Mélanie[16]. André Doyon et Yves du Parc ont étudié, trait pour trait, l'identité de Lamiel et du modèle dans De Mélanie à Lamiel ou d'un amour d'Henri Beyle au roman de Stendhal[17]. De la démonstration de tout un ouvrage très documenté, il n'est possible ici que de résumer l'essentiel des « ressemblances physiques et morales » constatées entre Mélanie et Lamiel, de même qu' « une analogie frappante dans les faits et les situations où elles se meuvent ».

Dans Brulard, les douze énumérées, Stendhal précisait : « Dans le fait je n'ai eu que six de ces femmes que j'ai aimées », et il ajoutait : « La plus grande passion est à débattre entre Mélanie 2, Alexandrine, Métilde et Clémentine 4[18]. » La comtesse Alexandrine Daru et Métilde Dembowski étaient de celles qu'il n'avait pas

---

16. Voir p. 215.
17. Dans la « Collection stendhalienne » (Editions du Grand Chêne, Aran, Suisse, 1972).
18. Ed. cit., p. 39.

« eues ». La comtesse Clémentine Curial avait été sa quatrième maîtresse et Mélanie Guilbert, la deuxième. Elle fut même, de toute la vie de Beyle, la seule femme avec laquelle il ait vécu, puisqu'ils habitèrent le même hôtel, à Marseille, pendant sept mois, du 25 juillet 1805, date de son arrivée, au 1er mars 1806, date du départ de Mélanie. Elle, dite alors Mlle Louason, avait été engagée au Grand-Théâtre et avait vingt-cinq ans. Lui s'essayait à devenir banquier et avait vingt-deux ans. L'actrice échoua, le futur banquier aussi, les amours suivirent. Après un temps d'aigreurs — « Ecce homo », en dira Beyle[19] —, ils se revirent, bons amis. Engagée à Saint-Pétersbourg, Mélanie allait y épouser un conseiller d'État et devenir Mme de Barkov. Elle revint à Paris. Le 1er avril 1813, il note qu'il s'est beaucoup amusé à aller avec elle « à la chasse aux idées ». En juillet 1814, à la veille de partir pour l'Italie, il la voit pour la dernière fois.

Souffrant de maux « intolérables » qui paraissent, surtout, moraux, Mélanie meurt, par suicide ou par euthanasie, le 18 août 1828. Elle laissait un testament dont le ton de révolte « contre les siens et contre la vie en général » impressionna ses biographes. Ses deux filles dépouillées autant que faire se pouvait, ce dont il restait à disposer légué à des femmes amies, dont l'une vivait avec elle, elle prescrivait une fondation pour « aider des jeunes gens pauvres à faire de bonnes études et à s'ouvrir par ce moyen une carrière honorable ». Elle demandait pour sa tombe une colonne de marbre noir, supportant son buste et sur laquelle serait inscrit : « Après le malheur d'être, le plus grand est d'appartenir à l'espèce humaine. »

En novembre 1835, Stendhal écrit à propos de Brulard : « je cours la chance d'être lu en 1900 par les âmes

---

19. *Journal*, 15 mai 1806, I, 438.

*que j'aime, les Madame Roland, les Mélanie Guilbert,
les...* [20] » *Quand on sait le culte qu'il vouait à Mme Roland, il est clair que le fameux phénomène de la cristalli-
sation s'était produit, après décès.*

C'est en décembre 1804 que celui que Doyon et du Parc
nomment « *notre gros timide* » rencontra Louason :
« *Mélangeant, comme il le fera toute sa vie, le cynisme,
la naïveté et la passion, il prête alternativement à
Mélanie les sentiments les plus élevés et les vertus les plus
héroïques, les maladies les plus honteuses et les actions
les plus basses.* » Un « *corps plein de grâce* », grande et
un peu maigre, la démarche pleine de vivacité, Mélanie a
une « *figure céleste* » de très belle blonde aux yeux bleus.
Elle est, en somme, l'idéal de la beauté normande,
comme Lamiel, et pour cause : elle est normande.

Née à Caen, dans un milieu étriqué et bigot qu'elle
méprisera, elle reçut une bonne instruction. A seize ans,
elle s'enfuit. Beyle se souviendra de l'épisode qui frappa
les biographes de Mélanie : « *Elle se cacha chez une
parente par horreur pour un homme* [21]. » A Luc, vraisemblablement — petit bourg au bord de la mer, comme
Carville —, elle rencontre celui avec lequel elle fuit au
Havre, avant de le quitter pour aller courir seule l'aventure à Paris. Aventure plus risquée que celle de Lamiel
puisqu'elle est enceinte. Du moins, est-elle plutôt mieux
nantie puisque c'est le grand Baudelocque qui l'accouche, chez elle. Elle a dix-huit ans. Si ses biographes
décomptent nombre d'admirateurs, évidemment
payants, de sa beauté, il est à noter qu'excepté Claude
Hochet — celui que l'on retrouve modèle de « *maquereau* » pour Sansfin avec Lamiel —, tous sont âgés, et,
d'autre part, qu'elle vit indépendante. Le 25 février 1803,
elle se marie. Elle épouse Justus Gruner, diplomate de S.

20. Ed. cit., p. 32.
21. *De Mélanie à Lamiel*, p. 25.

M. le roi de Prusse. Quelques semaines plus tard, la rupture est consommée avec « aversion invincible » et pour « incompatibilité absolue ». Une honnête pension de divorce permet à Mélanie de reprendre sa vie libre, d'aller tous les soirs au théâtre — la passion de Lamiel — et de prendre des leçons, non de danse comme Lamiel, mais de déclamation. C'est chez son maître Dugazon que Beyle, qui étudie aussi la déclamation, la rencontre. Se jurant tous les jours de « l'avoir », il lui fait une cour qui n'est active que dans son Journal. Un soir, elle lui raconte son « histoire », aussi arrangée que celle racontée par Lamiel à Mme Le Grand : quoiqu'il la trouve « divine », il voit bien qu' « elle s'est essuyé deux fois les yeux, où il n'y avait point de larmes [22] ». Il apprend aussi que l'une des plus grandes douleurs du passé de Mélanie fut d'avoir « été trahie par une amie qu'elle a adorée [23] ». Ce qui le frappe : « Son caractère me semble avoir une teinte générale de mélancolie. » Au point qu'il s'interroge : « Cette charmante fille aurait-elle quelque chagrin secret affreux qui lui donne cette mélancolie [24] ? » Question pertinente, puisque Mélanie souffrira du mal de vivre jusqu'à en mourir.

Une « âme aussi tendre que la mienne [25] ». Tendre, sans doute, Louason fut aussi, à l'évidence, fort reconnaissante à la timidité de Beyle qui, des mois durant, il le constate, se conduit comme un enfant, « un enfant point formé, dans toute l'étendue du terme [26] ». Devenue sa maîtresse, à Marseille, elle n'a pas de « transports [27] ». Or, ce mot, sous la plume de Beyle, a un sens très

22. *Journal*, 19 février 1805, I, 225.
23. *Correspondance*, 22 août 1805, I, 220.
24. *Journal*, 22 février 1805, I, 235.
25. *Journal*, 23 février 1805, I, 236.
26. *Journal*, 17 mars 1805, I, 270.
27. *Journal*, 8 novembre 1805, I, 354.

*précisément physique. Il est donc clair que, comme
Lamiel, « 1° le plaisir n'était rien pour elle ». Pour
Lamiel, Stendhal poursuit : « 2° elle avait avec ses
bonnes amies un ton de politesse fine et gaie qui les
subjuguait. » Le manuscrit n'ira pas beaucoup plus loin.*

*Malgré l'assiduité des hommes auprès de Mélanie, elle
non plus les femmes ne la haïssent point. A Marseille, elle
était fort liée avec une divorcée, Mme Cossonier. C'est
avec cette amie qu'elle repartira pour Paris, écrivant de
Lyon à Beyle, curieusement, qu'elle est obligée de baisser
son chapeau sur son papier « pour que Mme C ne voye
pas que je t'écris [28] ». Quelque temps avant, il avait noté,
dans son Journal, que Mélanie manifestait des signes de
jalousie quand Mme Cossonier et lui semblaient bien
s'entendre, quand « Mme C. », écrit-il, « me fait des
avances [29] ». Avait-il bien interprété les faits ? A vingt-
trois ans, sûrement pas. Mais à cinquante-six ans ?*

*Dans le parallèle entre Mélanie et Lamiel, tel que l'ont
établi Doyon et du Parc, rien ne justifie le rejet du
personnage romanesque. Et l'explication de leur avant-
propos pour l'arrêt du 3 décembre 1839 : « dès que
Stendhal perd la trace de la vie de Mélanie qui le guide
pour écrire Lamiel, il reste court, ne sait comment
terminer son roman et le laisse inachevé... », ne tient
pas. Beyle a revu Mélanie après Marseille et encore après
son second mariage en Russie. Or, ce mariage avait
connu un échec presque aussi rapide que le premier,
marqué par une même incompatibilité et, chez Barkov
comme avant chez Gruner, par une agressivité, une
aversion comme viscérale. Cette aversion, naissante chez
d'Aubigné, sera celle qui éclate, juste avant l'abandon de
l'histoire de Lamiel, chez Nerwinde.*

28. *Correspondance*, 6 mars 1806, I, 1206.
29. *Journal*, I, 360.

C'est ici le lieu de se souvenir de ce que Stendhal écrira, un an plus tard, à Balzac : « Je cherche à raconter : 1° avec une idée, 2° avec clarté ce qui se passe dans un cœur[30]. »

Cherchant à raconter ce qui se passe dans le cœur de Lamiel, il est arrivé que Stendhal a découvert la vérité sur Mélanie. Il n'était pas homme à l'occulter. Le 17 mars 1840, alors qu'il a délaissé même la révision de la dictée, il écrit une phrase dont l'écriture effarante a été finalement déchiffrée par François Michel qui, bien qu'il ait cherché à en tourner le sens vers une définition « indulgente », avait compris qu'il s'agissait de Lamiel. Mais il s'agissait aussi, à l'évidence, de Mélanie. Cette phrase contenait la clef de tout : « Je ne puis travailler à rien de sérieux for this little gouine[31]. »

L'homme fondamentalement introverti qu'était Stendhal, le metteur en scène de lui-même des Souvenirs d'égotisme devait, aussi bien en vivant avec elle qu'en l'évoquant, se cacher la vérité sur la nature réelle de Mélanie. Pas le romancier.

Le jour même où Stendhal commence à dicter ce qui est déjà en train de devenir « l'ancienne Lamiel », un mois, jour pour jour, après l'abandon net de son héroïne, il note : « Je dis, en 1840, voyant tant de maladresses causées par la quantité d'émotion : mais, après tout, le Beau d'une passion n'est-ce pas la quantité d'émotion ? Consolation par Alexandrine. Rêvé à elle le 3 janvier 1840[32]. »

Il n'est guère nécessaire, je crois, de se demander de quoi l'ombre d'Alexandrine le consolait. Dans sa vie, elle avait été Mme de Rênal qui, en adressant le « mot de

30. *Correspondance*, 16 octobre 1840, III, 395.
31. *Etudes stendhaliennes*, éd. cit., p. 290 et n. 2.
32. *Journal*, II, 362.

Monsieur » à Julien Sorel, *bouleverse la vie de cet autre*
« *enfant point formé* ». *Avec sa sensibilité* « *folle* »,
Beyle n'a jamais vieilli. Mais, très exactement, Beyle a
mûri au profit de Stendhal. En 1832, c'est Beyle qui
écrivait, dans ses Souvenirs d'égotisme : « *dans tout ce*
qui touche aux femmes, j'ai le bonheur d'être dupe
comme à vingt-cinq ans [33] ». *Vingt-cinq ans, l'âge de la*
passion pour Mélanie. Mais si Beyle sait qu'il a été dupe
et seul à éprouver la quantité d'émotion, il s'accorde le
bonheur d'être dupe. Pas Stendhal.

  C'est en étudiant un cœur comme romancier que
Stendhal en découvre la vérité. Mais, pas plus qu'il ne l'a
occultée, il ne peut la transgresser. C'est lui qui disait à
Mérimée : « *Il faut en tout se guider par la LO-GIQUE.* »
Une fois le personnage examiné par celui que Balzac
jugera « *un observateur du premier ordre* », *une fois ses*
données posées avec clarté, la logique ne permettait plus
au romancier de faire réaliser à Lamiel le destin prévu :
« *Enfin elle connaît* l'amour. » *Le principe d'impossibi-*
lité réelle détermina l'impossibilité romanesque.

  Stendhal voulait être « *vrai, simplement* vrai ». *Il le*
fut, à tout prix : Lamiel, par son abandon même, en
témoigne.

                                        Anne-Marie Meininger

33. *Souvenirs d'égotisme*, Folio (1983), p. 159.

Lamiel

CHAPITRE PREMIER

Je trouve que nous sommes injustes envers les paysages de cette belle Normandie où chacun de nous peut aller coucher ce soir. On vante la Suisse ; mais il faut acheter ses montagnes par trois jours d'ennui, les vexations des douanes, et les passeports chargés des visas. Tandis qu'à peine en Normandie le regard, fatigué des symétries de Paris et de ses murs blancs, est accueilli par un océan de verdure.

Les tristes plaines grises restent du côté de Paris, la route pénètre dans une suite de belles vallées et de hautes collines, leurs sommets chargés d'arbres se dessinent sur le ciel non sans quelque hardiesse et bornent l'horizon de façon à donner quelque pâture à l'imagination, plaisir bien nouveau pour l'habitant de Paris.

S'avance-t-on plus avant, on entrevoit à droite entre les arbres qui couvrent les campagnes la mer, la mer sans laquelle aucun paysage ne peut se dire parfaitement beau[1].

Si l'œil, qu'éveille aux beautés des paysages le charme des lointains, cherche les détails, il voit que chaque champ forme comme un enclos entouré de murs de terre, ces digues établies régulièrement sur le bord de tous les champs sont couronnées d'une foule de jeunes ormeaux. Quoique ces jeunes arbres n'aient

qu'une trentaine de pieds et que le champ ne soit
planté que de modestes pommiers, l'ensemble donne
de la verdure et l'idée d'une aisance, fruit de l'indus-
trie.

La vue dont je viens de parler est précisément celle
qu'en venant de Paris et approchant de la mer, l'on
trouve à deux lieues de Carville. C'est un gros bourg
voisin de la mer, où s'est passée, il y a peu d'années,
l'histoire de la duchesse de Miossens et du docteur
Sansfin.

Du côté de Paris, le commencement du village,
perdu au milieu des pommiers, gît au fond de la
vallée, mais à deux cents pas de ces dernières maisons,
dont la vue s'étend du nord-ouest vers la mer et le
Mont Saint-Michel, on passe sur un pont tout neuf un
joli ruisseau d'eau limpide qui a l'esprit d'aller fort
vite, car toutes choses ont de l'esprit en Normandie, et
rien ne se fait sans son *pourquoi*, et souvent un
pourquoi très finement calculé. Ce n'est pas là ce qui
me plaît de Carville, et, quand j'y allais passer le mois
où l'on trouve des perdreaux, je me souviens que
j'aurais voulu ne pas savoir le français. Moi, fils de
notaire peu riche, j'allais prendre quartier dans le
château de Mme d'Albret de Miossens[2], femme de
l'ancien seigneur du pays, rentrée en France seulement en 1814. C'était un grand titre vers 1826[3].

Le village de Carville s'étend au milieu des prairies
dans une vallée presque parallèle à la mer, que l'on
aperçoit dès que l'on s'élève de quelques pieds. Cette
vallée fort agréable est dominée par le château, mais
ce n'était que de jour que mon âme pouvait être
sensible aux beautés tranquilles de ce paysage. La
soirée, et une soirée qui commence à cinq heures avec
la cloche du dîner, il fallait faire la cour à Mme la
duchesse de Miossens, et elle n'était pas femme à
laisser proscrire ses droits ; pour peu que l'on eût

oublié ses droits, un petit mot fort sec vous eût rappelé au devoir. Mme de Miossens n'avait que trente ans et ne perdait jamais de vue son rang, sa fortune fort considérable ; et, de plus, à Paris, elle était dévote, et le faubourg Saint-Germain la plaçait volontiers à la tête de toutes les quêtes. C'était, du reste, le seul hommage que ce superbe faubourg consentît à lui rendre. Mariée, à seize ans, à un vieillard qui devait la faire duchesse — le marquis d'Albret, ce vieillard, n'avait perdu son père que lorsque la duchesse de Miossens arrivait à sa vingt-huitième année —, elle avait dû passer toute sa jeunesse à désirer les honneurs qu'une duchesse recevait encore dans le monde du temps de Charles X. Les désirer n'eût rien été si la duchesse de Miossens, qui n'avait pas infiniment d'esprit pour les choses de fond, avait manqué d'exiger ces honneurs.

Telle était la grande dame chez laquelle je passais le mois de septembre, sous la condition de m'occuper, de cinq heures à minuit, des commérages et des petites aventures de Carville ; c'est un lieu que l'on ne trouvera pas sur la carte* et dont je demande la permission de dire des horreurs, c'est-à-dire une partie de la vérité.

Les finesses, les calculs sordides de ces Normands ne me délassaient presque pas de la vie compliquée de Paris.

J'étais reçu chez Mme de Miossens à titre de fils et petit-fils des bons MM. Lagier, de tout temps notaires de la famille d'Albret de Miossens ou, plutôt, de la famille Miossens qui se prétendait d'Albret.

La chasse était superbe dans ce domaine et fort bien gardée ; le mari de la maîtresse de la maison, pair de France, cordon bleu et dévot, ne quittait jamais la

* (peu élégant tour) [*R 297, I, f° 45*].

cour de Charles X, et le fils unique, Fédor de Miossens, n'était qu'un écolier. Quant à moi, un beau coup de fusil me consolait de tout[4]. Le soir, il fallait subir M. l'abbé Du Saillard, grand congrégationiste[5] chargé de surveiller les curés du voisinage. Son caractère, profond comme Tacite, m'ennuyait ; ce n'était pas un mérite auquel, alors, je voulusse prêter attention. M. Du Saillard fournissait des idées sur les événements annoncés par *la Quotidienne*[6] à sept ou huit hobereaux du voisinage.

De temps à autre arrivait dans le salon de Mme de Miossens un bossu bien plaisant ; celui-là m'amusait davantage, il voulait avoir des bonnes fortunes, et quelquefois, dit-on, y réussissait.

Cet original s'appelait le docteur Sansfin et pouvait avoir, en 1830, vingt-cinq ou vingt-six ans.

Un soir, nous dessinions sur la cendre du foyer[7] — voyez l'excès de notre *désoccupation*, — les lettres initiales des femmes qui nous avaient fait faire les sottises les plus humiliantes pour nos amours-propres ; je me souviens que c'est moi qui avais inventé cette preuve d'amour. Le vicomte de Saint-Pois dessina M. et B. ; puis la duchesse, sans sortir de son ton de haute dignité, exigea de lui tout ce qu'il serait possible de raconter des folies de jeune homme faites pour M. et pour B. Un vieux chevalier de Saint-Louis[8], M. de Malivert, écrivit A. et E. ; puis, après avoir dit ce qu'il pouvait dire, il remit les pincettes au docteur Sansfin, un sourire se dessinant sur toutes les lèvres ; mais le docteur écrivit fièrement : D., C., J., F.

— Quoi ! vous êtes bien plus jeune que moi et vous avez quatre lettres écrites dans le cœur ? s'écria le chevalier Malivert, à qui son âge permettait de rire un peu.

— Puisque Mme la duchesse a exigé de notre obéissance le vœu d'être sincère, dit gravement le bossu, je dois mettre quatre lettres.

Depuis trois heures qu'avait fini un dîner excellent et composé de primeurs apportées de Paris par les laquais de la duchesse, venus en courriers, nous étions là huit ou dix qui travaillions péniblement pour soutenir une conversation languissante ; la réponse du docteur mit la joie dans tous les yeux, on se serra autour du foyer.

Dès les premiers mots, les expressions cherchées du bossu firent rire, tant son sérieux était étrange. Pour comble de gaieté, les belles D., C. et J., F. l'avaient toutes aimé à la fureur.

Mme de Miossens, mourant d'envie de rire, nous faisait signes sur signes pour que nous eussions à modérer notre gaieté.

— Vous allez tuer la poule aux œufs d'or, disait-elle à M. de Saint-Pois, placé à côté d'elle, et faites passer le mot d'ordre : Modérez-vous, messieurs.

Le docteur était si attentif à ses idées que rien n'était capable de le réveiller. Je crois qu'il inventait les détails d'un roman par lui préparé à l'avance, et, en les racontant, il en jouissait, car ce n'était point un homme sans imagination. Ce qui lui manquait, comme il le prouva du reste par la suite, lorsque la fortune vint frapper à sa porte, c'était une once de bon sens. Ce soir-là, le docteur nous disait, non seulement ses bonnes fortunes, mais encore le détail des sentiments et nuances de sentiments qui avaient dicté les actions des infortunées D., C. et J., F., souvent négligées par leur vainqueur.

Le chevalier de Sainte-Foy eut beau appeler le docteur marquis de *Caraccioli*, en mémoire de cet ambassadeur des Deux-Siciles auquel Louis XVI disait :

— Vous faites l'amour à Paris, monsieur l'ambassadeur ?

— Non, sire, je l'achète tout fait.

Rien ne put réveiller le docteur.

Mme de Miossens, si l'on voulait oublier sa hauteur et son ton de petite impatience, avait des manières charmantes et était parfaitement heureuse quand on la faisait rire; elle jouissait de la gaieté des autres, mais, à la vérité, sa hauteur s'opposait à ce qu'elle se permît rien de ce qu'il faut pour faire naître la gaieté.

Cette marquise[9] qui, dès 1818 que j'avais commencé à tuer ses perdreaux, mourait d'envie d'être duchesse, avait des manières admirables et d'une perfection si douce, que, quoique la chasse me ramenât deux ou trois fois l'an dans son château de Carville, pendant deux jours ses façons d'agir me faisaient illusion et je lui croyais des idées; elle n'avait pourtant que la perfection du jargon du monde. Ce qui m'amusait et m'ôtait la sottise de prendre cette maison au sérieux, c'est qu'on ne pouvait pas reprocher à cette future duchesse d'avoir une seule idée juste; elle voyait toutes choses du point de vue d'une duchesse, et encore dont les aïeux ont été aux croisades.

La Révolution de 1789 et Voltaire n'étaient pas des choses odieuses pour elle; c'étaient des choses non avenues. Cette absurdité parfaite et cette manière complète dans tous ses détails d'appeler, par exemple, le maire de Carville, M. l'Échevin, consolaient de tout mes vingt-deux ans et m'empêchaient de prendre au sérieux aucune des impertinences qui pullulaient au château et en chassaient tous les voisins. La marquise ne pouvait réunir dix personnes autour de sa table qu'en payant dix francs par tête à son cuisinier par tête de *dîneur*, outre des gages énormes et tous ses comptes payés comme à un cuisinier ordinaire.

La marquise croyait naïvement être d'une autre nature que tout ce qui l'environnait et son égoïsme était si naturel, si simple, que ce n'était plus de l'égoïsme. Mais si la marquise se croyait sincèrement d'une autre espèce que les nobles des environs de Carville et que les habitants de ce bourg, en revanche elle croyait le petit-fils de l'ancien notaire de la famille de Miossens d'une nature fort supérieure à celle de l'abbé Du Saillard, du docteur Sansfin, etc., et sans comparaison au-dessus des paysans et bourgeois. Une fois à chaque voyage je lui parlais d'un certain acte passé le 3 août 1578 par un de mes grands-pères. C'était une fondation d'une messe d'*obit*, faite au hameau de Carville par Phœbus-Hector de Miossens, capitaine de cinquante hommes d'armes entretenus par le roi, etc., etc.

Si une femme en couches ou un blessé faisait demander des secours au *Seigneur du village* (c'était la rubrique), elle envoyait un double-louis. La popularité achetée de cette façon imposait à la noblesse du canton qui, tout en en disant des horreurs, paraissait quelquefois cependant à ses dîners, divins, il faut l'avouer.

Au fond, Mme de Miossens s'ennuyait amèrement ; l'homme qu'elle détestait le plus, comme un infâme jacobin, était heureux à Paris et y régnait. Ce jacobin n'était autre que l'aimable académicien généralement connu sous le nom de Louis XVIII [10].

Au milieu de cette vie de campagne où elle s'était précipitée par dégoût pour Paris, la duchesse n'avait d'autre distraction que le récit des commérages du village de Carville, dont elle était fort exactement instruite par une de ses femmes de chambre, Mlle Pierrette, qui avait un amant au village. Ce qui m'amusait, c'est que les récits de Pierrette employaient les termes les plus clairs, souvent d'une énergie bien plaisante à les voir écoutés par une dame dont le langage était un modèle de délicatesse souvent exagérée.

Je m'ennuyais donc un peu au château de Carville, lorsqu'il nous arriva une mission dirigée par un homme d'une véritable éloquence, M. l'abbé Le Cloud, qui, dès le premier jour, fit ma conquête.

La mission fut une vraie bonne fortune pour la marquise qui, tous les soirs, avait un souper de vingt personnes. A ces soupers, on parlait beaucoup de miracles. Mme la comtesse de Saint-Pois et vingt autres dames des environs, que chaque soir l'on voyait au château, parlèrent de moi à M. l'abbé Le Cloud comme d'un homme dont on pourrait faire quelque chose. Je remarquai que ces dames fort nobles et pensant si bien ne croyaient guère aux miracles, mais les protégeaient de toute leur influence. Je profitai de tout ce spectacle, on ne se cachait pas de moi, car je ne manquai pas un discours de M. l'abbé; bientôt ennuyé des mièvreries qu'il fallait dire aux gens du pays, il me montra de l'amitié; et, comme il était loin d'avoir la prudence de l'abbé Du Saillard, il me dit une fois:

— Vous avez une belle voix, vous savez bien le latin, votre famille vous laissera deux mille écus tout au plus: soyez des nôtres.

Je réfléchis beaucoup à ce parti qui n'était pas mauvais. Si la mission eût duré un mois encore à Carville, je crois que je me serais enrôlé pour un an dans la troupe de l'abbé.

Je calculais que je ferais des économies pour revenir passer une bonne année à Paris, et, comme j'avais horreur du scandale, en revenant à Paris, recommandé par l'abbé Le Cloud, j'eusse pu arracher une place de sous-préfet, ce qui alors m'eût semblé une haute fortune. Si, par hasard, je trouvais un plaisir vif à improviser en chaire comme M. l'abbé Le Cloud, je suivais ce métier.

CHAPITRE II

Le dernier jour de la mission donnée à Carville, nobles ayant peur de 93 et bourgeois enrichis visant au bon ton, remplissaient à l'envi la jolie petite église gothique du village. Tous les fidèles n'avaient pas pu y trouver place : mille ou douze cents peut-être étaient restés dans le cimetière qui l'entoure. Les portes de l'église avaient été enlevées par ordre de M. Du Saillard, et quelques éclats de voix du missionnaire qui occupait la chaire arrivaient de temps à autre jusqu'à cette foule impatiente et à demi-silencieuse.

Deux de ces messieurs avaient déjà paru, le jour commençait à baisser ; c'était un jour triste de la fin d'octobre. Un chœur de soixante jeunes filles bien pensantes, formées et exercées par M. l'abbé Le Cloud, chanta des antiennes choisies.

La nuit était tout à fait tombée quand elles eurent fini. Alors M. l'abbé Le Cloud voulut bien remonter en chaire pour dire un mot d'exhortation. A ce préambule, la foule qui était dans le cimetière se pressa contre la porte et les fenêtres basses de l'église, dont plus d'une vitre périt en ce moment. Il régnait dans cette foule un silence religieux ; chacun voulait entendre ce prédicateur si célèbre.

M. Le Cloud parlait ce soir-là comme un roman de Mme Radcliffe [11] ; il *donnait* une affreuse description de l'enfer. Ses phrases menaçantes retentissaient le long des arcades gothiques et obscures, car on s'était bien gardé d'allumer les lampes. M. Hautemare, le bedeau, avait dit à demi-haut que ses subordonnés ne pourraient se frayer un chemin au milieu de cette foule pressée, tant chacun était jaloux de garder sa place.

Personne ne respirait. M. Le Cloud s'écriait que le démon est toujours présent partout, et même dans les lieux les plus saints ; il cherche à entraîner les fidèles avec lui dans son soufre brûlant. Tout à coup M. Le Cloud s'interrompt, et s'écrie avec effroi et d'une voix de détresse :

— *L'enfer, mes frères !*

On ne saurait peindre l'effet de cette voix traînante et retentissante dans cette église presque tout à fait obscure et jonchée des fidèles faisant le signe de la croix ! Moi-même j'étais touché. M. l'abbé Le Cloud regardait l'autel et semblait s'impatienter ; il répéta d'une voix criarde :

— *L'enfer, mes frères !*

Vingt pétards partirent de derrière l'autel, une lumière rouge et infernale illumina tous ces visages pâles, et, certes, en ce moment, personne ne s'ennuyait[12]. Plus de quarante femmes tombèrent sans dire mot sur leurs voisins, tant elles s'étaient profondément évanouies.

Mme Hautemare, femme du bedeau, et future tante de Lamiel, fut au nombre des plus évanouies et comme elle pouvait aspirer au premier rang parmi les dévotes du village, tout le monde s'empressait autour d'elle. Vingt petits garçons coururent avertir M. le bedeau, mais il les renvoya avec humeur. Son devoir l'empêchait d'accourir : il était profondément occupé à recueillir les moindres lambeaux de l'enveloppe des pétards, formée avec de la toile goudronnée et des ficelles.

Cette mission lui avait été donnée et plusieurs fois expliquée par le terrible M. Du Saillard, curé du village, et Hautemare n'avait garde d'y manquer. Le curé était le principal auteur de sa petite fortune et le bedeau frémissait rien qu'à lui voir froncer les sourcils.

M. Du Saillard, inspectant son peuple de la tribune de l'orgue, voyant que tout se passait bien et que le mot de pétards ne se trouvait dans aucune bouche, sortit dans le cimetière. A mes yeux, il était un peu jaloux de l'immense succès obtenu par l'abbé Le Cloud ; ce missionnaire n'avait pas l'art de punir et de récompenser à propos et de gouverner toutes les volontés comme le curé, mais en revanche il avait une facilité à parler dont celui-ci n'approcha jamais. Le curé ne s'avouait pas son infériorité. Voyant tant de monde réuni dans le cimetière, il ne put résister à la tentation de monter sur le piédestal de la croix et de parler, lui aussi, à ses ouailles. Ce qui me frappa dans son discours, c'est qu'il hésita à donner le nom de *miracle* à ce qui venait de se passer.

— C'est de ces choses, disait-il, qu'on ne peut appeler franchement miracle que six mois après qu'elles ont eu lieu.

Tout en parlant, il prêtait l'oreille pour voir s'il entendait prononcer le mot de pétards et de mômeries indignes du lieu saint. Son attention ainsi partagée ne contribua pas à augmenter le feu d'inspiration qui naturellement manquait à son discours. Le curé prit de l'humeur et se mit à signaler les impies ; alors l'ardeur de sa colère donna du feu à ses paroles. Ses yeux enflammés s'arrêtaient surtout sur trois personnes qui se trouvaient au cimetière, au milieu de bonnes femmes.

Le pauvre Pernin[13], figure poitrinaire, appuyé contre un arbre, regardait le curé d'une façon gênante pour celui-ci. C'était un pauvre jeune homme pâle, qui avait été renvoyé d'un collège royal où il était professeur de mathématiques, parce que l'aumônier de ce collège avait prétendu qu'un géomètre ne pouvait croire en Dieu. Retiré dans le village auprès d'une mère fort pauvre, il recevait quelques enfants auxquels il montrait les quatre règles, et quand il reconnaissait des dispositions à quelques marmots, il leur enseignait gratuitement la géométrie.

L'irritable curé frémit en rencontrant le regard bien autrement assuré du docteur Sansfin. En faisant acte d'une prudente opposition, le Sansfin obligeait le curé à des complaisances infinies. Le curé le trouvait beaucoup trop indépendant, et, suivant moi, cherchait l'occasion de le faire comprendre dans quelque conspiration comme on en faisait tant alors. Le curé le croyait capable de tout afin de faire oublier sa bosse aux jeunes filles qu'il avait l'impertinence de courtiser. « Un tel homme, se disait le curé, est bien capable de prononcer le mot impie de *pétards*, et, dans un moment tel que celui-ci, un pareil mot gâterait tout. Dans un mois, nous nous en moquerons. »

La colère du curé fut portée au comble en rencontrant à six pas de lui le regard étonné, plus qu'ironique, d'un jeune écolier de huit ans, le jeune Fédor, fils unique de M. le marquis de Miossens. « Ce petit vaurien, arrivé de la veille, se disait le curé, est élevé à Paris, et jamais nous ne verrons sortir rien de bon de cette capitale de l'ironie. Pourquoi cet enfant est-il ici ? La place d'honneur que nous accordons à sa famille est toute voisine de l'autel ; il est capable d'avoir remarqué la traînée de poudre qui a mis le feu aux pétards, et, s'il dit un mot, ces stupides paysans qui adorent sa famille répéteront ce mot comme un oracle. »

Toutes ces réflexions finirent par embrouiller tellement l'éloquence du curé, qu'il s'aperçut que les femmes quittaient en foule le cimetière, et il fut obligé de couper court à son homélie pour n'être pas abandonné.

Une heure après, je trouvai le terrible curé faisant une scène horrible à un jeune abbé nommé Lamairette, précepteur de Fédor, et lui demandant aigrement pourquoi, à l'église, il s'était séparé de son élève.

— C'est bien plutôt lui, monsieur, qui s'est séparé de moi, répondit timidement le pauvre abbé ; je le cherchais partout et lui, qui me voyait apparemment, mettait tous ses soins à m'éviter.

L'abbé Du Saillard tança vertement le pauvre jeune prêtre Lamairette et finit par le menacer de la déplaisance de Mme la marquise.

— Vous m'ôterez le pain, dit timidement le pauvre Lamairette : mais, en vérité, au milieu de vos réprimandes et de celles de Mme la marquise, je ne sais à quel saint me vouer. Est-ce ma faute, à moi, si le petit comte, auquel son valet de chambre répète toute la journée qu'un jour il sera duc, avec une fortune immense, est un enfant espiègle qui met toute sa vanité à se moquer de moi ?

Cette réponse me plut, et j'allai la redire à la marquise, que je fis rire.

— J'aimerais quasi mieux me retirer chez mon père, portier de l'hôtel de Miossens à Paris, et borner mon ambition à solliciter sa survivance.

— Cela n'est pas mal hardi et jacobin, s'écria Du Saillard, et qui vous dit qu'on vous l'accordera cette survivance, si je fais un rapport contre vous ?

— Le vieux duc et monsieur le marquis m'honorent de leur protection.

— Le vieux duc ne doit songer qu'à mourir, le marquis ne résistera pas quinze jours aux volontés de sa femme et en un mois je puis rendre celle-ci aussi furieuse contre vous que maintenant elle vous protège *.

Le petit abbé avait les larmes aux yeux et il eut bien

---

* Cette page [*depuis* — J'aimerais] fait peut-être longueur. Ne l'ôter qu'en corrigeant le dernier chapitre de cet *opus* [R 297, I, f° 82].

de la peine à cacher son émotion à son terrible
confrère. Fédor était venu pour quinze jours respirer
l'air pur du Calvados. Cet enfant, à qui on voulait
donner de l'esprit, avait huit maîtres dont il recevait
leçon chaque jour, et était d'une faible santé. Il n'en
repartit pas moins pour Paris le surlendemain du
miracle des pétards, et l'héritier maigre et chétif de
tant de beaux domaines ne coucha que trois jours
dans le magnifique château de ses aïeux. Du Saillard
eut du mérite à cela, et nous en riions beaucoup
M. l'abbé Le Cloud et moi.

Du Saillard eut beaucoup de peine à faire condes-
cendre la duchesse à ses volontés : il fut obligé
d'invoquer plusieurs fois l'intérêt général de l'Église ;
il la trouva toute en colère, elle avait été profondément effrayée des pétards ; elle avait cru à un
commencement de révolte des jacobins unis aux
bonapartistes. Mais, en rentrant au château, elle eut
un bien autre motif de colère. Dans le premier
moment de terreur que les pétards lui avaient causé,
elle avait dérangé un faux tour destiné à cacher
quelques cheveux blancs, et, pendant une heure, elle
avait été vue en cet équipage par tous les paysans du
village et par ses propres domestiques que surtout elle
voulait tromper.

— Pourquoi ne pas me mettre dans la confidence ?
répétait-elle sans cesse à l'abbé Du Saillard. Est-ce
que l'on doit faire quelque chose à mon insu dans mon
village ? Est-ce que le clergé veut recommencer ses
luttes insensées contre la noblesse ?

Il y avait loin de ce degré d'exaspération à renvoyer
à Paris le pauvre Fédor et si pâle et si heureux de
courir dans le parterre et de regarder la mer. Cependant, Du Saillard eut le dessus. L'enfant partit tristement, et M. l'abbé Le Cloud me dit :

— Ce Du Saillard ne sait pas parler, mais il sait

administrer les petits et séduire les puissants ; l'un de ces talents vaut bien l'autre.

Pendant que le départ de Fédor occupait le château, Mme Hautemare, la femme du bedeau, avait de graves discussions avec son mari et bientôt ces discussions, fidèlement rapportées à la marquise, l'amusèrent et lui firent oublier le départ de son fils. M. l'abbé Le Cloud, resté en invité au château, nous nous amusions de ce détail dans les intervalles de nos discussions : lui, voulait toujours par amitié m'enrôler dans sa troupe et me faisait lire beaucoup de passages de Bourdaloue et de Massillon.

M. Hautemare avait quatre emplois, tous dépendants du curé : il était bedeau, chantre, maître d'école et [14]... ; ces quatre places réunies pouvaient rapporter vingt écus par mois ; mais, dès la seconde année du règne de Louis XVIII à Paris, le curé et Mme la marquise de Miossens lui avaient fait obtenir l'autorisation de tenir une école pour les enfants des laboureurs bien pensants. Les Hautemare avaient pu mettre de côté d'abord vingt francs, puis quarante francs par mois, puis cinquante, et ils se faisaient riches. Le chantre Hautemare, tout bonhomme qu'il était, avait fait connaître à Mme de Miossens le nom d'un paysan malin et jacobin qui s'avisait de tuer tous les lièvres du pays ; or Mme la marquise de Miossens croyait fermement que ces lièvres appartenaient à sa maison, et elle regardait leur mort violente comme une injure personnelle.

Cette dénonciation, unique à la vérité, avait fait la fortune du bedeau et de son école ; la marquise avait voulu qu'il y eût une distribution des prix dans la grande salle du château, arrangée avec force tapisseries, et où l'on avait aménagé des places de première et de seconde classe. L'homme d'affaires de la marquise invita pour les premières places les paysannes

propriétaires, mères de jeunes écoliers, tandis que les
paysannes simples fermières ne furent invitées qu'aux
secondes. Il n'en fallut pas davantage pour porter à
soixante le nombre des élèves du bedeau, qui jusque-
là ne s'était élevé qu'à huit ou dix. La fortune des
Hautemare s'était accrue en conséquence, et
Mme Hautemare n'était pas tout à fait ridicule lorsque, après le souper, le soir des pétards, elle dit à son
mari :

— As-tu remarqué ce que M. l'abbé Le Cloud a dit à
la fin de son *mot d'exhortation* sur le devoir des gens
riches ? Ils doivent, selon leur pouvoir, *donner une âme
à Dieu ;* eh bien ! ajoutait Mme Hautemare, ce mot ne
me laisse pas tranquille. Dieu ne nous a pas accordé
d'enfants, nous faisons des économies considérables ;
après nous, à qui cela reviendra-t-il ? Cela sera-t-il
employé d'une façon édifiante ? A qui la faute si cet
argent tombe dans les mains de gens mal pensants,
c'est-à-dire dans les mains de ton neveu, un impie qui,
en 1815, a fait partie de ce régiment de brigands
appelés *corps franc*, levé contre les Prussiens ? On
prétend même, mais je veux bien ne pas le croire, qu'il
a tué un Prussien.

— Non, non, cela n'est pas vrai, s'écria le bon
Hautemare, tuer un allié de notre roi, *Louis-le-
désiré* [15] ! Mon neveu est un étourdi, il blasphème
quelquefois, quand il a bu ; il manque la messe fort
souvent, j'en conviens, mais il n'a pas tué un Prussien.

Mme Hautemare laissa son mari parler une heure
sur ce sujet sans lui faire la charité d'une idée. La
conversation devint languissante ; enfin elle ajouta :

— Tu ferais bien d'adopter une petite fille, toute
petite, nous l'élèverons dans la crainte de Dieu : ce
sera véritablement *une âme que nous lui donnerons*, et,
dans nos vieux jours, elle nous soignera.

Le mari parut profondément ému de cette idée ; il

s'agissait de déshériter son neveu, Guillaume [16] Hautemare, portant son propre nom. Il se récria beaucoup, puis il ajouta d'une voix timide :

— Si au moins nous adoptions la petite Yvonne —
c'était la fille cadette du neveu, — le père aura peur et
ne manquera plus la messe.

— Cette enfant ne sera pas à nous. Au bout d'un an,
si on voit que nous l'aimons, le jacobin nous menacera
de la retirer ; alors les rôles seront changés : ce sera
ton neveu le jacobin, le volontaire de 1815, qui sera le
maître. Il faudra que nous fassions des sacrifices
d'argent pour qu'on ne nous enlève pas la petite fille.

Le ménage normand fut tourmenté par ce projet
durant six mois, et enfin, muni d'une lettre de recommandation de l'abbé Du Saillard, dans laquelle on lui
donnait le nom de *Prévôt*, le bon Hautemare, accompagné de sa femme, se présenta à l'hospice des enfants
trouvés de Rouen, où ils choisirent une petite fille de
quatre ans, dûment vaccinée et déjà toute gentillette :
c'était Lamiel.

Ils dirent bien, à leur retour à Carville, que la petite
Amable Miel était une de leurs nièces, née près
d'Orléans, fille d'un cousin à eux, nommé Miel, char-
pentier de son état. Les Normands du village ne furent
pas dupes, et Sansfin, le médecin bossu, dit que
Lamiel était née de la peur que leur avait faite le
diable, le jour des pétards.

Il y a des bonnes gens partout, même en Normandie,
où ils sont à la vérité beaucoup plus rares qu'ailleurs.
Les bonnes gens de Carville furent indignés de voir
déshériter d'une façon aussi barbare le neveu de
Hautemare qui avait sept enfants, et ils appelèrent
Lamiel *la fille du diable* Mme Hautemare vint les
larmes aux yeux demander au curé si ce nom ne leur
porterait pas malheur ; le curé furibond lui dit que le
doute qu'elle exprimait pourrait bien la conduire en

enfer. Il ajouta qu'il prenait la petite Lamiel sous sa protection immédiate, et huit jours après la marquise de Miossens et lui déclarèrent que Hautemare aurait des élèves de deux classes. La marquise fit garnir de vieilles tapisseries trois bancs de l'école du bedeau ; les enfants assis sur ces bancs garnis de tapisserie seraient élèves de première classe, et les enfants placés sur les bancs de bois seraient de seconde. Les élèves de première classe payeraient cinq francs au lieu de quatre qu'on avait payés jusqu'alors et Mme Anselme [17], la première femme de chambre de la marquise, confia, sous le secret, à deux ou trois amies intimes que, lors de la distribution des prix le projet de madame était d'inviter aux premières places les mères des élèves de première classe, quand même elles ne seraient que de simples fermières. Six mois après, il fallut garnir de tapisserie presque tous les bancs de l'école.

Les Hautemare, devenant maintenant des gens riches, méritent que nous parlions un peu plus en détail de leur caractère. Le meilleur et le plus petitement dévot des hommes, Hautemare, consacrait toute son attention aux soins de l'église dont il était chargé. Si un vase de bois peint portant des fleurs artificielles n'était pas bien nettement placé en symétrie sur l'autel, il croyait que la messe ne valait rien, allait bien vite se confesser de ce gros péché au curé Du Saillard, et le lundi suivant, la narration de cet accident fournissait à toute sa conversation avec la marquise de Miossens. Ennuyée de Paris, où elle n'était plus jolie femme, cette dame s'était à peu près fixée à Carville, où elle avait à peu près pour toute société ses femmes de chambre et le curé Du Saillard ; mais celui-ci s'ennuyant auprès d'elle et craignant de dire des choses imprudentes, ne paraissait au château que des instants. Mais le dimanche, à la grand'messe, il encensait de temps à autre Mme de Miossens, et tous les lundis, Hautemare avait l'honneur de porter au château l'énorme morceau de pain bénit qui, la veille, avait été présenté au banc du seigneur occupé par la marquise. Cette dame tenait beaucoup à ce morceau de brioche, reste brillant, mais à peu près unique, des hommages que les Miossens recevaient depuis plus de quatre siècles dans l'église de leur village.

La marquise recevait le bedeau d'une façon particulière lorsqu'il venait apporter le morceau de pain bénit : le valet de chambre prenait son épée et ouvrait les deux battants de la porte du salon, car alors le bedeau était l'envoyé officiel du curé et remplissait ses devoirs envers la personne exerçant les droits seigneuriaux. Avant de quitter le château, Hautemare descendait à l'office où il trouvait une sorte de déjeuner-dîner pour lui préparé. Le bon maître d'école descendait au village, racontant à tous les paysans qu'il rencontrait, et ensuite à sa femme et à sa nièce Lamiel, le détail des plats qu'il avait eus au déjeuner, puis tout ce que madame avait daigné lui dire. Le soir, à tête reposée, ces bonnes gens délibéraient sur la meilleure façon de distribuer les aumônes dont la grande dame l'avait chargé. Cette confiance de la marquise, jointe au crédit que vingt années de soins et d'obéissance passive lui avaient donné sur le curé Du Saillard, personnage terrible dans ses colères, avait fait du bon maître d'école Hautemare un personnage fort important, et le plus important peut-être dans le village de Carville. L'on pouvait même dire que sa réputation s'étendait dans tout l'arrondissement d'Avranches [18], où il rendait beaucoup de services. Mme Hautemare, de son côté, fière envers les paysans, et menant son mari, était encore, s'il se peut, plus petitement dévote ; elle ne parlait à Lamiel que de *devoirs* et de *péchés*.

Je m'ennuyais de si bon cœur à Carville quand je ne tuais pas les lièvres de la marquise, que, les soirées, je donnais toute mon attention aux longs détails que je viens de raconter à mon tour un peu longuement.

Si le lecteur le permet, je lui dirai la raison de mon bavardage. Je m'occupais de ces détails en 1818 avec cet aimable abbé Le Cloud, qu'une maladie de poitrine, acquise à force de crier avec enthousiasme dans des églises humides et remplies de manants, retint plusieurs mois au château de Carville, et j'écris ceci en 1840, vingt-deux ans après.

En 1818, j'avais le bonheur d'avoir un de ces oncles d'Amérique si fréquents dans les vaudevilles. Celui-ci, nommé Des Perriers [19], passait pour fort mauvais sujet dans la famille. Je lui avais écrit deux ou trois fois pour lui envoyer de Paris des habits ou des livres.

En décembre 1818, à l'époque où M. l'abbé Le Cloud et moi riions de la gravité du bonhomme Hautemare et de la terreur que lui inspirait le curé Du Saillard, mon oncle d'Amérique s'avisa de mourir et de me laisser une petite fortune à la Havane et un fort grand procès.

— Voilà un état, me dit cet aimable abbé Le Cloud : vous allez être solliciteur et planteur.

Et il me fit tenir à la Havane une lettre de recommandation d'un curé pour l'évêque de la Havane. Avec l'aide de ce curé, je gagnai mon procès vers 1824, et je menai la vie indolente d'un riche planteur. Au bout de cinq ans, l'envie d'être riche à Paris me prit ; la curiosité me porta à savoir des nouvelles de Carville, de la marquise maintenant duchesse depuis longtemps, de son fils, des Hautemare. Toutes ces aventures *, car il y en a eu, tournent autour de la petite

---

* Ces aventures sont peu édifiantes et cette nouvelle est un *mauvais livre* [R 297, I, f° 103].

Lamiel, adoptée par les Hautemare, et j'ai pris la
fantaisie de les écrire afin de devenir homme de
lettres. Ainsi, ô lecteur bénévole, adieu ; vous n'entendrez plus parler de moi.

CHAPITRE III

En sortant de Carville, du côté de la mer, après
avoir passé le pont neuf, on trouve à gauche la petite
vallée au fond de laquelle court le Houblon, ce
ruisseau qui a l'esprit d'être joli. Deux grandes prairies fort en pente garnissent les deux côtés du ruisseau.

Sur la rive gauche, un beau chemin, récemment
réparé par ordre de Mme de Miossens, étale fièrement
ses bornes en pierre de taille, qui, sous un nom très
impoli, sont destinées à empêcher les imprudents de
choir dans le ruisseau rapide qui se trouve, ici, en
contre-bas de plus de dix pieds. Par le conseil du curé
Du Saillard, la noble dame s'est rendue *adjudicatrice*
des réparations à faire à ce chemin qui conduit au
château, dépense cotée à cent écus dans le budget de
la commune. Mme la duchesse de Miossens *adjudicatrice* et recevant trois cents francs d'une *commune* !
Quels mots ridicules, en 1826, car c'est vers cette
époque que commence notre histoire fort immorale.

A dix minutes du pont sur le Houblon, une troisième
prairie se présente en face de ce beau chemin et
domine le confluent de la Décise et du Houblon. La
Décise, qui descend fort rapidement, est côtoyée par
un sentier formant beaucoup de zigzags sur la partie
la plus élevée de cette troisième prairie. L'œil du
voyageur aperçoit en s'élevant les dernières petites

allées sablées d'un jardin anglais fort soigné et par-
dessus les sommets de quelques arbrisseaux, destinés
surtout à ne point dérober la vue de la mer lointaine
aux fenêtres du rez-de-chaussée du château.

La vue des pierres noires et carrées d'une tour
gothique fait un beau contraste de couleur. Cette tour,
maintenant tout à fait en ruine, fut une noble contem-
poraine de Guillaume le Conquérant.

Tout à fait au bas de la troisième colline est un
lavoir public, établi sur les bords de la Décise[20], sous

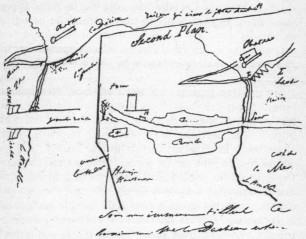

Château — la Décise qui vient se jeter dans le Houblon — Décise — Lavoir —
1re prairie — CARVILLE — grande route — le
Houblon — vue sur la mer
Second plan — Château — Cour — L. Lavoir — prairie — tour
H. maison Hautemare — route — Carville Carville [de part et d'autre de la
route]
Pont — côté de la Mer — Le Houblon.

un immense tilleul. Ce bassin, que Mme la duchesse
espère bien faire déguerpir, est formé par deux
énormes troncs de chêne creusés au centre et quelques
pierres plates placées de champ.

Une trentaine de femmes lavaient du linge[21] à ce bassin, le samedi dernier jour du mois de septembre. Plusieurs de ces paysannes cossues de la riche Normandie ne travaillaient guère, et se trouvaient là sous prétexte de surveiller leurs servantes qui lavaient, mais, dans le fait, pour prendre part à la conversation, ce jour-là fort animée. Plusieurs des laveuses étaient grandes, bien faites, construites comme la Diane des Tuileries, et leurs figures, d'un bel ovale, eussent pu passer pour assez belles, si elles n'eussent été déshonorées par l'infâme bonnet de coton dont la mèche, à cause de la position baissée des laveuses, pendait fort en avant sur le front.

— Hé! ne voilà-t-il pas notre aimable docteur à cheval sur le fameux Mouton! s'écria l'une des laveuses.

— Et ce pauvre Mouton a double charge : il faut qu'il porte M. le docteur et sa bosse, qui n'est pas mince, répondit la voisine.

Toutes levèrent la tête et cessèrent de travailler.

L'objet assez singulier qui attirait leurs regards, était un bossu monté sur un fort beau cheval. Le bossu, qui portait un fusil appuyé sur sa bosse, n'était autre que notre ami Sansfin.

Et, dans le fait, il eût été difficile que des jeunes filles le vissent passer sans rire.

Le bossu montrait beaucoup d'humeur, ce qui augmenta les rires.

Il descendait l'étroit sentier qui suit le cours de la Décise ; ce ruisseau formait une cascade, et le sentier, soutenu par un grand nombre de piquets fichés en terre, formait plusieurs zigzags. C'étaient ces zigzags que le malheureux docteur descendait sous le feu de trente voix glapissantes.

— Prenez garde à la bosse, docteur, elle peut

tomber, rouler jusqu'en bas, et nous écraser, nous autres, pauvres laveuses !

« Canaille ! Canaille infâme ! s'écriait le docteur entre ses dents. Infâme canaille que ce peuple ! Et dire que je ne prends jamais un sou de tous ces coquins-là, quand la Providence me venge en leur envoyant quelque bonne maladie ! »

— Taisez-vous, les filles ! criait le docteur, en descendant les zigzags plus lentement qu'il n'aurait voulu.

Quel redoublement d'allégresse parmi les laveuses si son cheval Mouton eût glissé !

— Taisez-vous, les filles ! Lavez votre linge !

— Prenez garde, docteur, ne vous laissez pas tomber. Si Mouton vous jette par terre, nous n'en ferons ni une ni deux, nous vous volons votre bosse.

— Et moi, que pourrais-je vous voler ? En tout cas, ce ne sera pas votre vertu ! Il y a de beaux jours qu'elle court les champs ! Vous avez souvent des bosses, vous, mais ce n'est pas sur le dos.

Une femme survint[22] et appela sur elle l'attention des laveuses.

Cette femme avait un air de pédanterie et conduisait *par la main* une petite fille de douze ou quatorze ans, dont la vivacité paraissait très contrariée d'être ainsi contenue.

Cette femme n'était rien moins que Mme Hautemare, femme du bedeau, chantre et maître d'école de Carville, et la petite fille dont elle contrariait la vivacité, était sa *nièce*, Lamiel.

Or les laveuses étaient choquées de cet *air de dame*, que se donnait Mme Hautemare : conduire la petite fille *par la main*, au lieu de la laisser gambader comme toutes les petites filles du village !

Mme Hautemare venait du château, par la belle

route qui contournait la prairie placée sur la rive droite du Houblon.

— Ah! voilà *madame* Hautemare, s'écrièrent les lavandières.

Mais elles savaient que *la* Hautemare leur répliquerait au long, tandis qu'en un quart de minute le docteur bossu pouvait s'éloigner d'elles; d'ailleurs, le docteur, à cause de sa colère pétulante, était plus amusant.

Son cheval Mouton, arrivé au bas des zigzags de la Décise, buvait dans ce ruisseau, un peu au-dessus du lavoir. Deux lavandières s'écriaient, s'adressant à Mme Hautemare :

— Ho! là, là! la *madame*, prenez garde de perdre cette *fille de votre frère*, cette prétendue nièce.

— Prends garde à ta perruque, Petit Bossu, s'écriait la section de droite de ce *chœur*, ton *coiffeur* ne sait peut-être pas la faire.

— Et vous..., répondit le docteur; mais sa réplique fut d'une telle nature qu'il n'est pas possible de l'écrire.

La dévote Mme Hautemare, qui avait continué à suivre la route, qui, descendant du château de Miossens, venait passer à côté du lavoir, se hâta de rebrousser chemin avec sa nièce. Cette démarche, accompagnée d'un grand air de dédain que se donna la femme du bedeau, fit éclater autour du bassin-lavoir un éclat de rire *unanime*, universel.

Cet éclat de rire fut interrompu par le docteur, qui, forçant sa petite voix aiguë, s'écriait :

— Taisez-vous, mesdames les coquines, ou bien je fais trotter mon cheval dans la boue qui vous entoure, et bientôt vos bonnets blancs et vos visages seront aussi propres que vos consciences, c'est-à-dire remplis d'une boue noire et fétide comme vos sales personnes.

Disant ces nobles paroles, le docteur était piqué au

vif et rouge comme un coq. Chez cet homme, qui
passait sa vie à rêver à sa conduite, la vanité produisait d'étranges folies ; il les entrevoyait, mais rarement avait-il la force d'y résister *. Par exemple, en ce
moment, il n'avait qu'à ne rien dire, et tout le
bavardage insolent des lavandières s'évaporerait aux
dépens de Mme Hautemare : mais, dans ce moment, il
voulait se venger.

— Hé bien ! reprit une laveuse, nous serons des
filles peu sages et couvertes de boue par un malhonnête ; un peu d'eau et tout est dit. Mais avec quelle eau
pourra se frotter un bossu si dégoûtant que jamais il
n'a pu avoir de maîtresse sans payer ?

Ce mot était à peine prononcé que le docteur,
furieux, lança son cheval au galop, et, en passant dans
le bourbier voisin du lavoir, couvrit de boue toutes les
joues rouges, tous les bonnets blancs et, ce qui était
bien pis, tout le linge lavé posé sur des bancs de pierre.

A cette vue, les trente laveuses se mirent à hurler
des injures toutes à la fois, et ce chœur vigoureux dura
bien une minute **.

Le docteur était ravi d'avoir couvert de boue ces
insolentes. « Et elles ne pourront pas se plaindre,
ajoutait-il avec un sourire diabolique. »

— Je passais mon chemin ; un chemin est fait pour
qu'on y passe.

Il se retourna vers les laveuses pour jouir de leur
désarroi ; c'était le moment où toutes ensemble lui
lançaient des injures atroces. Le docteur ne put
résister à la tentation de repasser au trot dans le
bourbier. Il lança son cheval. Une de ces filles, qui se
trouva précisément sous le nez du cheval, eut une peur
horrible et, à tout hasard, lança au cheval la petite

---

* Donner cette raison est *lourd* [*R 297, I, f⁰ 116 v⁰*].

** Les nommer dès le commencement de la scène [*Ibid., f⁰ 118 v⁰*].

pelle de bois avec laquelle elle battait son linge. Cette pelle, lancée par la peur, s'éleva plus haut que les yeux du cheval et en passa à quelques pouces. Mouton eut peur et s'arrêta net au milieu de son trot, faisant un petit saut en arrière.

Ce mouvement brusque et sec opéra la séparation du docteur et de la selle ; le docteur, qui se penchait en avant, tomba net dans le bourbier, la tête la première ; mais la boue avait bien un demi-pied de profondeur, et le docteur n'eut d'autre mal que celui de la honte, mais cette honte fut entière.

Il était étendu aux pieds de la femme qui, dans l'angoisse d'un danger qui lui semblait extrême, avait lancé en avant sa petite pelle de bois.

Les femmes crurent que le docteur s'était cassé un bras au moins. Elles prirent peur : des Normandes calculent en un clin d'œil les chances d'un procès. Il y avait des dommages et intérêts ; chacune prit la fuite pour n'être pas reconnue et nommée dans la plainte du docteur.

Celui-ci se releva, rapide comme l'éclair, et remonta sur son cheval. Le voyant remonté avec tant de prestesse, les lavandières, arrêtées à vingt pas, se mirent à rire avec un naturel, un excès de bonheur qui portèrent au comble la rage du malencontreux médecin. Hors de lui, il saisit son fusil avec des projets tragiques. Mais, dans la chute, le fusil avait porté rudement par terre, les chiens étaient remplis de boue, et de plus avaient perdu leurs deux pierres. Mais les femmes ne savaient pas cet accident arrivé au fusil et, voyant le docteur les coucher en joue, elles prirent de nouveau la fuite en jetant des cris aigus.

Le docteur, voyant son fusil hors d'état de le venger, donna d'effroyables coups d'éperon à son cheval, qui, en quelques secondes, arriva dans la cour de sa maison. Le docteur, jurant comme un possédé, se fit donner, sans descendre, un habit et un fusil, puis poussa son cheval ventre à terre sur la grande route d'Avranches qui passait sur le pont du Houblon, dont nous avons déjà parlé.

Les femmes, après avoir lavé rapidement leurs figures et leurs bonnets blancs, s'occupaient de leur linge, et enlevaient les taches de boue.

Cet ouvrage les outrait de chagrin et elles l'interrompaient fréquemment pour revenir aux injures adressées au docteur, quoique dans ce moment, au train dont il était parti, il fût à une lieue du lavoir. Quand elles furent lasses de crier des injures :

— Pour moi, s'écria Yvonne, l'une d'elles, si Jean-Claude veut me faire danser à l'avenir, il faudra qu'il rosse Sansfin et qu'il m'apporte une mèche de ses cheveux que je mettrai comme une cocarde sur mon bonnet blanc.

— En ce cas, il aura un coup de fusil à petit plomb dans les jambes, ton Jean-Claude, dit Pierrette, car il est traître, le docteur.

— Et d'ailleurs tellement colère, reprit une troisième, qu'il ne sait pas ce qu'il fait. Et on voit bien que tu ne sais pas l'histoire de Dréville.

— Yvonne n'était pas encore à Carville, s'écria Pierrette ; elle était en service à Granville. Le gros Brunel, de Dréville, celui de la Marie Barbot, chanta au docteur qui passait quelque plaisanterie sur sa bosse, le docteur qui trottait sur Coco, son cheval d'alors, n'en fait ni une ni deux : il défait son fusil qu'il portait en bandoulière et lâche les deux coups sur Brunel. L'un des deux coups était chargé à balle et blessa le Brunel au bras gauche et à la poitrine tout à côté. Le docteur jura qu'il avait oublié que l'un des canons avait une balle, mais quoique çà, le substitut l'a forcé à donner dix louis.

Pendant un gros quart d'heure, la conversation des

laveuses chercha sans le trouver un moyen de tirer vengeance du docteur ; elles avaient de l'humeur de ne pouvoir rien inventer, quand Mme Hautemare vint à repasser, tenant sa nièce Lamiel par la main. A cette vue, tous les cris prirent une autre direction.

— Hé ! hé ! la revoilà, cette pimbêche, avec sa belle nièce ! s'écria Pierrette.

— Qu'appelles-tu nièce ? Dis plutôt avec la fille du diable !

— Qu'appelles-tu fille du diable ? Dis donc une bâtarde qu'elle a eue *en arrière* de son mari et qu'elle a porté ce gros butor à adopter, et cela pour lui faire déshériter son pauvre neveu, Guillaume Hautemare.

— Hé ! par pitié, voisines, ne dites donc rien de malhonnête ! Ayez du moins quelque considération pour cette jeunesse que je conduis avec moi.

Cette prière prononcée d'un ton doctoral fut suivie d'une douzaine de réponses qui partirent à la fois, mais que je ne saurais transcrire.

— Regagne la maison en courant, Lamiel, s'écria Mme Hautemare ; et la petite fille partit, enchantée de pouvoir courir.

La bonne femme se donna le plaisir d'adresser un sermon en trois points aux laveuses, lesquelles, désolées de ne pouvoir trouver jour à ressaisir la parole, se mirent tout à coup à crier toutes à la fois pour tâcher de faire déguerpir la respectable Mme Hautemare. Mais cette femme intrépide avait à cœur leur conversion, et continua à prêcher plus de cinq minutes, avec l'accompagnement de trente femmes criant à tue-tête.

Au moyen de ces deux belles attaques sur des passants récalcitrants, les laveuses trouvèrent le secret de ne point s'ennuyer de toute cette journée-là. De son côté, Mme Hautemare eut un long récit à faire à son mari le bedeau, et à toutes ses amies de Carville. Le moins diverti fut le docteur, qui, au lieu de rentrer chez lui après avoir couvert de boue les laveuses, descendit au galop vers le pont du Houblon, puis, tournant, poussa son cheval ventre à terre sans songer que son fusil en bandoulière bondissait sur son dos de la façon la plus ridicule.

« Grand Dieu ! se disait-il, il faut que je sois un grand sot d'aller me prendre de bec avec ces coquines-là ! Il y a des jours où je devrais me faire attacher au pied de mon lit par mon domestique[23]. »

Pour faire diversion à son humeur, le docteur chercha dans sa mémoire si, sur la grande route qu'il suivait toujours ventre à terre, il ne se trouverait pas quelque malade assez bon pour croire que le docteur avait fait deux lieues pour lui faire une visite du soir.

Tout à coup, il trouva bien mieux qu'un malade. M. Du Saillard, le curé de Carville, était allé dîner, ce jour-là, au château de Saint-Pois, à trois lieues de son village. Ce curé était terrible dans ses haines et l'un des gros bonnets de la Congrégation ; mais par compensation, — et c'est là ce qui sauve la civilisation en France, il y a compensation dans tout, — par compensation donc, le terrible Du Saillard despote intrépide à Carville, n'aimait pas à se trouver seul sur la grande route, dans son petit cabriolet. Ce fut donc avec un vif plaisir qu'il vit arriver Sansfin chez les Saint-Pois. Ces deux hommes auraient pu se faire beaucoup de mal, et vivaient politiquement ensemble.

Du Saillard parlait mal ; homme froid, qui eût gouverné une préfecture en se jouant, il regardait Sansfin comme un fou ; chaque jour il le voyait entraîné à quelque grosse sottise par une saillie de sa vanité. Mais Sansfin, quand il oubliait sa bosse, savait amuser un salon et faire la conquête d'un maître de château. Il y a force châteaux dans les environs d'Avranches, et l'on s'y ennuie magnifiquement. C'était surtout auprès de la duchesse de Miossens que

Du Saillard redoutait les anecdotes malignes que le docteur savait si bien dire. Du Saillard régnait dans le château seigneurial qui trônait sur le promontoire au pied duquel nous avons vu l'humble lavoir des paysans de Carville.

Le curé et son ami politique le docteur se dirent des douceurs et la comtesse de Saint-Pois se scandalisa de ce que des gens de cette sorte choisissaient son salon pour se parler.

Le docteur, à cheval, escorta le curé ; mais, quand il se retrouva seul chez lui, il retrouva son noir chagrin et les souvenirs du lavoir. Un instant après, il lui arriva une consolation. On vint le chercher pour un beau jeune homme de cinq pieds six pouces et qui venait, à peine âgé de vingt-cinq ans, d'avoir une belle et bonne attaque d'apoplexie. Le docteur passa la nuit auprès de lui, et, tout en lui appliquant le traitement convenable, il eut le plaisir de voir cet être si beau mourir avec la pointe du jour.

« Voilà un beau corps vacant, se disait-il ; pourquoi mon âme ne peut-elle pas y entrer ? »

Le docteur, fils unique d'un fermier enrichi par les biens nationaux, s'était fait médecin pour savoir se soigner ; il s'était fait chasseur habile pour paraître toujours armé aux yeux des mauvais plaisants. La récompense d'une activité souvent pénible pour sa faible santé était de voir mourir de beaux hommes et d'effrayer le petit nombre de jolies malades que le pays fournissait de façon à ce qu'elles désirassent sa présence avec passion.

La petite nièce Lamiel était trop éveillée pour ne pas comprendre, lorsque sa tante, Mme Hautemare, la renvoya au village, qu'il y avait quelque chose de bien extraordinaire. La dévote Mme Hautemare ne lui laissait jamais faire vingt pas toute seule.

Sa première pensée, comme il était naturel, fut

d'entendre ce que sa tante voulait lui cacher ; il suffisait pour cela de faire un détour et de revenir se cacher dans la digue de terre couverte d'arbres qui dominait le lavoir public. Mais Lamiel pensa qu'elle allait entendre des injures et des gros mots, choses qu'elle avait en horreur. Une idée bien plus séduisante lui apparut.

« En courant bien fort, se dit-elle, je puis aller jusqu'au champ de la danse, où je n'ai pu entrer qu'une fois en ma vie, et être de retour à la maison avant le retour de ma tante [24]. »

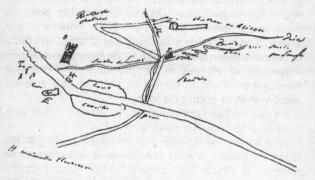

route du château — Houblon — château de Miossens — Décise —
O [*Tour*] — sentier de Lamiel — L [*Lavoir*] — ancien chemin — route suivie par Sansfin — Prairies —
H [plus bas : H maisonnette Hautemare] — Carville —
T.T.T. [*Tilleuls*] — C [*Cimetière*] — E [*Église*] — Pont.

Carville ne consistait presque qu'en une rue fort large avec une place au milieu. A l'extrémité opposée du pont sur le Houblon, c'est-à-dire du côté de Paris, se trouvait la jolie église gothique du pays ; au delà était le cimetière, puis au delà encore trois grands tilleuls sous lesquels on dansait le dimanche, au grand déplaisir du curé Du Saillard. On profanait, disait-il, la cendre des morts, et le prétexte était que les tilleuls n'étaient pas à plus de quarante pas du cimetière. La chaumière, que la commune passait à M. Hautemare comme maître d'école, donnait sur la rue, presque vis-à-vis le cimetière, et de là on pouvait apercevoir la promenade des tilleuls et entendre le violon de la danse.

Lamiel prit en courant un ancien chemin qui du lavoir conduisait à la route de Paris, en dehors de Carville.

Ce chemin la conduisit aux tilleuls, dont elle voyait de loin la cime touffue s'élever par-dessus les maisons, et cette vue lui faisait battre le cœur. « Je vais les voir de près, se disait-elle, ces arbres si beaux ! » Ces fameux tilleuls la faisaient pleurer le dimanche puis elle songeait à eux tout le reste de la semaine[25]. Lamiel pensa que, si elle ne passait pas par le village, elle ne courrait pas le risque d'être dénoncée à sa tante par certaines dévotes qui habitaient à côté de la maisonnette du maître d'école.

Tout en courant le long de l'ancien chemin hors du village, Lamiel fit la fâcheuse rencontre de quatre ou cinq vieilles femmes du village, portant des paniers remplis de sabots.

Autrefois Mme Hautemare était aussi pauvre que ces femmes, et se livrait aux mêmes travaux pour gagner sa vie. La protection de M. le curé Du Saillard avait tout changé. Ces femmes, qui marchaient nu-pieds, portant leurs sabots sur la tête, s'aperçurent bientôt que Lamiel était vêtue avec beaucoup plus de soin qu'à l'ordinaire ; apparemment sa tante Hautemare l'avait menée au château, chez Mme la duchesse.

— Hé ! hé ! te voilà bien fière parce que tu viens du château, dit l'une.

— Je ne sais ce qui me tient, s'écria une seconde ;

nous allons t'ôter tes beaux souliers; pourquoi ne marcherais-tu pas nu-pieds comme nous?

Lamiel ne perdit point courage. Elle monta dans le champ à droite du chemin et qui le dominait de plusieurs pieds; de là elle rendit injures pour injures à ses ennemies.

— Si tu as une belle robe et des souliers...

— Vous voulez me voler mes beaux souliers parce que vous êtes cinq; mais si vous me volez, le brigadier de gendarmerie, qui est ami de mon oncle, vous mettra en prison.

— Veux-tu bien te taire, petit serpent, fille du diable!

A ce mot, les cinq femmes se mirent à crier à tue-tête toutes ensemble:

— Fille du diable! fille du diable!

— Tant mieux, répondait Lamiel, si je suis fille du diable; je ne serai jamais laide et grognon comme vous; le diable mon père saura me maintenir en gaieté.

A force d'économies, la tante et l'oncle de Lamiel étaient parvenus à réunir un capital rapportant dix-huit cents livres de rente. Ils étaient donc fort heureux, mais l'ennui tuait Lamiel, leur jolie nièce. Les esprits sont précoces en Normandie. Quoique à peine âgée de douze ans, elle était déjà susceptible d'ennui, et l'ennui, à cet âge, quand il ne tient pas à la souffrance physique, annonce la présence de l'âme. Mme Hautemare trouvait du péché à la moindre distraction; le dimanche, par exemple, non seulement il ne fallait pas aller voir la danse sous les grands tilleuls au bout du cimetière, mais même il ne fallait pas s'asseoir devant la porte de la chaumière que la commune passait au marguillier, car de là on entendait le violon, et l'on pouvait apercevoir un coin de cette danse maudite qui rendait jaune le teint de M. le curé[26]. Lamiel pleurait d'ennui ; pour la calmer, la bonne tante Hautemare lui donnait des confitures, et la petite, qui était friande, ne pouvait la prendre en déplaisance. De son côté, le maître d'école Hautemare, fort scrupuleux sur ce devoir, la forçait à lire une heure le matin et une heure le soir.

« Si la commune me paye, se disait-il, pour enseigner à lire à tous les enfants généralement quelconques, à plus forte raison dois-je enseigner à lire à ma propre nièce, puisque, après Dieu, je suis la cause de sa venue en cette commune. »

Cette lecture continuelle était un des supplices de la petite fille, mais quand le bon maître d'école la voyait pleurer, il lui donnait quelque monnaie pour la consoler. Malgré cet argent, bien vite échangé contre de petits bonshommes de pain d'épices, Lamiel abhorrait la lecture.

Un jour de dimanche, que l'on ne pouvait pas filer et que sa tante lui défendait de regarder par la porte ouverte, de peur qu'elle n'aperçût dans le lointain quelque coiffe sautant en cadence, Lamiel trouva sur l'étagère de livres l'*Histoire des quatre fils Aymon*. La gravure en bois la charma ; puis, pour la mieux comprendre, elle jeta les yeux, quoique avec dégoût, sur la première page du livre. Cette page l'amusa, elle oublia qu'il lui était défendu d'aller voir la danse, bientôt elle ne put plus penser qu'aux quatre fils Aymon. Ce livre, confisqué par Hautemare à un écolier libertin, fit des ravages incroyables dans l'âme de la petite fille. Lamiel pensa à ces grands personnages et à leur cheval toute la soirée et puis toute la nuit. Quoique fort innocente, elle pensait que ce serait bien autre chose de se promener dans le cimetière, tout à côté de la danse, en donnant le bras à un des quatre fils Aymon, au lieu d'être retenue et empêchée de sauter par le bras tremblant de son vieil oncle. Elle lut presque tous les livres du maître d'école avec un plaisir fou, quoique n'y comprenant pas grand'chose ; mais elle jouissait des *imaginations* qu'ils lui donnaient. Elle dévora, par exemple, à cause des amours de Didon, une vieille traduction en vers de l'*Énéide* de Virgile, vieux bouquin relié en parchemin et daté de l'an 1620. Il suffisait d'un récit quelconque pour l'amuser. Quand elle eut parcouru et cherché à comprendre tous ceux des livres du maître d'école qui n'étaient pas en latin, elle porta les plus vieux et les plus laids chez l'épicier du village, qui lui donna en échange une demi-livre de raisins de Corinthe et l'histoire du *Grand Mandrin* puis celle de Monsieur Cartouche.

Nous avouerons avec peine que ces histoires ne sont point écrites dans cette tendance hautement morale et vertueuse que notre siècle moral place en toutes choses. On voit bien que l'Académie française et les prix Monthyon[27] n'ont point encore passé par cette littérature-là ; aussi n'est-elle pas ennuyeuse. Bientôt Lamiel ne pensa plus qu'à monsieur Mandrin, à monsieur Cartouche et aux autres héros que ces petits livres lui apprenaient à connaître. Leur fin, qui arrivait toujours en lieu élevé et en présence de nombreux spectateurs, lui semblait noble ; le livre ne vantait-il pas leur courage et leur énergie[28] ? Un soir, à souper, Lamiel eut l'imprudence de parler de ces grands hommes à son oncle ; d'horreur, il fit le signe de la croix.

— Apprenez, Lamiel, s'écria-t-il, qu'il n'y a de grands hommes que les saints.

— Qui a pu vous donner ces idées terribles ? s'écria Mme Hautemare.

Et, pendant tout le souper, le bonhomme et sa femme ne s'entretinrent en présence de leur nièce que de l'étrange discours qu'elle venait de leur tenir. A la prière que l'on fit en commun, après le souper, le maître d'école eut le soin d'ajouter un *Pater* pour demander au ciel qu'il préservât sa nièce de penser à Mandrin et à Cartouche.

CHAPITRE IV

Lamiel était fort éveillée, pleine d'esprit et d'imagination, elle fut profondément frappée de cette sorte de cérémonie expiatoire. « Mais pourquoi mon oncle ne veut-il pas que je les admire ? » se disait-elle dans son lit, ne pouvant dormir.

Puis, tout à coup, apparut cette idée bien criminelle : « Mais est-ce que mon oncle aurait donné dix écus comme monsieur Cartouche à cette pauvre veuve Renoart des environs de Valence à qui les gabelous venaient de saisir sa vache noire, et qui n'avait plus que treize sous pour vivre, elle et ses sept enfants [29] ? »

Pendant un quart d'heure, Lamiel pleura de pitié ; puis elle se dit : « Est-ce que, une fois sur l'échafaud, mon oncle aurait su supporter les coups de la masse de fer du bourreau qui brisait ses bras, sans sourciller le moins du monde comme monsieur Mandrin ? Mon oncle gémit à n'en pas finir quand son pied goutteux rencontre un caillou ».

Cette nuit fit révolution dans l'esprit de la petite fille. Le lendemain, elle apporta à l'épicier la vieille traduction de Virgile qui avait des images, elle refusa des figues et des raisins de Corinthe, et reçut en échange une de ces belles histoires qu'on venait de lui défendre de lire.

Le lendemain était vendredi, et Mme Hautemare tomba dans un profond désespoir parce que le soir, en sortant de table, elle s'aperçut, en trouvant vide un certain pot de terre, qu'elle avait mis dans la soupe un reste du bouillon gras du jeudi.

— Eh bien! qu'est-ce que ça fait? dit Lamiel étourdiment. Nous avons mangé une meilleure soupe, et peut-être que ce reste de bouillon se serait gâté d'ici à dimanche.

On peut juger si pour ces propos horribles la jeune nièce fut grondée d'importance par l'oncle et par la tante; celle-ci avait de l'humeur et, ne sachant à qui s'en prendre, elle passa sa colère, comme on dit à Carville, sur sa jeune nièce. La petite avait déjà trop de bon sens pour se mettre en colère contre une si bonne tante qui lui donnait des confitures.

D'ailleurs elle la voyait réellement au désespoir d'avoir mangé et fait manger ce reste de bouillon. Lamiel fit des réflexions profondes sur ce souper du vendredi. Elle y pensait encore un mois après, lorsqu'elle entendit la Merlin, cabaretière du voisinage, qui disait à une pratique :

— C'est bon comme du bon pain, les Hautemare, *mais c'est bête.*

Or, Lamiel avait la plus tendre estime pour la Merlin; elle entendait rire et chanter toute la journée dans son cabaret et souvent même le vendredi.

« C'est donc là le mot de l'énigme, s'écria Lamiel, comme frappée d'une lumière soudaine : *mes parents sont bêtes.* » Pendant huit jours, elle ne prononça pas dix paroles, elle avait été tirée d'une bien grande inquiétude par l'explication de la cabaretière. « On ne me dit pas encore ces choses-là, pensa-t-elle, parce que je suis trop petite. C'est comme l'amour dont on me défend de parler sans vouloir jamais me dire ce que c'est. »

Depuis cette grande aventure du propos de la vendeuse de cidre Merlin, tout ce qui était prêché par

la tante Hautemare, c'est-à-dire tout ce qui était
devoir réel ou de convention parmi les dévots du
village, devint également ridicule aux yeux de Lamiel,
elle répondait tout bas : « *C'est bête* » à tout ce que sa
tante ou son oncle pouvaient lui dire. Ne pas dire le
chapelet le soir des bonnes fêtes ou ne pas jeûner un
jour de quatre-temps, ou aller au bois faire l'amour,
parurent à Lamiel des péchés d'égale importance.

Lamiel grandit ainsi. Elle avait quinze ans lorsque
les yeux de la duchesse de Miossens s'entourèrent de
quelques rides. Nous avons oublié de dire que le vieux
duc était mort, son fils qui avait succédé à son titre ne
lui survécut que de quelques mois et la duchesse de
Miossens, qui était allée à Paris montrer son nouveau
titre, était revenue à Carville fort irritée du peu
d'attention que le monde avait accordé à ce titre si
longtemps désiré. Ses yeux donc s'entourèrent de
quelques rides; elle fut au désespoir de cette découverte. Un courrier expédié en toute hâte à Paris lui
ramena l'oculiste le plus célèbre, M. de la Ronze [30]. Cet
homme d'esprit fut fort embarrassé, lors de la consultation faite le matin au lit de la duchesse, et il eut
besoin de débiter une longue suite de phrases élégantes pour se donner le temps d'inventer un mot grec
qui voulait dire affaiblissement causé par la vieillesse.
Supposons que ce beau mot grec soit amorphose [31].
M. de la Ronze expliqua longuement à la duchesse
que cette maladie, provenant d'un froid subit à la tête,
attaquait de préférence les jeunes femmes de trente à
trente-cinq ans. Il prescrivit un régime sévère, remit à
la duchesse deux boîtes de pilules de noms fort
différents, mais formées également de mie de pain et
de coloquinte [32], et conseilla surtout à sa malade de
bien se garder de consulter des médecins ignorants
qui pourraient confondre cette maladie avec une autre

exigeant un régime débilitant. Il lui prescrivit de ne pas lire pendant six mois, surtout le soir ; il fallait donc prendre une lectrice. Mais le médecin fit si bien, que ce fut la duchesse qui prononça la première le mot fatal de *lectrice* et un autre mot plus terrible encore : *des lunettes*. L'oculiste eut l'air de réfléchir profondément, et finit par décider que pendant la durée du traitement, qui pouvait prendre six ou huit mois, il ne serait pas nuisible de ménager les yeux et de porter des lunettes qu'il se chargea de choisir à Paris chez un opticien fort savant et que les journaux vantaient deux fois la semaine.

La duchesse fut ravie de ce médecin charmant, chevalier de tous les ordres d'Europe, et qui n'avait pas quarante ans, et il partit pour Paris fort bien payé. Mais la duchesse était fort embarrassée ; où trouver une lectrice à la campagne ? Cette sorte de femmes de chambre était fort difficile à trouver, même en Normandie. Ce fut en vain que Mme Anselme fit connaître dans le village le désir de Mme la duchesse. Le bonhomme Hautemare, le seul être masculin de tout le village qui méritât le titre de *bonhomme*, songea d'abord à cette place de lectrice pour sa nièce Lamiel. « Mais, se dit-il, personne autre dans le village n'est capable de remplir cet emploi et la duchesse a tant d'esprit qu'il est impossible qu'elle n'arrive pas à songer à Lamiel. » Toutefois, il y avait une objection majeure : une fille prise à l'hôpital était-elle digne de servir de lectrice à une dame d'une si grande noblesse ?

Hautemare et sa femme étaient depuis quinze jours plongés dans le tourment que donne un grand dessein en voie d'exécution, lorsque, un soir où l'on annonçait de Paris les nouvelles les plus décisives sur ce qui se passait dans la Vendée, le piéton remit au château le numéro de *la Quotidienne* arrivant de Paris.

Ce fut en vain que Mme Anselme mit une double paire de lunettes ; elle lisait avec une lenteur et une inintelligence qui désespéraient l'impatiente duchesse.

La madame Anselme avait trop d'esprit pour bien lire. Elle voyait là une corvée qui serait tombée sur elle sans augmenter ses gages d'un sou. Ce raisonnement semblait juste, et toutefois cette fille si habile, Mme Anselme, se trompa. Que de fois par la suite elle maudit cette inspiration de la paresse !

La duchesse s'écria tout à coup pendant cette lecture abominable :

— Lamiel ! qu'on mette les chevaux et qu'on aille chercher au village la petite Lamiel, la fille d'Hautemare, elle se fera accompagner par son oncle ou sa tante.

Lamiel parut deux heures après avec ses habits des dimanches. Elle lut mal d'abord, mais avec des grâces charmantes qui firent oublier à la duchesse même l'intérêt des nouvelles de la Vendée. Ses jolis yeux si fins s'enflammaient de zèle en lisant les phrases d'enthousiasme de *la Quotidienne*. « Elle pense bien », se dit la duchesse, et lorsque, vers les onze heures, Lamiel et son oncle prirent congé de la grande dame, celle-ci avait la fantaisie bien décidée d'attacher Lamiel à son service.

Mais Mme Hautemare n'admettait pas l'idée que le soir, à neuf ou dix heures, Lamiel, grande fille de quinze ans, fort délurée, pût revenir du château à la maisonnette du maître d'école.

Ici eut lieu une négociation fort compliquée qui dura plus de trois semaines. Ce délai fut suffisant pour porter à l'état de passion, chez la duchesse, l'idée d'abord assez vague d'avoir Lamiel au château pour lire *la Quotidienne*.

Après des pourparlers infinis qui pourraient bien

avoir le mérite de peindre le génie normand dont nous voyons de si beaux exemples à Paris, mais au risque de paraître long au lecteur bénévole, il fut convenu que Lamiel coucherait dans la chambre de Mme Anselme, et cette chambre avait l'honneur de toucher à celle de la duchesse. Cette dernière circonstance, qui rassurait pleinement le scrupule et surtout la vanité de Mme Hautemare, ne laissa pas de la choquer extrêmement dans un autre sens.

— Quoi donc! disait-elle à son mari, lorsque tout semblait conclu, les méchantes langues de Carville pourront dire que notre nièce est entrée en service! Cela ferait renaître les espérances de ton neveu le jacobin, qui a dit de nous tant *d'horreurs*.

Ce scrupule fut sur le point de faire renoncer à l'affaire, car la duchesse, de son côté, trouvait qu'entrer au château était un honneur insigne pour la nièce du maître d'école, et s'en expliqua dans ces termes avec Mme Hautemare. Aussitôt la commère du village fit une profonde révérence à la grande dame et prit congé sans répondre.

— Voilà bien la révolution! s'écria la duchesse hors d'elle-même; c'est en vain que nous pensons l'éviter, la révolution nous assiège et se glisse même parmi les gens dont nous faisons la fortune.

Cette réflexion la pénétra d'indignation, de douleur et de crainte. Dès le lendemain matin, après une nuit passée presque sans sommeil, la duchesse fit appeler le bonhomme Hautemare pour lui laver la tête, mais elle fut bien autrement surprise quand le maître d'école, tout consterné et roulant son chapeau entre ses mains, tant il était effrayé du terrible message dont on l'avait chargé, lui annonça que, toute réflexion faite, Lamiel avait la poitrine trop délicate pour pouvoir accepter l'honneur que Mme la duchesse avait voulu lui faire.

La réponse à cette déclaration impertinente fut empruntée à *Bajazet* ; elle consista dans ce seul mot :
— Sortez [33] !

La duchesse avait voulu conduire cette affaire sans en parler au curé Du Saillard ; la profondeur singulière qu'avait l'esprit de cet ecclésiastique habile lui avait donné l'impardonnable défaut de se laisser aller quelquefois à des réparties un peu brusques quand on lui opposait des objections par trop absurdes. « Voilà encore, se disait la duchesse, de ces choses qu'on n'eût point vues avant 89. » Elle évitait donc le plus qu'elle pouvait de parler au curé de choses sérieuses. Quelquefois même, Mme de Miossens essayait d'engager Du Saillard à dîner et de ne lui dire que deux mots polis, l'un quand il entrait et l'autre à sa sortie. L'homme d'esprit s'amusait de ces prétentions et attendait patiemment que la duchesse eût besoin de lui. Dans la colère que lui donna le maître d'école, la grande dame fit appeler Du Saillard à l'instant, et n'eut pas même l'esprit de l'engager à dîner et de ne lui parler de Lamiel qu'à la fin du repas.

Du Saillard trouva l'affaire si mal engagée qu'il la jugea sans remède. Avant de parler de Lamiel, il eût fallu commencer par découvrir quelque abus dans l'école tenue par Hautemare. Là se trouvait la source de son bien-être et de son outrecuidance. On aurait menacé de fermer cette école, on l'eût même fermée au besoin ; alors Hautemare serait venu solliciter humblement l'admission de Lamiel au château. Le curé fit sentir à la duchesse, dans toute son amertume, la faute immense qui avait été commise en ne débutant pas par le consulter pour cette affaire ; puis il la laissa sans lui donner de conseil, dans le profond désespoir de sa vanité outragée par un manant.

La profondeur de son émotion ôtant à cette grande dame le peu de sens qu'elle avait pour conduire les affaires, elle ne sut pas même ménager à propos un reste de dignité ; et Mme Anselme adressa à *Monsieur* Hautemare une lettre officielle dans laquelle elle lui disait, au nom de *Madame*, que *Mademoiselle* Lamiel aurait l'honneur d'être employée auprès de Mme la duchesse en qualité de lectrice et ce, jusqu'à ce que l'on fît venir de Paris une personne *plus savante*. Tout le village fut scandalisé de ce mot *mademoiselle* adjoint au nom de Lamiel.

Celle-ci n'avait point ignoré toutes les démarches que son oncle faisait depuis trois semaines, et désirait avec passion d'entrer au château. Elle avait entrevu les beaux meubles qui remplissaient les chambres ; elle avait vu surtout une magnifique bibliothèque et tous les volumes dorés sur tranche qui la composaient ; elle avait oublié de remarquer que ces volumes se trouvaient dans une armoire à glace, et que la duchesse, fort méfiante, en portait la petite clef toujours attachée à sa montre.

En arrivant, pour y demeurer, dans ce beau château qui, comme nous l'avons dit, n'avait pas moins de dix-sept croisées de façade et un toit d'ardoises, profondément sérieux et ressemblant à un éteignoir [34], Lamiel éprouva dans la poitrine une sensation si extraordinaire et si violente qu'elle fut obligée de s'arrêter sur les marches du perron ; en d'autres termes, son âme avait vingt ans ; et, pour dernier conseil, sa tante, qui l'avait accompagnée jusqu'à la porte, mais qui ne voulut pas entrer pour n'être pas obligée de *remercier* la duchesse, lui recommanda fort de ne jamais rire devant les femmes de chambre et de ne se prêter à aucune sorte de plaisanterie.

— Autrement, ajouta Mme Hautemare, elles te mépriseront comme une paysanne et t'accableront de petites insultes, si petites qu'il te sera impossible de t'en plaindre à la duchesse, et pourtant si cruelles

qu'au bout de quelques mois tu seras trop heureuse de
quitter ce château.

Ces mots furent fatals pour Lamiel. Tout son bonheur disparut à l'instant. Elle fut pénétrée d'un
profond découragement en observant les physiono-
mies de ces femmes qui entouraient la duchesse. Après
trois jours seulement, Lamiel était si malheureuse
qu'elle en avait perdu l'appétit. La chambre où elle
couchait avait un beau tapis, mais il n'était pas
permis de marcher vite sur ce tapis, c'eût été de
mauvais ton, et peu respectueux pour madame. Tout
devait se faire lentement, et d'une façon compassée
dans ce magnifique château puisqu'il avait l'honneur
d'être habité par une grande dame. La cour de la
duchesse était plus particulièrement composée de
huit femmes dont la plus jeune avait bien cinquante
ans. Le valet de chambre Poitevin était bien plus âgé
encore ainsi que les trois laquais qui seuls avaient le
privilège d'entrer dans la longue suite des pièces qui
occupaient le premier étage. Il y avait un magnifique
jardin composé d'allées de tilleuls et de charmilles
sévèrement taillés trois fois par an. Deux jardiniers
soignaient un magnifique parterre planté de fleurs et
qui s'étendait sous les fenêtres du château ; mais dès le
second jour, il fut décidé que Lamiel ne pourrait se
promener, même dans le parterre, que dans la compagnie d'une des femmes de chambre de madame, et ces
demoiselles trouvaient toujours qu'il faisait trop
humide, ou trop chaud, ou trop froid pour se promener. Quant à l'intérieur du château, ces demoiselles
qui, presque toutes, prétendaient à la jeunesse, quoique dépassant de loin la cinquantaine, avaient découvert que le grand jour était de mauvais ton ; il faisait
voir les rides, etc., etc. Enfin, à peine un mois s'était
écoulé que Lamiel périssait d'ennui, et sa vie n'était
pas trop égayée par le numéro de la fidèle *Quoti-*

dienne, dont tous les soirs elle faisait la lecture à Madame. Quelle différence avec la vie de Mandrin, à ses yeux le livre le plus amusant du monde ! Elle avait oublié d'apporter ses livres ; et lorsqu'elle allait en voiture passer de courts instants chez ses parents, elle n'était pas laissée seule un seul instant et ne pouvait aller à sa cachette.

Lamiel n'avait presque plus l'envie de se promener ; elle était si malheureuse que sa petite vanité, quoique fort éveillée, ne s'apercevait pas même de son succès auprès de la duchesse : il était immense. Ce qui surtout faisait la conquête de la grande dame, c'est que Lamiel *n'avait point l'air d'une demoiselle.*

Il faut savoir que celui des désastreux effets de la Révolution auquel Mme de Miossens était le plus sensible, c'étaient ces airs de décence et de réserve que se donnent des filles de gens du peuple qui ont gagné quelque argent. Lamiel avait trop de vivacité et d'énergie pour marcher lentement et les yeux baissés, ou du moins ramenés en soi, pour ne laisser échapper qu'un regard insignifiant sur le magnifique tapis du salon de la duchesse*. Les avis charitables des femmes de chambre l'avaient amenée à une singulière allure, elle marchait lentement, il est vrai, mais elle avait l'air d'une gazelle enchaînée ; mille petits mouvements pleins de vivacité trahissaient les habitudes campagnardes. Jamais elle n'avait pu prendre cette démarche de bonne compagnie qui doit avoir l'air d'un dernier effort d'une nature qui ne demanderait qu'à ne point agir. Dès qu'elle n'était pas immédiatement surveillée par les regards sévères de quelques-unes des anciennes femmes de chambre, elle parcourait en sautant la suite des pièces qu'il fallait traverser

---

* Ceci fait seulement en corrigeant. Voir les commencements de Marianne ³⁵ [*R 297, I, f° 177, v°*].

pour arriver à celle où se trouvait la duchesse. Avertie
par les dénonciations de ses femmes, la grande dame
fit placer une glace dans son salon pour apercevoir
cette gaieté de son fauteuil. Quoique Lamiel fût la
légèreté même, tout était si tranquille dans ce vaste
château, que l'ébranlement causé par ses sauts s'entendait de partout ; tout le monde en était scandalisé,
et c'est ce qui acheva de décider la fortune de la jeune
paysanne. Quand la duchesse fut bien sûre de n'avoir
pas fait acquisition d'une petite fille se donnant les
airs de demoiselle, elle se livra avec folie au vif
penchant qu'elle sentait pour Lamiel. Celle-ci ne
comprenait pas la moitié des mots qu'elle lisait dans
la Quotidienne. La duchesse prétendit que pour bien
lire il faut comprendre, elle partit de là pour se donner
le plaisir d'expliquer à Lamiel toutes les choses dont
parle *la Quotidienne*. Ce ne fut pas une petite affaire,
et, par ce moyen et sans que la duchesse l'eût prévu, ce
soin d'instruire Lamiel devint pour elle, tous les soirs,
la source d'une occupation fort attachante ; par ce
moyen, la lecture de *la Quotidienne* durait trois
heures, au lieu d'une demi-heure. La grande dame
expliquait à la jeune paysanne normande, fort intelli-
gente, mais ignorante à plaisir, toutes les choses de la
vie ; et enfin ses commentaires sur le journal que le
piéton apportait à huit heures remplissaient souvent
la soirée jusqu'à minuit.

— Comment, c'est minuit ? s'écriait la duchesse
avec gaieté ; je me serais crue tout au plus à dix
heures ! Voilà encore une soirée bien passée !

La duchesse avait en horreur de se coucher de bonne
heure. Souvent les commentaires sur *la Quotidienne*
recommencèrent le lendemain matin, et enfin, chose
incroyable, la duchesse, qui répétait encore assez
souvent que c'étaient les romans qui avaient perdu la
France, déclara que le commentaire sur *la Quotidienne*

ne suffisait pas à l'éducation de la *petite* ; c'est ainsi que Lamiel était appelée au château. La *petite*, pour bien s'acquitter de ses fonctions de lectrice, devait comprendre même les anecdotes malignes sur les femmes des banquiers, et autres dames libérales dont *la Quotidienne* enrichit ses feuilletons. La *petite* lut tout haut *les Veillées du château* de Mme de Genlis, et ensuite les romans les plus moraux de cette célèbre comédienne. Plus tard, la duchesse trouva que Lamiel était digne de comprendre le *Dictionnaire des Étiquettes*, l'ouvrage le plus profond du siècle [36].

Tout ce qui tient à la différence, et surtout à la délimitation des rangs dans la société, avait un droit particulier à l'attention d'une femme qui, toute sa vie, avait été à la veille d'être duchesse. C'était par une fatalité singulière qu'elle n'était arrivée à ce rang suprême, idole des femmes du faubourg Saint-Germain *, qu'à l'âge de plus de quarante ans, lorsqu'elle ne tenait plus guère, disait-elle, à avoir un rang dans le monde. Le malheur, suite de cette longue attente, avait aigri un caractère naturellement faible et superstitieux, auquel tout manqua avec la fraîcheur de la jeunesse. Elle eût trouvé une consolation dans les soins passionnés de quelque homme pauvre attiré au château ; mais un premier malheur de ce genre fut traité avec tant d'horreur par le directeur de sa conscience, que la duchesse arriva sans pécher de nouveau aux portes de la vieillesse, et ce malheur de tous les instants acheva d'aigrir son caractère. Il y avait des moments où elle sentait le besoin de se fâcher. Lorsqu'elle arriva en Normandie, la hauteur de cette marquise, qui prétendait être traitée en duchesse, parut si singulière aux dames nobles des châteaux voisins, que bientôt le salon de Miossens fut

* Longueur [*R 297, I, f° 183*].

déclaré souverainement ennuyeux. On n'y vint qu'à son corps défendant, et si l'on répondait encore aux invitations à dîner de la duchesse, c'était surtout à l'époque des primeurs. La duchesse avait conservé l'habitude d'envoyer des courriers à Paris pour avoir les premiers petits pois, les premières asperges, etc., etc. Elle voyait fort bien ce que les beaux et nombreux châteaux du voisinage ne se donnaient guère la peine de lui cacher : on ne venait la voir que par considération pour les courriers revenant de Paris.

CHAPITRE V

La prétendue faiblesse des yeux de la duchesse servait de prétexte à cette femme aimable pour ne jamais se séparer de Lamiel, qui avait pleinement succédé au crédit du chien Dash[37], mort peu auparavant.

Ce genre de vie eût été délicieux pour une petite paysanne vulgaire, mais il y avait à peine un an qu'il durait, et toute la gaieté de la jeunesse avait disparu chez la jeune paysanne.

Plusieurs mois se passèrent ainsi ; enfin Lamiel tomba sérieusement malade. Le danger fut si grand, dès le début de la maladie, que la duchesse se résigna à faire appeler le docteur Sansfin qui, depuis plusieurs années, ne venait plus au château que le premier janvier. Du Saillard lui avait fait préférer le docteur Buirette, de Mortain, petite ville à quelques lieues du château. Du Saillard avait peur qu'il ne s'emparât de l'esprit de la duchesse et même qu'il ne guérît la prétendue maladie de ses yeux. La vanité sans bornes du médecin bossu jouit délicieusement de cet appel au château, cela seul manquait à sa gloire dans le pays. Il résolut de produire une impression profonde. Selon

lui, la duchesse devait mourir d'ennui ; en conséquence, pendant la première moitié de la visite, il fut
d'une grossièreté parfaite ; il adressait les mots les
plus étranges à cette grande dame, dont il savait si
bien que le langage était si mesuré et si élégant.

Puis il fut émerveillé de la maladie de la jeune fille :
« Voici un cas bien rare en *Normandie,* se dit-il. C'est
l'ennui, et l'ennui malgré le commerce de la duchesse,
l'excellent cuisinier, les primeurs, les beaux meubles
du château, etc., etc. Ceci devient curieux, donc ne pas
me faire chasser, j'ai appliqué le caustique grossier
avec assez de force. D'ailleurs cette femme peut se
trouver mal, et elle évanouie, je m'ennuierai ici. Plus
de mesure, monsieur le docteur ! La chose la plus
cruelle que je puisse inventer pour le service de cette
grande dame qui me déteste en ce moment, c'est de
renvoyer la petite chez ses parents. »

Sansfin revint tout à coup à ses façons ordinaires ; si
elles n'étaient pas fort distinguées, elles annonçaient
du moins un homme réfléchi, accablé de travail et
n'ayant le temps ni d'adoucir le feu de ses pensées, ni
de polir ses expressions.

Il prit l'air le plus lugubre :

— Madame la duchesse, j'ai la douleur de devoir
préparer votre esprit à tout ce qu'il y a de plus triste ;
tout est fini pour cette aimable enfant. Je ne vois
qu'un moyen de retarder peut-être les progrès de
l'effroyable maladie de poitrine [38] ; il faut, ajouta-t-il
en reprenant l'air dur, qu'elle aille occuper dans la
chaumière des Hautemare la petite chambre où elle a
vécu si longtemps.

— L'on ne vous a pas appelé, monsieur, s'écria la
duchesse avec colère, pour changer l'ordre de ma
maison, mais pour tâcher, si vous le pouvez, de guérir
l'indisposition de cette enfant.

— Agréez l'hommage de mon profond respect,

s'écria le docteur d'un air sardonique, et faites appeler M. le curé. Mon temps est réclamé par d'autres malades que leurs entours me permettront de guérir.

Le docteur sortit sans vouloir écouter Mme Anselme, que la duchesse envoya sur ses pas. Il ne se sentait pas d'aise d'infliger des malheurs à une si grande dame et qui avait une taille si belle*!

— Quelle grossièreté! quel oubli de toutes les convenances! s'écria la duchesse outrée de colère; comme si l'on ne payait pas à ce grossier personnage la seconde demi-heure qu'il eût pu consacrer à la petite. Qu'on aille chercher Du Saillard.

Ce curé parut à l'instant. Ses discours ne pouvaient avoir la netteté de ceux de Sansfin. Suivant l'usage de sa profession, accoutumée à parler à des sots et qui doit garder toutes les avenues contre la critique, la première réponse du curé Du Saillard dura bien cinq minutes; cette pensée si verbeuse effrayerait le lecteur, mais elle plut à la duchesse qui retrouvait le ton auquel elle était accoutumée. Le curé entra pleinement dans sa colère contre l'indigne procédé *de cet homme* que partout ailleurs il appelait son respectable ami; et, à la suite d'une visite consolatrice qui ne dura pas moins de sept quarts d'heure, la duchesse fut décidée à envoyer un courrier chercher un médecin à Paris.

La grande objection contre cette mesure, c'est que jamais, dans la maison de Miossens, l'on n'avait appelé un médecin de Paris pour les gens.

— Je pourrais suggérer à Madame la duchesse l'idée bien simple de faire appeler ce médecin pour sa propre santé que, dans le fait, tous ces tracas nous donnent la douleur de voir fort altérée.

* For me.
Mme de Miossens a la taille de la duchesse de Leuchtenberg, Augusta de Bavière, veuve du prince Eugène [39] [*R 297, I, f° 197 v°*].

— Mes femmes verront bien, répondit la duchesse d'un ton romain, que ce médecin de Paris est appelé pour Lamiel et non pour moi.

Ce médecin, appelé par un courrier, après s'être fait attendre quarante-huit heures, daigna enfin paraître. Ce M. Duchâteau était une sorte de Lovelace de faubourg, encore jeune et fort élégant ; il parlait beaucoup et avec esprit, mais avait quelque chose de si horriblement commun dans les façons d'agir et dans le langage qu'il scandalisa même les femmes de chambre de la duchesse. Du reste, au milieu de ses bavardages sans limites, les femmes de chambre elles-mêmes remarquèrent qu'il daigna consacrer à peine six minutes à examiner la maladie de Lamiel. Comme on voulait lui raconter les symptômes, il déclara n'avoir nul besoin d'un tel récit et prescrivit un traitement absolument insignifiant. Quand, au bout de trois jours, il repartit pour Paris, l'absence de cet homme fut un soulagement pour Mme de Miossens. On appela le médecin de Mortain, qui était en correspondance avec une femme de chambre, et se prétendit malade pour ne pas jouer le rôle d'un pis-aller. On fit venir ensuite un médecin de Rouen, M. Derville qui, bien différent de son collègue de Paris, avait un aspect lugubre et ne disait mot. Il ne voulut pas s'expliquer avec la duchesse, mais dit au curé que la petite n'avait pas six mois à vivre. Ce mot était cruel pour la duchesse ; il la privait de la seule distraction qu'elle eût au monde ; sa fantaisie pour Lamiel était dans toute sa force ; elle fut au désespoir et répétait souvent qu'elle donnerait cent mille francs pour sauver Lamiel. Son cocher qui l'entendit lui dit avec la grosse franchise d'un Alsacien :

— Eh bien ! que madame rappelle Sansfin.

Ce mot rompit la glace. Deux jours après, revenant tristement de la messe dans son carrosse par la grande rue de Carville, elle vit de loin le médecin bossu et, d'instinct, elle l'appela. Il avait inventé une méchanceté à faire, ce qui le fit accourir au carrosse, de l'air le plus ouvert. Il y monta, et, en arrivant auprès de la malade, il déclara qu'elle était horriblement changée et lui donna des remèdes qui devaient redoubler tous les accidents de la maladie. Cette ruse du coquin eut un succès qui le ravit. La duchesse elle-même devint malade et comme, malgré une apparence d'égoïsme épouvantable, mais qui ne tenait qu'à la hauteur, elle avait l'âme bonne au fond, elle se reprocha amèrement de n'avoir pas voulu permettre qu'on transportât Lamiel chez ses parents. Ce transport eut lieu et le médecin bossu se dit : « Je serai le remède ».

Il entreprit d'amuser la jeune malade et de lui peindre la vie en beau ; il employa vingt moyens ; par exemple, il prit un abonnement à la *Gazette des Tribunaux* [40], et on la lisait à Lamiel tous les matins. Les crimes l'intéressaient ; elle était sensible à la fermeté d'âme déployée par certains scélérats. En moins de quinze jours l'extrême pâleur de Lamiel sembla diminuer. La duchesse le remarquait un jour.

— Eh bien ! madame, s'écria Sansfin avec hauteur, est-ce qu'il convient d'appeler des médecins de Paris quand on a un docteur Sansfin dans le voisinage ? Un curé peut avoir de l'esprit, mais quand cet esprit est troublé par l'envie, convenez qu'il ressemble comme deux gouttes d'eau à de la sottise. Sansfin voit ce qui est vrai *partout*, mais je dois avouer que les sciences que j'étudie pour essayer de me perfectionner dans mon art me laissent si peu de temps à perdre, que je dis quelquefois la vérité en termes trop clairs et trop précis, et, je le sais, les salons dorés frémissent d'entendre ce langage simple d'un homme vertueux qui n'a besoin de faire la cour à personne. Par égoïsme, pour ne pas vous séparer d'une femme de

chambre qui vous amuse, vous n'avez pas voulu
d'abord que l'on transportât Lamiel chez ses parents,
et vous avez exposé sa vie. Ce n'est pas à moi à vous
dire le jugement que la religion porte d'une telle
action; si M. le curé Du Saillard osait remplir ses
devoirs auprès d'une femme de votre rang, sa sévérité
serait peut-être encore plus offensante que la mienne.
Mais lui se moque de la perte de l'âme de ses malades.
La mort de l'âme ne se voit pas comme celle du corps.
Son métier est plus commode que le mien. Quant aux
remèdes de votre sot de Paris et à ceux du docteur de
Rouen, ils ont mis la *petite* aux portes du tombeau.
Démentez-moi, si j'ai tort, et, moi, j'ai tant d'humanité et tant d'amour pour mon état que si une de ces
vieilles femmes imbéciles dont vous avez rempli votre
château eût voulu me le permettre, j'aurais pénétré en
secret auprès de l'intéressante malade et j'aurais
substitué aux poisons que lui administrait ce charla-
tan de Paris les remèdes véritables; mais je n'ai pu.
Remarquez, madame, que je courais les risques d'un
procès criminel pour sauver une petite fille qui vous
amuse. C'est ainsi, madame la duchesse, que la sottise, même dans le cas le plus indifférent en apparence, peut amener la mort. Pendant huit jours je me
suis arrangé pour avoir matin et soir des nouvelles de
la petite; elle était mourante et pouvait à chaque
instant être saisie d'un vomissement de sang pendant
lequel elle serait morte dans vos bras. S'il lui eût été
donné au moment suprême de connaître la vérité, elle
eût pu vous dire : «*Madame la duchesse, vous me tuez*;
vous avez sacrifié ma vie à votre répugnance pour le
langage ferme et noble de la vérité. La vérité vous a
choquée parce qu'elle se trouvait dans la bouche d'un
pauvre médecin de campagne. »

La duchesse fut atterrée des paroles du docteur; elle
crut entendre un prophète; elle avait si gauchement

arrangé sa vie que, depuis longtemps, personne ne se donnait la peine d'être éloquent pour la désennuyer. Elle laissait aller sa vie comme du temps où sa beauté et ses mots charmants peuplaient son salon.

Le docteur augmenta à plaisir l'indisposition de la grande dame, il la rendit folle de douleur ; il est vrai que tous les jours, pendant une heure, il la soumettait à l'horrible magnétisme de son éloquence infernale. La duchesse fut si indisposée qu'elle n'eut plus la force de venir voir deux fois par jour Lamiel chez ses parents. Alors, par les soins du docteur qui voulait la guérir de sa langueur, elle en vint à un tel point de folie qu'elle quitta le château pour venir passer publiquement plusieurs jours dans la chaumière voisine de celle des Hautemare, que le docteur fit évacuer et meubler en quelques heures. Ce qui augmentait le zèle de Sansfin, c'est que le Du Saillard était furieux et employait tout son génie à chercher un moyen quelconque d'éloigner le médecin bossu. Le moyen de défense de celui-ci fut bien simple. Tout le monde à Carville avait peur du curé. Le docteur, après l'avoir répété sur tous les tons deux ou trois cents fois, fit comprendre à la duchesse et au village que le curé était jaloux de lui parce qu'il avait sauvé la vie à la petite Lamiel, pour laquelle il avait voulu faire appeler un médecin de Paris. La chose, une fois bien expliquée, était si claire que tout le village *saisit l'anecdote* * et la grande agitation du curé Du Saillard ne fut plus une énigme. Le docteur ne négligea rien pour faire comprendre la vérité aux curés du voisinage, lesquels furent charmés de pouvoir reprocher une faiblesse à ce terrible curé de Carville, chargé de les surveiller.

Le grand intérêt qu'il mettait à réussir avait produit

* (langage de commis marchand) [R 297, I, f° 210].

un grand effet sur le docteur. Il s'était désennuyé lui-
même. Il vivait fort bien, il avait six mille livres de
rente et triplait ce revenu par son état. Sa meute était
nombreuse, ses fusils anglais excellents, mais sans le
savoir il s'ennuyait.

Les discours de la duchesse, parlant souvent des
gens de connaissance qui faisaient une grande fortune
en exploitant le règne de Charles X, donnèrent des
idées au docteur et le troublèrent. Il se fit cette
question : « Que serai-je dans vingt ans ?

» Un beau de cinquante-huit ans * avec quinze ou
vingt mille livres de rente, et la gloire d'avoir eu vingt
ou trente demi-paysannes, c'est-à-dire ce que je suis
aujourd'hui avec les infirmités de la vieillesse et
quelques billets de mille francs de plus. »

Le succès qu'il eut contre Du Saillard et la fureur de
celui-ci exigèrent un mois de soins, mais il fut
complet. Il s'estima beaucoup lui-même, et au milieu
de ses soins une idée folle lui vint à la tête.

« Il faut que j'entreprenne deux choses :

» Me faire aimer de Lamiel, qui a dix-sept ans
bientôt et sera charmante quand je l'aurai déniaisée.

» Me rendre si nécessaire à cette grande dame qui a
de beaux traits et est encore fort bien, malgré ses
cinquante-deux ans, qu'elle se résolve, après un
combat de quelques mois ou d'un an à épouser de la
main gauche le médecin de campagne disgracié par la
nature. »

Avec ces deux idées, se dit Sansfin, il vaut la peine
d'aller tous les jours au château.

La duchesse le consultait sur tout, et, dans le fait,
depuis qu'elle voyait Sansfin tous les jours, et plusieurs fois dans la journée, elle ne connaissait presque
plus l'ennui.

---

* Modèle : le colonel de La Rue [41] [*R 297, I, f° 211*].

Au milieu de l'agitation dans laquelle le docteur maintenait son esprit, elle disait hautement à tout le monde que, depuis qu'elle habitait une chaumière, elle avait connu le bonheur.

— Je serais parfaitement heureuse, ajoutait-elle, si j'étais rassurée sur la santé de Lamiel.

Dans ces circonstances, Sansfin prétendit que l'apothicaire d'Avranches ne saurait jamais préparer certaines pilules *héroïques* [42] nécessaires pour rendre quelques forces à la jeune malade. Il alla passer plusieurs jours à Rouen ; depuis quelques mois, il entretenait une correspondance assez suivie avec M. Gigard, grand vicaire de confiance de M. le cardinal archevêque. Arrivé à Rouen, il jugea nécessaire de faire la conquête complète du grand vicaire de l'archevêque, et se fit proposer par lui de faire entre ses mains une confession générale. Enfin, il arriva à ce qui était l'objet réel de son voyage : il fut présenté à M. le cardinal et se conduisit avec tant d'adresse, montra tant d'esprit et de modération, donna des éloges si perfides à M. le curé Du Saillard, qui n'avait pas été à Rouen depuis dix-huit mois, que, lorsqu'il quitta cette capitale, le cardinal eût plutôt écouté une dénonciation de lui contre Du Saillard, qu'une dénonciation du curé contre lui.

Arrivé à ce point [43], ce médecin de campagne vit arriver à lui la possibilité d'épouser une veuve de la première noblesse qui, légalement, avait plus de quatre-vingt mille livres de rente et qui, dans le fait, ayant un seul fils, âgé de dix-sept ans, élève à l'École polytechnique, pouvait dépenser près de deux cent mille francs par an.

« *J'empoignerais* l'esprit de ce fils, je m'en ferais adorer, se disait Sansfin, en se promenant solitairement sur la colline de Sainte-Catherine, qui domine Rouen. Et, dans tous les cas, en mettant tout au pis, qui m'empêcherait de m'enfuir en Amérique avec une bourse de cent mille francs ? Là, sous un nom supposé, M. Petit ou M. Pierre Durand, je recommencerais la carrière médicale, et, d'ailleurs, j'aurais si bien arrangé les affaires, en emportant mes cent ou deux cent mille francs, que la duchesse et son fils se couvriraient de ridicule s'ils s'avisaient de me poursuivre. »

Sansfin revint à Carville ; la guérison de Lamiel allant très vite, et pouvant donner à Mme de Miossens l'idée de retourner au château, Sansfin eut recours à des drogues qui augmentèrent les apparences de l'indisposition de Lamiel.

Dans cet état de choses, Sansfin allait à la chasse, dans la forêt d'Imberville ; là, un jour, au lieu de chasser, il rêva profondément.

« Eh bien ! soit, se dit-il, en s'asseyant sur les racines d'un hêtre qui sortaient de terre, me voilà l'époux de cette duchesse ; je manipule à plaisir une fortune de plus de deux cent mille livres de rente ; eh bien ! je n'ai pas changé ma position, je n'ai fait que la *dorer*, je suis toujours un être subalterne, *faisant la cour à des gens plus puissants que moi*, et ayant toujours à combattre le mépris, et, qui plus est, un mépris que je sens mérité par moi. Suivons le second projet : transplanté en Amérique, je m'appelle, si je veux, M. de Surgeaire [44], j'ai deux cent mille francs dans mon portefeuille. Qu'est-ce que tout ça ? C'est un embellissement de ma position ; j'ai le fardeau de ma friponnerie à ajouter au fardeau de ma bosse. Cette bosse me rend reconnaissable partout, et, vu l'infâme liberté de la presse qui règne en Amérique, qu'aurais-je à faire si, un beau matin, je lis toute mon histoire dans les journaux ? Non, je suis las des impostures. Il me faut à moi du *légitime* et du *réel* ; l'argent ne m'est bon que comme luxe. Certainement, un beau carrosse empêcherait qu'on vît mon défaut naturel, mais quant à moi, pour vivre, je n'ai besoin que de dix mille francs. »

CHAPITRE VI[45]

Après quatre heures d'une agitation fébrile, le docteur sortit de la forêt d'Imberville, et rentra dans Carville, bien décidé à ne faire de la duchesse qu'une amie intime, et point du tout une femme. Cette friponnerie de moins à faire le rendit tout heureux. Huit jours après il se disait :

« Grand Dieu, combien je me trompais en me donnant une nouvelle imposture à soutenir ! Je serais bien plus heureux en développant mes qualités naturelles. Si la nature m'a donné une triste enveloppe, je sais manier la parole et me rendre maître de l'opinion de sots et même, ajouta-t-il avec un sourire de satisfaction, de l'opinion de gens d'esprit, car enfin cette duchesse n'est point mal sous ce rapport, elle a un tact admirable pour le ridicule et les affectations, seulement elle ne raisonne pas, ainsi que tous les gens de sa classe. Le raisonnement, n'admettant pas de plaisanterie, lui semble d'une tristesse horrible, et quand par hasard elle veut raisonner et arriver à une conclusion qui me déplaît, je puis toujours détruire tout raisonnement par un mot d'esprit. Quant à moi, je sais travailler pour devenir député, j'aurai à étudier quelque peu d'économie politique et à lire les titres de quelques centaines d'ordonnances administratives ; eh bien ! qu'est-ce que cela auprès de l'étude de trois ou quatre maladies ? Lors de mes premiers essais à la tribune, ma bosse m'empêchera d'être envié. A quoi bon courir en Amérique ? Mon pays m'offre la situation qui me convient. Il faut que Mme de Miossens ait un salon considéré à Paris, et que ce salon réponde de moi à la bonne compagnie. Par monsieur le cardinal archevêque je puis me faire agréer de la Congrégation. Ces deux belles préparations achevées, la porte m'est ouverte. C'est à moi d'entrer, si j'ai assez de vigueur *dans les jambes*. En attendant, il faut m'amuser ; pendant que je vais suivre ce grand dessein, il faut me donner les prémices du cœur de cette jeune fille. »

Pour parvenir à toutes ces belles choses, Sansfin fit durer pendant plusieurs mois la prétendue maladie de Lamiel. Comme l'origine du peu de réel qu'il y avait dans cette indisposition fort simple était l'ennui, Sansfin sacrifia toute chose au désir d'amuser la malade ; mais il fut étonné de la clarté et de la vigueur de cet esprit si jeune : la tromper était fort difficile. Bientôt Lamiel fut convaincue que ce pauvre médecin d'une figure aussi burlesque était le seul ami qu'elle eût au monde. En peu de temps, par des plaisanteries bien calculées, Sansfin réussit à détruire toute l'affection que le bon cœur de Lamiel avait pour sa tante et son oncle Hautemare

— Tout ce que vous croyez, tout ce que vous dites aujourd'hui et qui vous rend si charmante, est gâté par un reflet de toutes les pauvretés que le bon Hautemare et sa femme vous ont données pour des vérités respectables. Ce que la nature vous a donné, c'est une grâce charmante et une sorte de gaieté qui se communique, à votre insu, aux personnes qui ont le bonheur de vous entendre. Voyez la duchesse, elle n'a pas le sens commun, et pourtant, si elle était encore jolie, elle passerait pour une femme fort aimable ; eh bien ! vous avez fait sa conquête au point qu'il n'est aucun sacrifice qu'elle n'acceptât avec joie pour se conserver le bonheur de passer ses soirées avec vous. Mais votre position est dangereuse. Vous devez vous attendre au complot le plus noir de la part des femmes de chambre ; Mme Anselme, surtout, change de physionomie seulement à entendre un seul petit mot de louange pour vous. M. l'abbé Du Saillard a l'habitude de réussir dans tout ce qu'il entreprend ; s'il se joint aux femmes de chambre, vous êtes perdue, car vous avez toutes les grâces possibles, mais le bon sens manque encore à votre jeunesse, vous ne savez pas raisonner. De ce côté-là, je pourrais bien vous être de quelque utilité ; mais votre maladie va cesser au premier jour. Alors je n'aurais plus de prétexte pour vous voir et vous pouvez tomber dans les plus grandes fautes. Si j'étais à votre place, j'aimerais bien faire l'acquisition du *bon sens*. C'est un travail d'un mois ou deux.

— Pourquoi ne me dire pas cela en deux mots ? Pourquoi cette préface d'un quart d'heure ? Je suis inquiète depuis que vous parlez pour deviner à quoi vous voulez en venir.

— Je veux, répondit Sansfin en riant, que vous consentiez à un meurtre horrible : tous les huit jours, je vous apporterais dans la poche de ma veste de chasse de Staub * (le tailleur à la mode) un oiseau vivant. Je lui couperai la tête. Vous verserez le sang sur une petite éponge que vous placerez dans votre bouche. Aurez-vous ce courage ? Pour moi, j'en doute.

— Après ? dit Lamiel.

— Après, reprit le docteur, dans les moments que vous passez auprès de la duchesse, de temps à autre vous cracherez le sang. Votre poitrine étant attaquée à ce point, on n'aura plus d'objection à tout ce que je voudrai faire faire pour vous amuser. Je vous l'ai déjà

---

* For me.

Staub [46] : affectation, provincialité de Sansfin. 21 Fév 40 [*R 297, I, f° 228 v°*].

dit : votre maladie conduit au marasme ; rien n'est plus dangereux chez les filles de votre âge. Mais, au fond, votre maladie n'était que de l'ennui.

— Et vous-même, docteur, ne craignez-vous pas de m'ennuyer en m'enseignant ce que vous appelez *le bon sens* ?

— Non, car ce que je vous demande c'est du travail, et, dès qu'on y réussit, le travail donne du plaisir et chasse l'ennui. Figurez-vous que de toutes les choses que croit une jolie fille de basse Normandie, il n'en est pas une qui, plus ou moins, ne soit une sottise et une fausseté. Qu'est-ce que fait le lierre que vous voyez là-bas dans l'avenue sur les plus beaux chênes ?

— Le lierre embrasse étroitement un côté du tronc et ensuite suit leurs principales branches.

— Eh bien ! reprit le docteur, l'esprit naturel que le hasard vous a donné, c'est le beau chêne ; mais, tandis que vous croissiez, les Hautemare vous disaient chaque jour douze ou quinze sottises qu'ils croyaient eux-mêmes, et ces sottises s'attachaient à vos plus belles pensées comme le lierre s'attache aux chênes de l'avenue. Je viens, moi, couper le lierre et nettoyer l'arbre. En vous quittant, vous allez me voir de votre fenêtre, descendre de cheval, et couper le lierre des vingt arbres à gauche. Voilà ma première leçon donnée, cela s'appellera la règle du lierre. Écrivez ce mot sur la première page de vos *Heures*, et toutes les fois que vous vous surprenez à croire quelque chose de ce qui est écrit sur ce livre-là, dites-vous le mot *lierre*. Vous parviendrez à connaître qu'il n'y a pas une des idées que vous avez actuellement qui ne contienne un mensonge.

— Ainsi, s'écria Lamiel en riant, quand je dis qu'il y a trois lieues et demie d'ici à Avranches, je dis un mensonge ! Ah ! mon pauvre docteur, quelles sornettes vous me débitez ! Par bonheur, vous êtes amusant.

Le chef-d'œuvre du docteur avait été de donner ce ton aux conversations qu'il avait avec sa jolie malade ; il avait pensé que le ton sérieux qu'elle devait conserver avec la duchesse lui rendrait toujours infiniment plus agréables les moments qu'elle passait avec lui.

« Et, se disait-il, si même quelque jour, quelqu'un de ces infâmes jeunes gens que j'exècre, et auxquels la nature a donné un corps sans défaut, vient à parler d'amour à mon petit bijou, ce ton effrayera l'amant nigaud et j'aurai toute facilité pour lui donner des ridicules. »

Quoique le sang du pauvre petit oiseau que le docteur apporta à sa malade lui inspirât d'abord beaucoup de répugnance, cependant il parvint à lui faire placer dans la bouche la petite éponge imprégnée de sang, et, ce qui valait bien mieux, par le ton de voix qu'il affecta, le docteur donna à Lamiel non pas la conviction, mais bien mieux la sensation qu'elle commettait un grand crime. Il lui fit répéter après lui des serments horribles par lesquels elle s'engageait à ne jamais révéler le conseil qu'il lui avait donné de prendre le sang d'un oiseau. La vue de la mort donnée à ce petit être fort gentil avait bouleversé profondément l'âme de la jeune fille. Elle se cacha les yeux avec son mouchoir pour ne pas voir exécuter le crime. Le docteur jouissait profondément en voyant les émotions si vives qu'il donnait à cet être si joli...

« Elle sera à moi », se disait-il.

Toute son âme était remplie du bonheur d'avoir réduit la jeune fille à l'état de *complice*. Il l'eût engagée aux plus grands crimes qu'elle n'eût pas été davantage sa complice. Le chemin était tracé dans cette âme si jeune, c'était là le point essentiel. Un second avantage, non moins important, qu'il avait obtenu en appliquant *la terreur*, c'est que la jeune fille allait acquérir l'habitude de la discrétion.

Cette habitude fut facilitée par le succès étonnant qu'eut la mort de l'oiseau. Dès que la duchesse fut convaincue que sa jeune favorite crachait quelquefois le sang, les fantaisies les plus folles de Lamiel devinrent des lois sacrées pour elle ; il n'était pas permis de toucher aux fantaisies de Lamiel. Pour compléter son empire, le docteur, qui avait une peur extrême du génie de Du Saillard, ne manqua pas d'être cruel envers la duchesse.

— Cette jeune poitrine, lui répétait-il souvent, a été enflammée pour longtemps et, peut-être, complètement perdue par les excès de lecture auxquels l'obligeait l'emploi que Lamiel avait l'honneur de remplir auprès de vous, etc., etc.

Il ne négligea rien pour donner de vifs remords à sa nouvelle amie. Ces remords auxquels tous les jours la duchesse trouvait quelque objection, furent une nouvelle cause d'intimité entre le médecin de campagne et la grande dame. Cette intimité arriva à ce point que le docteur se dit : « Puisque je ne veux pas en faire ma femme, je puis lui parler d'amour. » Bien entendu d'abord il ne fut question que d'amour platonique. C'était une ruse que Sansfin employait toujours, afin de détourner l'attention de la femme à séduire et de lui faire oublier l'affreux défaut de sa taille.

C'est ce malheur qui, dès la première enfance, avait accoutumé le docteur à donner une extrême attention aux moindres détails. Dès l'âge de huit ans, sa vanité incroyable était offensée d'un demi-sourire qu'il voyait éclater de l'autre côté de la rue, comme il passait.

Sous prétexte d'être très frileux, le docteur avait adopté l'usage de porter des manteaux magnifiques et des fourrures de toute espèce, il se figurait que le défaut de sa taille en était dissimulé, tandis que cette quantité d'étoffes, placées sur ses épaules déjà trop proéminentes, ne faisait que rendre ses défauts plus sensibles; eh bien! dès les premières fraîcheurs de soirée, au mois de septembre, il apercevait avec reconnaissance, au bout de la place, le premier homme de la bonne société de Carville qui s'avisait d'arborer un manteau. A l'instant, il courait chez lui et disait à toutes ses visites du soir :

— J'ai pris un manteau, c'est M. un tel qui m'en a donné l'exemple; rien n'est dangereux comme les premiers froids, ils peuvent répercuter sur la poitrine les humeurs que la transpiration insensible faisait disparaître et beaucoup de phtisies n'ont pas eu d'autres causes.

Cette habitude du docteur le servait parfaitement auprès des femmes.

Son premier pas, c'était de les isoler sous prétexte de maladie; par ce moyen simple, il les jetait dans l'ennui; puis il les amusait par ses mille attentions, et quelquefois parvenait à faire oublier son étrange difformité. Pour mettre sa vanité à l'aise, il avait pris l'habitude salutaire de ne pas compter ses défaites, mais seulement ses succès. « Fait comme je suis, s'était-il dit de bonne heure, sur cent femmes que j'attaquerai, je ne puis guère compter que sur deux succès. » Et il ne s'affligeait que lorsqu'il se trouvait au-dessous de ce taux.

Il était parvenu à faire faire du mouvement à la duchesse, en engageant Lamiel, ce qui, du reste, n'avait pas été difficile, à ne pas vouloir retourner au château. La duchesse avait acheté un jardin qui touchait à la chaumière d'Hautemare, et sur l'emplacement de ce jardin, elle avait fait bâtir une tour carrée[47] qui, à chaque étage, se composait d'une chambre magnifique et d'un cabinet. Ce qui avait décidé la duchesse à se passer ces fantaisies coûteuses, c'était le désir de montrer aux habitants de Carville, trop infectés de jacobinisme, une véritable tour du moyen âge, ce qui ne manquerait pas de leur rappeler ce que les seigneurs de Miossens étaient à leur égard autrefois. La tour, élevée sur l'emplacement du jardin, était une copie exacte d'une tour à demi ruinée qui se trouvait dans le parc du château. Le docteur parvint à vaincre certaines objections que ne manquait pas d'élever l'avarice de la duchesse, en lui représentant que l'on pouvait se servir, pour la nouvelle tour, de pierres de taille carrées qui formaient l'ancienne. Puis, la tour élevée, il remarqua que les maçons de campagne n'avaient pas aligné parfaitement les pierres de taille ; alors on fit venir de Paris des ouvriers ciseleurs qui, en entaillant ces pierres à une profondeur de six pouces à quelques endroits, entourèrent la tour d'ornements en ogives empruntés à l'architecture sarrasine dont l'on voit de si beaux restes en Espagne. A cette époque de la vie de la nouvelle tour, elle produisit un effet immense sur tous les châteaux du voisinage.

— Cela est à la fois utile et agréable, s'écria le marquis de Ternozière ; en cas de révolte des jacobins, on peut se réfugier dans une tour de ce genre et y tenir fort bien huit ou dix jours, jusqu'à ce qu'on ait pu rassembler la gendarmerie des environs. Dans les temps plus tranquilles, la vue d'un si beau monument donne à penser aux manants du voisinage.

Le docteur s'arrangea de façon que, en moins de quinze jours, cette idée fut répétée vingt fois devant la duchesse. Elle fut au comble du bonheur. Le manque de succès auprès des châteaux du voisinage était un des malheurs de sa vie, et l'ennui où elle languissait avant la maladie de Lamiel ajoutant une nouvelle pointe au chagrin plus ou moins réel dont elle croyait que sa vie était environnée, à chaque fois, quand, en se promenant, un de ces châteaux du voisinage venait à

frapper sa vue, elle jetait un petit cri de profonde
douleur. Le docteur n'avait pas manqué à se faire
avouer la cause de ce petit cri. Il avait prétendu que ce
cri pouvait annoncer une horrible maladie de poitrine. Il se figura plus d'un mois l'état de ravissement
où le succès de la tour avait jeté Mme de Miossens. La
passion qui, dans le fait, lui donnait plus de peine à
combattre chez elle, était l'avarice. Il voulut lui porter
un grand coup et, tout bien préparé, il s'écria un jour
de l'air de la plus profonde conviction :

— Convenez, madame, d'une chose bien heureuse,
cette tour vous coûte cinquante ou cinquante-cinq
mille francs tout au plus, eh bien ! elle vous donne
pour plus de cent mille francs de bonheur. La vanité
des petits hobereaux qui vous entourent a enfin plié
bagage ; ils rendent hommage au rang élevé où la
providence vous a appelée. Daignez les inviter à un
grand repas que vous leur donnerez pour inaugurer la
tour d'Albret. (On avait donné ce nom à la tour en
l'honneur du maréchal.)

Depuis plusieurs mois, le docteur travaillait à
réconcilier la noblesse des environs avec l'humeur un
peu singulière de la duchesse ; il fit pénétrer cette idée
dans tous les châteaux que cette prétendue hauteur,
qui les avait choqués, n'était point de la hauteur
véritable, mais simplement une mauvaise habitude de
l'esprit contractée à Paris et dont, d'ailleurs, la
duchesse commençait à sentir le ridicule.

La duchesse donna un repas splendide pour inaugurer la tour d'Albret. Il y avait cinq étages, et le docteur
voulut qu'il y eût cinq tables, une à chaque étage. On
éleva une baraque en planches à dix pas de la tour
pour servir de cuisine ; on plaça des tables dans une
prairie voisine où furent invités les parents des élèves
de Hautemare. La division singulière de la bonne

compagnie en cinq tables produisit naturellement une extrême gaieté qui fut redoublée par le ton vraiment aimable avec lequel pour la première fois de sa vie la duchesse répondit aux compliments qu'on lui adressa. Ce changement fut le chef-d'œuvre de Sansfin.

Il avait fait venir des musiciens qui se présentèrent par hasard à la nuit tombante, lorsque toutes les jeunes femmes des cinq tables commençaient à regretter qu'on n'eût pas eu l'idée de faire finir par un bal une journée aussi aimable. Sansfin remonta en courant et annonça que Mme la duchesse avait eu l'idée de faire arrêter une troupe de musiciens qui se rendaient à Bayeux.

Les arbres de la prairie se trouvèrent illuminés comme par hasard, et le bal commença pour les paysannes. Le salon le plus élevé de la tour, celui du cinquième étage, fut réservé aux dames pour les changements de toilette que rendait nécessaire ce bal improvisé. Pendant la demi-heure qu'elles consacrèrent à ce soin, le docteur Sansfin expliquait aux gentilshommes du voisinage comment, sans qu'on eût songé à rien, la tour d'Albret se trouvait une forteresse fort difficile à prendre.

— Vos ancêtres, messieurs, se connaissaient en choses de guerre, et, comme les maçons ont suivi exactement le plan de la vieille tour, sans songer qu'ils préparaient des chaînes pour les gens de basse classe, ils ont fait une forteresse qui pourra servir de refuge à tous les honnêtes gens, si jamais les jacobins se remettent à brûler les châteaux.

Cette idée consolante compléta le charme de cette journée. Les dames dansèrent de huit heures à minuit, et leurs maris, tout occupés de la tour, ne songèrent que fort tard à faire replacer les chevaux à leurs voitures. Les paysans dansèrent jusqu'au jour. Le docteur était monté à cheval et avait fait arriver dans la prairie des barriques de bière, et même de vin.

Cette journée changea du tout au tout la manière d'être de la duchesse avec ses voisins, et ce fut aussi l'époque où elle oublia entièrement la manière barbare dont la nature avait traité cet homme si aimable, le docteur Sansfin.

Lamiel vit toute la fête, enfermée dans la voiture de la duchesse que l'on avait fait avancer au milieu de la prairie et dont on avait levé les glaces. La duchesse vint voir plus de vingt fois si sa favorite n'était pas incommodée par l'humidité. Son avarice, passion dominante jusque-là, était tout à fait subjuguée.

Huit jours après cette fameuse fête à la tour d'Albret qui restera longtemps célèbre dans l'arrondissement de Bayeux, l'on vit arriver à Carville une grande voiture de déménagement arrivant de Paris. Elle était remplie de menuisiers, de tapissiers et d'étoffes de toute espèce, propres à meubler un château. Ils meublèrent à ravir les cinq chambres superposées l'une sur l'autre et qui formaient la tour gothique. La duchesse, ayant chassé l'avarice, se trouvait le cœur vide et tombait dans l'amour des excès, et projetait déjà un second dîner.

La chambre du second étage, destinée à Lamiel, fut arrangée d'une façon ravissante et Lamiel déclara au docteur qu'elle voulait l'habiter. En vain le docteur lui demanda à genoux de considérer que cette chambre, fort humide, rendrait malade une personne forte comme une paysanne, tandis qu'elle avait déjà la petite santé d'une femme du grand monde, Lamiel fut inflexible. Le docteur s'avisa qu'il y avait déjà cinq mois que la vanité naissante de la jolie Normande apprenait toujours quelque chose du docteur; toujours ce docteur avait raison, toujours l'esprit de Lamiel était dans une position inférieure à l'égard de celui du docteur. L'esprit prudent de celui-ci se livra à

plusieurs expériences, mais enfin il s'assurait du vrai
principe du caprice de cette enfant. « Déjà la vanité,
déjà l'orgueil de son sexe ! s'écria-t-il. Il faut que
je me hâte de céder, ou je place ici le germe d'une
aversion qui peut s'étendre sur les belles années de
cette charmante fille, quand arrivera l'époque où sa
conquête sera vraiment une chose agréable pour un
pauvre homme disgracié tel que moi. »

CHAPITRE VII

A l'époque de la fête d'inauguration de la tour, le
curé d'un petit village assez voisin du château de
Miossens vint à mourir, et, à la recommandation de
la duchesse, l'archevêque de Rouen donna cette petite
cure à M. l'abbé Clément, neveu de Mme Anselme,
gouvernante du château, et toute-puissante avant
l'arrivée de Lamiel. Ce jeune prêtre, fort pâle, fort
pieux, fort instruit, était grand, mince et plus qu'à
demi poitrinaire, mais il avait un cruel défaut pour
son état, et il sentait bien que, malgré lui et à son
corps défendant, il avait beaucoup d'esprit ; bientôt,
malgré la bassesse de son origine et en vertu de son
esprit qui, entre deux partis, lui faisait toujours
choisir le meilleur, il devint le personnage essentiel du
salon de Mme de Miossens. D'abord, on lui avait fait
entendre sans trop de façon que, lorsqu'on l'avait fait
curé à vingt-quatre ans d'une cure valant au moins
cent cinquante francs [48], l'on avait compté sur une
assiduité sans bornes. La duchesse mena ce jeune curé
dans la chaumière habitée par Lamiel. Il fut frappé de
la grâce qu'il y avait dans la réunion d'un esprit vif,
audacieux et de la plus grande portée, avec une

ignorance à peu près complète de toutes les choses de la vie, et une âme parfaitement naïve.

Par exemple, un soir que la duchesse montait en voiture pour aller passer la soirée dans la chaumière des Hautemare avec l'abbé Clément, on apporta de la diligence de Paris une caisse énorme que l'abbé eut la complaisance d'ouvrir. C'était un magnifique portrait, le cadre seul coûtait plusieurs milliers de francs. Ce portrait était celui de Fédor de Miossens, fils unique de la duchesse, portant l'uniforme de l'École polytechnique. La duchesse fit ouvrir le landau, malgré l'horreur qu'elle avait pour l'humidité du soir. Elle voulait montrer ce beau portrait à l'aimable Lamiel, et elle n'osait en quelque sorte se livrer à son ravissement avant d'avoir l'opinion de l'être aimable qui disposait de son cœur. Arrivée dans la chambre de Lamiel, la duchesse se livra aux éloges les plus exagérés, mais son œil interrogeait sa favorite qui ne répondait guère. Après mille façons de parler qui demandaient une réponse, enfin la duchesse, impatiente, fut obligée de demander à Lamiel ce qu'il lui semblait de cette physionomie. Lamiel admirait les détails du cadre ; à la demande de la duchesse, à peine considéra-t-elle d'un œil distrait le personnage peint, puis dit simplement, et sans y entendre malice, que la physionomie de ce jeune soldat lui semblait insignifiante. Malgré les manières modestes et la retenue habituelle de l'abbé Clément, cette naïveté fut trop imprévue pour le peu d'usage du monde qu'il avait pu acquérir : il éclata de rire ; et la duchesse, pour ne pas se fâcher et surtout pour ne pas fâcher sa favorite, prit le parti de l'imiter. Cette naïveté charmante étonna et ravit le pauvre abbé Clément, déjà à demi étouffé par le ton de fausseté de tous les instants nécessaire dans cette petite cour. Sans s'en douter, le pauvre abbé devint amoureux de Lamiel.

C'était justement au moment où Lamiel voulait absolument prendre possession de sa chambre dans la tour. Un beau matin, elle changea tout à coup, et le docteur Sansfin fut bien étonné quand, venant faire sa première visite à huit heures du matin, les Hautemare lui dirent qu'il y avait plus d'une grande heure que Lamiel s'était embarquée pour le château dans le coupé de Madame.

Le retour de la favorite jeta la duchesse dans une joie d'enfant; pour être juste, il faut dire qu'elle eût éprouvé le même ravissement pour toute démarche singulière faite par Lamiel. Depuis qu'elle s'occupait de quelque chose, elle n'était pas occupée continuellement à gémir sur les progrès du jacobinisme, la duchesse avait recouvré une santé brillante et, ce qui était une bien haute conséquence à ses yeux, les premières rides qui avaient envahi son front disparaissaient, et son teint perdait tous les jours de cette nuance jaune qui accompagne les gémissements continus.

Le soir, en entrant dans le salon, le docteur fut consterné; il entendit rire dès le second salon qui précédait celui où se tenait la duchesse : c'était Lamiel qui prononçait l'anglais qu'on lui enseignait depuis un quart d'heure. La duchesse, qui avait passé vingt années de sa jeunesse en Angleterre pendant l'émigration, se figurait parler anglais et avait attaqué l'abbé Clément, qui, né à Boulogne-sur-Mer, parlait l'anglais comme le français.

L'idée était venue d'apprendre l'anglais à Lamiel, afin que lorsqu'elle reprendrait ses fonctions de lectrice, elle pût lire à la duchesse les romans de Walter Scott. Le docteur vit qu'il était perdu et, comme il avait pour principe qu'un bossu triste qui laisse voir sa tristesse est un homme à jamais perdu dans le salon où il a commis cette imprudence, il se hâta de sortir, et personne ne s'aperçut de sa disparition. Le bon abbé Clément, bien loin de s'avouer le genre d'intérêt qu'il portait à Lamiel, pensait toujours à elle. Il supposait que, avec le temps et la protection si déclarée de la duchesse, elle ferait un mariage qui lui donnerait une place dans la bonne bourgeoisie. Il enseigna donc à Lamiel un peu de ce qu'elle ignorait et que pourtant il fallait savoir pour n'être pas ridicule dans la société : un peu d'histoire, un peu de littérature, etc., etc. Cet enseignement était bien différent de celui que donnait le docteur Sansfin. Il n'était point dur, tranchant, remontant aux principes des choses comme celui de Sansfin. Il était doux, insinuant, rempli de grâce ; toujours une petite maxime arrivait précédée d'une jolie petite anecdote, dont elle était comme la conséquence, et le jeune précepteur avait grand soin de laisser tirer cette conséquence à la jeune élève. Souvent celle-ci tombait dans une profonde rêverie que l'abbé ne savait comment expliquer. C'était lorsqu'une chose enseignée par l'abbé semblait en contradiction avec une des terribles maximes du docteur. Par exemple, suivant celui-ci, le monde n'était qu'une mauvaise comédie, jouée sans grâce, par d'infâmes menteurs ; par exemple, la duchesse ne pensait pas un mot de ce qu'elle disait, et n'était attentive qu'à semer des maximes utiles aux prétentions d'une duchesse. La bonne conduite d'une femme, par exemple, avait cela de dangereux que, forte de sa conscience et de la réalité de sa vertu, elle se permettait des imprudences dont un ennemi prudent pouvait profiter, tandis que la femme qui suivait tous ses caprices avait d'abord le plaisir de s'amuser, ce qui au monde est la seule chose réelle, disait le docteur.

— Combien de jeunes filles ne meurent pas avant vingt-trois ans, disait-il à Lamiel, et alors à quoi bon toutes les gênes qu'elles se sont imposées depuis quinze ans, tous les plaisirs dont elles se sont privées pour gagner la bonne opinion de huit ou dix vieilles femmes formant la haute société du village ? Plusieurs de ces vieilles femmes, qui, dans leur jeunesse, ont eu la facilité de mœurs d'usage en France avant le règne de Napoléon, doivent bien se moquer au fond du cœur de la gêne atroce qu'elles imposent aux jeunes filles qui ont seize ans en 1829 ! Il y a donc doublement à gagner à écouter la voix de la nature et à suivre tous ses caprices : d'abord l'on se donne du plaisir, ce qui est le seul objet pour lequel la race humaine est placée ici-bas ; en second lieu, l'âme fortifiée par le plaisir, qui est son élément véritable, a le courage de n'omettre aucune des petites comédies nécessaires à une jeune fille pour gagner la bonne opinion des vieilles femmes en crédit dans le village ou dans le quartier qu'elles habitent. Le danger de la doctrine du plaisir c'est que celui des hommes les porte à se vanter sans cesse des bontés que l'on peut avoir pour eux. Le remède est facile et amusant : il faut toujours mettre en désespoir l'homme qui a servi à vos plaisirs.

Le docteur ajoutait une foule de détails :

— Il ne faut jamais écrire, ou, si l'on a cette faiblesse, il ne faut jamais donner une seconde lettre sans se faire rendre la première. Il ne faut jamais témoigner de confiance à une femme, si l'on n'a en mains le moyen de la punir de la moindre trahison. Jamais une femme ne peut ressentir d'amitié pour une autre femme du même âge qu'elle.

» Tout ceci est bien minutieux, ajoutait le docteur, mais voyez sur quelles minuties, sur quels mensonges sont fondées les opinions qui sont prises comme des vérités de l'évangile par toutes les vieilles femmes de la ville. »

Pour délasser Lamiel de la sécheresse de ses pré-

ceptes, le docteur lui avait prêté une Vie de Talleyrand, écrite par un homme d'esprit fin, M. Eugène
Guinot [49].

L'abbé était déjà tellement amoureux, sans le
savoir, que ces moments de distraction de Lamiel le
plongeaient dans un chagrin mortel.

Il fit lire à sa jeune élève le *Traité d'éducation des
filles* du célèbre Fénelon, mais Lamiel avait déjà assez
d'esprit pour trouver vagues et sans conclusion appli-
cable toutes ces idées si douces, exprimées dans un
style si poli et si rempli d'attention pour la vanité de
l'esprit qui apprend.

« Par exemple, se disait Lamiel, voilà une grâce que
jamais le docteur n'a connue. Quelle différence de sa
gaieté à celle de cet abbé Clément ! Le Sansfin n'est
gai du fond du cœur que quand il voit arriver quelque
malheur au prochain ; le bon abbé, au contraire, est
rempli de bonté pour tous les hommes. »

Mais en admirant et même en aimant un peu le
jeune abbé, Lamiel avait pitié de lui quand elle le
voyait compter sur la même bienveillance de la part
des autres. Quant à elle, c'était déjà une petite
misanthrope : la vue du docteur avait servi de preuve
aux explications qu'il lui donnait de toutes choses ;
elle croyait tous les hommes aussi méchants que lui.
Un jour, pour s'amuser, Lamiel dit à l'abbé Clément
que sa bonne tante Anselme avait dit de lui tout le mal
possible à la duchesse. La tante était furieuse de
l'amitié que son neveu prenait pour Lamiel, sa rivale
en faveur auprès de la duchesse ; elle avait beaucoup
compté sur l'abbé pour diminuer l'empire que cette
petite paysanne avait usurpé sur la grande dame.

En voyant la mine surprise et toute désorientée de
l'abbé Clément en apprenant cette nouvelle, elle le
trouva ridicule et le regarda longtemps entre les deux
yeux. Elle acceptait cette observation comme vraie :

« Il est bien autrement aimable que Sansfin, mais il est comme le portrait du fils de Madame, il a l'air un peu *court*. »

C'était un des mots de la duchesse. Lamiel, en vivant en bonne compagnie, acquérait rapidement l'art de peindre ses idées par des paroles d'une façon exacte.

Lamiel plaisantait souvent avec l'abbé, elle lui disait des injures, mais d'une façon si tendre qu'il se trouvait parfaitement heureux quand il était auprès d'elle. Lamiel aussi, quand elle l'écoutait annoncer, sentait se dissiper quelque retour d'ennui que lui donnaient ces grandes chambres du château si magnifiques, mais si tristes.

La duchesse s'était souvenue d'un livre anglais qu'elle avait adoré, quand elle habitait le village voisin du château de Hartwell [50], et l'abbé Clément expliquait à Lamiel les injures d'un nommé Burke contre la Révolution française [51]. Cet homme avait été gagné par une belle place de finances donnée à son fils. Dans le peu d'entrevues seul à seule que le docteur Sansfin obtenait encore de Lamiel, il lui fit comprendre tout le ridicule de l'adoration que la duchesse avait pour ce livre. Sansfin nommait rarement l'abbé Clément, mais toutes ses épigrammes étaient dirigées de façon à retomber sur lui. Ou ce jeune prêtre était un imbécile incapable de comprendre la politique qui avait dirigé la Convention nationale, ou plutôt c'était un coquin comme les autres, qui lui aussi voulait une belle place de finances, ou l'équivalent.

Le lecteur pense peut-être que Lamiel va prendre de l'amour pour l'aimable abbé Clément, mais le ciel lui avait donné une âme ferme, moqueuse et peu susceptible d'un sentiment tendre. Toutes les fois qu'elle voyait l'abbé, les plaisanteries de Sansfin lui revenaient à la pensée, et quand il raisonnait en faveur de la noblesse ou du clergé, elle lui disait toujours :

— Soyez de bonne foi, monsieur l'abbé, quelle est la place de finances que vous voulez obtenir, que vous couchez en joue à l'exemple de votre bon M. Burke ?

Mais si Lamiel était peu susceptible de sentiment tendre, en revanche une conversation amusante avait pour elle un attrait tout-puissant, et la méchanceté trop découverte du docteur Sansfin heurtait un peu cette âme encore si jeune, et elle voulait la force incisive des idées du docteur, revêtue de la grâce parfaite que l'abbé savait donner à tout ce qu'il disait. Voici le portrait de Lamiel qu'à cette époque l'abbé Clément envoyait à un ami intime laissé à Boulogne :

« Cette fille étonnante dont vous me reprochez de parler trop souvent n'est point encore une beauté, elle est un peu trop grande et trop maigre [52]. Sa tête offre le germe de la perfection de la beauté normande, front superbe, élevé, audacieux, cheveux d'un blond cendré, un petit nez admirable et parfait. Quant aux yeux, ils sont bleus et pas assez grands ; le menton est maigre, mais un peu trop long. La figure forme un ovale et l'on ne peut, il me semble, y blâmer que la bouche, qui a un peu le coin abaissé de la bouche d'un brochet. Mais la maîtresse de cette âme qui, quoique âgée de plus de quarante-cinq ans, a trouvé depuis peu un été de Saint-Martin, revient si souvent sur les défauts réels de la jeune fille que j'y suis presque insensible. »

Lorsqu'il survenait une visite de quelque dame noble des environs, le jeune prêtre et la petite lectrice bourgeoise et moins encore, n'étaient point jugés dignes d'entendre les secrets du parti *ultra*. On préparait alors les ordonnances de Juillet [53], dont bien des châteaux de Normandie avaient le secret. Dans ce cas-là les deux personnages, nos amis, allaient admirer les grâces d'un magnifique perroquet blanc, qu'une petite chaîne d'argent retenait sur son bâton, à l'extrémité du salon et près d'une fenêtre. On les voyait, mais ils étaient hors de la portée de la voix. Le pauvre abbé rougissait, mais bientôt la conversation de Lamiel était plus animée que jamais. En présence de madame, c'eût été manquer de respect que de parler de sujets qu'elle n'avait pas introduits elle-même. Se trouvant seule avec l'abbé, la jeune fille l'accablait de questions sur toutes choses, sur tout ce qui l'étonnait ; elle était parfaitement heureuse, mais souvent elle embarrassait fort son interlocuteur. Par exemple, un jour elle lui dit :

— Il est un ennemi contre lequel tous les beaux livres que madame me fait lire pour mon éducation tendent à me prévenir ; mais on ne me dit jamais clairement ce que c'est ; eh bien ! monsieur l'abbé, vous en qui j'ai tant de confiance, qu'est-ce que c'est que l'amour ?

La conversation avait été jusque-là tellement sincère et naïve que le jeune prêtre, distrait par son amour, n'eut pas la présence d'esprit de répondre qu'il ignorait ce que c'était que l'amour, il dit étourdiment :

— C'est une amitié tendre et dévouée qui fait que l'on éprouve un suprême bonheur à passer sa vie avec l'objet aimé.

— Mais dans tous les romans de Mme de Genlis que madame me fait lire, c'est toujours un homme que l'on voit amoureux d'une femme. Deux sœurs, par exemple, passent leur vie ensemble, elles ont l'une pour l'autre la plus tendre amitié, et pourtant on ne dit point qu'elles ont de l'amour.

— C'est, répondit le jeune prêtre, que l'amour doit être sanctifié par le mariage, et cette passion devient vite criminelle si elle n'est consacrée par un sacrement.

— Ainsi, reprit Lamiel, avec une innocence parfaite, mais pourtant en sentant bien qu'elle allait embarrasser l'abbé Clément, ainsi vous, monsieur le curé, vous ne pouvez pas sentir l'amour car vous ne pouvez pas vous marier.

Ce mot était lancé avec tant d'esprit et accompagné d'un regard si singulier que le pauvre prêtre resta immobile, les yeux démesurément ouverts et fixés sur Lamiel.

« Sent-elle la force de ce qu'elle dit ? se demandait-il à lui-même ; en ce cas, j'ai tort de paraître si souvent au château ; l'extrême confiance qu'elle a en moi est bien voisine de l'amour et semble y conduire. »

Ces idées charmantes occupèrent bien pendant vingt secondes l'âme du jeune prêtre, puis il se dit avec horreur :

« Grand Dieu, qu'est-ce que j'ai fait ? Non seulement je cède à une passion coupable pour moi-même, mais encore je m'expose à séduire une jeune fille dont la vertu m'est confiée par un engagement tacite, il est vrai, mais qui, par là, ne doit être que plus sacré pour moi. »

— Ma fille !... lui dit-il du ton qu'il prenait en chaire et avec un éclat de voix tellement extraordinaire qu'il fit lever les yeux à la duchesse et aux deux dames qui lui parlaient à voix basse. Après ce mot, le jeune curé, comme hors de lui-même par l'effort qu'il venait de faire, se redressa de toute sa hauteur, ce qui étonna beaucoup Lamiel et même l'amusa :

« Je suis parvenue à le piquer d'honneur, se dit-elle, il faut qu'il y ait dans cette parole, *l'amour*, quelque chose de bien extraordinaire ! »

Pendant qu'elle faisait cette réflexion rapide, l'abbé Clément reprenait courage.

— Ma fille, lui dit-il, en modérant sa voix, mon ministère me défend absolument de répondre aux questions que vous pouvez m'adresser sur l'amour.

Tout ce que je puis vous en dire, c'est que c'est une sorte de folie qui déshonore une femme si elle la laisse durer plus de quarante jours (la même durée que le carême), sans la consacrer par le sacrement du mariage ; les hommes, au contraire, sont d'autant plus estimés dans le monde qu'ils ont déshonoré plus de jeunes filles ou de femmes. Ainsi, quand un jeune homme parle d'amour à une jeune fille, celle-ci cherche toujours le secret, et le jeune homme, que dans ce cas on appelle un séducteur, tout en feignant de le chercher aussi, ne demande qu'à être découvert : il cherche à conserver sa maîtresse tout en faisant deviner au monde la victoire qu'il a remportée sur sa prudence. Ainsi, il est vrai de dire que le pire ennemi que puisse avoir une jeune fille, c'est le jeune homme qui lui parle d'amour. Toutefois, je ne vous dissimulerai pas la vérité. Pour se soustraire à l'état d'obéissance passive dans lequel une jeune fille se trouve à l'égard de sa mère et pouvoir commander à son tour, il est naturel qu'une jeune fille cherche à se marier. Mais ce moment est bien dangereux. Une jeune fille peut perdre à jamais sa réputation. Il faut toujours qu'elle considère bien quels sont les intérêts de vanité du jeune homme qui lui fait la cour, car il n'y a parmi nous que deux façons de jouer un très beau rôle dans la société : il faut avoir montré de la bravoure à la guerre ou dans des duels engagés avec des jeunes gens considérés, ou bien il faut avoir séduit beaucoup de femmes remarquablement belles et riches.

Ici Lamiel était sur son terrain, vingt fois le docteur lui avait expliqué la conduite que doit tenir une jeune fille pour passer gaiement une jeunesse qui peut être interrompue par la mort, et toutefois ne pas perdre l'estime des vieilles femmes de l'endroit où elle vit. Lamiel regardait le curé d'un air malin, puis lui dit :

— Mais qu'est-ce que c'est que séduire, monsieur le curé ?

— C'est de la part d'un homme, parler trop souvent et avec intérêt à une jeune fille.

— Mais par exemple, reprit Lamiel avec malice, est-ce que vous me séduisez ?

— Non pas, grâce au ciel, reprit le jeune prêtre épouvanté, et une extrême rougeur succédant à la pâleur mortelle qui depuis quelques instants s'était emparée de sa figure, il saisit la main de Lamiel avec vivacité, puis repoussa loin de lui la jeune fille avec un geste féroce qui parut bien singulier à celle-ci. L'abbé Clément, reprenant le ton dont il prêchait au prône, ajouta en parlant très haut :

— Je ne saurais vous séduire, car je ne puis vous épouser, mais toute fille est déshonorée et probablement damnée qui se laisse parler d'amour ou d'amitié, peu importe le mot, pendant plus de quarante jours et qui ne demande pas à l'homme qui prétend l'aimer s'il a le projet de consacrer ses sentiments par le sacrement du mariage.

— Mais si l'homme qui éprouve de l'amitié pour la jeune fille est déjà marié ?

— Alors, c'est l'affreux péché d'*adultère* qui fait la gloire suprême des jeunes gens et qui, en France, marque les rangs entre eux. Mais tandis que le jeune homme est glorifié, la malheureuse adultère est obligée de vivre seule à la campagne et le plus souvent dans la misère ; lorsqu'elle entre dans un salon, toutes les femmes s'éloignent d'elle avec affectation, et même celles qui sont aussi coupables qu'elle. Sa vie est abominable dans ce monde, et, son cœur se remplissant de haine et de méchanceté, elle est très probablement damnée dans l'autre, de sorte que sa vie est abominable sur la terre et après sa mort les tourments les plus affreux lui sont réservés.

Cette image parut toucher profondément la jeune fille, puis au bout d'un instant elle se dit :

« Mais y a-t-il un enfer ? y a-t-il un enfer éternel, et Dieu serait-il bon s'il faisait un enfer éternel ? car enfin, au moment où je suis née, Dieu savait bien que je vivrais par exemple cinquante années et qu'au bout de ce temps je serais damnée éternellement. Ne valait-il pas mieux me faire mourir à l'instant ? Quelle différence pour la profondeur et l'intérêt entre les raisonnements du docteur et ceux du curé ! Mais il faut répondre à celui-ci ou il va croire que je ne puis répondre. » Elle ajouta d'un air fort ému :

— Je comprends très bien, il ne faut jamais parler tous les jours et avec amitié surtout, ni à un homme marié, ni à un prêtre, mais pourtant, si on se sent de l'amitié pour eux ?

A ces mots, l'abbé Clément tira sa montre avec un mouvement convulsif.

— J'ai un malade à voir, s'écria-t-il avec des yeux égarés. Adieu, mademoiselle.

Et il prit la fuite, oubliant de prendre congé de la duchesse, qui fut extrêmement choquée du manque d'égards de ce *petit prestolet*.

— Cet homme n'est-il pas à vous ? lui dit la marquise de Pauville qui était assise à sa droite.

— Ce n'est rien moins que le neveu de ma femme de chambre, reprit la duchesse en souriant de mépris.

— Petit prestolet ! s'écria la baronne de Bruny assise à la gauche de la duchesse.

CHAPITRE VIII

Ce mot de petit prestolet lancé avec tant de mépris à ce pauvre abbé Clément, qui avait des cheveux si jolis, arrangea ses affaires dans le cœur de Lamiel.

Au lieu de songer à la pauvreté de ses arguments comparée au raisonnement inébranlable comme le granit du docteur Sansfin, elle le vit jeune, plein de naïveté et obligé par sa pauvreté à répéter des raisonnements ridicules auxquels peut-être il ne croyait pas. « Est-ce que Burke, se disait-elle, croyait aux raisonnements absurdes qu'il lançait contre la France ? Mais non, s'écria-t-elle, en s'interrompant elle-même, mon abbé est honnête homme. » Puis elle resta extrêmement pensive, elle ne savait comment se prouver que l'abbé était honnête homme, et d'ailleurs elle voyait fort bien que la conversation qu'elle venait d'avoir avec lui l'avait placée, à l'égard de cet homme aimable, dans une position vraiment extraordinaire. Au bout d'un quart d'heure, elle en fut charmée, car tout ce qui donnait une pâture à son esprit faisait son bonheur, et ici, il y avait à deviner ce qui avait pu troubler à ce point le jeune abbé. Lamiel ne l'avait jamais vu aussi joli.

« Quelle différence, se disait-elle, entre cette figure et celle d'un Sansfin ! Je lui demandais qu'est-ce que c'est que l'amour. Eh bien ! sans le vouloir, il me l'a montré. Il faut que je me décide. A-t-il de l'amour pour moi ? Il me voit tous les jours et toujours avec la plus vive joie, il me parle avec une amitié sincère et vive. Par exemple, j'en suis sûre, il aime bien mieux m'adresser la parole que parler à Mme la duchesse, et cependant, elle sait tant de choses ! elle a des façons de parler si flatteuses pour la personne à laquelle elle adresse la parole ! Oui, mais Sansfin dit que la méchanceté qui est dans le cœur d'une femme paraît toujours dans ses traits, et la duchesse est méchante ; l'autre jour, quand Mme la comtesse de Saint-Pois a versé, en retournant d'ici chez elle, Mme la duchesse en a été contente, et moi, j'avais les larmes aux yeux ; je suis sûre de ce mauvais sentiment de la duchesse, car

Mme Anselme l'a remarqué ainsi que moi et en plaisantait avec sa camarade. Mais, en supposant que l'abbé
Clément ait de l'amour pour moi, encore une fois,
qu'est-ce que c'est que l'amour ? »

Le lecteur trouvera peut-être cette question ridicule
de la part d'une grande fille de seize ans, élevée au
milieu des plaisanteries grossières des soirées de
village, mais d'abord Lamiel n'avait pas d'amies
intimes parmi les filles de son âge, et en second lieu
elle s'était trouvée fort rarement à des soirées de ce
genre. Les jeunes filles de son âge l'appelaient *la savante*
et cherchaient à lui jouer des tours. Il se trouvait que
la chaumière de Mme Hautemare était le centre de la
société du village, là se réunissaient toutes les dévotes
qui amenaient, le plus souvent qu'elles le pouvaient,
leurs filles avec elles. Mme Hautemare était toute fière
de se voir le centre d'une société, et, dans l'espoir d'y
voir arriver les filles du village, elle exigeait que
Lamiel ne sortît point. Le curé Du Saillard fut
enchanté de voir naître une occasion de passer la
soirée honnêtement. Ces curés de campagne se permettent d'étranges libertés : Du Saillard alla jusqu'à
recommander, en chaire, les soirées de la femme du
bedeau. Tout ceci se passait avant que Lamiel eût été
appelée au château ; lorsque, sous prétexte de santé, le
docteur Sansfin la fit revenir à la chaumière des
Hautemare, elle avait bien plus d'idées et, à cette
époque, la conversation des vieilles dévotes
méchantes ne laissait pas que d'être dangereuse pour
une jeune fille de son âge, car, occupées à médire des
jolies femmes du village, elles détaillaient souvent
d'une manière fort claire, leurs crimes et le divers
degré de ces crimes. Les dévotes discutaient entre
elles sur ce qu'il fallait croire des péchés des jeunes
filles, et il y avait souvent des discussions d'une
inconvenance extrême ; mais la profonde ignorance de

Lamiel réparait tout ; ses pensées étaient toutes occupées par des problèmes d'un ordre bien plus relevé, elle se sentait une incapacité complète pour cette hypocrisie de tous les instants sans laquelle il était impossible, suivant le docteur, d'arriver au moindre succès ; elle ne trouvait rien d'ennuyeux comme les soins d'un petit ménage pauvre, tels qu'elle les voyait pratiquer par sa tante Hautemare ; elle se sentait une répugnance extrême pour épouser un bon villageois de Carville ; le but de tous ses désirs était d'aller à Rouen, lorsqu'elle serait privée de la protection de la duchesse et là de gagner sa vie en tenant les comptes dans une boutique.

Elle n'avait aucune disposition à faire l'amour ; ce qu'elle aimait par-dessus tout, c'était une conversation intéressante. Une histoire de guerre, où les héros bravaient de grands dangers et accomplissaient des choses difficiles, la faisait rêver pendant trois jours, tandis qu'elle ne donnait qu'une attention très passagère à un conte d'amour. Ce qui déconsidérait l'amour à ses yeux, c'est qu'elle voyait les femmes les plus sottes du village s'y livrer à l'envi. Quand la duchesse lui fit lire les romans hypocrites de Mme de Genlis, ils ne parlèrent point à son cœur, elle trouvait ridicules et sottes les choses *de bon goût* pour lesquelles Mme de Miossens faisait interrompre la lecture. Lamiel n'était attentive qu'aux obstacles que les héros rencontraient dans leurs amours. Allaient-ils rêver aux charmes de leurs belles au fond des forêts éclairées par le pâle rayon de la lune, elle pensait aux dangers qu'ils couraient d'être surpris par des voleurs armés de poignards, dont elle lisait les exploits détaillés, tous les jours, dans *la Quotidienne*. Et encore, à vrai dire, c'était moins le danger qui l'occupait que le désagrément du moment de la surprise, quand, tout à coup, de derrière une haie, deux hommes mal vêtus et grossiers s'élançaient sur le héros.

Tout ce que nous venons de faire remarquer chez Lamiel serait parfaitement impossible parmi ces jeunes paysannes bien parées que l'on voit aller tous les dimanches à la danse de leur village. Cette *danse* étant environnée de tous les côtés de couples se promenant sous les arbres en se tenant tendrement par la main, Lamiel n'était pas sans avoir remarqué plusieurs de ces couples, et cette façon de donner un spectacle lui avait semblé choquante ; c'était là tout ce qu'elle savait de réservé sur l'amour lorsqu'elle revint à la chaumière. A cette époque, le bonhomme Hautemare crut devoir lui expliquer plus nettement le danger. Il lui parla souvent de l'énorme péché qu'il y avait à aller se promener au bois avec un jeune homme.

« Eh bien ! j'irai me promener au bois avec un jeune homme », se dit Lamiel.

Tel fut le résultat des longues réflexions qui suivirent sa conversation avec l'abbé Clément.

« Je veux savoir absolument, se dit-elle, ce que c'est que l'amour. Mon oncle dit que c'est un grand crime, mais qu'importent les idées d'un imbécile tel que mon oncle ? C'est comme le grand crime que trouvait ma tante Hautemare à mettre du bouillon gras dans la soupe du vendredi : Dieu en était profondément offensé ; et je vois ici Mme la duchesse qui, pour avoir payé vingt francs, fait gras toute l'année, ainsi que sa maison et moi dans le nombre, et ce n'est plus un péché ! Il faut convenir que tout ce que disent mes pauvres parents Hautemare est cruellement bête. Quelle différence avec les paroles du docteur ! Ce pauvre jeune curé Clément n'a, pour tout payement au monde, que cent cinquante francs par an. Je vois bien que, depuis qu'il m'aime, Mme Anselme ne lui fait plus de présents ; le jour de sa fête, elle ne lui a donné que six aunes de drap noir, et encore était-ce un restant du grand deuil de M. le duc. Il reçoit bien quelques cadeaux de madame et quelques pièces de gibier et des volailles des paysans, mais comme le sous-préfet, M. de Bermude [54], peut-être est-il obligé de dire bien des choses pour n'être pas destitué. Que de longs discours en faveur des ministres nous débite ce pauvre M. de Bermude ! Eh bien, crac ! le voilà destitué pour n'avoir pas parlé aux élections comme le voulait son ministre. « Quelle sottise ! quelle imprudence ! dit Madame, c'étaient des bêtises qui n'avaient pas le sens commun ; mais pour lui, ajoute-t-elle, elles avaient le sens de lui faire conserver sa place et maintenant le Bermude va être réduit à végéter avec huit cents livres de rente. Voilà ce qui arrivera toujours à tous ces petits bourgeois qui veulent faire les Romains. »

Ceci lança Lamiel dans une suite de pensées sublimes qui l'éloignaient de plus en plus de l'idée pratique de s'aller promener au bois et de choisir le jeune homme auquel elle demanderait ce que c'est que l'amour.

Le premier sentiment de Lamiel à la vue d'une vertu était de la croire une hypocrisie.

— Le monde, lui disait Sansfin, n'est point divisé, comme le croit le [55] nigaud, en riches et en pauvres, en hommes vertueux et en scélérats, mais tout simplement en dupes et en fripons. Voilà la clef qui explique le XIXe siècle depuis la chute de Napoléon ; car, ajoutait Sansfin, *la bravoure personnelle, la fermeté de caractère* n'offrent point prise à l'hypocrisie. Comment un homme peut-il être hypocrite en se lançant contre le mur d'un cimetière de campagne bien crénelé et défendu par deux cents hommes ? A l'exception de ces faits, ma belle amie, ne croyez jamais un mot de

toutes les vertus dont on vient vous battre les oreilles.
Par exemple, votre duchesse parle sans cesse de
bonté ; c'est là, suivant elle, la vertu par excellence ; le
vrai sens de ses actes d'admiration, c'est que, comme
toutes les femmes de son rang, elle aime mieux avoir
affaire à des dupes qu'à des fripons ; c'est là le fin mot
de ce prétendu usage du monde dont les femmes de
son rang parlent sans cesse. Vous ne devez point croire
ce que je vous dis. Appliquez-moi la règle que je vous
explique ; qui sait si je n'ai point quelque intérêt à
vous tromper ? Je vous ai bien dit qu'environné d'êtres
grossiers avec lesquels il faut toujours mentir pour
n'être pas victime de la force brutale dont ils dispo-
sent, c'est une bonne fortune pour moi que de trouver
un être rempli du génie naturel. Cultiver ce génie et
oser dire la vérité est pour moi un plaisir charmant et
qui me délasse de tout ce que je fais pendant la
journée pour gagner de quoi vivre. Peut-être que tout
ce que je vous dis est un mensonge. Ne m'en croyez
donc point aveuglément, mais observez si, par hasard,
ce que je vous dis ne serait point une vérité. Ainsi, est-
ce que je vous dis un mensonge quand je vous fais
remarquer un événement arrivé hier soir ? La
duchesse parle sans cesse de bonté, et hier soir et ce
matin, elle a été toute joyeuse de l'accident arrivé à sa
bonne amie, Mme la comtesse de Saint-Pois, que ses
chevaux ont jetée dans un fossé avant-hier soir,
lorsqu'elle regagnait son château, à une lieue d'ici.

Sansfin disparut après ces mots. Telle était sa
manière avec Lamiel ; il voulait surtout qu'elle se
donnât la peine de réfléchir. Après le départ du
docteur, Lamiel se dit : « Je ne puis voir la guerre,
mais quant à la fermeté de caractère, je puis non
seulement la voir chez les autres, mais je puis espérer
de la mettre en pratique moi-même. »

Elle ne se trompait point : la nature lui avait donné

l'âme qu'il faut pour mépriser la faiblesse ; toutefois, l'amour essayait ses premières attaques sur son cœur. Elle revint à penser à l'abbé Clément, et ce ne fut point la suite du raisonnement qui la fit songer à ce jeune homme aimable ; il était fort pâle, l'habit noir qu'il avait fait avec les six aunes de drap, présent de Mme Anselme, avait l'air de le rendre encore plus maigre et augmentait la tendre pitié qu'il inspirait à Lamiel. Quelle n'eût pas été sa joie de pouvoir discuter avec lui les principes sévères qu'elle devait à la haute sagesse du docteur ! « Mais peut-être, ajoutait-elle, tout ce que l'abbé Clément me dit contre l'amour, c'est parce que l'archevêque de Rouen le lui ordonne sous peine de perdre sa place. En ce cas, il fait très bien de parler ainsi, mais moi, je serais une sotte, dont il se moquerait au fond du cœur, si je croyais le plus petit mot de tout ce qu'il me dit. Quand il me parle de littérature anglaise, c'est fort différent, ces choses-là n'intéressent pas son évêque qui, peut-être, ne sait pas l'anglais. On veut me tromper sur tout ce qui a rapport à l'amour, et pourtant il ne se passe pas de journées que je ne lise quelques phrases relatives à *cet amour*. Les gens qui font l'amour sont-ils dans la classe des dupes ou des gens d'esprit ? » Lamiel fit cette question à son oracle, mais le docteur Sansfin avait trop d'esprit pour répondre nettement.

— Rappelez-vous bien, ma belle amie, lui dit-il, que je refuse nettement de répondre à cette question. Seulement souvenez-vous qu'il y a un extrême danger pour vous à chercher de vous en éclaircir, c'est comme ce secret terrible des *Mille et une nuits*, ces contes qui vous amusent tant : lorsque le héros veut s'en éclaircir un énorme oiseau paraît dans le ciel qui s'abat sur lui et lui arrache un œil.

Lamiel fut très piquée de cette fin de non-recevoir. « On veut me tromper sur tout ce qui a rapport à

l'amour ; donc il ne faut plus demander d'éclaircisse-
ments à personne et ne croire que ce que je verrai par
moi-même. »

L'annonce d'un danger extrême, que le prudent
docteur avait fait entrer dans sa réponse, piqua le
courage de Lamiel. « Voyons si je sentirais du danger,
s'écria-t-elle. Tout ce que je sais de pure pratique sur
l'amour, c'est ce que mon oncle m'a bien voulu
apprendre en me répétant qu'il ne faut pas aller au
bois avec un jeune homme. Eh bien ! moi, j'irai au bois
avec un jeune homme, et nous verrons. Et quant à
mon petit abbé Clément, je veux redoubler d'amitié
pour lui afin de le faire enrager. Il était bien drôle hier
au moment où il a tiré sa montre d'un air en colère ; si
j'avais osé, je l'aurais embrassé. Quelle mine aurait-il
faite ? [56] »

CHAPITRE IX

Lamiel en était au plus fort de sa curiosité sur
l'amour, quand un jour, en entrant chez la duchesse,
elle vint à interrompre brusquement sa conversation
avec Mme Anselme : c'est qu'il était question d'elle. La
duchesse avait reçu un courrier de Paris dans la nuit ;
on était à la veille des ordonnances de Juillet, un ami
intime lui donnait à cet égard des détails qui la
faisaient trembler pour son fils ; le camp de Saint-
Omer allait marcher sur Paris pour mettre à la raison
la grande conspiration des députés de côté gauche [57].
Elle renvoya le courrier en disant à son fils qu'elle se
sentait affaiblir tous les jours et qu'elle lui demandait
une preuve d'amitié qui serait peut-être la dernière,
c'était de partir à l'instant même, deux heures après

avoir reçu sa lettre, et de venir passer huit jours à Carville.

— Cette École polytechnique fut une des erreurs du pauvre duc ; elle a été républicaine même sous Napoléon [58] ; Dieu sait si messieurs de la gauche auront négligé de la fanatiser ! Un duc de Miossens républicain ! s'écria-t-elle avec dégoût, en vérité cela serait beau !

Mais il n'y avait pas deux heures que la duchesse avait réexpédié son courrier dans le plus grand secret, que le docteur savait que le jeune duc allait venir au château. C'était un des événements qu'il craignait le plus. « Ce jeune homme a une charmante figure, il porte un uniforme, cela seul suffirait pour rappeler Napoléon aux yeux de Lamiel et pour m'enlever ma charmante amie. J'ai déjà eu bien de la peine à la sauver de ce petit abbé Clément, dont la vertu timide travaillait pour moi. En vérité, je ne puis pas compter sur la même retenue de la part du jeune duc, lequel est mené par un valet de chambre fripon ; ce valet pourrait bien faire entendre le fin mot de tout ceci à ma petite Lamiel, et alors je me serais donné la peine de faire une femme d'esprit pour que ses rendez-vous avec le jeune duc soient plus piquants. »

Deux heures après, le vénérable Hautemare parut au château avec son habit de dimanche. Son arrivée à huit heures du soir fit événement. La première cloche de la grande cour fut agitée durant plus d'un quart d'heure avant que Saint-Jean [59], le vieux valet de chambre chargé du dépôt des clefs des portes extérieures, voulût bien s'avouer qu'on sonnait. La duchesse alla se figurer que le son de cette cloche était funèbre. « Il est arrivé quelque chose à Paris, se dit-elle, quel parti aura pris mon fils ? Grand Dieu ! quel malheur que ce M. de Polignac soit arrivé au ministère ! C'est le sort de nos pauvres Bourbons d'appeler toujours les imbéciles dans leur conseil. Ils avaient trouvé M. de Villèle ; à la vérité, c'est un bourgeois, mais c'est une raison pour qu'il connaisse mieux les bourgeois qui attaquent la cour. L'École polytechnique aura été amenée aux Tuileries avec des canons, et ces pauvres enfants, séduits par quelques mots flatteurs du roi, vont défendre les Tuileries, comme autrefois les Suisses, au 10 Août. »

Dans son impatience, la duchesse sonna toutes ses femmes, elle ouvrit sa fenêtre et se précipita à demi vêtue sur son grand balcon.

— Allons, Saint-Jean, vous déciderez-vous enfin à ouvrir ?

— Pardieu ! madame, répondit le vieux valet de chambre, plein d'humeur, voici une belle heure pour ouvrir ! Je ne veux pas qu'ils me mordent.

— Vous avez donc peur d'être mordu par les gens qui assiègent ma porte ? Et quels sont-ils ces gens ?

— Voilà une belle idée ! répondit le vieillard plein d'humeur. Il s'agit de vos chiens qui sont à mes trousses ; c'est une belle idée que d'avoir fait venir ces affreux bull-dogs anglais ! C'est qu'une fois qu'ils ont mordu, ces anglais-là ne lâchent jamais prise.

Il fallut plus d'un gros quart d'heure pour réveiller et pour habiller Lovel, domestique anglais, qui, seul, avait crédit de se faire écouter par ses compatriotes, les bull-dogs. Pendant ce temps-là, les sons de la cloche redoublèrent. Hautemare, qui sonnait à la porte, supposait qu'on ne voulait pas lui ouvrir. Ces sons redoublés, les cris des chiens, les murmures de Saint-Jean, les juriments de Lovel, changèrent en véritable attaque de nerfs l'extrême émotion de la duchesse. Ses femmes furent obligées de la mettre au lit et de lui faire respirer des odeurs.

— Mon fils est mort ! s'écria-t-elle ; à son retour à

Paris, mon courrier aura trouvé la révolution déjà en marche.

La duchesse était absorbée dans ces pensées, quand on lui annonça qu'il s'agissait tout simplement du bedeau du village qui avait l'impertinence de réveiller tout le château.

— Je ne sais ce qui me tient, avait dit Saint-Jean en lui ouvrant ; je puis dire un mot à l'Anglais et il le ferait dévorer par ses bêtes.

— C'est ce que nous verrons, avait répondu le maître d'école indigné, je ne marche jamais la nuit sans le sabre et le pistolet que monsieur le curé m'a donnés.

La duchesse entendit la fin de ce dialogue et elle était sur le point de s'évanouir de nouveau de colère, quand Hautemare, fort en colère lui-même, parut enfin dans la chambre à coucher.

— Madame, avec tout le respect que je vous dois, je viens vous redemander ma nièce Lamiel ; il n'est pas convenable qu'elle couche sous le même toit que monsieur votre fils, qui se ferait un jeu de déshonorer une famille respectable.

— Comment ! monsieur le bedeau, la première parole que vous m'adressez après avoir mis sens dessus dessous tout le château, à une heure indue, ce n'est pas une excuse ? Vous arrivez ici au milieu de la nuit comme si vous entriez dans la place du village.

— Madame la duchesse de Miossens, reprit le chantre d'un air fort peu respectueux, je vous demande excuse et je vous prie de me remettre à l'instant ma nièce Lamiel. Mme Hautemare ne veut pas qu'elle voie M. votre fils.

— Qu'est-ce que vous dites de mon fils ? s'écria la duchesse éperdue.

— Je dis qu'il arrivera peut-être ici demain matin et que nous ne voulons pas qu'il voie notre nièce.

« Grand Dieu ! pensa la duchesse, la conspiration de Paris a perverti jusqu'à ce village ; il ne faut pas que je me brouille avec cet insolent. Il a du crédit sur la canaille ; ce que j'ai de mieux à faire, c'est d'aller passer le reste de la nuit dans ma tour. Rouen s'en va à feu et à sang comme Paris ; je ne pourrai pas me sauver à Rouen ; c'est au Havre qu'il faut chercher un asile. Il y a là beaucoup de marchands qui ont de grands magasins remplis de leurs marchandises, et, quoique fort jacobins au fond, leur intérêt fera que pendant quelques heures, ils s'opposeront au pillage. Ma cousine de La Rochefoucault [60] fut assassinée au commencement de la Révolution parce que le peuple reconnaissait déjà qu'on allait chercher les chevaux de poste. Il faut séduire ce bonhomme Hautemare. Ces gens-là sont à genoux devant un louis d'or, et je lui en donnerai vingt-cinq, s'il le faut, pour qu'il m'ait des chevaux de poste. »

La duchesse était restée en silence pendant qu'elle donnait audience à toutes ces idées. Hautemare, fort en colère de toutes les interpellations dont il avait été l'objet de la part des domestiques, alla s'imaginer que ce silence était un refus.

— Madame, dit-il insolemment à la duchesse, rendez-moi ma nièce ; ne me forcez pas à venir la chercher, accompagné de tous mes sonneurs de cloche auxquels se joindraient au besoin tous les amis que j'ai dans le village.

Ce mot décida la duchesse ; elle lança au vilain un regard plein de haine, puis elle lui dit d'un ton mielleux :

— Mon cher monsieur Hautemare, combien vous me comprenez mal ! Je veux vous rendre votre nièce. J'étais là à penser que la fraîcheur de la nuit peut redoubler son mal de poitrine ; dites, je vous prie, qu'on mette les chevaux à la voiture. Priez Mme Anselme d'aider Lamiel à s'habiller, moi-même je veux m'habiller.

Elle montrait la porte avec énergie à Hautemare qui faisait tout ce qu'il pouvait pour se maintenir en colère. Il ne voulait pas absolument rentrer chez lui sans sa nièce : il se figurait la scène affreuse dont il serait l'objet de la part de Mme Hautemare si elle le voyait arriver sans sa nièce.

Il sortit enfin ; la duchesse se précipita contre la porte et mit trois verrous. Quand les verrous furent retenus avec beaucoup de soin, la duchesse eut un instant de répit. « Voici le moment arrivé, se dit-elle. Eh bien ! mes diamants, mon or, et le faux passeport que le bon docteur m'a procuré ! » Elle était fort énergique dans ce moment ; elle n'eut besoin de l'aide de personne pour ouvrir une petite trappe qui était maintenue fermée par un des pieds de son lit. Le tapis avait été ouvert en cet endroit, et ne tenait que par un point de couture qu'elle arracha facilement. Une petite boîte fort commune contenait ses diamants ; l'or l'embarrassait davantage, elle en avait cinq ou six livres ; elle avait aussi des billets de banque qu'elle cacha dans son corset avec les diamants, quant à l'or, elle le mit dans son manchon. Tout cela fut fait en cinq minutes. Elle courut à la chambre de Lamiel qu'elle trouva les larmes aux yeux. Mme Anselme lui avait adressé des reproches grossiers à propos de l'indiscrétion de son oncle qui venait réveiller le château à une heure si ridicule.

La vue des larmes de Lamiel fit oublier à la duchesse toutes les craintes qu'elle avait eues pour elle-même ; elle avait tant de courage en cet instant qu'elle éclata de rire de bon cœur, quand Lamiel lui demanda où en étaient les progrès de l'incendie ; Mme Anselme n'ayant répondu à ses questions que par des injures, elle crut fermement que le feu était au château.

— C'est tout bonnement, lui dit la duchesse, que la révolution vient de recommencer au village. Mais ne sois pas inquiète, ma petite ; j'ai sur moi pour plus de huit mille francs de diamants ; sur moi, j'ai aussi de l'or et des billets de banque. Nous allons nous sauver au Havre, de là, au pis aller, nous irons passer quinze jours en Angleterre et, si je te vois avec moi, je serai aussi heureuse que dans ce château.

Malgré son attendrissement et l'amitié passionnée qu'elle avait pour Lamiel, la duchesse pensa qu'il était d'une fine politique de ne pas lui dire un mot de son fils. Son intention véritable était de passer quelques heures dans sa tour, et là, d'attendre le moment où Fédor arriverait à Carville. Dans tous les cas, si le peuple était trop furieux à Carville, elle battrait la grande route à deux ou trois lieues de distance et reviendrait à portée du village dans la nuit, pour prendre son fils. Lamiel était pénétrée d'admiration pour le courage parfait de la duchesse.

« Ces grandes dames-là ont réellement une supériorité sur nous. Certainement je n'ai pas peur de traverser la grande rue et la place de Carville où je trouverai tous les jeunes gens du pays criant : vive Napoléon ou vive la République ! S'ils veulent absolument briser la voiture de madame, je lui donnerai le bras et nous sortirons fièrement du village. Il y a Yvon et Mathieu, les deux premiers sonneurs de cloche qui certainement m'obéiront en tout, et Yvon est fort comme un hercule ; je n'ai donc pas peur, mais je suis sérieuse et attentive, et voilà madame qui trouve le temps de dire des choses charmantes, et qui nous font rire. »

La duchesse fut admirable de sang-froid. Elle remit mille francs qu'elle avait en écus à Mme Anselme et à Saint-Jean, en les priant de partager cette somme entre tous les domestiques. Elle exigea que personne ne la suivît. Elle répéta plusieurs fois, et avec affectation, qu'elle serait de retour le surlendemain. On avait mis les chevaux au landau qui avait des armes superbes, elle eut la bravoure de prendre le temps de les faire dételer et de les faire placer au coupé, qui, étant sans armes, serait moins remarqué de la populace. Enfin ces dames montèrent en voiture avec le seul Hautemare qui, épuisé de l'effort qu'il avait fait de se maintenir en colère pendant une heure, de peur de la scène qui l'attendait à la maison s'il reparaissait sans sa nièce, avait les larmes aux yeux, de faiblesse, et ne savait plus ce qu'il disait.

En montant en voiture, la duchesse avait eu le temps de dire à Lamiel :

— Ne disons rien de nos projets à cet homme. Il est peut-être fanatisé par les jacobins.

Lamiel fut la première à dire, lorsqu'on fut à cinq cents pas hors du château :

— Mais, madame, tout est bien tranquille.

Bientôt on fut dans la grande rue du village. Le réverbère de la municipalité brûlait tranquillement, et le seul bruit que ces dames entendirent fut le ronflement d'un homme qui dormait dans sa chambre, au premier étage, élevé de huit pieds au-dessus du sol. Mme de Miossens partit d'un éclat de rire et se jeta dans les bras de Lamiel qui pleurait d'amitié et d'attendrissement. Pendant quelques minutes, Mme de Miossens se livra à toute sa gaieté : le Hautemare ouvrait des grands yeux. « Il faut éloigner les soupçons de cet homme », se dit la duchesse :

— Eh bien ! mon cher Hautemare, avez-vous été content du bon sang-froid avec lequel j'ai ramené votre nièce jusqu'au logis de sa chère tante ? Vous avez les clefs de la tour ; allez nous ouvrir la chambre du second étage et faites du feu, j'irai me recoucher, et, si Mme Hautemare nous le permet, dit-elle avec un ton d'ironie qui ne fut point aperçu par le maître d'école, je désirerais, pour n'avoir pas peur des esprits, que Lamiel vînt occuper le petit lit de fer.

Le lecteur a sans doute remarqué que la duchesse eut la prudence de ne pas demander à Hautemare comment il savait que Fédor devait revenir à Carville. « Ceci tient à la propagande des jacobins, pensa-t-elle, cet homme me répondrait par un mensonge, il vaut mieux ne pas le mettre sur ses gardes, je saurai tout par ma petite Lamiel. »

Hautemare, une fois qu'il fut assuré que sa femme ne lui ferait pas de scène, eut bien honte de la façon grossière dont il avait parlé à la duchesse. Quant à sa femme, tout à fait calmée par l'extrême politesse de la grande dame qui daignait elle-même reconduire sa nièce, elle n'eut pas de peine à permettre à celle-ci de remonter au plus vite auprès de la duchesse, et elle s'habilla pour préparer du thé. Ces bonnes gens pensèrent qu'il était mieux de ne point faire de compliments à la grande dame ; le mari monta le thé dans la chambre du second étage, demanda les ordres de Madame et prit congé en faisant mille salutations bien nobles.

Ces dames rirent beaucoup de leur peur et s'endormirent tranquillement après avoir prêté l'oreille pendant une demi-heure au profond silence qui régnait dans le village. Le lendemain, la duchesse ne s'éveilla qu'à neuf heures, et, un instant après, son fils Fédor fut dans ses bras. Ce jour-là était le 28 juillet 1830[61] Fédor arrivé à sept heures, n'avait pas voulu qu'on éveillât sa mère. Il était fort triste. « Si les troubles ont continué, se disait-il, mes camarades diront que je suis un déserteur. Il faudrait, après avoir embrassé ma mère, obtenir d'elle que je pusse retourner à Paris. »

Lamiel en voyant ce jeune homme si inquiet, serré dans son uniforme, lui trouvait je ne sais quel aspect piètre qui excluait l'idée de force et même de courage. Fédor était grand et mince ; il avait une charmante figure, mais l'extrême peur de passer pour un déserteur lui ôtait dans ce moment toute expression décidée, et Lamiel le trouva fort ressemblant à son portrait : « C'est bien là, se disait-elle, l'être insignifiant dont le portrait dans la chambre de Madame n'est regardé qu'à cause de la beauté du cadre. »

De son côté, dans le moment de tranquillité que lui laissèrent ses remords, Fédor se disait : « C'est donc là cette petite paysanne, qui, à force d'adresse normande et de complaisances bien calculées, a su gagner la faveur de ma mère, et, qui plus est, la sait conserver. » Comme tout ce qui environnait Fédor, la cuisine dans laquelle il l'avait entrevue, l'oncle Hautemare et sa femme encore toute triste de s'être exposée à tarir la source des petits cadeaux dont la duchesse l'accablait, étaient choses trop connues et ennuyeuses pour Lamiel, toute son attention revenait malgré elle à ce jeune militaire si mince, si pâle, et qui avait l'air tellement contrarié. Ainsi avait eu lieu cette entrevue dont l'image avait fait tant de peur au docteur Sansfin. A chaque instant, Mme Hautemare s'approchait de sa nièce et lui disait à voix basse :

— Mais fais donc les honneurs de la maison. Toi qui as tant d'esprit, parle donc à ce jeune duc, ou bien il va croire que nous sommes de grossiers paysans.

Ces choses, et d'autres semblables, étaient dites à demi-voix, mais de façon que Fédor les entendait fort bien. Lamiel tâchait en vain de faire comprendre à sa tante qu'il était beaucoup mieux de laisser toute sa liberté au jeune voyageur. Toutes les démarches empressées de Mme Hautemare n'échappèrent point à Fédor et toute sa mauvaise humeur, qui était grande, se fixa sur M. et Mme Hautemare. Peu à peu, il voulut bien s'apercevoir que Lamiel avait des cheveux charmants et qu'elle eût été fort jolie si l'air de la campagne n'avait un peu hâlé sa peau. Ensuite, il voulut bien découvrir qu'elle n'avait rien de l'air faux et des petites minauderies mielleuses d'une petite intrigante de campagne. Mme Hautemare montait à la tour tous les quarts d'heure pour écouter à la porte de Mme la duchesse et voir si elle était éveillée. Pendant ces courses, Fédor restait seul avec Lamiel et l'instinct de la jeunesse l'emportant à la fin sur les soucis qui lui faisaient craindre la réputation de déserteur, il regardait Lamiel avec beaucoup d'attention, et elle, de son côté, lui parlait avec tout l'intérêt qu'inspire une vive curiosité, lorsque le docteur Sansfin entra dans la cuisine qui servait de scène à cette première entrevue. L'attitude du docteur était à peindre ; il restait debout, dans l'attitude d'un homme qui va marcher, la bouche ouverte et les yeux extrêmement ouverts.

« Il faut convenir, se dit Fédor, que voilà un bossu bien laid ; mais l'on dit que de ce vilain bossu et de cette petite fille si singulière dépend toute la volonté de ma mère. Tâchons de leur faire la cour afin d'obtenir d'elle qu'elle veuille bien me laisser retourner à Paris. » Cette résolution bien prise, le jeune duc attaqua vivement la conversation avec le médecin de campagne ; il débuta par un récit exalté des premiers troubles qui, le 26, à midi, avaient éclaté dans le jardin du Palais-Royal, près le café Lemblin^{62} : deux élèves de l'École polytechnique, qui se trouvaient dans ce café au moment où on lisait tout haut les fameuses ordonnances, avaient couru à l'École polytechnique et avaient raconté fort exactement à leurs camarades rassemblés dans la cour tout ce dont ils avaient été témoins. Le docteur écoutait avec une émotion qui se peignait avec énergie dans ses traits mobiles ; sans doute, il était charmé des accidents qui pouvaient arriver aux Bourbons. Les insolences des nobles et des prêtres étaient faites pour être senties vivement par un homme qui se croyait un dieu par la nature. Son imagination s'étendait avec délices sur les humiliations qu'allait souffrir cette maison de Bourbon qui depuis un siècle protégeait les forts contre les faibles. « Ne sont-ce pas ces gens-là, se disait Sansfin, qui ont donné à jamais le nom de canaille à la classe dans laquelle je suis né ? Pour eux, tout ce qui a de l'esprit est suspect ; ainsi, si ce commencement d'insurrection a des suites un peu sérieuses, si ces Parisiens si ridicules ont le courage d'avoir du courage, le vieux Charles X pourrait être forcé d'abdiquer, et la classe de la canaille à laquelle j'appartiens fera un pas en avant. Nous deviendrons une bourgeoisie respectable et que la cour devra se donner la peine de séduire. » Puis, tout à coup, Sansfin vint à se souvenir de la belle position où il s'était placé envers la Congrégation : « Je suis à la veille d'obtenir une place, se dit-il, s'il me convient d'en demander une. Tous les châteaux des environs donneraient cinquante louis ou cent louis chacun, selon son degré d'avarice, pour que je fusse pendu haut et court, mais en attendant ce moment agréable, je me vois le seul agent par lequel ils puissent communiquer avec le peuple. Je joue sur leurs terreurs comme Lamiel joue sur son piano : je les augmente et les calme presque à volonté. S'ils obtiennent une très grande victoire, les plus furibonds d'entre eux, ceux qui forment le *Casino*[63], obtiendront des autres que je sois jeté en prison. Le vicomte de Saxilée, ce jeune homme si bien fait et si fier de sa tournure de crocheteur, n'a-t-il pas dit devant moi à ses nobles associés du Casino : « Il y a du jacobinisme à détailler avec tant de complaisance les moyens d'agir que possèdent les jacobins[64] » ? Ainsi, si la révolte de Paris, malgré la légèreté de ces pauvres badauds, a l'esprit de faire un mal réel aux Bourbons, je perds ma fortune préparée par tant de soins depuis six ans avec tous les châteaux et les prêtres des environs, d'autres hommes puissants paraîtront dans le peuple, et mon esprit devra faire des miracles pour être associé au déploiement de la force brutale ; si le parti de la cour triomphe et fait fusiller une cinquantaine de députés libéraux, il faut que je me sauve au Havre et peut-être de là en Angleterre, car aussitôt le vicomte de Saxilée [65] vient demander qu'on me jette en prison. Tout au moins on visitera mes papiers pour voir si je ne suis point d'accord avec les libéraux de Paris. Ce jeune imbécile veut retourner à son École polytechnique ; il faut pousser la duchesse à consentir à ce retour, et moi je serai le modérateur du jeune homme, je l'accompagnerai à Paris, j'enverrai deux fois par jour des courriers à la duchesse et, au fond, j'essayerai de me faufiler avec le parti vainqueur. Ces Parisiens sont si bêtes que naturellement la cour s'en tirera avec des promesses ; quand le peuple n'est plus en colère, il n'a rien ; et dans huit jours les Parisiens ne seront plus en colère. Dans ce cas, je gagne la faveur des chefs de la Congrégation et je reviens à Carville comme un de leurs envoyés. C'est à moi alors à faire entendre à tous les imbéciles du parti que M. le vicomte de Saxilée est un cerveau brûlé, capable de tout gâter. Par là, à tout le moins, je me sauve la prison où ce gredin-là voudrait me jeter. Il faut donc flatter ce petit imbécile de façon à ce qu'il m'accepte comme compagnon de voyage. »

Pendant toutes ces réflexions, Sansfin avait commencé à flatter le jeune duc, en se faisant donner mille détails sur l'esprit qui animait l'École polytechnique et en portant aux nues Monge, Lagrange et les autres grands hommes qui fondèrent cette École. Ces grands hommes étaient les dieux de Fédor, et livraient bataille dans son cœur à tous ses préjugés de naissance, soigneusement flattés par ses parents. Il était bien fier d'être duc, mais il pensait deux fois par jour à son titre, et, vingt fois la journée, il jouissait avec délices du bonheur de passer pour un des meilleurs élèves de l'École.

Lorsque Mme Hautemare vint enfin annoncer qu'il faisait jour chez la duchesse, Fédor commençait à le regarder comme un homme de beaucoup d'esprit, et Lamiel avait redoublé de considération pour le génie avec lequel Sansfin avait réussi à plaire au jeune duc. Le docteur avait réussi à se dire pendant un instant, lorsque le jeune duc allait placer à la porte de la chambre occupée par sa mère un magnifique bouquet de fleurs rares apportées de Paris :

« Ce qu'il y a de plus difficile au monde, c'est de plaire à quelqu'un que l'on méprise ; je ne sais en vérité si je pourrai parvenir à trouver grâce auprès de ce petit ducaillon. »

Fédor monta chez sa mère. Le docteur avait des visites à faire et d'ailleurs voulait se faire raconter par la duchesse tout ce que son fils allait lui dire. Il y aurait naturellement un tête-à-tête pour ce récit, ce qui lui donnerait l'occasion de donner à la duchesse la volonté de l'envoyer à Paris avec son fils.

Mais quand le docteur revint une heure après, il trouva la duchesse dans les larmes et presque dans une attaque de nerfs ; elle ne voulait pas entendre parler du retour de Fédor à Paris.

— Ou cette révolte n'est rien — chaque mot étant interrompu par une étreinte hystérique — ou cette révolte n'est rien, et alors ton absence ne peut être remarquée, tu viens voir ta mère malade, rien de plus simple ; ou cette révolte va jusqu'au point d'attendre de pied ferme les trente mille hommes de Saint-Omer qui marchent sur Paris. En ce cas-là, je ne veux pas qu'un Miossens figure parmi les ennemis du roi ; ta

carrière serait à jamais perdue ; or, dans les grandes
occasions, je remplace ton père et je te donne l'ordre
très formel de ne pas me quitter d'un pas.

Après avoir prononcé cette dernière phrase d'un air
assez ferme, elle exigea que son fils, qui avait couru la
poste toute la nuit, allât prendre deux heures de repos
et se jeter sur son lit, au château.

Restée seule avec le docteur, elle lui dit :

— Nos pauvres Bourbons seront trahis comme à
l'ordinaire ; vous verrez que les jacobins auront gagné
les troupes du camp de Saint-Omer. Ils ont des
machinations qui restent inexplicables, du moins
pour moi. Par exemple, dites-moi, mon cher ami,
comment hier soir, à neuf heures, ce Hautemare savait
que mon fils allait arriver de Paris ? Je n'avais fait
confidence à personne de la lettre pour Fédor, dont
j'avais chargé le courrier du duc de R., et mon fils
vient de me montrer cette lettre. Pendant un quart
d'heure nous en avons regardé le cachet, il était bien
intact lorsque mon fils l'a rompu.

Le docteur mit un art savant à flatter tous les
sentiments de la duchesse : il faisait son métier de
médecin. Son but était de calmer l'irritation de ses
nerfs, et il avait su par Fédor lui-même tout ce que
celui-ci pouvait apprendre sur la révolte qui commençait à Paris. Il trouva la duchesse montée *comme une
tigresse*, ce fut le terme dont il se servit en racontant la
chose à Lamiel.

Mais il était de l'intérêt du docteur de ne se trouver
à Carville qu'au moment [66] où l'on y apprendrait le
résultat définitif de la révolte de Juillet. La duchesse
eut bientôt une idée : son fils avait les nerfs en très
mauvais état ; ce jeune homme travaillait trop,
comme tous les élèves de l'École polytechnique ; il
fallait lui faire prendre des bains de mer pendant
quinze jours, mais il ne fallait pas aller chercher la

mer à Dieppe, ville séduite par l'amabilité de Mme la duchesse de Berri et qui serait en butte aux soupçons des jacobins ; il fallait tout bonnement aller chercher la mer au Havre. Le commerce, tremblant pour ses magasins, ne souffrirait pas le pillage en cette ville, si les jacobins avaient le dessus, et, si la cour triomphait, ainsi que le docteur le trouvait fort probable, il serait impossible pour les méchants habitant les châteaux voisins d'attacher du ridicule à ce petit voyage de la duchesse. La maigreur et la pâleur de Fédor montraient assez que sa santé était attaquée par l'excès du travail. La chaleur était excessive, et elle avait obéi au conseil du docteur qui prescrivait les bains de mer. La duchesse n'avait pas voulu aller à Dieppe, parce qu'elle n'avait pas voulu attendre un costume de bal et des chapeaux qu'il lui fallait faire venir de Paris. Fédor avait toujours témoigné le désir non pas de faire un voyage en Angleterre, il n'en avait pas le temps, mais de passer trois jours en ce pays singulier. Eh bien ! du Havre on irait passer trois jours à Portsmouth.

CHAPITRE X

Tous ces arrangements reçurent un commencement d'exécution aussitôt après que le docteur en eut donné l'idée à la duchesse. Celle-ci y voyait un avantage immense, Le Havre était beaucoup plus loin de Paris que Carville et en second lieu elle se flattait de n'être pas connue sur la route du Havre. La duchesse, réellement fort souffrante, ne quitta pas la tour, mais tous les arrangements de voiture furent faits au château, et à huit heures du soir, comme les chevaux de poste arrivaient à la tour, on vit arriver par la grande route de Paris une malle-poste pavoisée de drapeaux tricolores.

— Mon Dieu, que je vous sais bon gré d'avoir une entière confiance en vous, cher docteur ! s'écria la duchesse en prenant place dans son landau avec son fils et le docteur.

La duchesse sut bien gré à celui-ci qui ne voulut pas absolument prendre la place du fond. Fédor, contrarié de cette politesse, opta, dès qu'on fut à une lieue du village, de prendre place à côté du cocher. Le docteur était ravi, il serait absent de Carville au moment où le résultat définitif de la révolte de Paris y arriverait, et il avait empêché pour longtemps les conversations, entre ce jeune duc si élégant et si doux et l'aimable Lamiel.

Sur leur route, les voyageurs ne trouvèrent que de la curiosité ; tout le monde leur demandait des nouvelles de Paris. On répondait en demandant des nouvelles et l'on disait qu'on venait de partir d'une campagne voisine. En arrivant à la porte du Havre, la duchesse montra fièrement un passeport délivré à Mme *Miaussante* et à son fils. Elle avait forcé celui-ci à quitter son uniforme et ce pauvre jeune homme en était au désespoir. « Ainsi quand on se bat, se disait-il, le duc de Miossens non seulement déserte, mais encore il quitte son uniforme. »

A peine installés au Havre dans une maison particulière de la connaissance du docteur, celui-ci procura une femme de chambre et deux domestiques qui ne savaient point du tout qui était Mme Miaussante. Ce fut donc au Havre et dégagée de toute inquiétude personnelle, que la duchesse passa les premiers jours du désespoir causé par l'incroyable résultat de la révolution de Juillet. Quand elle sut que le roi était exilé en Angleterre, elle partit pour Portsmouth avec son fils. En revenant de l'accompagner au bâtiment, le docteur acheta des rubans tricolores, qu'il mit à sa boutonnière, et partit pour Paris. Il exagéra à ses amis de la Congrégation les périls qu'il avait courus à Carville, et moins de huit jours après, un ordre de M. César Sansfin parut dans le *Moniteur*; il était nommé à une sous-préfecture dans la Vendée. Son but était seulement de marquer son adhésion au nouveau gouvernement. La Congrégation le chargea de lettres de recommandation pour les pays où il allait déployer ses talents administratifs, mais son métier de médecin lui valait sept à huit mille francs à Carville, et Sansfin avait horreur de paraître en uniforme, avec l'épée au côté. « A Carville, se disait-il, on est accoutumé à ma bosse, aux défauts de ma taille. » Huit jours après sa nomination, le docteur tomba malade et il vint en congé à Carville.

Lamiel était restée chez sa tante ; trois jours après le départ de la duchesse, elle vit arriver quatre paquets énormes remplissant presque la charrette couverte du château. C'était du linge et des robes de toute espèce dont la duchesse lui faisait cadeau. Il y avait quelque chose de tendre dans cette attention. Le 27 juillet, avant son départ, la duchesse était allée passer une heure au château ; elle avait fait faire ces paquets et, se défiant beaucoup de la probité de toutes les personnes si exemplaires qui l'entouraient, elle avait fait environner ces paquets de ruban de fil, et sous ses yeux, avait fait appliquer le cachet de ses armes aux différents endroits où les rubans se croisaient. Ce fut une précaution sage, ces paquets avaient donné beaucoup d'humeur à Mme Anselme, et cette humeur devint de la colère quand elle vit que Lamiel, restée seule au village, ne daignait pas monter au château pour lui faire une visite.

La jeune fille n'y songeait guère, elle n'était occupée qu'à cacher la joie folle qui la dévorait. Chaque matin,

à son réveil, elle éprouvait un nouveau plaisir en
s'apprenant à elle-même qu'elle n'était plus dans ce
magnifique château où tout le monde était vieux et où,
sur vingt paroles qu'on prononçait, dix-huit étaient
consacrées à blâmer. Maintenant, sa seule affaire
désagréable était d'écrire tous les jours une lettre à la
duchesse ; pour peu qu'elle se livrât à ses pensées, ses
lettres étaient moins bien formées, mais en vérité elle
n'avait pas la patience de recopier ses lettres ; elle
songeait un instant aux réprimandes polies dont cet
oubli serait l'occasion, puis chassait bien vite toutes
les pensées désagréables, et la crainte de ces réprimandes faisait confondre le souvenir de cette
duchesse si aimable pour elle avec celui de Mme Anselme et des autres ennuis du château. Au total, dix
jours après être sortie de ce château, il n'avait laissé
dans l'âme de Lamiel, pour tout souvenir, qu'un
dégoût profond de trois choses, symboles pour elle de
l'ennui le plus exécrable : la haute noblesse, la grande
opulence et les discours édifiants touchant la religion.

Rien ne lui semblait plus ridicule à la fois et plus
odieux que la dignité affectée dans la démarche et la
nécessité de parler de toutes choses, même des plus
amusantes, avec une sorte de dédain mesuré et froid.
Après s'être avoué ces sentiments avec une sorte de
regret, Lamiel remarqua que la reconnaissance
qu'elle devait sans contredit à la duchesse se trouvait
balancer exactement la déplaisance que lui inspi-
raient ses façons de grande dame, et elle l'oublia bien
vite ; même sans la nécessité d'écrire la lettre, elle
l'eût oubliée tout à fait.

L'horreur pour tout ce qui pouvait lui rappeler le
séjour de cet ennuyeux château était si grande qu'elle
l'emporta sur la vanité si naturelle dans le cœur d'une
fille de seize ans.

Le jour du départ de la duchesse, le docteur avait trouvé le temps de lui dire :

— Allez pleurer dans votre chambre le départ de votre protectrice, et ne vous laissez voir que demain matin.

Le lendemain, lorsqu'elle descendit pour embrasser Mme Hautemare, celle-ci fut bien surprise de lui voir tous les vêtements d'une paysanne et même le hideux bonnet de coton, par lequel sont déshonorées les jolies figures des paysannes des environs de Bayeux[67].

Ce trait de prétendue modestie lui valut les applaudissements unanimes de tout le village. Ce bonnet de coton si laid, sur cette tête qu'on avait vue parée de si jolis chapeaux, soulageait l'envie. Tout le monde sourit à Lamiel quand elle sortit dans le village, portant des sabots et une jupe de simple paysanne. Son oncle, ne la voyant pas revenir du bout de la place, courut après elle.

— Où vas-tu ? lui cria-t-il d'un air alarmé.

— Je vais courir, lui dit-elle en riant ; j'étais en prison dans ce château.

Et en effet, elle prit sa course vers la campagne.

— Attends-moi seulement une heure, dès que ma classe sera finie, je t'accompagnerai.

— Ah ! *pardi !*... s'écria Lamiel, — c'était un de ces mots vulgaires qu'il lui était surtout défendu de prononcer au château — Ah ! pardi, je me défendrai bien contre les voleurs ! et elle se mit à courir en sabots pour couper court aux objections. Elle fit plus de deux lieues, s'arrêta avec toutes les anciennes amies qu'elle rencontra, et enfin ne rentra qu'à la nuit noire. Le maître d'école entreprenait déjà une réprimande en trois points sur l'inconvenance qu'il y avait, pour les filles de son âge, à courir la nuit, mais la parole lui fut enlevée par sa digne moitié qui avait besoin d'épancher l'étonnement, l'admiration et l'en-

vie dont l'avaient remplie les linges et les robes de soie
contenus dans les paquets apportés du château.

— Est-il bien possible que tout cela soit à toi ?
s'écria-t-elle avec une admiration triste.

Après des détails sur chaque objet, qui paraissaient
bien longs à Lamiel, Mme Hautemare essaya un air
d'assurance que démentait le son de sa voix, et elle
ajouta :

— J'ai pris soin de ton enfance, et j'ai lieu d'espérer,
ce me semble, que tu me laisseras bien porter, les
jours de fête et les dimanches seulement, la plus
mauvaise de tes robes ?

Lamiel resta stupéfaite : un tel langage eût été
impossible au château. Mme Anselme et les autres
femmes de la duchesse avaient bien des sentiments
bas, mais savaient les exprimer d'une tout autre
façon. A la vue de ces robes, Mme Anselme se fût jetée
dans les bras de Lamiel, l'eût accablée de baisers et de
félicitations, puis, lui aurait demandé en riant de lui
prêter une de ces robes qu'elle lui aurait désignée par
la couleur. Cette demande de robe consterna la jeune
fille ; des réflexions pénibles arrivaient en foule, elle
n'avait donc personne à aimer ; ces gens qu'elle s'était
figurée comme parfaits, du moins du côté du cœur,
étaient aussi vils que les autres ! « Je n'ai donc
personne à aimer ! »

Pendant qu'elle se livrait à ces réflexions pénibles,
elle restait immobile, debout, et son air était sérieux.
La tante Hautemare en conclut que la chère nièce
hésitait à lui prêter une des robes qui se trouvaient
dans les paquets, et alors, pour la décider, elle se mit à
lui détailler tous les services qu'elle lui avait rendus
avant son admission au château. ‹

— Car enfin, tu n'es pas notre nièce véritable,
ajoutait-elle ; mon mari et moi, nous t'avons choisie à
l'hôpital.

Le cœur de Lamiel était déchiré !

— Eh bien ! je vous donne quatre des plus belles robes, s'écria-t-elle avec humeur.

— A choisir ? répliqua la tante.

— Eh ! *pardi*, sans doute, s'écria Lamiel avec un air de désespoir et d'impatience qui fut remarqué.

Elle était consternée du langage bas qu'elle avait désappris au château. Tout en convenant avec elle-même du peu d'esprit de l'oncle et de la tante, elle avait rêvé une famille à aimer. Dans son besoin de sentiment tendre, elle avait fait un mérite à sa tante du manque d'esprit ; elle se sentit toute bouleversée, puis, tout à coup, elle fondit en larmes. Alors son oncle essaya de la consoler de l'énorme sacrifice de quatre robes qu'elle venait de faire. Il lui détaillait tous les droits que sa tante avait à sa reconnaissance. Lamiel, qui voulait se réserver au moins la faculté d'aimer son oncle, prit la fuite par un mouvement instinctif, et alla se promener dans le cimetière : « Si j'avais ici le docteur, se dit-elle, il rirait de ma douleur et des folles espérances qui en sont la cause ; il ne me consolerait pas, mais il me dirait des choses vraies qui m'empê-cheraient pour l'avenir de tomber dans une semblable erreur. »

Tout ce qu'il y avait de joli et de tranquille dans la vile chaumière de son oncle disparut à ses yeux. On ne voulut pas même lui permettre d'occuper la chambre du second étage, dans la tour, sous prétexte qu'elle y serait seule et que les commères du village ne man-queraient de prétendre qu'elle pourrait ouvrir la porte, de nuit, à quelque galant. Cette idée fit horreur à Lamiel. Confinée dans son petit lit de la salle à manger dont elle n'était séparée que par un paravent, Lamiel ne pouvait pas se défendre d'entendre tous les propos qui se tenaient dans la maison. Le sentiment de profond dégoût ne fit que croître et embellir les jours suivants. Outre le chagrin de ce qu'elle voyait, Lamiel était encore en colère contre elle-même. « Je me croyais sage, se dit-elle, parce que j'embarrasse quelquefois l'abbé Clément et même le terrible docteur Sansfin ; c'est tout simplement que je sais dire quelques jolies paroles, mais, au fond, je ne suis qu'une petite fille bien ignorante. Voici huit jours entiers que je ne puis sortir d'un profond étonnement ; je tenais pour indubitable que je trouverais dans la chaumière de mon oncle la liberté de remuer, et par conséquent, disais-je, je serais parfaitement heureuse. J'ai trouvé cette liberté dont l'absence m'était si cruelle au château, et pourtant une certaine chose, dont je n'eusse jamais soupçonné l'existence, vient m'ôter toute espèce de bonheur. » Deux jours après, Lamiel conclut de ses tristes sentiments, qui ne la quittaient pas un instant, qu'il fallait donc se méfier de l'espérance. Cette vérité fut sur le point de jeter Lamiel dans le désespoir. Elle voyait tout en beau dans la vie ; tout à coup ses rêves de plaisir recevaient le démenti le plus cruel. Son cœur n'était point tendre, mais son esprit était distingué. Pour cette âme où l'amour n'avait point encore paru, une conversation amusante était le premier besoin ; et, tout à coup, au lieu des anecdotes du grand monde racontées longuement par la duchesse et d'une façon bien intelligible, au lieu des traits d'esprit charmants qui brillaient dans les commentaires de l'aimable abbé Clément, elle se trouvait condamnée tout le long du jour aux idées les plus vulgaires de la prudence normande, exprimées dans le style le plus énergique, c'est-à-dire le plus bas[68].

Elle eut un nouveau chagrin, elle alla voir l'abbé Clément à sa cure ; elle l'aperçut dans son verger, lisant son bréviaire, et, un instant après, une grosse servante vint lui dire que M. le curé ne pouvait pas la recevoir, et cette grosse servante ajouta de l'air le plus moqueur :

— Allez, allez, ma petite, allez prier dans l'église, et sachez qu'on ne parle pas ainsi à M. le curé.

La sensibilité de Lamiel se révolta ; elle revint chez son oncle, fondant en larmes. Le lendemain, son parti était pris de n'être plus sensible au moindre accueil. Elle frémissait auparavant à la seule idée d'aller voir Mme Anselme, dont elle s'attendait d'être reçue avec la moquerie la plus méchante. Maintenant qu'elle avait été mal reçue par l'abbé Clément qu'elle croyait son ami, que lui importait tout le reste !... Quoique née en Normandie, Lamiel n'était guère habile dans l'art de défendre à sa figure d'exprimer les sentiments qui l'agitaient. A vrai dire, elle n'avait point eu le temps d'acquérir de l'expérience ; c'était un cœur et un esprit romanesques qui se figuraient les chances de bonheur qu'elle allait trouver dans la vie : c'était là le revers de la médaille. Les conversations de la duchesse et de l'abbé Clément, la rude philosophie du docteur Sansfin avaient cultivé d'une façon brillante les germes d'esprit qu'elle avait reçus de la nature, mais pendant qu'elle employait ainsi de longues soirées, elle n'avait aucune occasion de se soumettre aux impressions et aux petites mortifications que donne le rude contact avec des égaux. Elle n'avait pour toute expérience que celle de l'impertinence d'une troupe de femmes de chambre envieuses ; elle avait seize ans, et la moindre petite fille du village en savait bien plus qu'elle sur les jeunes gens et sur l'amour. En dépit des poètes, ces choses-là n'ont rien d'élégant aux villages ; tout y est grossier et fondé sur l'expérience la plus claire.

Lamiel arriva jusque dans la chambre de Mme Anselme avec des yeux qui firent peur à celle-ci, tant ils étaient animés par le désespoir. Lamiel venait de traverser le salon où si souvent l'abbé Clément lui avait adressé des paroles si gracieuses, et maintenant il refusait de la recevoir. La vieille femme de chambre avait préparé une quantité d'impertinences polies qu'elle se proposait d'adresser à Lamiel à la première vue. Elle ne pardonnait point à la jeune fille les sept robes de soie de la duchesse sur lesquelles elle avait compté.

Mais sa première idée en voyant Lamiel fut qu'elle, Mme Anselme, était séparée par neuf grands pieds du premier salon où se trouvait peut-être un vieux valet de chambre sourd, elle fut donc avec la jeune fille d'une politesse tellement mielleuse que le cœur de celle-ci en fut révolté. Lamiel lui dit brusquement :

— Madame m'a ordonné de continuer mon éducation de lectrice, et je viens prendre des livres.

— Prenez tout ce que vous voudrez, mademoiselle ; ne sait-on pas que tout ce qui est au château vous appartient ?

Lamiel profita de la permission et emporta plus de vingt volumes, elle sortit de la bibliothèque, puis y rentra avec vivacité.

— J'oubliais..., dit-elle à Mme Anselme qui suivait ses mouvements d'un œil jaloux.

Lamiel avait d'abord pris les romans de Mme de Genlis, la Bible, *Éraste ou l'Ami de la jeunesse*, *Sethos*, les histoires d'Anquetil [69], et autres livres permis par la duchesse. « Je suis une sotte, sè dit-elle. Je m'occupe du profond dégoût que me donnent les compliments mielleux de cette fille qui m'exècre ; je néglige le précepte du docteur : juger toujours la situation et s'élever au-dessus de la sensation du moment. Je puis m'emparer de tous les livres dont madame me défendait la lecture avec tant de rigueur. » Elle prit les romans de Voltaire, la correspondance de Grimm, *Gil Blas*, etc., etc.

Mme Anselme avait dit qu'elle prendrait la liste des

ouvrages choisis; mais pour éviter cette liste accusa-trice, Lamiel eut l'esprit de s'adresser aux livres non reliés et destinés à être lus. Mme Anselme voyant que les livres qu'elle emportait n'étaient point reliés, se contenta de les compter.

En rapportant ce fardeau à la maison, Lamiel était d'une tristesse profonde. Elle ne pouvait répondre à une question qu'elle se faisait, ce qui la mettait en colère contre elle-même : « Comment ! se disait-elle; je m'irrite de la grossièreté pleine de bienveillance que je trouve chez mon oncle, et je m'irrite encore de la politesse trop mielleuse de cette Mme Anselme, qui voudrait de tout son cœur me voir au fond du grand étang, comme disait le docteur Sansfin; je suis donc à seize ans comme le docteur Sansfin dit que sont les femmes de cinquante ! Je m'irrite de tout et je suis en colère contre le genre humain. »

L'exemplaire de *Gil Blas* que Lamiel avait pris au château avait des estampes, c'est ce qui la détermina à ouvrir ce livre de préférence aux autres. Elle avait réussi à introduire tous ces livres dans la tour sans être aperçue par son oncle, que la vue de tant de livres n'eût pas manqué de mettre en colère; car, quoique maître d'école, il répétait souvent : « Ce sont les livres qui ont perdu la France. » C'était une des maximes du terrible Du Saillard, le curé de la paroisse. En cachant ces livres au rez-de-chaussée de la tour, Lamiel avait lu quelques pages de *Gil Blas*; elle y avait trouvé tant de plaisir qu'elle osa sortir de la maison par une fenêtre de derrière, sur les onze heures, quand elle vit sa tante et son oncle profondément endormis. Elle avait la clef de la tour, elle y entra et lut jusqu'à quatre heures du matin. En revenant se coucher, elle était parfaitement heureuse; elle n'était plus en colère contre elle-même. D'abord, l'esprit rempli des aven-tures racontées par *Gil Blas*, elle ne songeait plus guère aux sentiments qu'elle se reprochait, et ensuite, ce qui valait bien mieux, elle avait puisé dans *Gil Blas* des sentiments d'indulgence pour elle et pour les autres ; elle ne trouvait plus si vils les sentiments inspirés à sa tante Hautemare par la vue des belles robes.

Pendant huit jours, Lamiel fut tout entière à la lecture. Le jour, elle allait lire dans le bois ; la nuit, elle lisait dans la tour. Elle se trouvait avoir quelques écus à l'époque du départ de la duchesse, et acheta de l'huile. Dès le jour même, la marchande qui lui avait vendu cette huile appela le bonhomme Hautemare qu'elle voyait passer et lui dit mille politesses. Le maître d'école ne comprenait rien à cet accueil singulier, mais, en homme prudent, il ne voulut pas paraître étonné. Il s'était promis de ne pas faire une question à la marchande d'huile, mais d'observer avec une extrême attention toutes les paroles qui lui échapperaient. Enfin, comme il allait s'éloigner, la marchande mêla à ses adieux ce mot singulier :

— Enfin, je vous remercie bien, mon bon voisin, de votre pratique que vous me donnez.

Hautemare se rapprocha d'elle, il ne comprenait pas du tout ce dont il était question, mais en bon Normand il ajouta :

— Au moins, j'espère que vous me ferez bon poids.

— Comment, bon poids ! reprit la marchande. La cruche contenait trois livres et plus d'une demi-once ; d'abord, j'ai passé cette première qualité à douze sous quoique hier encore j'en ai vendu à douze sous et un liard ; et, de plus, je n'ai pas fait payer la bonne demi-once à la jeune Lamiel.

— Je ne la gronderai pas moins, répliqua Hautemare avec assurance. Trois livres d'huile ! c'est trop tout à la fois ; je ne sais pas si je le lui ai dit en toutes lettres, mais lorsque je lui ai donné la commission, elle aurait bien dû comprendre qu'il ne s'agissait que d'une livre et demie, ou de deux livres tout au plus.

— Allez, allez, ne la grondez pas cette jeunesse. En fait il faut compter aussi ce qui reste attaché à la cruche, et elle parla un gros quart d'heure au maître d'école qui revint tout pensif à la maison. « Ceci part-il de ma femme, se disait-il, ou bien cela vient-il de la petite ? » La marchande lui avait dit que Lamiel avait payé en faisant changer un écu de cinq francs. « Autre sottise, se disait-il, nous avons tant de gros sous à passer ! »

Pendant toute la soirée, Hautemare pesa toutes ses paroles ; d'abord, pour ne pas donner de soupçons à sa femme ou à sa nièce, et ensuite pour tâcher de deviner. Il ne devina rien. Le lendemain, il retourna chez la marchande, mais, en passant devant sa boutique, il fit entendre qu'il revenait de beaucoup plus loin. Il n'apprit rien de nouveau, mais, ayant eu l'esprit de faire naître un débat avec sa femme sur la manière dont elle avait dépensé un rouleau contenant cinquante sous, il eut l'assurance que depuis plusieurs jours elle n'avait acheté que du poivre et des herbes dont il vérifia l'existence.

« C'est clair, se dit-il, c'est ma nièce qui a acheté de l'huile », et quoique la soirée fût humide et assez froide il alla se coucher fort de bonne heure et lorsqu'il entendit que sa femme dormait, il but un coup de cidre et sortit de la maison par la même fenêtre sur la cour qui, quelques minutes auparavant, avait donné passage à la jeune fille.

Ce fut en vain qu'il rôda tout autour de la maison, il ne vit rien d'extraordinaire.

Pendant trois nuits le bon Hautemare se donna cette peine et ne vit rien. La quatrième, il eut l'idée d'aller demander à Lamiel où était la clef des pommes ; il trouva un silence désespérant dans sa petite soupente

au-dessus de la salle. Le lit n'était pas défait. Elle ne
s'était pas mise au lit[70].

CHAPITRE XI

Pendant les mois suivants, elle s'ennuyait toutes les
fois qu'elle était dans la maison de son oncle; elle
passait[71] donc sa vie dans les champs. Elle reprit ses
rêveries sur l'amour; mais ses pensées n'étaient point
tendres, elles n'étaient que de curiosité.

Le langage dont sa tante se servait en tâchant de la
prémunir contre les séductions des hommes devait à
sa platitude un succès complet : le dégoût qu'il lui
donnait rejaillissait sur l'amour. A cette époque de sa
vie, le moindre roman l'eût perdue.

Sa tante lui disait un jour :

— Comme on sait que les belles robes que je porte
le dimanche à l'église viennent de toi, les jeunes gens à
établir supposeront peut-être, au reste avec raison,
que Mme la duchesse te fera un cadeau le jour de tes
noces, et, dès qu'ils te verront seule, ils chercheront à
te *serrer dans leurs bras*.

Ces derniers mots frappèrent la curiosité de Lamiel,
et, au retour de sa promenade du soir, un jeune
homme qui revenait d'une noce au village voisin, où
l'on avait bu beaucoup de cidre, se prévalant d'une
connaissance légère, l'aborda et fit le geste de *la serrer
dans ses bras*. Lamiel se laissa embrasser fort paisible-
ment par le jeune homme, qui déjà concevait de
grandes espérances, quand Lamiel le repoussa avec
force; et, comme il revenait, elle le menaça du poing
et se mit à courir. L'ivrogne ne put la suivre.

« Quoi ! n'est-ce que ça ? se dit-elle. Il a la peau

douce, il n'a pas la barbe dure comme mon oncle, dont les baisers m'écorchent. » Mais le lendemain sa curiosité reprit le raisonnement sur le peu de plaisir qu'il y a à être embrassée par un jeune homme. « Il faut qu'il y ait plus que je n'ai senti ; autrement les prêtres ne reviendraient pas si souvent à défendre ces péchés. »

Le magister Hautemare avait une espèce de prévôt pour répéter les leçons, nommé Jean Berville, grand nigaud de vingt ans, fort blond. Les enfants eux-mêmes se moquaient de sa petite tête ronde et *finoise* perchée au haut de ce grand corps. Jean Berville tremblait devant Lamiel. Un jour de fête, elle lui dit après dîner :

— Les autres vont danser, sors tout seul, et va m'attendre à la croisée des chemins, à un quart de lieue du village, auprès de la grande croix ; j'irai te rejoindre dans un quart d'heure.

Jean Berville se mit en marche et s'assit au pied de la croix, sans se douter de rien.

Lamiel arriva.

— Mène-moi *me promener au bois*, lui dit-elle.

Le curé défendait surtout aux jeunes filles *d'aller se promener au bois*. Quand elle fut dans le bois et dans un lieu fort caché, entouré de grands arbres et derrière une sorte de haie, elle dit à Jean :

— Embrasse-moi, serre-moi dans tes bras.

Jean l'embrassa et devint fort rouge. Lamiel ne savait que lui dire ; elle resta là à penser un quart d'heure en silence, puis dit à Jean :

— Allons-nous-en ; toi, va-t'en jusqu'à Charnay, à une lieue de là, et ne dis à personne que je t'ai mené au bois.

Jean, fort rouge, obéit ; mais le lendemain, de retour à l'école, Jean la regardait beaucoup. Huit jours après, était le premier lundi du mois. Lamiel allait toujours se confesser ce jour-là. Elle raconta au saint prêtre sa

promenade dans le bois ; elle n'avait garde de rien lui
cacher, dévorée qu'elle était par la curiosité.

L'honnête curé lui fit une scène épouvantable, mais
n'ajouta rien ou presque à ses connaissances. Trois
jours après, Jean Berville fut renvoyé par Hautemare,
qui se mit à épier sa nièce Lamiel. Un mot dit par
M. Hautemare et surpris par Lamiel lui fit soupçon-
ner qu'elle était pour quelque chose dans la disgrâce
de Jean. Elle le chercha, le trouva huit jours après qui
conduisait les charrettes d'un voisin, courut après et
lui donna deux napoléons. Tout étonné, Jean regarda
au loin, il n'y avait personne sur la grande route ; il
embrassa Lamiel et la blessa avec sa barbe ; elle le
repoussa vivement mais cependant résolut de savoir à
quoi s'en tenir sur l'amour.

— Viens demain sur les six heures dans le bois où
nous avons été l'autre dimanche, je m'y rendrai.

Jean se mit à se gratter l'oreille.

— C'est que, lui dit-il après bien des ricanements et
des *mademoiselle est trop bonne*, c'est que, dit enfin
Jean Berville, mon *prix fait* ne sera pas achevé demain.
C'est un marché qui doit me rapporter mieux de six
francs par jour, et demain je ne ramènerai la charrette
de Méry qu'à huit heures du soir.

— Quand seras-tu libre ?

— Mardi. Mais non, il y aura peut-être encore
quelque chose à faire, et pour M. Martin ; il ne me
mettra mon argent en main que quand tout sera
parachevé. Mercredi sera le plus sûr pour ne pas nuire
à mes petites affaires.

— Eh bien ! je te donnerai dix francs, viens dans
les bois mercredi sans manquer, à six heures du soir.

— Oh ! pour les dix francs, si mademoiselle le veut,
j'irai bien demain mardi, à six heures précises.

— Eh bien ! demain soir, dit Lamiel impatientée de
l'avarice de l'animal.

Le lendemain, elle trouva Jean dans le bois, il avait ses habits des dimanches.

— Embrasse-moi, lui dit-elle.

Il l'embrassa. Lamiel remarqua que, suivant l'ordre qu'elle lui en avait donné, il venait de se faire faire la barbe ; elle le lui dit.

— Oh ! c'est trop juste, reprit-il vivement, mademoiselle est la maîtresse ; elle paye bien et elle est si jolie !

— Sans doute, je veux être ta maîtresse.

— Ah ! c'est différent, dit Jean d'un air affairé ; et alors sans transport, sans amour, le jeune Normand fit de Lamiel sa maîtresse.

— Il n'y a rien autre ? dit Lamiel.

— Non pas, répondit Jean.

— As-tu eu déjà beaucoup de maîtresses ?

— J'en ai eu trois.

— Et il n'y a rien autre ?

— Non pas que je sache ; mademoiselle veut-elle que je revienne ?

— Je te le dirai d'ici à un mois ; mais pas de bavardages, ne parle de moi à personne.

— Oh ! pas si bête, s'écria Jean Berville. Son œil brilla pour la première fois.

« Quoi ! l'amour ce n'est que ça ? se disait Lamiel étonnée[72] ; il vaut bien la peine de le tant défendre. Mais je trompe ce pauvre Jean : pour être à même de se retrouver ici, il refusera peut-être du bon ouvrage. » Elle le rappela et lui donna encore cinq francs. Il lui fit des remerciements passionnés.

Lamiel s'assit en le regardant s'en aller. (Elle essuya le sang et songea un peu à la douleur.)

Puis elle éclata de rire en se répétant : « Comment, ce fameux amour ce n'est que ça ! »

Comme elle s'en revenait pensive et moqueuse, elle aperçut un joli jeune homme fort bien mis qui s'avançait de son côté sur la grande route. Ce jeune homme, qui paraissait avoir la vue courte, arrêtait presque son cheval pour pouvoir regarder Lamiel plus à l'aise avec son lorgnon. Quand il ne fut plus qu'à trente pas, il fit un mouvement de joie, appela son domestique, lui remit son cheval, et ce domestique s'éloigna au grand trot.

Le jeune Fédor[73] de Miossens, car c'était lui, arrangea ses cheveux et s'avança vers Lamiel d'un air d'assurance.

« Décidément c'est à moi qu'il en veut », se dit celle-ci.

Quand il fut tout près d'elle : « Il est timide au fond et veut se donner l'air hardi. »

Cette remarque, qui sauta aux yeux de notre héroïne, la rassura beaucoup ; en le voyant venir avec sa démarche à mouvements brusques et de haute fatuité, elle se disait : « Le chemin est bien solitaire. »

Dès le lendemain de l'arrivée du jeune duc, Duval, son valet de chambre favori, lui avait appris qu'à cause de sa prochaine arrivée on s'était cru obligé d'éloigner bien vite une jeune grisette de seize ans, charmante de tout point, favorite de sa mère, qui savait l'anglais, etc., etc.

— Tant pis ! avait dit le jeune duc.

— Comment tant pis, tout court ? reprit Duval de l'air d'assurance d'un homme qui mène son maître. C'est du bon bien que l'on vole à M. le duc. Il se doit d'attaquer cette jeunesse, on donne à cela quelques livres et une belle chambre, dans le village, où M. le duc va le soir, chez elle, brûler des cigares.

— Ce serait presque aussi ennuyeux que chez ma mère, dit le duc en bâillant.

Duval, voyant que la description de ce bonheur faisait peu d'impression, ajouta :

— Si quelqu'un des amis de M. le duc vient le voir à

son château, M. le duc aura quelque chose à lui montrer, le soir.

Cette raison fit impression, et l'éloquence de Duval, qui eut soin, matin et soir, de parler de Lamiel, prépara à se laisser conduire le jeune homme qui tremblait à l'idée de faire quelque démarche ridicule qui pourrait faire anecdote contre lui. Mais enfin l'ennui était excessif au château de Miossens, l'abbé Clément avait trop d'esprit pour hasarder des idées devant un jeune fat arrivant de Paris, et qui savait qu'il était neveu d'une femme de chambre de sa mère. Fédor finit donc par se rendre, mais à contre-cœur, aux exhortations de son tyran Duval. Depuis trois ou quatre ans, il s'était réellement beaucoup occupé de géométrie et de chimie, et avait conservé toutes ses idées de seize ans sur le ton de facilité et d'aisance avec lequel un homme de sa naissance devait aborder une grisette, même sût-elle l'anglais. C'étaient ces idées qui faisaient obstacle réel, et il n'osait les avouer à Duval. La parfaite effronterie de cet homme le choquait au fond, car il était timide devant le ridicule. Le jeune duc avait de la noblesse dans l'âme ; il était loin de voir que les cinq ou six louis à gagner sur l'ameublement du petit appartement à offrir à Lamiel étaient le seul mobile qui faisait agir son valet de chambre. Plus Fédor était timide, plus la flatterie de Duval lui était agréable ; Duval ne pouvait le déterminer à agir qu'en poussant les formes de la flatterie jusqu'à l'excès. Par exemple, il le flatta horriblement le jour où il le détermina à parler à Lamiel. Fédor se hâta de sauter à bas de son cheval aussitôt qu'il l'aperçut, et s'approcha d'elle en faisant beaucoup de gestes.

— Voici, mademoiselle, un étui de bois de... garni de pointes d'acier d'un effet charmant. Vous l'avez oublié en quittant le château de ma mère, qui vous

aime beaucoup et m'a chargé de vous le rendre à la
première fois que je vous rencontrerais. Savez-vous
bien qu'il y a plus d'un mois que je vous cherche ?
Quoique ne vous ayant jamais vue, je vous ai reconnue
d'abord à votre air distingué, etc., etc.

Les yeux de Lamiel étaient superbes d'esprit et de
clairvoyance tandis que, renfermée dans une immobilité parfaite, elle observait du haut de son caractère ce
jeune homme si élégant qui se fatiguait à faire de
petits gestes saccadés, comme un jeune premier du
vaudeville.

« Au fait, il ne dit rien de joli, pensait Lamiel ; il ne
vaut guère mieux que cet imbécile de Jean Berville
que je quitte. Quelle différence avec l'abbé Clément !
Comme celui-ci eût été gentil en me rapportant mon
étui ! »

Enfin, mais au bout d'un quart d'heure qui parut
bien long à la jeune fille, le duc trouva un compliment
bien tourné et naturel. Lamiel sourit, et aussitôt Fédor
devint charmant ; le temps cessa de lui paraître
horriblement long, ainsi qu'à Lamiel. Encouragé par
ce petit succès qu'il sentit avec délices, le duc devint
charmant, car il avait infiniment d'esprit ; la nature
avait seulement oublié de lui donner la force de
vouloir. On avait tant et si souvent accablé de conseils
ce pauvre jeune homme sur les mille gaucheries que
l'on commet à seize ans quand on est obligé de parler
dans un salon comme un homme du monde, que, au
moindre mouvement à faire, au moindre mot à dire, il
était stupéfié par le souvenir de trois ou quatre règles
contradictoires et auxquelles il ne fallait pas manquer. C'est le même embarras qui rend nos artistes si
plats. Le mot agréable qu'il trouva en voulant séduire
Lamiel lui donna de l'audace ; il oublia les règles et il
fut gentil. Il était difficile d'être plus joli [74].

« J'aurais bien dû, se dit Lamiel, renvoyer mon

Jean, et apprendre de cet être-là ce que c'est que
l'amour ; mais peut-être bien qu'il ne le sait pas lui-
même. »

Mais bientôt, à force d'audace, le duc arriva au
point d'être ou de paraître à son aise.

— Adieu, monsieur, lui dit à l'instant Lamiel ; je
vous défends de me suivre.

Fédor resta debout * sur la route comme changé en
statue. Ce trait si imprévu fixa à jamais dans son cœur
le souvenir de Lamiel.

Heureusement, en arrivant au château, il osa
l'avouer à Duval.

— Il faut laisser passer huit jours sans parler à cette
mijaurée ; du moins, ajouta Duval en voyant qu'il
allait déplaire, c'est ce que ferait un jeune homme du
commun des mortels ; mais les gens de votre naissance, monsieur le duc, consultent avant tout leur bon
plaisir. L'héritier d'un des plus nobles titres de France
et d'une des plus grandes fortunes n'est point soumis
aux règles ordinaires.

Le jeune duc retint jusqu'à une heure du matin un
homme qui parlait avec tant d'élégance.

Le lendemain, il plut, ce qui désespéra Fédor ; il
passa son temps à rêver à Lamiel ; il ne pouvait pas
aller courir les grands chemins avec quelque espoir de
la rencontrer. Il prit une voiture et passa deux fois
devant la porte des Hautemare. Le second jour, il
attendit l'heure de la promenade avec toute l'impatience d'un amoureux, et, dans le fait, cet amour, créé
par Duval, l'avait déjà délivré d'une partie de son
ennui. Duval lui avait fourni cinq ou six façons
d'aborder la jeune fille. Fédor oublia tout en l'aperce-
vant à une demi-lieue devant lui sur le même chemin
où il l'avait rencontrée la première fois. Il prit le

* (Portrait, peut-être peinture) [*R 297, II, f° 127*].

galop, renvoya son cheval quand il fut à cent pas d'elle, l'aborda tout tremblant et tellement ému qu'il lui dit ce qu'il pensait.

— Vous m'avez renvoyé avant-hier, mademoiselle, et vous m'avez mis au désespoir. Que faut-il faire pour n'être pas renvoyé maintenant ?

— Ne pas me parler comme à une femme de chambre de Mme la duchesse; je l'ai été à peu près, mais je ne le suis plus.

— Vous avez été lectrice, mais jamais femme de chambre, et ma mère avait fait de vous, mademoiselle, son amie. Je voudrais aussi être votre ami, mais à une condition : ce sera vous qui jouerez le rôle de la duchesse. Vous serez vraiment maîtresse dans toute l'étendue du mot.

Ce début plut à Lamiel; son orgueil aimait la timidité du jeune duc, mais l'inconvénient de cette sensation, c'est qu'elle entraînait un alliage trop considérable de mépris.

— Adieu, monsieur, lui dit-elle au bout d'un quart d'heure. Je ne veux pas vous voir demain. Et comme le duc hésitait à se retirer :

— Si vous ne vous retirez pas à l'instant, je ne vous reverrai de huit jours, ajouta-t-elle d'un air impérieux.

Le duc prit la fuite. Cette fuite amusa infiniment Lamiel; elle avait ouï parler mille fois au château des respects avec lesquels tout le monde traitait un fils unique, héritier d'un si grand nom; elle trouva plaisant de prendre le rôle contraire.

La connaissance continua, mais sur ce ton; Lamiel était maîtresse non seulement absolue, mais capricieuse. Cependant, après quinze jours, elle multiplia les rendez-vous, parce qu'elle commençait à s'ennuyer les après-midi, quand elle n'avait pas un beau jeune homme à vexer. Lui était fou d'amour. Elle passait sa vie à inventer des tourments.

— Mettez-vous en noir demain pour venir me voir.

— J'obéirai, dit Fédor ; mais pourquoi ce costume si triste ?

— Un de mes cousins vient de mourir ; il était marchand de fromage.

Elle fut amusée de l'effet que ce détail produisit sur le beau jeune homme.

« Si jamais ceci se sait, se disait-il, en regagnant tristement le château, je suis perdu de ridicule. »

Il demanda à sa mère la permission de retourner à Paris. Probablement il n'eût pas eu le courage d'y rester, mais il fut refusé. « Enfin, se disait-il le lendemain en allant au rendez-vous qui, ce jour-là, était dans une cabane de sabotiers d'un bois voisin, que l'on nie encore les progrès du jacobinisme : me voici portant le deuil d'un marchand de fromage ! »

Lamiel, le voyant bien exactement en deuil, lui dit :

— Embrassez-moi.

Le pauvre enfant pleura de joie. Mais Lamiel n'éprouva d'autre bonheur que celui de commander. Elle lui permit de l'embrasser, parce que, ce jour-là, sa tante venait de lui faire une scène plus vive encore qu'à l'ordinaire sur ses fréquents rendez-vous avec le jeune duc, qui faisaient l'entretien du village. C'était en vain que Lamiel changeait tous les jours le lieu de ses rendez-vous. Depuis trois jours, sa curiosité trouvait un plaisir infini à se faire raconter par Fédor les moindres détails de sa vie de Paris ; c'est pour cela qu'elle n'écouta pas la voix de la prudence qui lui commandait de l'éloigner d'un mot aussitôt qu'elle le verrait.

Le jour baissant rapidement, Lamiel et son ami quittaient le bois pour revenir au village. Le duc racontait avec un naturel charmant et beaucoup d'esprit sa façon de remplir ses journées à Paris. Lamiel vit de loin son oncle Hautemare qui descendait d'une carriole louée, assez cher apparemment, pour l'épier. Cette vue l'impatienta.

— Vous avez toujours ce valet de chambre fidèle que vous appelez Duval ?

— Sans doute, dit Fédor en riant.

— Eh bien, envoyez-le à Paris chercher quelque chose que vous aurez oublié.

— Mais cela me dérange fort ; que ferai-je sans cet homme ?

— Vous pleurez comme un enfant qui a peur de sa bonne. Du reste, ne revenez me voir que quand Duval ne sera plus à Carville[75]. Voici mon oncle qui court après moi et que je voudrais pouvoir renvoyer comme je vous renvoie. Adieu.

Lamiel essuya une scène fort longue et fort désagréable de la part de son oncle. La scène recommença quand elle rentra à la maison. La dame Hautemare avait la parole et la tint longuement. L'ennui paralysait tous les sentiments chez Lamiel ; elle se fût jetée dans la Seine sans balancer pour sauver son oncle ou sa bonne tante qui seraient tombés dans les flots ; mais quand, à cette jeune fille qui s'ennuyait tant avec eux, ils vinrent à parler de leurs cheveux blancs qui seraient déshonorés par sa conduite, elle ne vit que l'ennui de leurs lamentations.

« Ils savent que leur nièce parle à Fédor. Leur nièce ira loger avec Fédor », malgré cette idée qui devint bien vite une résolution, le bon vieillard Hautemare, ayant eu recours aux phrases du plus grand pathétique, il lui demanda sa parole qu'elle ne sortirait pas le lendemain après dîner. Lamiel ne sut sérieusement comment la refuser, et sa religion à elle, c'était l'honneur ; une fois sa parole donnée, elle ne pouvait y manquer. Son absence, dans tous les lieux ordinaires de rendez-vous, mit le duc au désespoir. Après toute une nuit d'incertitude, il avait sacrifié à sa maîtresse un homme qui était son maître ; il avait sacrifié son maître à sa maîtresse. L'essentiel, aux yeux du jeune duc, c'était que Duval ne devinât pas sa disgrâce ; en conséquence, il l'accabla de caresses, et le chargea de lui rendre compte de la vie que menait le vicomte D...[76], son ami intime. Car le duc voulut bien confier à Duval qu'il était question pour lui d'obtenir la main de Mlle Ballard, fille d'un riche marchand de peaux, et que le vicomte, lui apprenait la lettre d'un ami commun, passait pour courir la même fortune.

On eût dit que, pendant cette semaine, les cataractes du ciel s'amassaient sur la Normandie ; il plut à verse pendant trois jours, et l'ennui de ce temps, qui ne passait pas sans un accompagnement de réprimandes dans la maison Hautemare, étouffa tout à fait le peu de pitié pour l'isolement futur des deux vieillards qui avait pénétré dans le cœur peu sensible de notre héroïne.

CHAPITRE XII

Le quatrième jour, il pleuvait encore, mais un peu moins ; et Lamiel, en gros sabots et bonnet de coton sur la tête, et vêtue d'un morceau carré de toile cirée au milieu duquel il y avait un trou pour passer la tête, se rendit à tout hasard à la cabane des sabotiers, au milieu du bois de haute futaie. Au bout d'une heure, elle y vit arriver le duc, mouillé autant qu'on puisse l'être ; mais elle remarqua qu'il n'avait pitié que de son cheval et non de lui-même. Ce cheval venait de faire trois ou quatre lieues fort vite dans les environs de Carville.

— Je viens de revoir tous nos anciens rendez-vous,

dit le duc, qui n'avait pas l'air très amoureux. Le pauvre *Épervier* n'en peut plus ; vous n'avez pas d'idée des boues de ce pays.

— Oh que si ! une paysanne comme moi connaît bien ça... J'aime *Épervier* parce qu'il vous rend ridicule ; dans ce moment, vous l'aimez cent fois plus que celle que vous appelez pompeusement votre maîtresse. Cela ne me fait aucune peine, mais cela est ridicule pour vous.

Ce mot, qui semblait un mot de *pique*, était parfaitement vrai. Jadis Lamiel avait été au moment d'aimer, de devenir amoureuse de l'abbé Clément. Quant au duc, elle le regardait par curiosité et *pour son instruction*.

« Voilà donc, se disait-elle, ce que Mme la duchesse appelle un homme de bonne compagnie ! Je crois que, s'il fallait choisir, j'aimerais encore mieux cet imbécile de Jean Berville qui m'a aimée pour cinq francs. Voyons la mine que celui-ci va faire à mes propositions. Il n'a plus son Duval, dont l'adresse et l'effronterie ont réduit sa peine à un sacrifice d'argent. Comment diable ce beau garçon va-t-il s'y prendre ? Peut-être qu'il ne s'y prendra pas du tout ; il aura peur et me serrera dans sa main comme un fusil de pacotille. Voyons. »

— Mon beau petit Fédor, ce pauvre *Épervier* (cheval de pur sang qui a disputé un prix aux courses de Chantilly, où les paysans ont l'esprit de vous faire payer un poulet deux louis) est bien mouillé et vous n'avez pas de couverture ; il peut prendre froid ; je vous conseille de quitter votre habit et de le jeter sur son dos. Au lieu de parler avec moi, vous devriez promener *Épervier* dans le bois.

Fédor ne pouvait répondre tant il était inquiet pour son cheval, tant Lamiel avait raison.

— Ce n'est pas tout, continua-t-elle ; il va bien vous

arriver une pire chose : le bonheur vous tombe sur le
dos.

— Comment ? dit Fédor tout ahuri.

— Je vais m'enfuir avec vous, et nous irons habiter
ensemble le même appartement à Rouen..., le même
appartement, entendez-vous ?

Le duc restait immobile et glacé par l'étonnement :
Lamiel lui rit au nez, puis continua :

— Comme l'amour pour une paysanne peut vous
déshonorer, je cherche à tuer de mes mains cet amour
prétendu, ou, pour mieux dire, je veux vous faire
convenir que vous n'avez pas un cœur assez robuste
pour sentir *l'amour*.

Il était si plaisant, que Lamiel lui dit pour la
seconde fois depuis qu'ils se connaissaient :

— Embrassez-moi, et avec transport, mais sans
faire tomber mon bonnet de coton. (Il faut savoir que
rien n'est plus hideux et plus ridicule que le bonnet de
coton en forme phrygienne, porté par les jeunes
femmes de Caen et de Bayeux.)

— Vous avez raison, dit le duc en riant.

Il lui ôta son bonnet, lui mit sa casquette de
chasseur et l'embrassa avec un transport qui eut pour
Lamiel tout le charme de l'imprévu. Le sarcasme
disparut de ses beaux yeux.

— Si tu étais toujours comme ça, ainsi je t'aimerais. Si le marché que je vous propose vous convient,
vous vous procurerez un passeport pour moi, car je
crains les gendarmes. (Ce sentiment est commun dans
les pays qui ont eu des Chouans vers 1795.) Vous
prendrez de l'argent, vous demanderez permission à
Mme la duchesse [77], vous louerez un appartement bien
joli à Rouen, et nous vivrons ensemble, qui sait ? dix
jours au moins, jusqu'à ce que vous me sembliez
ennuyeux.

Le jeune duc était transporté de la plus vive joie ; il voulut l'embrasser de nouveau.

— Non pas, lui dit-elle, vous ne m'embrasserez jamais que quand je vous l'ordonnerai. Mes parents m'ennuient avec des sermons infinis, et c'est pour me moquer d'eux que je me donne à vous. Je ne vous aime pas ; vous n'avez pas l'air vrai et naturel ; vous avez toujours l'air de jouer une comédie. Connaissez-vous l'abbé Clément, ce pauvre jeune homme qui n'a qu'un seul habit noir et bien râpé ?

— Et que voulez-vous faire de ce pauvre Clément ? dit le duc en riant avec hauteur.

— Celui-là a l'air de penser ce qu'il dit et au moment où il le dit. S'il était riche et qu'il eût un *Épervier*, c'est à lui que je m'adresserais.

— Mais vous me faites là une déclaration de haine et non d'amour.

— Eh bien, n'allons point à Rouen ; ne faites rien de ce que je vous ordonne. Moi, je ne mens jamais ; jamais je n'exagère.

— Mon amour est si ardent qu'il finira par échauffer cette statue si belle, lui dit Fédor avec un sourire. La grande difficulté, c'est le passeport !... Ah ! que n'ai-je Duval !

— J'ai voulu voir ce que vous seriez sans Duval.

— Quoi ! vous seriez machiavélique à ce point ?

(Ici grandes explications du mot machiavélique que Lamiel ne comprenait point. La fonction d'explicateur des mots était l'une de celles auxquelles Lamiel aimait le mieux employer le jeune duc ; il était clair, logique, il s'en tirait à ravir et Lamiel lui laissait voir toute son admiration avec la même clarté qu'elle lui montrait tous ses autres sentiments.)

Peu à peu, Fédor comprenait son bonheur ; il insista même beaucoup pour que Lamiel se persuadât un instant qu'elle était déjà arrivée à Rouen ; mais il ne parvint qu'à se faire renvoyer une demi-heure avant le coucher du soleil. Puis Lamiel le rappela ; le bois était si rempli d'eau qu'elle voulut monter en croupe jusqu'à la grande route. La sentir si près de lui fut trop fort pour la raison de Fédor ; il était ivre d'amour et tremblait au point de pouvoir à peine tenir la bride de son cheval.

— Eh bien, retourne-toi, lui dit Lamiel, et embrasse-moi tant que tu voudras.

Ivre de bonheur, Fédor eut un éclair de caractère : au lieu de revenir au château, il alla directement chercher un garde-chasse de ses forêts, qui habitait à plus de deux lieues, ancien soldat ; il lui donna quelques napoléons et lui demanda un passeport de femme.

Lairel réfléchit beaucoup ; cet homme avait beaucoup de caractère, de force de volonté et peu d'esprit ; il n'inventait pas. Le duc fut obligé, pour la première fois de sa vie, de penser et d'inventer. Il eut bientôt trouvé un moyen.

— Vous avez une nièce, demandez un passeport pour elle ; elle a fait un héritage à Forges, plus loin que Rouen ; mais elle doit parler à un procureur de Rouen et ensuite à un parent cohéritier qui habite Dieppe. Peut-être devra-t-elle aller à Paris. Donc, mon cher Lairel, passeport pour Rouen, Dieppe et Paris. Vous me remettez le passeport ; trois jours après, la nièce va déclarer au maire qu'elle a égaré le passeport. Qu'on lui donne ou non un second passeport, elle se dégoûte de ce voyage, car un passeport perdu est un mauvais présage, et elle reste. Je vous ferai écrire de Rouen une lettre qui parlera de l'héritage et dira qu'il n'est plus besoin de voyage.

— Je vais faire tout ça de point en point, dit Lairel ; mais l'honneur ! Le nom de ma pauvre nièce va être porté par quelque demoiselle que monsieur le duc fait venir de Paris.

— Vous avez peut-être raison, mais changez un peu l'orthographe du nom de votre nièce. Comment s'appelle-t-elle ?

— Jeanne Verta Laviele, âgée de dix-neuf ans.

Le duc arracha une page du registre du garde-chasse et écrivit : *Jeanne Gerta Leviail.*

— Tâchez d'avoir un passeport sous ce nom-là.

— Il n'est que neuf heures, le maire est au cabaret ; je vais lui tirer cette carotte. S'il ne va pas consulter le curé, la bête est à nous.

Le même soir, à onze heures trois quarts, le garde-chasse vint au château, malgré un temps horrible, et remit au jeune duc un passeport avec un nom ainsi écrit : *Geane Gertait Leviail.*

— C'est moi qui ai écrit : j'aurais écrit tout ce que j'aurais voulu.

Le duc lui donna pour étrenne autant de napoléons que Lairel espérait de francs.

A huit heures, il alla passer devant la porte de Hautemare et se mit près de la portière, le passeport à la main ; Lamiel le remarqua fort bien. « Il n'est pourtant pas si gauche, se dit-elle ; mais peut-être que Duval est de retour au château ! » Puis, bien contre son attente, elle eut pitié des deux pauvres vieillards qu'elle allait abandonner. Elle leur écrivit une fort longue lettre, assez bien faite. Elle commençait par faire don à sa tante de toutes ses belles robes, puis elle jurait qu'elle reviendrait dans deux mois et sans *avoir manqué à ses devoirs.* Enfin, elle conseillait à ses excellents parents de dire qu'elle était partie de leur consentement pour aller soigner une vieille tante malade à... près d'Orléans, dans son pays. Elle espérait hériter de cette tante Victoire Poitevin, *même de soixante louis.*

Le lendemain, les prairies étaient noyées d'eau, mais il faisait un temps superbe. A trois heures,

Lamiel se trouva vers un pont, à trois cents pas de la grande route. Fédor n'avait nulle idée d'en venir ce jour-là au grand pas de l'enlèvement.

— J'ai été si triste et si touchée en quittant la maison et ces pauvres vieillards si ennuyeux, dit-elle à Fédor, que je ne veux pas y rentrer.

Le jeune duc n'était déjà plus l'homme de la veille ; il fut étonné et embarrassé de la déclaration. Mais Lamiel la lui ayant mieux répétée et de nouveau lui ayant expliqué que, munie de son passeport, elle allait louer un cheval et se rendre à B..., où elle l'attendrait un jour ou deux, le duc reprit ses esprits. Mais Lamiel vit sa joie. Elle lui demanda s'il avait reçu ses gilets de Paris. La veille il l'avait longtemps entretenue d'un assortiment délicieux de gilets de chasse que son tailleur allait lui expédier ; il y en avait un surtout, rayé *gris sur gris*, qui faisait un effet charmant avec la veste de chasse à la mode cette année-là.

Quand le jeune duc eut parlé longuement du gilet rayé gris sur gris, Lamiel se dit : « Au fait, il aime que je lui raconte tous les détails de ma vie à la maison, lui aussi me parle de ce qui l'intéresse. »

Cette sage réflexion arrêta son mépris.

— Eh bien, je vais partir pour B... toute seule : venez demain à B... à moins que l'affaire du gilet à la mode ne vous retienne au château.

— Que vous êtes cruelle ! Vous abusez de l'esprit étonnant que le ciel vous a donné ! N'êtes-vous pas mon premier amour ?

Il parlait avec grâce et jamais ne manquait d'idées, de jolies petites idées bien élégantes, bien obligeantes. Lamiel lui rendait justice de ce côté, mais le souvenir du gilet gris sur gris gâtait tout.

— Il vaut mieux pour les intérêts de votre prudence que je parte seule. Dans le cas où mes pauvres parents auraient la faiblesse de prendre conseil du procureur

Bonel, notre voisin, ils ne pourront vous accuser de rapt. Et, dans le fait, je puis vous jurer que vous m'enlevez fort peu. Par prudence, passez demain en voiture devant leur porte et faites-vous voir dans le village.

Lamiel et son ami se promenaient dans la forêt ; elle était remplie de flaques d'eau de trois ou quatre pouces de profondeur, et qui forçaient les piétons à beaucoup de détours. Lamiel, songeant à ses parents, était triste et pensive. Elle interrompit un assez long silence pour dire au duc, avec un air de doute :

— Auriez-vous bien le courage de me prendre en croupe et de me conduire jusqu'aux environs de Clargeat, de l'autre côté de la forêt ? J'y pourrais prendre, au passage, la voiture de Vire, et en cas peu probable de poursuite, personne ne pensera que j'ai traversé la forêt dans l'état où elle est.

Fédor baissait la tête, n'écoutait point la fin de ce discours, il était pourpre. Le mot cruel : *auriez-vous le courage ?* avait réveillé en lui le chevalier français.

— Vous êtes cruellement désobligeante, dit-il à Lamiel, et il faut que je sois bien fou pour vous aimer.

— Eh bien ! ne m'aimez pas. On dit que l'amour inspire le dévouement, et je me trompe fort, ou votre cœur n'est destiné à s'occuper sérieusement que des charmants gilets que votre tailleur vous expédie de Paris.

Fédor fit tout ce qu'il put en ce moment pour ne pas l'aimer, mais il sentit que ne plus la voir était un effort au-dessus de ses forces ; il ne vivait chaque jour que pendant l'heure qu'il passait avec elle. Il lui dit des choses charmantes avec assez de feu et surtout avec une grâce à laquelle Lamiel commençait à devenir fort sensible.

La paix faite, il la mit à cheval, et non sans certains détails charmants pour un amoureux ; il était impossible de trouver une fille plus jolie, plus fraîche, et surtout plus piquante que Lamiel ne l'était en cet instant ; seulement, elle manquait un peu d'embonpoint. « C'est un des désavantages de l'extrême jeunesse », se dit le duc. Comme il poussait l'art de monter à cheval jusqu'à la voltige, il y sauta après elle, et plusieurs fois dans la profondeur du bois il obtint la permission de l'embrasser.

Lamiel arriva de bonne heure à B... ; mais, le lendemain, elle attendit et Fédor ne parut point. « Je suis bien dupe de l'attendre ; il n'aura peut-être pas pu expédier ses malles pour Rouen. Mais qu'ai-je besoin de cette jolie poupée ? N'ai-je pas trois napoléons ? C'est plus qu'il n'en faut pour gagner Rouen. » Lamiel prit hardiment la diligence du soir ; elle la trouva occupée par quatre commis voyageurs ; elle fut révoltée du ton de ces messieurs. Quelle différence avec celui du duc ! Bientôt elle eut grand'peur ; un instant après, elle eut besoin de saisir ses ciseaux.

— Messieurs, leur dit-elle, je prendrai peut-être un amant un jour, mais ce ne sera pas l'un de vous, vous êtes trop laids. Ces mains qui essayent de serrer les miennes sont des mains de maréchal-ferrant, et, si vous ne les retirez à l'instant, je vais les écorcher avec mes ciseaux ; ce qu'elle fit, au grand étonnement des commis voyageurs.

Il faut dire à leur justification : primo, qu'elle était trop jolie pour voyager seule, et, en second lieu, tout était honnête en elle, excepté son regard. Ce regard avait tant d'esprit que, aux yeux de gens grossiers et peu clairvoyants en fait de nuances, il pouvait paraître provocateur. Lamiel arriva à 9 heures du soir à ... En entrant dans la salle à manger de l'auberge, elle trouva douze commis voyageurs à table.

Elle devint l'objet de l'attention générale et bientôt des compliments de tous. Elle avait remarqué que, en diligence, les épigrammes, allant jusqu'à l'injure, avaient produit plus d'effet que la pointe de ses ciseaux. L'un de ces commis qui était à table se mit à la poursuivre de ses compliments d'une façon réellement incommode ; il prétendait la connaître, et se mit à raconter ses bonnes fortunes.

— Il paraît, monsieur, lui dit-elle, que vous êtes accoutumé à vaincre à la première vue ?

— Il est vrai, lui dit le voyageur, que les belles de Normandie ne me font pas languir.

— Eh bien ! sans doute, vous êtes aussi aimable aujourd'hui qu'à l'ordinaire. Voici bien une heure que vous me faites la cour, je suis Normande et je m'en flatte, et d'où vient cependant que vous me semblez ridicule et ennuyeux ?

L'éclat de rire fut universel. Le Lovelace jeta sa chaise avec fureur et quitta la salle à manger.

Lamiel avait distingué un jeune homme fort laid et qui avait l'air timide, elle lui adressa la parole avec grâce. A peine put-il répondre ; il devint fort rouge. En quelques minutes, Lamiel s'en fit un protecteur. Il lui conseilla à mi-voix de demander du thé à la maîtresse du logis et de la prier de lui faire compagnie.

— Vous lâcherez vos trente-cinq sous, lui dit-il, et à ce prix vous aurez sa protection pour la nuit.

Lamiel suivit ce conseil, et invita à prendre du thé le jeune homme timide, qui se trouva être un apothicaire.

— N'est-ce pas, dit-il à la maîtresse du logis, après avoir vanté son thé, que mademoiselle est trop jolie pour voyager seule ? Ses yeux ont trop d'esprit, il lui faudrait prendre l'air stupide ; mais comme une pareille *métamorphose* lui est impossible, je vais lui donner une recette.

Le mot *métamorphose*, prononcé avec emphase, avait fait la conquête de la maîtresse du logis.

L'apothicaire continua avec une emphase croissante :

— Les pharmaciens font piler les feuilles de houx, vous savez, mesdames, ces feuilles qui ont des piquants au bord et qui sont d'un si beau vert[78]. Auriez-vous de la répugnance, dit-il en s'adressant plus particulièrement à Lamiel, à mettre une de ces feuilles pilées sur une de vos joues ?

La proposition produisit un éclat de rire.

— Et pourquoi cette opération ? dit Lamiel.

— Tant que vous n'aurez pas lavé cette joue, vous serez laide, et pour peu que vous cachiez cette joue avec votre mouchoir, je vous jure qu'aucun de ces hâbleurs de commis voyageurs ne vous ennuiera de ses propos galants.

On rit de la proposition jusqu'à plus de onze heures.

— La pharmacie va fermer, dit la maîtresse de l'auberge.

On envoya chercher un peu de vert de vessie, le pharmacien frotta le morceau de vert avec son doigt, s'approcha du miroir, s'en barbouilla une joue, puis regarda ces dames : il était horrible.

— Eh bien, mademoiselle, dit-il à Lamiel, votre coquetterie va se trouver aux prises avec l'amour de la tranquillité ; demain matin, avant de monter en diligence, il est en votre pouvoir d'être presque aussi laide que moi.

Lamiel rit beaucoup de la recette, mais, avant de s'endormir, pensa plus d'une heure à Fédor.

« Quelle différence ! se disait-elle ; cet apothicaire est raisonnable et a quelque chose à dire, mais le sot perce à l'instant. Quel ton emphatique il a pris quand il a vu le succès de sa recette ! Ces gens de ce soir ne me donnent d'autre envie que celle de me taire. J'ai toujours envie de parler quand je suis avec mon petit duc, mais je lui dis trop de choses désagréables. »

Le lendemain, le duc n'arriva point, et cette

absence, qui lui donnait l'air d'avoir du caractère, fit ses affaires auprès de Lamiel.

« Je l'ai trop tourmenté à propos de ses gilets. Il se venge, tant mieux ; je ne l'en croyais pas capable. »

Les commis étaient encore en majorité dans la maison, Lamiel donna un coup d'œil à la salle à manger et monta chez elle se mettre une légère couche de couleur verte sur la joue. L'effet fut admirable ; dix fois pendant le dîner, la maîtresse de l'auberge vint la voir, et elle éclatait de rire en voyant l'air morose des commis lorsqu'ils regardaient Lamiel. Le mari, qui présidait à la table d'hôte, voulut savoir la cause de toute cette gaieté, et bientôt la partagea. Il comblait d'attentions la pauvre fille qui avait une dartre sur la joue, et mourait de rire toutes les fois qu'il lui adressait la parole.

Au milieu du dîner, le duc arriva, et sa mine fut charmante lorsqu'il reconnut Lamiel. Le pauvre jeune homme ne put manger tant il était consterné de la dartre apparente qui avait donné une couleur abominable à une des joues de son amie.

Lamiel mourait d'envie de lui parler. « Est-ce que je l'aimerais, par hasard ? Est-ce ça la partie morale de l'amour ? »

Elle n'avait pas l'habitude de résister à ses fantaisies ; elle se leva de table avant le dessert, et peu après, le duc se leva aussi. Mais comment trouver la chambre de son amie, comment la demander ? Il tutoya un garçon, qui lui dit hardiment :

— Où est-ce que j'ai gardé les cochons avec vous, pour me tutoyer ?

Le duc n'avait jamais voyagé sans Duval. Il donna vingt sous à un autre garçon, qui le conduisit à la porte de Lamiel, qui, pour la première fois de sa vie, l'attendait avec impatience.

— Eh ! venez donc, mon bel ami, lui dit-elle, m'aimez-vous malgré ce malheur ? lui dit-elle en lui présentant sa joue malade à baiser.

Le duc fut héroïque ; il donna un baiser, mais il ne savait trop que dire.

— Je vous rends votre liberté, lui dit Lamiel ; retournez chez vous, vous n'aimez pas les filles qui ont des joues en dartres.

— Parbleu si ! dit le duc avec une résolution héroïque ; vous vous êtes compromise à mon occasion, et jamais je ne vous abandonnerai.

— Bien vrai, dit Lamiel ; eh bien ! baisez encore... Je vous avouerai que c'est une dartre qui reparaît tous les deux ou trois mois, au printemps surtout. Êtes-vous tenté de baiser cette joue ?

C'était la première fois que le duc la sentait répondre à ses caresses.

— J'ai conquis votre amour, lui dit-il en l'embrassant avec transport. Mais ce mal, ajouta-t-il avec étonnement, n'ôte rien à la fraîcheur et au velouté de votre peau.

Lamiel avait mouillé son mouchoir ; elle le passa sur la joue malade et se jeta dans les bras du duc. S'il n'eût pas été si heureux et si timide, il obtenait là tout ce qu'il désirait avec tant d'ardeur ; mais lorsqu'il osa, il était trop tard d'une minute.

— A Rouen, lui dit Lamiel, et pas avant.

Elle se mit à lui faire des plaisanteries sur son retard, qui l'aurait livrée en proie aux commis voyageurs, sans la ressource du petit apothicaire.

Le pauvre duc raconta l'extrême embarras où il était tombé ; il avait fait la gaucherie de mentir avec *détails*. Il avait parlé à sa mère d'une partie au Havre pour voir la mer, convenue avec des amis de Paris *qu'il lui avait nommés :* le marquis un tel, le vicomte un tel. La duchesse les connaissait tous, et aussitôt avait voulu être de la partie. Ce n'était que le second jour

que Fédor avait inventé de dire que le vicomte était en
mauvaise compagnie : une demoiselle qui faisait
preuve de beaucoup de talent aux *Variétés*... Aussitôt
la duchesse lui avait fermé la bouche :

— Allez tout seul, ou plutôt n'allez pas...

Et il avait fallu dépenser une demi-journée à obtenir
la permission. Il finit par dire :

— Quand je n'ai plus Duval, je ne sais rien faire.

— Et moi, je ne veux plus de Duval, je ne veux pas
d'un roi fainéant ; je veux vous voir agir par vous-
même.

— En ce cas, je décide, lui dit le duc en lui baisant
la main, que nous arriverons le plus vite possible à
Rouen.

On fit demander des chevaux, et les deux amants
arrivèrent à Rouen le lendemain, à cinq heures du
matin.

CHAPITRE XIII[79]

Quinze jours se passèrent, le duc était parfaitement
heureux. Son bonheur redoublait chaque jour, mais
Lamiel commençait à s'ennuyer. Le duc, qui s'était
fait appeler à l'hôtel d'Angleterre M. Miossens tout
court, la comblait de cadeaux ; mais Lamiel, au bout
de huit jours, se fit acheter des habits qui annonçaient
une fille de bourgeois de campagne, et fit emballer les
robes et les chapeaux fort chers qui annonçaient une
dame de Paris.

— Je n'aime pas à être regardée dans la rue. Je me
souviens toujours des commis voyageurs de... Je suis
sûre que je ne sais pas marcher comme une dame de
Paris.

Son défaut, comme femme aimable, était de s'occuper trop peu de son amant, de lui parler trop rarement. Elle en fit un maître de littérature ; elle se fit lire par lui et expliquer la comédie que l'on jouait le soir au spectacle.

Elle vit Mlle Volnys[80] qui donnait une représentation à Rouen en allant au Havre.

— Voilà la femme qui me mettra à même de porter vos beaux chapeaux sans avoir l'air de les avoir volés. Partons pour le Havre où j'étudierai à loisir Mlle Volnys.

— Mais ma mère a menacé d'y venir de son côté et si elle nous voit, grand Dieu !

— Alors courons, alors partons à l'instant ! et l'on partit.

L'esprit de Lamiel faisait des pas de géant. Arrivant au Havre, elle eut l'esprit de trouver des inconvénients à tous les appartements que le premier garçon des hôtels venait proposer à la portière du coupé, jusqu'à ce que :

— Mlle Volnys, première actrice du Gymnase, vient de descendre chez nous.

Pendant huit jours, Lamiel, placée à la première loge... sur le théâtre, ne perdit pas un mouvement de Mlle Volnys. Elle passait des heures à sa porte entr'ouverte sur l'escalier de l'hôtel de l'Amirauté pour voir comment Mlle Volnys descendait l'escalier.

La duchesse de Miossens vint au Havre et Fédor tremblait comme la feuille. Un jour, donnant le bras à Lamiel qui, à la vérité, avait un grand chapeau, il vit sa mère venir de loin dans la rue de Paris (rue à la mode du Havre). Lamiel crut qu'il tomberait de peur ; elle exigea qu'il pourrait passer bravement à côté de sa mère ; mais le soir, après le spectacle, Lamiel lui accorda de partir pour Rouen. Le pauvre Fédor, à l'insu de Lamiel, était allé voir sa mère et lui demander pardon de n'avoir osé la saluer, à cause de la personne à laquelle il donnait le bras. Il fut reçu par sa mère avec une sévérité horrible. La duchesse finit par le chasser de sa présence, lui reprochant l'insolence qu'il avait eue, après une telle conduite, de se présenter sans en faire demander la permission. Elle était tellement changée, que la duchesse, qui la vit fort bien, ne la reconnut pas malgré sa taille superbe et difficile à oublier. Lamiel avait des grâces maintenant et avait perdu sa tournure de jeune biche prête à prendre sa course.

Deux fois elle avait écrit à ses parents des lettres que le duc fit jeter à la poste à Orléans et qui pouvaient confirmer la fable sur un héritage qu'elle leur avait conseillé de mettre en avant dans le village, le lendemain de son départ.

Lamiel passa un mois à Rouen ; elle était ennuyée à fond, le duc était arrivé à avoir pour elle une passion véritable, et ne l'en ennuyait que plus. Lamiel ne lisait dans son cœur que l'ennui qui l'assommait. Quoiqu'elle se fît faire la lecture plus de quatre heures chaque jour par ce pauvre Fédor qui en avait la poitrine fatiguée, Lamiel n'en était pas encore arrivée à ce point de deviner les causes de son ennui. Deux ou trois fois, dans son étourderie, elle se surprit sur le point de consulter le duc sur les causes de son mortel ennui ; elle s'arrêta à propos.

Dans ses bizarreries, Lamiel avait recours à toutes sortes d'inventions pour ne pas s'ennuyer. Un jour, elle se fit enseigner la géométrie par le duc. Ce trait redoubla l'amour de celui-ci. Dans tout ce qui ne tenait pas aux droits imprescriptibles de la noblesse et au parti qu'elle pouvait tirer des prêtres, l'étude de la géométrie avait appris à ce jeune élève de l'École polytechnique à ne pas trop se payer de mots. Sans distinguer tout ce qu'il devait à la géométrie, Fédor l'aimait de passion ; il fut ravi de la facilité avec laquelle Lamiel en comprenait les éléments.

Grâce à ses études et à ses réflexions de tous les instants, Lamiel était bien différente de la jeune fille qui six semaines auparavant avait quitté le village. Elle commençait à pouvoir donner un nom aux pensées qui l'agitaient. Elle se disait :

« Une fille qui s'enfuit de chez ses parents se conduit mal. Cela est si vrai qu'elle doit toujours cacher ce qu'elle fait. Or pourquoi se conduit-on mal ? pour s'amuser ; et moi, je meurs d'ennui. Je suis obligée de me raisonner pour trouver quelque chose d'aimable dans ma vie. J'ai le spectacle le soir et l'usage d'une voiture quand il pleut, et encore il faut toujours se promener dans cette allée de grands arbres le long de la Seine que je sais par cœur ; le duc dit qu'il est ignoble de se promener à travers champs. — De qui aurions-nous l'air ? me dit-il. — Nous aurions l'air de gens qui s'amusent. Et il me dit, et même avec l'air pressé de me contrarier, que ce que je dis là a quelque chose de bien commun et de mauvais ton.

» Il m'ennuyait déjà assez, huit jours seulement après que Jean Berville m'eut appris, pour mon argent, à savoir ce que c'est que l'amour, mais deux mois de tête à tête, grand Dieu ! et dans ce Rouen si enfumé encore, où je ne connais personne ! »

Une idée illumina Lamiel. « Quand je le retrouvai après avoir été exposée aux politesses de ces bêtes brutes de commis voyageurs faisant les Lovelace, il me parut aimable ; il faut le chasser pour trois jours. »

— Mon ami, lui dit-elle, allez passer trois ou quatre jours avec Mme la duchesse ; je lui dois beaucoup de reconnaissance et si jamais elle apprend que c'est à moi qu'elle a l'obligation de la vie désordonnée que vous menez à Rouen, elle pourrait me croire ingrate et j'en serais au désespoir.

Cette idée d'*ingratitude* choqua Fédor et lui parut de mauvais ton ; elle suppose avec une sorte d'égalité, et sans y avoir jamais réfléchi, avec la raison que lui avait faite la géométrie, il lui semblait que la nièce d'un chantre de campagne devait toutes sortes d'égards à une dame du rang de sa mère, quand bien même celle-ci n'aurait jamais eu de bontés pour elle, et qu'il y avait du ridicule à aller chercher le mot de *reconnaissance*. De plus, il n'avait nulle envie d'aller s'exposer à des sermons éternels ; mais Lamiel en ayant répété l'ordre, il fallut bien partir.

Lamiel fut gaie jusqu'à la folie en se trouvant seule et débarrassée des éternels propos aimables et complimenteurs du jeune duc. Elle commença par acheter une paire de sabots, prit sous le bras la femme de charge de la maîtresse d'hôtel :

— Courons les champs, ma chère Marthe, lui dit-elle, fuyons cet éternel boulevard de Rouen que le ciel confonde.

Marthe, la voyant s'égarer à travers champs, suivant de petits sentiers, et quelquefois ne suivant pas de sentiers du tout et s'arrêtant pour jouir de son bonheur lui dit :

— Il ne vient pas ?

— Qui donc ?

— Mais apparemment cet amoureux que vous cherchez.

— Dieu me délivre des amoureux ! J'aime mieux ma liberté que tout. Mais est-ce que vous n'avez pas eu d'amoureux ?

— Si fait, répondit Marthe à voix basse.

— Et qu'en dites-vous ?

— Que c'est une chose délicieuse.

— Hé bien, rien n'est plus ennuyeux pour moi. Tout le monde vante cet amour comme le plus grand des bonheurs ; dans toutes les comédies, on ne voit que des

gens qui parlent de leur amour ; dans les tragédies ils
se tuent pour l'amour ; moi, je voudrais que mon
amoureux fût mon esclave, je le renverrais au bout
d'un quart d'heure.

Marthe restait pétrifiée d'étonnement.

— Et vous, mademoiselle, qui avez un amoureux si
joli ! Quelqu'un disait l'autre jour à madame qu'il
vous connaissait bien, que M. Miossens vous avait
enlevée à un autre amoureux qui vous donnait mille
francs par mois.

— Je parie, dit Lamiel, que ce quelqu'un était
commis voyageur.

— Eh bien ! oui, mademoiselle, dit Marthe en
ouvrant de grands yeux.

Lamiel éclata de rire.

— Et ne vous faisait-il pas entendre, ce voyageur-là,
qu'il avait eu l'honneur de mes bonnes grâces ?

— Hélas ! oui, dit Marthe en baissant les yeux.

Lamiel se laissa aller à s'appuyer contre un arbre
voisin et rit à en perdre la respiration.

En rentrant dans Rouen, elle fut reconnue par les
jeunes gens qui la voyaient tous les soirs au spectacle ;
et Marthe reçut deux petits billets écrits rapidement
au crayon, qu'on lui mit dans les mains avec une pièce
de monnaie. Elle voulut les donner à Lamiel.

— Non, gardez-les, dit celle-ci, vous les remettrez
à M. Miossens à son retour, et lui aussi vous les
paiera.

A l'heure du spectacle, Lamiel regretta un instant le
duc ; puis elle s'écria :

— Ma foi non, toute réflexion faite, j'aime mieux
manquer le spectacle que le voir arriver avec son
bouquet obligé.

Puis elle courut chez la maîtresse de l'hôtel.

— Voulez-vous, madame, que je loue une loge et
m'accompagner au spectacle ?

L'hôtesse refusa d'abord, puis accepta et envoya chercher un coiffeur.

— Eh bien ! moi, j'ai l'esprit de contradiction, se dit Lamiel.

Elle avait encore son morceau de *vert de houx* et se verdit la joue gauche.

Mais la loge aussi était à gauche sur le théâtre ; elle fixa tous les regards du public élégant, et trois billets, d'une longueur formidable, écrits cette fois avec de l'encre, furent apportés à l'hôtel vers les minuit. Elle les parcourut avec un empressement qui se changea bien vite en dégoût.

— Cela n'est pas grossier comme les commis voyageurs, mais c'est bien plat.

Lamiel était parfaitement heureuse et avait presque tout à fait oublié le duc, lorsqu'il reparut au bout de deux jours.

« Déjà ! » se dit-elle.

Elle le trouva absolument fou d'amour, et, qui plus est, passant son temps à lui prouver, par beaux raisonnements, qu'il était fou d'amour.

« C'est-à-dire, se disait la jeune paysanne normande, que vous allez être encore plus ennuyeux que de coutume. »

En effet, cet essai de liberté de deux jours avait rendu Lamiel tout à fait rebelle à l'ennui.

Le lendemain matin, pendant qu'après leur lever il recommençait à lui baiser les mains :

« Cet être-là est embarrassé de tout ce qui lui arrive ; dès qu'il faut payer de sa personne, c'est un homme en deux volumes : il lui faut un Duval. »

Lamiel l'envoya faire des commissions, paya les dépenses de l'hôtel, avec prière de n'en rien dire à Monsieur : c'était une surprise qu'elle voulait ménager à Monsieur. Par son ordre, on appela des ouvriers qui firent des caisses où furent emballées toutes les jolies choses que le duc lui avait données. Elle fit les malles du duc et les siennes, puis le voyant, de la fenêtre, revenir à l'hôtel vers les quatre heures, elle descendit à sa rencontre, et l'engagea à la mener dîner à ..., village sur la Seine.

Revenant de ..., on alla directement au spectacle ; huit heures sonnées, elle dit au duc :

— Gardez la loge et attendez-moi, je prends la voiture et ne serai qu'un moment, regardez votre montre.

Elle courut à l'hôtel, fit embarquer les malles du duc adressées à Cherbourg ; la diligence qui les emporta partit à huit heures et demie. Elle fit porter ses malles à elle à la diligence de Paris. Fédor avait trois mille cent francs ; elle plaça mille cinq cent cinquante francs dans ses malles adressées à Cherbourg, et mille cinq cent cinquante francs dans sa malle à elle. En jouant avec lui, elle lui avait volé sa bourse.

Il serait difficile de peindre les transports de bonheur qu'elle sentit au moment où sa diligence partit pour Paris. Blottie dans un coin, la joue bien verte, elle riait et sautait de joie en se figurant l'embarras du duc revenant à l'hôtel et ne trouvant plus ni maîtresse, ni argent, ni effets. Lamiel craignit un peu, pendant les premières heures, de voir arriver Fédor galopant sur un cheval de poste. Elle avait trouvé une ressource contre cet accident, qui était de feindre de ne le pas connaître. Du reste, elle avait eu soin de laisser deviner à l'hôtel qu'elle partait par la diligence de Bayeux, et, en effet, ce fut sur cette route que le pauvre Fédor la poursuivit. Cette nuit en voyage, fuyant un amour si aimable et si poli, fut à tout prendre, le moment le plus heureux que Lamiel eût trouvé dans sa vie.

Elle avait un peu de peur des voleurs de Paris ; en descendant de la diligence, elle eut l'idée malencontreuse de vouloir faire croire qu'elle connaissait Paris et demanda un grand hôtel dont elle prétendit avoir oublié le nom. Il résulta de là qu'elle fut placée à l'hôtel de ..., rue de Rivoli, dans un appartement au quatrième, coûtant cinq cents francs par mois.

Un peu étonnée de la quantité de domestiques et du luxe de cette maison, elle se fit annoncer chez la maîtresse du logis et lui demanda, avec l'air du mystère et en la priant de garder le secret, l'adresse d'un bon médecin. C'était une des anecdotes à elle racontées par le duc, qui lui donnait l'idée de cette finesse. Le lendemain, nouvelle visite à la maîtresse du logis.

— Madame, lui dit-elle, je ne suis jamais venue à Paris. Ce que je redoute surtout, n'ayant pas de femme de chambre, c'est d'être suivie, je voudrais être vêtue comme une petite bourgeoise, seriez-vous assez obligeante pour venir acheter avec moi un costume complet de cette classe ?

La maîtresse du logis admira cette jeune fille revêtue des vêtements les plus chers, qui voulait se transformer en petite bourgeoise. Une circonstance redoubla l'étonnement de Mme Le Grand, la maîtresse de l'hôtel : Lamiel avait chaud, en entrant dans le boudoir de Mme Le Grand[81], elle prit son mouchoir et enleva presque toute la couleur qui déparait sa joue. La curiosité de Mme Le Grand la rendit fort attentive ; elle commença par étudier le passeport de la jeune fille et la traita avec tant de bonté que, dès le lendemain, Lamiel lui avoua que, impatientée par les attentions des voyageurs et surtout de l'espèce commis voyageurs, elle avait profité de l'avis à elle donné par un autre voyageur, apothicaire de son métier, en se peignant la joue avec du *vert de houx*.

Deux jours après, l'hôtel était dans l'admiration de cette grande fille, aux mouvements un peu désordon-

nés, il est vrai, mais si bien faite et qui employait un
genre de fard si singulier. Mme Le Grand lui rendit le
service de faire jeter à la poste à Saint-Quentin, une
lettre adressée à M. de Miossens, à ..., et ainsi conçue :

« Cher ami, ou plutôt Monsieur le duc,

» J'ai admiré en vous des manières parfaites ; vos
bontés sans fin et sans nombre m'ôtent presque le
courage de vous dire un mot qu'à coup sûr vous ne
permettriez pas, mais qui me semble cruel, mais
nécessaire à votre bonheur et à votre tranquillité.
Vous êtes parfait, mais vos attentions m'ennuient.
J'aimerais mieux, ce me semble, un simple paysan qui
ne serait pas éternellement occupé à me dire des
choses délicates et à me plaire. Il me semble que
j'aimerais un homme d'humeur franche et tout simple, et surtout pas si poli. J'ai laissé vos malles et mille
cinq cent cinquante francs à Cherbourg, en passant ».

Il n'en fallut pas davantage pour que Fédor se
précipitât sur la route de Cherbourg, courant à franc
étrier pour avoir l'occasion d'examiner toutes les
figures sur le grand chemin. Malgré la lettre de
Lamiel, il n'abandonna point la folie de la chercher
qui l'occupait depuis sa fuite. A Rouen, se trouvant
sans argent, sans maîtresse et sans linge, il eut
presque l'idée de se brûler la cervelle. Jamais homme
ne s'était trouvé aussi embarrassé. Toutes les prévi-
sions de Lamiel s'accomplirent.

Pour Lamiel, elle eût tout à fait oublié le jeune duc
qui avait eu l'art d'étouffer l'amour sous les douceurs,
s'il ne lui eût servi de point de comparaison pour juger
les autres hommes.

Lamiel avait tant de naturel dans les manières et
tant d'étourderie dans les façons que Mme Le Grand
s'attacha jusqu'au point d'en faire sa société ; bientôt

elle trouva son boudoir ennuyeux quand elle n'y voyait pas la jeune fille. Son mari avait beau la sermonner sur l'imprudence d'admettre une inconnue à une telle intimité, Mme Le Grand n'avait pas de réponse, mais son amitié redoublait pour notre héroïne. Plusieurs jeunes gens, faisant de la dépense, logeaient dans cet hôtel : ils firent la cour à Mme Le Grand qui ne fut point fâchée de leur présence dans son boudoir. Elle remarqua avec plaisir et fit remarquer à son mari qu'il suffisait de leur présence pour fermer la bouche à la jeune inconnue, qui, certes, ne cherchait pas à se produire.

L'unique passion de Lamiel était alors la curiosité ; jamais il ne fut d'être plus questionneur ; c'était peut-être là ce qui avait fait la source de l'amitié de Mme Le Grand qui avait le plaisir de répondre et d'expliquer toutes choses. Mais Lamiel comprenait déjà qu'*il faut* être considérée et jamais elle ne sortait le soir. Elle souffrait de ne pas aller au spectacle, mais le souvenir des commis voyageurs de ... la rendait prudente.

Lamiel vit la nécessité de raconter son histoire à Mme Le Grand, mais pour cela il fallait la composer ; elle se méfiait de son étourderie ; elle était hors d'état de mentir, parce qu'elle oubliait ses mensonges. Elle écrivit son histoire, et, pour pouvoir la laisser dans sa commode, elle donna à cette histoire la forme d'une lettre justificative adressée à un oncle, M. de Bonna.

Elle dit donc à Mme Le Grand qu'elle était la seconde fille d'un sous-préfet qu'elle ne pouvait nommer. Ce sous-préfet, fou d'ambition, n'était pas sans espérance d'être compris dans la première fournée de préfets et n'avait rien à refuser à un veuf à son aise, affilié à la Congrégation, et qui lui promettait vingt et une voix de légitimistes ralliés. Mais ce M. de Tourte mettait pour condition à ses vingt et une voix qu'il épouserait elle, Lamiel ; or elle avait en horreur sa mine jaune et bassement dévote.

— C'est tout simple, dit Mme Le Grand, ma chère Lamiel a distingué un beau jeune homme qui, en fait de fortune, n'a que des espérances.

— Eh bien ! non, s'écria Lamiel, je m'ennuierais moins et saurais que faire de ma vie. L'amour, qui paraît faire le souverain bonheur de tout le monde, me paraît une chose fort insipide et si j'ose tout dire fort ennuyeuse.

— Ce qui veut dire peut-être que vous avez été aimée par un ennuyeux.

« Je me compromets, se dit Lamiel, il faut revenir à la vérité. »

— Non, ajouta-t-elle de l'air le plus simple qu'elle put, on m'a fait la cour ; mon premier amoureux s'appelait Berville et n'aimait que l'argent. L'autre appelé Leduc, était fort prodigue, mais le plus beau jour de ma vie a été celui où je l'ai mis dans l'impossibilité de me voir. Un oncle m'avait laissé mille cinq cent cinquante francs ; on devait le lendemain les porter au notaire pour les placer. J'ai demandé à voir de près ces beaux napoléons d'or et le billet de mille francs ; il était huit heures du soir, mon père est sorti pour aller préparer son élection ; moi, je me suis sauvée par le jardin de la sous-préfecture avec toutes les malles qui venaient d'apporter de Paris une partie de ma corbeille de mariage, car M. de Tourte est aussi généreux que laid, c'est beaucoup dire, et mon père lui remboursera le prix de ces robes qui me plaisent. L'élection de notre arrondissement terminée, et la fournée de préfets annoncée dans le *Moniteur*[82], mon père sera si joyeux, s'il est préfet, qu'il me pardonnera facilement. La chose sera beaucoup plus difficile s'il reste sous-préfet. Ce M. de Tourte est tout-puissant sur l'opinion dans notre arrondissement, son frère est grand vicaire.

Le lendemain soir, Lamiel, obligée de répéter son histoire au bon M. Le Grand, relut la lettre à son oncle. Elle avait oublié d'expliquer le passeport, elle dit :

— Un sous-préfet, gouvernant à six lieues de chez nous et auquel M. de Tourte a fait refuser ma main, m'a procuré un passeport par le moyen d'un de ses parents, maire à vingt-cinq lieues de chez lui, du côté de Rennes.

Cette histoire attendrit M. Le Grand jusqu'aux larmes et fournit pendant huit jours à la conversation du soir. Dès le second jour, Mme Le Grand avait dit à sa protégée qu'elle l'aimait comme sa fille.

— Tu as mille cinq cent cinquante francs pour tout bien, et tu prends un appartement de cinq cents francs ; je vais t'en donner un de cent cinquante où tu seras aussi convenablement, mais je veux absolument te voir avec tes belles robes, et je te mènerai au mardi de M. Servières. Tu verras là de jeunes cavaliers qui ont dix mille écus de rente et tu feras des conquêtes, ma petite Lamiel ; tu feras des conquêtes qui vaudront mieux que ton vilain M. de Tourte, avec ses vingt et une voix de légitimistes ralliés dans sa poche.

— Eh bien ! ma chère amie, reprit Lamiel, permettez-moi de prendre un maître de danse. Je sens que je ne marche pas, que je n'entre pas dans un salon comme une autre : permettez-moi de vous mener quelquefois au Théâtre Français.

CHAPITRE XIV

Un soir, elle était encore chez Mme Le Grand à minuit, et, pour s'amuser, avait entrepris de plaire à son gros mari ; elle étudiait chez cet homme l'absence complète d'imagination, lorsqu'on entendit un grand bruit dans la rue et bientôt à la porte de l'hôtel. C'était un des jeunes habitants de la maison que l'on rapportait ivre-mort.

— Ah ! c'est encore le comte d'Aubigné[83], s'écria Mme Le Grand.

C'était ce qu'on appelle à Paris un fort aimable jeune homme qui s'occupait gaiement à manger une fortune de quatre-vingt mille livres de rente que lui avait laissée le brave général d'Aubigné, si célèbre dans les guerres de Napoléon. Depuis trois ans seulement, il avait hérité et se trouvait déjà réduit à l'hôtel garni. Il avait été obligé de vendre sa maison et de faire là son établissement.

Ce soir-là, l'ivresse de d'Aubigné consistait à parler constamment et à ne pas vouloir monter chez lui.

— A quoi bon monter deux étages puisque demain il faudra les descendre ?

Jamais Mme Le Grand, qui avait entrepris de le faire monter chez lui, n'en put tirer d'autre réponse. Les deux domestiques qui l'avaient amené sortirent ; il menaçait de donner des coups de poing *à l'anglaise* à ceux de la maison dont il était énervé et qui demandèrent la permission à madame de ne pas se mêler de cet *être désagréable*. Le comte saisit ce mot au vol.

— Ah ! non certes, ce n'est pas un être désagréable. Je remarque fort bien qu'elle se tait dès que j'entre chez Mme Le Grand, mais n'importe, il y a quelque chose de singulier, d'original chez cette jeune fille. Et moi je veux la former. Avec ses grandes enjambées, elle me fera rougir quand je lui donnerai le bras ; elle ne sait pas porter un châle ; mais je lui plairai ou je mourrai à la peine. J'ai plu à tant d'autres ; mais oui, c'est cela, celle-ci n'est pas comme une autre, et l'on me dit de monter, et moi, je ne veux pas monter ; je ne veux pas être comme un autre. Tous les autres montent, et moi je ne monterai pas ; et n'ai-je pas raison, madame Le Grand, à quoi bon monter pour être obligé de descendre demain matin ?

Ce bavardage dura une grande heure. Mme Le Grand était fort embarrassée ; elle avait été femme de chambre dans une bonne maison et avait un tel fond de politesse, surtout envers un jeune homme qui se ruinait en personne comme il faut, que, pour rien au monde, elle n'aurait violenté le comte. Il fallait cependant aller au lit, et elle songeait à faire réveiller l'homme de peine de la maison et les aides de cuisine, lorsque le comte se mit à expliquer pour la deuxième fois son projet sur Lamiel.

Alors Mme Le Grand appela la jeune fille qui avait pris la fuite en entendant répéter son nom, et la pria d'ordonner au comte d'Aubigné de remonter chez lui.

— Mais, ma chère madame, songez que demain ce M. le comte s'autorisera de ce mot pour m'adresser la parole.

— Demain il ne se souviendra de rien et viendra me demander pardon. Je le connais, ce n'est pas la première fois qu'il rentre dans cet état. Il faudra que je l'engage bien poliment à choisir un autre hôtel. Il est haut comme les nues, il tutoie les domestiques et c'est pour cela qu'ils ne veulent pas le porter dans son appartement.

— Il s'enivre donc bien souvent ? dit Lamiel.

— Tous les jours, je crois. Sa vie est un tissu de folies ; il tient à passer pour le jeune homme le plus fou de tous ceux qui brillent dans les loges de l'Opéra. Dernièrement, il n'était pas aussi complet que ce soir, est-ce qu'il ne s'avisa pas de rouer à coups de canne le cocher qui le ramenait ?

« Ah ! ce n'est pas une poupée polie comme mon duc. » L'idée de le voir rosser le cocher qui le ramena

plut beaucoup à Lamiel, et, Mme Le Grand renouve-
lant ses instances, elle s'avança sur l'escalier et dit
résolument :

— Monsieur le comte d'Aubigné, remontez à l'instant au numéro 12.

D'Aubigné cessa de parler, la regarda fixement, puis
dit :

— Voilà parler. Tous les autres me disent : Montez
chez vous. Cette sage personne, toute neuve, arrivant
de province, croit que j'ai oublié le numéro de mon
logement, elle me dit : Montez au numéro 12. Eh
bien ! voilà ce que j'appelle une politesse parfaite... Et
pourra-t-on dire de d'Aubigné qu'il résista aux ordres
d'une jolie femme... et qui encore, pour le quart
d'heure, n'a point d'amant ? Jamais ! Mademoiselle
Lamiel, je vous obéis, et je remonte au numéro 12...
Pas le numéro 11, pas le numéro 13 (fi donc ! le 13 est
de mauvais augure), je remonte précisément au
numéro 12.

Il prit sa bougie que Mme Le Grand lui présentait et
remonta résolument au numéro 12, en répétant vingt
fois qu'il ne refuserait pas cela à une demoiselle qui,
pour le quart d'heure, n'avait pas d'amant.

Le lendemain*, revêtu d'une robe de chambre
magnifique, et étalé dans son fauteuil à la Voltaire :

— Eh bien ! coquin, dit le comte d'Aubigné au
premier domestique de l'hôtel qui entra chez lui,
raconte-moi ce que j'ai fait hier quand je suis rentré,
un peu égayé.

— Je vous ai déjà dit, reprit ce domestique avec le
ton grossier de la colère d'un domestique, que je ne
vous répondrai pas quand vous me parlerez ainsi.

Le comte lui jeta un écu de cinq francs ; le domesti-

---

* Le lendemain, il est honteux à périr, puis il feint cette vergogne
[*R 297, II, f° 162*].

que le ramassa en courant et leva le bras comme pour
le lancer à la tête du comte.

— Eh bien ! dit le comte en riant avec affectation en
se rappelant Firmin, des Français (rôle de Moncade [84]).

— Je ne sais ce qui me retient de vous le lancer à la
figure, dit le domestique pâlissant ; mais j'ai peur de
casser les porcelaines de madame.

Le domestique se retourna vers la fenêtre ouverte, la
regarda un instant, puis lança l'écu, qui, traversant
toute la rue de Rivoli, alla rebondir contre la grille de
la terrasse des Feuillants, où vingt polissons se le
disputèrent. Ce spectacle calma apparemment le
domestique qui dit au comte avec toute la supériorité
de la raison et de la force physique :

— Si vous vouliez garder vos manières insolentes, il
fallait vous arranger pour conserver vos pauvres
domestiques qui les souffraient ; il fallait ne pas vous
ruiner ; ne pas vous mettre au point de craindre le
séjour de Clichy [85]. Mais la peur de Clichy vous a
réduit à faire une vente simulée à madame des
fauteuils et des glaces dont vous avez encombré cet
appartement. Quand on veut être grand seigneur et
insolent, il faut d'abord n'être pas pauvre. Que dirait
votre père, le brave général d'Aubigné, s'il vous voyait
réduit à ne pas oser sortir avant le coucher du soleil ?

— Eh bien ! mon cher Georges, puisque vous n'avez
pas voulu d'un premier écu, en voici un second pour
payer vos bons avis.

Georges prit l'écu ; il eût souffert des coups de pied
de la part du général de l'Empire, tant la mémoire de
Napoléon est sacrée parmi le peuple qui n'a gardé
aucun souvenir de la République, car en l'absence du
luxe, il n'y a point de grands pour lui.

Le comte fut ravi de la façon dont avait tourné son
insolence. C'était un être qui s'ennuyait aussitôt qu'il

n'avait pas quelque chose à faire, son cœur ne lui fournissait absolument rien.

— Maintenant, il faut songer à Mme Le Grand. Vais-je traiter l'ancienne, la vénérable, en femme de chambre, avec une haute fatuité, avec la hauteur qui convient à ma fortune passée, ou faut-il jouer le bonhomme ? Eh parbleu ! le bonhomme ! s'écria le comte, j'avais oublié net la grande demoiselle Lamiel qu'il faut avoir. Qu'est-ce que cette fille-là ? A-t-elle déjà été à quelqu'un ou n'est-ce pas une provinciale qui fuit la colère de sa famille ? Si elle est tout à fait bête, mon ivresse d'hier l'a choquée. Donc bonhomie et gaieté, la Le Grand me fera un sermon, mais je saurai quelque chose sur la Lamiel.

Le comte, dont les idées s'éclaircissaient peu à peu, descendit avec sa magnifique robe de chambre.

— Ma chère madame Le Grand, ma bonne amie, il s'agirait de me faire du thé un peu vif et de me raconter un peu ce que j'ai pu faire et dire hier soir en rentrant...

— Ah ! Mademoiselle Lamiel ! dit-il en faisant mine de l'apercevoir et la saluant avec un profond respect, je donnerais deux billets de mille pour que, hier soir, vous fussiez montée chez vous avant onze heures. Nous nous sommes mis à table à huit heures, je me souviens que j'ai encore entendu sonner dix heures aux pendules, mais après, mon âme est un désert, je n'y vois rien.

— Mon Dieu, monsieur le comte, je suis au désespoir de devoir vous adresser des choses peu agréables. Aucun des domestiques ne veut plus vous remonter chez vous : vous les avez choqués et je ne puis pas renvoyer des sujets passables parce qu'ils ne veulent pas se prêter à un genre de service pour lequel ils ne se sont pas engagés. M. Le Grand se réunit à moi pour vous engager à chercher un appartement. Quel est l'étranger qui ne prendra pas une mauvaise opinion de mon hôtel en entendant une scène comme celle d'hier soir ? vous parliez constamment et de choses peu convenables.

— D'amour, je parie ! Rien ne m'intéresse dans la vie, ni les chevaux, ni le jeu, je suis bien différent des autres jeunes gens ; si je n'ai pas un cœur tendre avec lequel je puisse vivre dans une parfaite intimité, je m'ennuie ; chaque jour me paraît un siècle et alors, pour me distraire, je me laisse inviter à dîner, et comme rien ne remplit mon cœur...

— Ah ! scélérat, s'écria M\ :sup:`me` Le Grand quittant son air sérieux, c'est parce qu'il y a ici, pour vous écouter, d'autres oreilles que les miennes, que vous osez parler de sentiment. Osez-vous bien dire que vous aimez autre chose qu'un beau cheval ou un habit bien fait et d'une couleur nouvelle qui vous donne bon air, le matin, en vous promenant au bois de Boulogne, ou le soir, dans votre loge, à l'Opéra, ou dans les coulisses ?

— Vous me dites, mon excellente hôtesse, de prendre un appartement et des gens à moi. Croyez-vous donc que c'est pour son plaisir qu'un d'Aubigné habite une auberge, quoique fort honnête et le modèle de tous les lieux de ce genre ? mais vous oubliez que pour le moment je suis ruiné. Sais-je seulement si dans deux mois je serai à même de louer deux pauvres chambres ? Mais par bonheur, le ciel m'a conservé le caractère de mes aïeux. Ma cousine, M\ :sup:`me` de Maintenon, est née en prison, a épousé un farceur ignoble, un Scarron, et n'en est pas moins morte la femme du plus grand roi qui soit monté sur le trône de France. Eh bien ! il y a des jours où ma prison m'ennuie, car de bonne foi, un hôtel, si bien tenu qu'il soit, des domestiques qui refusent de m'obéir, n'est-ce pas une prison pour moi ? Et pouvez-vous me reprocher de me laisser aller à un moment d'ivresse qui me permet

d'oublier tous mes malheurs ? Je ne suis que trop
sérieux dans ce moment de pauvreté, j'ai le malheur
d'être amoureux à la folie, et je me connais, l'amour
n'est point une plaisanterie pour moi : c'est une
passion véritablement terrible ; c'est l'amour des che-
valiers du moyen âge qui porte aux grandes actions.

Lamiel rougit profondément, le comte le vit.

« Ce corps si beau est à moi, se dit-il ; quel effet elle
fera à l'Opéra, si je puis l'habiller convenablement !
Attention, d'Aubigné, c'est une jeune gazelle que je
veux mettre en cage, il ne faut pas qu'elle saute par-
dessus les barrières. Soyons prudent. Il y a de la race
dans cette fille-là, mais c'est une garde-robe entièrement à former. Et nous sommes convenus avec Luzy[86]
que l'état de mes affaires ne me permet pas encore de
me sortir des amours honnêtes. »

Le comte paraissait un brillant jeune homme et
bien amusant aux yeux de Lamiel ; pourtant il ne
disait pas un mot qui ne fût appris par cœur, mais il
n'en faisait que plus d'impression ; tous ses mouvements d'éloquence étaient calculés d'avance et arran-
gés de façon à frapper par de brillants contrastes, de
beaux passages de la plus charmante insouciance aux
idées imprévues les plus attendrissantes. Il voyait
l'effet qu'il produisait sur cette jeune fille qui ne disait
mot, assise dans un coin du boudoir, mais changeait
de couleur aux endroits les plus marquants de *l'exposé
de la situation* du comte. Les reproches et les conseils
de Mme Le Grand lui donnaient l'occasion la plus
naturelle de parler de lui et il en usait largement ; il
voyait aussi qu'il intéressait vivement Mme Le Grand,
ancienne femme de chambre de bonne maison (de
Mme la comtesse de Damas[87]) et accoutumée à respec-
ter et admirer les jeunes gens riches qui se condui-
saient et agissaient avec le monde et avec la fortune
comme M. d'Aubigné.

D'Aubigné était une copie de ces jeunes grands seigneurs dont les derniers sont morts de vieillesse sous Charles X, vieillards bien bardés de prétentions ridicules et débitant des maximes cruelles que, par bonheur, ils n'avaient pas la force d'appliquer. D'Aubigné n'était pas un jeune seigneur insouciant et gai, mais il était, d'après un grand seigneur aimable, un jeune homme insouciant et gai[88]. Lamiel n'avait pas assez d'usage pour faire cette différence ; elle avait beaucoup d'esprit parce qu'elle avait une grande âme, mais ce n'était pas un esprit de comparaison et d'étude ; et elle était bien loin de pouvoir juger elle-même et les autres.

Assise dans un coin et plongée dans un silence plein d'agitation, elle comparaît sans cesse d'Aubigné au duc de Miossens et se montrait bien injuste pour ce pauvre jeune homme ; c'étaient surtout le naturel, le manque absolu d'imagination, la façon simple de dire les choses les plus décisives et, pour tout dire en un mot, son ton parfait qui lui faisaient tort aux yeux de sa ci-devant maîtresse. Elle donnait les noms odieux de *timidité* et de *prudence extrême* aux façons vraiment simples et naturelles de cet aimable jeune homme, tandis que l'enluminure du comte lui semblait peindre le caractère le plus énergique ; elle le voyait se lançant, avec une hardiesse vraiment chevaleresque, au milieu de l'imprévu des événements.

Dès le lendemain, le comte, qui l'épiait derrière sa porte entr'ouverte, hasarda de lui parler comme elle montait chez elle. Elle répondit à ce qu'il disait avec une raison froide, mais ne parut point choquée de sa démarche. Lamiel portait le *naturel* de son caractère écrit sur le front.

« Elle est à moi, se dit le comte, mais comment l'habiller ? Cela n'a aucun fond de garde-robe. Dieu sait ce qu'il y a dans ces deux grandes malles que j'ai

vu monter chez elle! Je ne lui fais pas la cour pour
avoir du plaisir obscurément dans un hôtel, comme
un étudiant en droit. Je ne vais pas user mes forces
obscurément. Si je la désire, c'est pour montrer mon
luxe; c'est pour la montrer à l'Opéra et au bois de
Boulogne, c'est parce qu'il s'agit d'une *primeur*, c'est
parce que j'aurai à conter son histoire où je mettrai du
piquant. Il me faut au moins quatre mille francs pour
qu'elle soit digne de paraître à mon bras. Non,
mademoiselle, votre vertu paraît empressée de faire
faux-bond, mais vous n'aurez ce plaisir que lorsque,
moi, j'aurai réuni quatre mille francs. Il faut que les
cadeaux arrivent, comme la foudre, le lendemain de
votre défaite, et que vous, la première, croyiez avoir
affaire à un jeune seigneur opulent et jetant l'argent
par la fenêtre, à ce que j'étais il y a deux ans. »

Pendant que d'Aubigné se livrait à ces raisonnements prudents (la prudence était son fort), Lamiel
avait un vif plaisir à le regarder et le croyait le plus
fou et le plus naturel des jeunes gens.

« Celui-ci n'est point un petit Caton ennuyeux et
toujours le même, comme le duc. »

Le comte étudiait toutes ses rentrées à l'hôtel; il
était bien sûr que Lamiel se trouvait dans le boudoir
de Mme Le Grand, au rez-de-chaussée, qui avait une
belle fenêtre sous les arcades de Rivoli et un vasistas
sur l'escalier. A vingt pas de l'hôtel, il prenait une
démarche évaporée. Mais sa prudence fut contrariée
par les événements.

Il avait réuni à peu près cent louis pour l'équipe-
ment de sa future maîtresse et il s'occupait déjà du
choix du nom sous lequel il la ferait débuter au bois de
Boulogne. L'admirable fraîcheur, le velouté du teint
de Lamiel l'avaient décidé à la faire débuter au grand
jour du bois de Boulogne plutôt qu'à la lueur des
quinquets de l'Opéra; il espérait trouver encore un

crédit de cent louis ou mille écus chez les marchands, quand arriva l'époque des courses de Chantilly. Par malheur, il n'y songea que huit jours avant.

« Je n'ai plus le temps d'être malade, se dit-il, avec humeur et se frappant le front. D'Eberley et Montanclos [89] ont gaspillé cette ressource. »

Il tomba dans une... et dit à Lamiel d'un air profond :

— Je vous adore et vous me mettez au désespoir.

Le matin même du jour où il dit ce mot, Mme Le Grand faisait remarquer à Lamiel sa profonde tristesse. Ce mot manqua absolument son effet ; il était entaché d'ennui. Le duc, qui l'avait tant ennuyée, lui avait dit vingt fois mieux. Si elle eût eu à cette époque le talent de lire dans son propre cœur, elle eût dit au comte :

— Vous me plaisez, mais à condition de ne me jamais parler le langage de la passion.

Le comte était bourrelé par l'idée de Chantilly et encore fort indécis lorsque, le soir, on cita au cercle des Jockeys [90], un de ses amis, un jeune homme qui faisait le plongeon à l'approche de Chantilly en se prétendant malade.

« Qui trop embrasse mal étreint, se dit-il. Au diable cette petite provinciale ! Je suis perdu avec ce qu'on dit de mes affaires, si, avec ma passion pour les chevaux, on ne me voit pas à Chantilly. »

La veille du grand jour il dit à Lamiel :

— Je vais essayer de me casser le cou, puisque votre cruauté rend ma vie si insupportable.

Ce mot scandalisa Lamiel.

« Mais où prend-il que je suis cruelle ? se dit-elle en riant ; m'a-t-il jamais mise à même de lui refuser quelque chose de sérieux ? »

Le fait est que la société de toutes les femmes ennuyait le comte, la société des femmes honnêtes et

au parfait naturel, fières de sa conversation ; Lamiel,
qui était encore tout à fait une femme honnête,
l'ennuyait encore bien plus. Il faisait donc la cour à
notre héroïne en lui disant des mots ; de la vie, il
n'avait passé cinq minutes avec elle, en tête à tête ; son
art était de faire croire à Lamiel qu'il mourait d'envie
de lui parler et que la cruauté d'elle, Lamiel, lui
enlevait la possibilité de ce bonheur.

Lamiel, fort indifférente à ce qu'on appelle l'amour
et ses plaisirs, se disait :

« Si je me lie au comte, il me mènera au spectacle.
Mes mille cinq cent cinquante francs sont déjà fort
ébréchés, mais le comte ne pourra me donner de
l'argent, il n'en a pas. »

— Il ne se fait aucun changement dans ma famille,
disait-elle à Mme Le Grand ; les élections sont retar-
dées ; M. de Tourte est sans doute plus puissant que
jamais ; ce M. ... libéral, ce rédacteur du *Commerce*[91],
qui loge au sixième, dit que la Congrégation va
revenir. Que faut-il faire pour gagner ma vie ? Je n'ai
plus que huit cents francs.

Lamiel était abonnée à deux cabinets littéraires et
passait sa vie à lire. Elle n'osait presque plus se
promener ou aller en omnibus toute seule. Les taches
vertes sur la joue gauche ne produisaient plus un effet
certain. Elle était si bien faite, son œil avait tant
d'esprit, que, presque chaque jour, elle avait à repous-
ser des avances souvent grossières. Elle ne se permettait de parler qu'à Mme Le Grand et à M. ..., son maître
à danser, bon jeune homme, honnête et borné, qui
n'avait pas manqué de prendre de l'amour pour son
écolière, et auquel Mme Le Grand avait confié le père
sous-préfet, M. de Tourte et le reste de l'histoire. Tout
cet ensemble de vie n'était pas amusant ; l'impossibilité de la promenade nuisit à la santé de Lamiel et son
ennui était complété par le manque de spectacle. La

fatuité de d'Aubigné était sur le point de triompher, s'il eût donné à Lamiel plus d'occasions de parler à cœur ouvert ; elle avait si peu de vanité, qu'elle se fût offerte à lui, au premier moment d'impatience dans lequel il l'eût surprise.

CHAPITRE XV

Ce fut dans ces circonstances que Chantilly se présenta. Le comte y alla et perdit dix-sept mille francs en paris. Il acheva de se ruiner, il épuisa tout le crédit qu'on lui accordait encore et paya noblement cette somme avant la fin de la semaine. Le comte de Nerwinde [92] était au fond très prudent et sage jusqu'à l'avarice.

— J'ai déjà trois ou quatre jugements qui peuvent me conduire à Clichy, je me dois à moi-même d'avoir cette petite provinciale ; ce devoir rempli, il s'agit de disparaître *en grand*. J'irai passer mon temps à Versailles, je suis connu des pauvres diables qui vont bâiller dans cette triste ville avec les Anglais ruinés. Grand Dieu ! quelles soirées je passerai !

Lamiel s'ennuyait à mourir ; il ne fallut au comte que deux jours de soins.

— Vous me conduirez au spectacle ce soir ? lui dit Lamiel.

— Ce soir, si mes affaires sont finies, je compte me brûler la cervelle.

Lamiel jeta un cri et le comte fut heureux de l'effet qu'il produisait.

— Vous aurez ma dernière pensée, belle Lamiel, vous aurez été mon dernier bonheur. Si, il y a huit jours, vous eussiez été moins cruelle pour moi, je ne serais pas allé aux courses de Chantilly, j'y ai perdu cinquante-sept mille francs, j'ai payé, comme l'honneur le voulait, en épuisant toutes mes ressources et il ne me reste pas un billet *de mille*. Le comte de Nerwinde, le fils d'un héros connu de toute la France, ne doit point se laisser voir dans une position inférieure. J'ai bien une espèce de sœur fort riche, mon aînée de vingt ans, et qui se croit mourante, mais c'est une tête étroite, peu digne de comprendre une vie dirigée par l'amour et le hasard. De plus, elle a épousé un Miossens et moi je ne suis qu'un Nerwinde.

— Un Miossens, parent du duc ?

— Son grand-oncle, mais d'où savez-vous ce nom ? Lamiel rougit.

— M. de Tourte, mon prétendu, parlait sans cesse de Miossens ; l'homme d'affaires de cette famille lui fournissait quatre voix.

Lamiel savait déjà un peu mentir, mais elle appuyait encore trop, elle ne jetait pas les mensonges comme choses sans conséquences, elle avait encore bien à acquérir. Ce qui la faisait mentir, c'était une maxime que Mme Le Grand lui répétait souvent depuis qu'elle lui parlait à cœur ouvert : « Sois riche, si tu peux ; sage, si tu veux ; mais sois considérée, il le faut [93]. »

L'intimité avec le comte dura une demi-journée ; le soir, Lamiel lui trouvait déjà une sécheresse de cœur qui lui coupait la parole. Ses paroles avaient une grande dignité, mais cette dignité lui coûtait bien des efforts ; et Lamiel voyait ces efforts, mais elle n'eût pas su dire d'où venait son ennui ; seulement, c'était l'opposé de ce jeune étourdi sans réflexion qu'elle s'était figuré et qu'elle aimait d'amour, comme le contraire du jeune duc. L'idée du coup de pistolet, car elle croyait tout ce qui était extraordinaire, chassa bien vite l'ennui. Elle regardait Nerwinde.

« Cette belle figure si froide et si noble, c'est donc celle d'un homme qui va se tuer dans quelques heures ! il agit avec un sang-froid parfait. »

Le comte, fier de son habileté *à faire des malles*, semblait absorbé par le soin de ne pas *gâter ses effets*; il était bien commis voyageur dans ce moment; mais Lamiel ne voyait rien, son âme était tout émue par ce coup de pistolet si prochain. Il adressait ses malles à sa sœur, Mme la baronne de Nerwinde. Il les accompagna à la diligence de Périgueux, et, du bureau des diligences, les fit transporter à Versailles par un fourgon de louage. Le lendemain matin, Mme Le Grand reçut la lettre d'usage.

— Quand vous lirez ces mots..., etc., etc.

Lamiel baissa la tête à cette lecture et bientôt fut étouffée par ses sanglots. M. Le Grand s'écria :

— Voilà cependant mille six cent soixante-sept francs que nous perdons.

Et il se remit à faire la note *réelle* du comte; il voulait connaître sa perte *réelle*; la note à payer était de mille six cent soixante-sept francs, la note réelle ne s'élevait qu'à neuf cents francs.

— L'année passée, notre perte a été de quatre pour cent de nos recettes brutes; cette année, elle sera de six pour cent, car je ne parle pas de la valeur des fauteuils du pauvre comte et de ses porcelaines, peut-être il en aura disposé par testament.

Toute cette discussion plongea Lamiel dans un noir profond. Certes, elle n'avait pas d'amour pour le comte, le sentiment qui lui navrait le cœur n'était que de la simple humanité.

A Versailles, au milieu d'une société dévote et gémissant de tout, le comte mourait d'ennui; mais il était prudent avant tout et un trait de sa rare prudence corrigea la fortune. Pour être bien reçu malgré sa pauvreté qui commençait à percer, il avait pris le parti de faire la cour à une marquise âgée, Mme de Sassenage[94], l'un des plus solides soutiens de la Congrégation en ce pays-là. Son caractère dur, sa vanité âpre donnèrent de l'occupation à la marquise. Elle connut moins l'ennui ; pour l'enchaîner et l'obliger à la courtiser, cette marquise inventa de l'engager à prendre le parti de l'Église. Le comte, qui savait exploiter son nom avec une rare habileté, lui dit gravement :

— En ce cas, les Nerwinde sont éteints, je suis le dernier du nom et je dois, à la gloire de mon père et au souvenir que la France conserve à ce héros, ami de Jourdan, de consulter ma sœur, la baronne de Nerwinde, sur cette démarche importante.

La marquise de Sassenage crut devoir faire porter cette parole à la baronne, toujours malade et à laquelle une haute dévotion avait ouvert les salons de l'ancienne noblesse de Périgueux, par le directeur de sa conscience. Ce directeur se trouva malade aussi, et ce fut Mgr l'évêque de ... lui-même qui alla parler à cette dévote importante et riche. Il était lui-même d'une famille appartenant à la bonne noblesse du Béarn, il comptait parmi ses aïeux un cordon rouge sous Louis XV. Par hasard, il s'attendrit sur la chute de la *noblesse*, et cet attendrissement fut pour la baronne de Nerwinde la flatterie la plus agréable possible. Elle était donc de la vraie noblesse aux yeux de cet homme de *qualité*.

Deux jours après, la baronne fit un nouveau testament ; elle donnait tout son bien à ce frère Éphraïm, comte de Nerwinde, qu'elle avait tant maudit. Ce don, pouvait s'élever à près d'*un million ;* mais elle y mettait une condition ; elle voulait qu'il se mariât avant l'âge de quarante ans. Quelques jours après, la pitié pour le titre de son jeune frère faisant des ravages dans cette imagination mobile, la baronne envoya à son frère, avec qui elle était à couteaux tirés depuis deux ans, une lettre de change de six mille francs. Elle lui annonçait une pension annuelle de pareille somme et lui faisait entendre qu'il serait son héritier.

Le comte reçut cette lettre à quatre heures, au moment d'aller dîner chez la marquise de Sassenage, où on l'attendait. Il ne donna pas deux secondes au plaisir ou à la surprise. Les cœurs dominés par la vanité ont une peur instinctive des *émotions*, c'est la grande route pour arriver au ridicule.

— Comment puis-je faire de ceci, se dit-il, une anecdote piquante et qui me fasse honneur au Cercle ?

Il partit pour Paris, monta en courant à la chambre de Lamiel et, sans daigner répondre au cri de joie de la bonne Mme Le Grand, il ouvrit la porte de Lamiel avec fracas, et se jetant à ses genoux :

— Je vous dois la vie, cria-t-il à Lamiel ; la passion que j'ai pour vous m'a fait tirer en l'air le pistolet que je venais d'armer. Une fois de sang-froid et songeant à vos charmes divins, j'ai fait savoir l'état de ma fortune à ma sœur. Le sang des Nerwinde ne pouvait se démentir ; elle m'a envoyé un paquet de lettres de change et vous avez encore le temps de vous habiller avant l'Opéra.

L'idée de l'Opéra et d'y être dans une heure fit bien vite oublier à notre héroïne l'idée triste du comte de Nerwinde tué par un coup de pistolet. Ils entrèrent chez divers marchands où la jeune provinciale changea de robe, de chapeau, de châle. En allant à l'Opéra, le comte lui dit :

— Votre père sous-préfet me fait peur ; s'il réussit dans son élection, on ne lui refusera pas un ordre pour enlever une fille rebelle, et que deviendrait mon amour ? ajouta-t-il d'un air froid.

Lamiel le regarda et sourit.

— Appelez-vous Mme de Saint-Serve. Je choisis ce nom parce que je suis possesseur d'un fort beau passeport à l'étranger sous ce nom de Saint-Serve.

— Mais j'hérite des belles actions de cette madame, et quelles actions !

— C'était une jeune fille moins jolie que vous, mais qui avait aussi un père dangereux ; elle partait, nous trouvâmes plus sage de la faire porter sur le passeport de son amant comme sa femme. Cela fait titre à l'étranger.

La résurrection du comte de Nerwinde fit événement à l'Opéra, et il fut au comble du bonheur. Mme de Saint-Serve eut tout le succès possible. Le lendemain, Nerwinde se cacha, et ses amis traitèrent avec ses créanciers. Tous ceux de ces gens-là qui ne fréquentaient pas le foyer de l'Opéra le croyaient mort. Au sortir de l'Opéra, le comte avait conduit Lamiel dans un petit appartement de la rue Neuve-des-Mathurins.

— Si vous m'en croyez, avait-il dit à Lamiel ravie de l'Opéra, vous ne reverrez plus Mme Le Grand ; elle pourrait dire que Mme de Saint-Serve est de la connaissance de Mlle Lamiel. Écrivez-moi sur un bout de papier ce que vous pouvez lui devoir et demain un inconnu ira la payer et lui faire vos compliments.

Dans cette soirée, de sept heures à minuit, Nerwinde, criblé de dettes, ayant à redouter pour le lendemain l'effet de quatre jugements qui l'envoyaient à la prison de Clichy, n'ayant au monde pour tout bien qu'une traite de six mille francs qu'il ne montra à personne, acheta tout ce qui compose la toilette de femme la plus brillante et les marchands le remercièrent, et, en achetant dans leur boutique, il avait l'air de leur faire une faveur.

C'était là le triomphe de ce caractère froid, contenu, calculant toujours et ne craignant au monde que la douleur physique pour sa chère personne ou les désarrois de vanité. Ce caractère timide et froid avait été formé par une époque de vanité et d'ennui ; avant 1789, il eût paru souverainement ennuyeux ; on eût trouvé dans les comédies ce caractère d'un garçon froid et important.

Les femmes de nos jours n'ayant plus voix au chapitre, Nerwinde, peu fait pour leur plaire, devait le brillant de sa réputation à deux duels et surtout à un œil petit et morne et dont l'audace paraissait inébranlable. Ses traits, un peu kalmouks, mais nets, n'échappaient à l'air commun que par leur froideur, leur immobilité profonde et leur apparence de tristesse ou, plutôt, de douleur physique. Naturellement rebelles à l'expression, ils ne disaient jamais que ce qu'il voulait leur faire dire ; ils cachaient admirablement et complètement les aigreurs fréquentes d'une âme glacée, mais égoïste avec passion et que la moindre perspective de souffrance pour sa chère personne accablait jusqu'à lui faire répandre des larmes. M. de Menton avait dit de lui :

— C'est un joueur d'échecs cauteleux que la bêtise du public prend pour un poète.

Le comte de Nerwinde, par son sérieux prudent, morne et toujours occupé du public, avec la physionomie d'un loup caché le long d'un grand chemin et attendant le passage d'un mouton, était surtout bien à sa place devant une société de vingt personnes. Il parlait mal, avec des efforts et des contorsions pour atteindre à l'élégance qui faisaient mal aux personnes d'un goût délicat ; mais il avait la passion de parler et de raconter, et, assez grossier de sa nature, il ne sentait pas les chutes.

Cette passion de parler, de raconter, d'avoir raison sur tout, le mettait au supplice si quelqu'un racontait la moindre chose devant lui. Il avait certaines objections aigres à faire à tout ce qu'on disait qui empêchaient la moindre conversation de marcher en sa présence. La vie intime avec lui était un supplice. Sa mine souffrante, ou du moins morne et facilement offensante pour le lecteur, empêchait les saillies et toutes les sensations agréables, les saillies qui font l'agrément de la conversation française et qui ont toujours besoin d'un certain degré de confiance dans les auditeurs, avec l'amour-propre desquels elles jouent le plus souvent. Quelques philosophie indulgente et désir de bien vivre ensemble qu'eût l'interlocuteur, ses contradictions continuelles mettaient obstacle même à la conversation sur les choses les plus simples.

Lamiel était bien loin de pouvoir se rendre compte de toutes ces choses. Bonne, simple, enjouée, heureuse, sans malice au fond du cœur, elle ne pouvait deviner d'où lui venait le désagrément de sa vie. Elle était ravie du rôle que le comte lui faisait jouer dans le monde et de la hauteur à laquelle il l'avait placée. Elle n'eût pas eu autant d'esprit, de brillant et de finesse dans la conversation si l'on ne l'eût pas écoutée avec une religieuse attention. Sans attention préalable, il faut frapper fort, comme les réparties d'un vaudeville.

« Et à qui dois-je cette bienveillance anticipée, même de la part des gens assistant pour la première fois à nos dîners ? Uniquement à la considération que le comte s'est acquise. Mais apparemment que les soins qu'il se donne pour cela le fatiguent : de là son humeur dans le tête-à-tête : eh bien ! abrégeons les tête-à-tête.

» En rentrant à la maison, tout mon contentement disparaît ; dès qu'il est seul avec moi, il devient âpre, presque insultant, lui qui se montre dans le monde d'une politesse si cérémonieuse ; il semble que je lui fasse un tort en lui adressant la parole, même pour lui demander son avis. »

Toutes ces réflexions, plutôt senties qu'expliquées

avec netteté, arrivèrent en foule à Lamiel, comme elle regardait ses cheveux dans le miroir pour mettre ses papillotes.

« Il n'y a qu'un moment, en ôtant mon chapeau, j'avais le rire sur les lèvres, se dit-elle, et maintenant, j'ai l'air morne, j'ai besoin de faire effort sur moi-même pour n'être pas en colère. Et, grand Dieu ! il en est ainsi tous les soirs ! Apparemment, cet homme si imposant est fatigué des efforts qu'il fait pour maintenir son empire dans le monde, et quand il est fatigué, il a de l'humeur. »

Elle courut à sa chambre et s'enferma à clef.

Il n'y avait alors que huit jours seulement depuis la première soirée à l'Opéra. Lamiel avait ce courage sans effort des caractères parfaitement naturels :

— Qu'est-ce que cela signifie ? s'écria le comte d'un air morne, en entendant le bruit de la porte fermée.

Pour s'amuser, Lamiel imita le ton âpre et grossier de son amant :

— Cela signifie, lui cria-t-elle à travers la porte, que je suis lasse de votre noble présence, que je veux être tranquille.

« Eh bien ! ma foi, tant mieux, se dit Nerwinde, qu'ai-je besoin de m'énerver avec une créature dont tout le monde voit bien que je dispose ? L'essentiel, c'est que, par sa figure et l'esprit que je lui souffle, elle me fasse honneur dans le monde. Je vais bien la punir, cette petite mijaurée : j'attendrai qu'elle m'appelle dans sa chambre, et surtout jamais elle ne me verra piqué de son étrange folie. »

On demandera peut-être quelle était la base morale de ce caractère étrange du comte. Les prétentions, les fatales prétentions, une des causes principales de la tristesse du XIXe siècle. Le comte de Nerwinde mourait de peur de n'être pas pris pour un comte véritable.

Le malheur d'un caractère si ferme en apparence,

c'était d'abord d'être faible jusqu'à la pusillanimité ; la plaisanterie la plus simple et la moins piquante et que le défaut d'esprit condamnait à mourir en naissant, lui donnait de l'humeur pour huit jours. En second lieu, M. de Nerwinde oubliait complètement son glorieux père, connu de la France et de l'Europe entière, le général Boucand, comte de Nerwinde, et sans cesse il pensait à son grand-père Boucand, petit chapelier de Périgueux.

Voudra-t-on croire cet excès d'orgueil, de susceptibilité, et de faiblesse ? La moindre plaisanterie sur le commerce, bien plus, le propos d'un homme qui disait devant lui : « Je viens d'acheter un chapeau », ou « Les chapeaux de Carton enfoncent le carton[95] », le faisait regarder entre les deux yeux l'homme qui prenait la liberté de dire une chose aussi étrange, et le mettait hors de lui pour toute une journée. Le problème, qui le jugulait alors, était celui-ci : « Dois-je laisser passer ce trait piquant ou bien dois-je me fâcher ? »

Dès l'âge de seize ans, Nerwinde était bourrelé par ce mot : *Un petit chapelier établi dans un des faubourgs de Périgueux.* De là sa physionomie immobile, il fallait bien cacher une susceptibilité aussi basse. Quelle apparence que l'on pût prendre pour un comte véritable le petit-fils du chapelier Boucand ? Si l'on parlait de Boucand dans un salon devant lui, il rougissait : de là cette physionomie immobile ; il fallait bien cacher cette inquiétude qui venait l'agiter à chaque instant ; de là cette habileté suprême au pistolet.

La maîtresse qui lui eût convenu, qui eût fait la tranquillité et bientôt le bonheur de sa vie, eût été une femme de haute naissance qui lui eût répété dix fois par jour :

— Oui, mon noble Oscar[96], vous êtes un comte véritable, vous avez tout d'un homme de haute naissance, même les petites fautes de prononciation. On disait *piqueu* à Versailles, et vous dites *piqueu*. Vous avez même les petits ridicules des contemporains de M. de Talleyrand.

Le comte de Nerwinde eût dû être l'aide de camp d'un prince, dont les droits ne sont pas bien reconnus certains. L'étiquette était son fort, l'élément de son bonheur, et il était l'un des coryphées d'une société où l'on voulait s'ennoblir par l'orgie, par le scandale, par des propos singuliers, par la prétention de plaisanter sur tout et même sur les choses prétendues respectables. Quelle existence pour le petit-fils d'un chapelier !

CHAPITRE XVI

Parmi toutes ses joyeuses compagnes de plaisir, Lamiel distingua Caillot[97], une jeune actrice des Variétés, de tant d'esprit, d'un esprit si imprévu. Dans un pique-nique à Meudon, elle s'enfonça dans le bois avec elle, et, à la suite d'une longue conversation, où Lamiel fut fort sérieuse, Caillot lui apprit non pas à avoir de l'esprit, mais à tirer encore un meilleur parti des idées agréables et neuves qui lui venaient à l'esprit d'une façon si imprévue, même pour elle.

— Quelquefois, vous êtes inintelligible, lui dit Caillot ; expliquez davantage et en plus de mots ce que vous voulez dire, et que ces mots ne soient pas du patois normand. Il peut être plus énergique que notre français de Paris, mais personne n'y comprend rien.

Lamiel se confondait en remerciements sincères, en mots admiratifs. Caillot était une de ses passions.

— Vous vaudrez cent fois mieux que moi, répondait Caillot aux compliments sincères de Lamiel ; vous n'avez qu'un écueil à fuir : éblouie par les transports de gaieté que je fais naître quelquefois, ne cherchez pas à m'imiter. Si le cœur vous en dit, osez être le contraire de ce que vous me voyez.

Le comte s'apercevait avec un intime et profond orgueil que, depuis l'apparition de Mme de Saint-Serve, il était plus recherché. L'autorité dont il jouissait parmi les hommes de plaisir avait fait des pas de géant.

Par hasard, il faisait chaud cet été-là, et les plaisirs champêtres étaient à la mode. Le froid et la pluie des années précédentes leur donnaient un vernis de nouveauté. Les plus riches parmi les compagnons de plaisir du comte donnaient des dîners à Mme de Saint-Serve.

Souvent aussi, pour s'affranchir même du petit degré de gêne qu'impose la vue d'un maître de maison, on faisait des pique-niques à Maisons, à Meudon, à Poissy et jusqu'à La Roche-Guyon. Mais le goût décidé de Lamiel imposait la loi de suivre les premières représentations. Elle voulait appliquer les principes de son maître de littérature. Elle avait une légion de maîtres et travaillait comme un écolier. Elle apprenait même les mathématiques. Après les parties de campagne, on arrivait au spectacle à neuf heures, et l'entrée de Lamiel produisait l'effet désirable. Mais le comte la grondait chaque fois de l'affectation qu'elle mettait à ne pas faire de bruit en entrant dans sa loge.

— Voulez-vous donc avoir l'air éternellement d'une femme de chambre qui profite de la loge et de la toilette de sa maîtresse ?

Les grâces charmantes qui faisaient de Lamiel un être si nouveau pour Paris en 183., et qui, en un instant, la mettaient à la première place dans tous les salons de femmes faciles, où elle débutait, n'avaient aucun mérite aux yeux du comte, même lui déplaisaient. Ces grâces, si piquantes, devaient tout leur empire : 1° à la nouveauté ; 2° à leur naturel exquis et précisément à ce qui montrait à chaque instant que Lamiel ne devait pas ce qu'elle était seulement à un salon du grand monde. Elle comprenait les grâces de la bonne société, elle avait même appris à leur être exclusivement fidèle, mais aussi elle avait compris que les grâces outrées, telles qu'elles s'étaient formées sous les règnes de Charles X et de Louis XVIII, étaient d'un ennui complet. Elle avait toujours présent à l'esprit le salon de la marquise de Miossens où elle s'était ennuyée jusqu'au point d'en tomber malade. C'était à cet ennui d'autrefois qu'elle devait d'être si séduisante aujourd'hui. Son caractère vif et presque méridional eût bien toujours rendu difficiles pour elle les mouvements contenus et *ralentis* qui, de nos jours, font la base de la vie de salon au faubourg Saint-Germain, mais on voyait clairement, à travers son naturel le plus dévergondé, qu'elle eût su au besoin se montrer parfaitement convenable, et la franchise de ses façons avait presque l'air d'être un trait de bonté qui vous appelait auprès d'elle aux honneurs et au sans-façon de l'intimité.

Or, la peur de n'être pas assez considéré, qui faisait le supplice du comte, le rendait premièrement insensible à ce genre de grâces. On sentait surtout le charme des façons de Lamiel dans les parties de plaisir à la campagne qui formaient maintenant le... tous les jours de sa vie, mais ces messieurs les hommes de plaisir, peu philosophes, minces observateurs de leur métier, ne les devinaient point, et elles étaient pour eux plus charmantes.

Un jour Lairduel, un des farceurs de la troupe, ravi

par les grâces de Lamiel, s'écria dans son enthousiasme :

— Elle est de si bonne compagnie !

— Elle est bien mieux que cela, dit le vieux baron de Montran*, qui était le dictateur de tous ces jeunes gens, c'est une fille d'esprit qui s'ennuie du ton de la bonne compagnie et vous donne bien mieux au risque d'être méprisée par vous. Avec son air doux et gai, elle est l'audace même ; elle a le courage, plus que féminin, de braver votre mépris, et c'est pourquoi elle est inimitable. Regardez-la bien, messieurs, si jamais un caprice vous l'enlève, jamais vous n'en verrez une semblable.

Une autre singularité maintenait Lamiel à une hauteur incalculable. Au milieu des dîners dégénérant le plus en orgie, on voyait une femme d'une figure charmante et n'ayant évidemment aucun goût pour le plaisir qui est censé faire le lien de ce genre de société. Il était évident que le libertinage, ou ce qu'on appelle le *plaisir* dans ce monde-là et même ailleurs, n'avait aucun charme pour elle. La confidence imprudente du comte avait mis sur la voie. Elle parlait du *plaisir* avec considération, avec respect même (qu'eussent été ses compagnons, sans le plaisir !) mais quoiqu'elle s'en cachât on voyait que ce dieu était détrôné pour elle. Chose incroyable, elle n'était point haïe des dames ; sans doute, ses succès si extraordinaires choquaient, mais : 1º le *plaisir* n'était rien pour elle ; 2º elle avait avec ses bonnes amies un ton de politesse fine et gaie qui les subjuguait. Jamais d'ailleurs, avec tout son esprit, avec l'ascendant d'une beauté si *jeune* et si irrésistible, avec cette manie de rire de tout qui choquait tellement le comte, elle n'appelait l'attention d'une manière vive et imprévue sur les côtés

* Prévan [98] [*R 297, II, f° 189*].

désavantageux de la beauté ou du caractère de ces dames.

L'épigramme était chose absolument inconnue dans sa bouche ; jamais on ne l'avait vue lançant un mot méchant sur les antécédents, souvent fort scabreux, de ses nouvelles amies. Rien de plus simple, Lamiel n'était rien moins que sûre que ces dames eussent eu tort de se conduire ainsi. Elle étudiait, elle doutait, elle ne savait à quel parti s'arrêter sur toutes choses ; la curiosité était toujours son unique et dévorante passion.

La vie que lui faisait mener l'orgueil du comte de Nerwinde n'avait qu'un avantage à ses yeux :

1° elle voyait par les propos du monde que cette vie était généralement enviée ;

2° cette façon de vivre était agréable physiquement ; d'excellents dîners, des voitures rapides et bien douces, des loges bien réchauffées, riches, tendues d'étoffes dans toute leur fraîcheur et garnies de coussins à la dernière mode, avaient un mérite qu'il n'était pas possible de nier. L'absence de toutes ces choses brillantes eût choqué Lamiel, peut-être eût fait son malheur (ce n'est pas mon avis toutefois), mais leur présence ne formait point pour elle un bonheur ravissant.

L'ancien problème qui l'agitait à Carville vivait encore dans toute son énergie au fond de son cœur : « L'amour dont tous ces jeunes gens parlent existe-t-il en effet pour eux, en sa qualité du roi des plaisirs, et suis-je insensible à l'amour ? »

— Eh bien ! messieurs, dit un jour le comte de Nerwinde à ses amis qui admiraient son bonheur, je ne me laisse point charmer par ce qui vous éblouit : que ce soit un avantage ou un malheur du caractère ferme que le ciel m'a donné, je ne suis point dupe de cette Mme de Saint-Serve, de cette beauté rare que

vous me gâtez comme à plaisir avec tous vos compliments. J'ai les moyens assurés de rabattre sa fierté ;
tel que vous me voyez, depuis deux mois, c'est-à-dire
depuis la première semaine qui a suivi mon retour à
Paris, nous faisons lit à part.

Ce mot de vanité changea tout parmi les amis du
comte de Nerwinde. Ces messieurs voyaient Lamiel
s'enivrer avec tant de bonheur des plaisirs de la
société, goûter avec tant de vivacité les parties de
plaisir, qu'ils la croyaient la plus heureuse des
femmes. Fidèles aux idées vulgaires et à la mode
parmi eux qui faisaient du plaisir un des éléments
nécessaires du bonheur, le parfait contentement ne
pouvait se concilier avec *lit à part*. Ces messieurs
prirent de l'espoir, firent des projets. Six semaines
après l'imprudent aveu du comte, tous ses amis
avaient tenté fortune auprès de Lamiel, et tous
avaient été refusés avec modestie et sans aucune
prétention à la vertu féminine :

— Un jour, peut-être, mais maintenant non !

Mais un soir, en descendant dans la forêt de Saint-
Germain pour aller prendre le bateau à vapeur au port
de Maisons, Lamiel vit les yeux de Caillot humides de
bonheur, et, dans ce moment, elle trouvait la gaieté de
la société un peu affectée : on se chatouillait pour se
faire rire ; il lui semblait que depuis un quart d'heure,
on manquait d'esprit. Elle se décida en un instant.

— Quel est celui de tous ces messieurs qui a le plus
d'esprit, votre amant excepté, bien entendu ? dit-elle à
Caillot.

— C'est Lairduel.

— Quel est le consolateur que je devrais choisir
pour faire le plus de peine possible au comte, dont la
fatuité est exécrable ce soir ?

— C'est le marquis de la Vernaye.

— Quoi ! cet homme si froid ?

— Parlez-lui un instant, vous verrez s'il est froid pour vous, il vous adore ; là, vraiment, c'est du grand amour sérieux, pathétique, ennuyeux.

— Vous vous êtes bien ennuyé, ce soir, dit Lamiel en souriant et se rapprochant de la Vernaye.

Au premier abord, il avait quelque chose de froid et de contenu qui rappela à Lamiel l'ennui que lui donnait le duc de Miossens. Il lui adressait des compliments si jolis et si composés qu'elle regarda où était Lairduel ; il se trouvait à plus de cent pas d'elle, engagé dans une conversation avec Mlle Duverny, de l'Opéra, qui avait voulu monter à âne pour descendre au bateau*.

— Voilà qui est heureux pour vous, dit-elle à la Vernaye.

— Qu'est-ce qui est heureux pour moi ?

— Que je ne sois pas dans la disposition de me moquer de vos compliments extraits de Mme de Sévigné. Soyez donc bon enfant et simple, consolez-moi de la majesté de mon seigneur et maître, le comte de Nerwinde, si vous voulez mériter que j'aie un caprice pour vous.

Ce mot fit oublier à la Vernaye toute sa réserve de bonne compagnie. Il oublia sa mémoire et, se trouvant riche de son propre fonds, il dit ce qu'il pensait au moment même, sans s'inquiéter beaucoup de l'incorrection des phrases qui pouvaient lui échapper en improvisant.

Cette première infidélité ne donna ni le bonheur ni presque du plaisir à Lamiel. Dès que la Vernaye était de sang-froid, il revenait à l'éloquence à la Sévigné : comme disait Lamiel, au : *j'ai mal à votre poitrine* [100].

— Savez-vous ce qui vous nuit beaucoup ? dit-elle au marquis. Deux choses :

---

* La Brocard [99]. Modèle [*R 297, II, f° 193*].

1° voici cent vingt ans à peu près que l'on s'est avisé d'imprimer les lettres de Mme de Sévigné.

2° votre blanchisseuse met trop d'empois à vos jabots, et cela donne de la raideur à vos grâces. Soyez donc un peu plus échappé de collège.

Le marquis allait revenir la voir le matin pour la troisième fois, revenant au galop du bois de Boulogne où il avait laissé Nerwinde, lorsqu'elle entendit rentrer dans la cour la voiture du comte ; elle descendit précipitamment *.

— Hé vite ! hé vite ! dit-elle au cocher en montant d'un saut et sans attendre le bras du laquais, sauvez-vous ; je ne veux pas être chez moi pour un ami à qui j'ai donné rendez-vous.

— Où va madame ?

— A la barrière d'Enfer.

En descendant la rue de Bourgogne, au bout du pont Louis XVI, elle vit un jeune homme couvert de crotte. Son cœur battit avec violence. Il était bien loin d'avoir un jabot trop empesé : une cravate noire, réduite à l'état de corde, ne cachait pas une chemise de grosse toile et qui n'était pas fraîche du matin : c'était le pauvre abbé Clément, curé de Carville.

Lamiel fait arrêter, le laquais descend et se fait attendre au moins deux secondes, à soigner ses beaux bas blancs bien tirés.

— Hé ! venez donc, lui dit avec impatience Lamiel, qui ne se fâchait jamais avec les gens. Dites à ce monsieur vêtu en noir, qu'une dame veut lui parler, priez-le de monter.

Le laquais était si bien vêtu et l'abbé Clément si simple, qu'il s'épuisait à saluer le laquais ; quoi que pût lui dire celui-ci, l'abbé répondait par ces mots :

---

* Modèle : D^que with Mélanie, entresol des Petits-Champs. Exemple d'insistance [101] [*R 297, II, f° 194*].

— Mais, monsieur, qu'y a-t-il pour votre service ?

Enfin, il vit Lamiel et comment vêtue ! Il rougit jusqu'au blanc des yeux et le laquais lui répétait pour la troisième fois que madame désirait lui parler que le pauvre abbé hésitait encore à s'avancer. Une voiture, qui passa au grand trot entre la voiture de Lamiel et le trottoir, fut sur le point de l'écraser.

Le laquais le prit sous le bras et le poussa à côté de Lamiel, qui lui disait :

— Mais montez donc. Avez-vous honte d'être à côté de moi à cause de votre état ? Hé bien ! allons dans un quartier désert.

— Au Luxembourg, cria-t-elle au cocher.

— Que je suis heureuse de vous revoir ! disait-elle à l'abbé.

Le pauvre abbé savait qu'il avait bien des reproches à adresser à Lamiel, mais il était enivré du léger parfum répandu dans ses vêtements. Il ne se connaissait pas en élégance, mais comme tous les cœurs nés pour les arts, il en avait l'instinct et ne pouvait se lasser de regarder la mise si simple en apparence de Lamiel.

Et quel charme dans les manières de cette jeune paysanne ! quels regards doux et divins !

— Je suppose que ma toilette vous donne des scrupules, dit-elle à l'abbé.

Et comme la voiture entrait dans la rue du Dragon, Lamiel fit arrêter devant un magasin de modes. Elle acheta un chapeau fort simple ; en descendant à la porte du Luxembourg, vers la rue de l'Odéon, elle laissa son chapeau dans la voiture et dit au cocher de retourner au logis.

Le bon abbé Clément, tout étonné de ce qui lui arrivait, commençait une phrase polie mais qui annonçait des reproches à faire.

— Permettez, cher et aimable protecteur, que je vous raconte tout ce qui m'est arrivé depuis que

madame a renvoyé sa pauvre lectrice. Oui, continua
Lamiel en riant, je vais me confesser à vous : me
promettez-vous le secret de la confession ? Rien à la
marquise, rien au duc ?

— Mais sans doute, dit l'abbé d'un air sage, mais
profondément troublé.

— En ce cas, je vais tout vous dire.

Et, en effet, à l'exception de l'aventure de Jean
Berville et de l'amour qu'elle croyait sentir pour
l'abbé en ce moment, elle lui dit tout, et, comme dans
son désir de faire bien comprendre les motifs de ses
actions, elle ajoutait tous les détails caractéristiques,
sa narration ne dura pas moins d'une heure et demie.

L'abbé avait eu le temps de se remettre un peu. Il lui
adressa des réflexions morales et prudentes ; mais il
sentit bientôt qu'il admirait trop ses jolies mains, il
sentait avec honte un brûlant désir de les presser dans
les siennes et même de les approcher de ses lèvres. Il
voulut se séparer de Lamiel, il lui adressa sur ses
égarements un discours sage, sévère et complet. Il le
termina par ces mots :

— Je ne pourrais rester auprès de vous et vous
revoir que si vous manifestiez le ferme propos de
changer de conduite.

Lamiel désirait passionnément raisonner sur tout ce
qui lui était arrivé, avec un ami si dévoué, dans les
lumières duquel elle avait tant de confiance et à qui
elle pouvait tout dire. Depuis son départ de Carville,
elle n'avait pu être sincère avec personne. Elle exagéra
un peu l'inquiétude curieuse qui l'agitait et parla de
repentir. Lorsqu'elle eut prononcé ce mot, l'abbé ne
put charitablement lui refuser un second rendez-vous.
Il sentait le danger, mais il se disait aussi : « Si
quelqu'un au monde peut avoir quelque espérance de
la ramener dans la bonne voie, c'est moi. » Le bon
abbé faisait un grand sacrifice en accordant un second

rendez-vous, car une terrible idée s'emparait malgré lui de son cœur. « Avec quelle facilité cette charmante fille ne se donne-t-elle pas, quand sa tête est convaincue ! Elle semble n'attacher que peu d'importance à ce qui est un si grand objet pour toutes les femmes qui font, par vice ou par avarice, tout ce qu'elle se permet par suite de la légèreté de son singulier caractère. Avec l'ouverture de cœur et avec l'affection qu'elle me montre, je n'aurais qu'à dire un mot ! »

Dans la soirée, cette idée parut si terrible à la vraie piété de l'abbé Clément, qu'il fut sur le point de partir à l'instant même pour la Normandie. Il ne put fermer l'œil de la nuit. Le lendemain matin, ses agitations redoublèrent. « Mais peut-être, se disait-il, Lamiel est sur le point de revenir à des sentiments honnêtes. Si je parviens à la persuader, les actions suivront rapidement la conviction de l'esprit... Si je m'éloigne, l'occasion est à jamais perdue, je me reprocherai éternellement la perte d'une âme si belle et si noble, malgré ses souillures. Sa tête l'a égarée, mais le cœur est pur. »

Dans son trouble extrême, l'honnête jeune homme alla consulter M. l'abbé Germot, son directeur, qui, touché de sa vertu, ne balança pas à lui ordonner de rester à Paris et d'entreprendre la conversion de Lamiel.

Le rendez-vous avait été indiqué par Lamiel dans une petite auberge de Villejuif où, un jour, une pluie soudaine avait forcé Lamiel à chercher un refuge ; l'air honnête de la maîtresse de la maison l'avait frappée. L'abbé la trouva établie dans une chambre du second étage ; tout le reste de la maison était occupé. Il recula de surprise en la voyant ; le chapeau commun qu'elle avait acheté la veille, rue du Dragon, était couvert d'un voile noir très épais et quand Lamiel le leva, l'abbé aperçut une figure étrange. Lamiel, qui commençait à savoir lire dans les cœurs, croyait avoir deviné la raison qui, la veille, faisait hésiter l'abbé à lui accorder un second rendez-vous, et elle s'était rendue laide à l'aide du vert de houx

Elle dit en riant à l'abbé :

— Vous sembliez croire hier que la coquetterie était la source principale de ma mauvaise conduite : voyez comme je suis coquette.

Elle continua d'un air plus sérieux :

— Je n'ai pas cru faire mal en me donnant à des jeunes gens pour lesquels je n'avais aucun goût. Je désire savoir si l'amour est possible pour moi. Ne suis-je pas maîtresse de moi ? A qui est-ce que je fais tort ? A quelle promesse est-ce que je manque ?

Une fois entrée dans les pourquoi, Lamiel fit bientôt courir à l'abbé Clément des dangers bien différents de ceux qu'il appréhendait la veille. Elle était d'une impiété effroyable. La profonde curiosité qui, à vrai dire, était sa seule passion, aidée par la sorte d'éducation impromptue qu'elle cherchait à se donner depuis les premiers jours qu'elle avait habité Rouen avec le jeune duc, lui fit proférer des choses horribles aux yeux du jeune théologien, et à plusieurs desquelles il fut hors d'état de répondre d'une façon satisfaisante.

Lamiel, le voyant embarrassé, fut bien loin de profiter grossièrement de sa victoire ; malgré elle, elle se figura la conduite cruelle que le comte de Nerwinde eût adoptée à sa place ; elle eut la joie de se sentir supérieure.

— Mais ne dirait-on pas, mon ami, à me voir vous entretenir depuis une heure de choses simplement curieuses, que j'ai le plus mauvais cœur du monde et que j'ai oublié tout à fait mes premiers bienfaiteurs ? Que deviennent mon excellent oncle et ma tante Hautemare ? Me maudissent-ils ?

L'abbé, fort soulagé par ce retour aux choses de la terre, lui expliqua dans le plus grand détail que les

Hautemare s'étaient conduits avec toute la sagesse normande. Ils avaient adopté avec prudence la fable que Lamiel leur avait fournie ; tout le monde à Carville la croyait occupée dans un village des environs d'Orléans à faire la cour à une grand'tante fort âgée et à se ménager une place dans son testament. Tout le village s'était occupé d'un bon de cent francs sur la poste que les Hautemare avaient touché et que le duc avait eu l'idée de leur envoyer d'Orléans comme faisant partie d'un cadeau fait à Lamiel par sa vieille tante.

— Il est vrai, dit Lamiel en rêvant ; le duc était parfaitement bon comme Mme la duchesse ; seulement, il était bien ennuyeux.

Elle apprit avec un vif étonnement que le duc s'était échauffé la tête et se croyait profondément amoureux d'elle. Il l'avait cherchée dans toute la Normandie et la Bretagne, trompé par la lettre que Lamiel avait datée de Saint-Quentin [102].

— Maintenant le duc résiste à sa mère, la passion qu'il prétend avoir lui donne du caractère.

Lamiel éclata de rire comme une simple paysanne.

— Le duc avec du caractère ! s'écria-t-elle. Ah ! que je voudrais le voir !

— Ne cherchez pas à le voir, s'écria l'abbé, se méprenant sur le sentiment qui animait la jeune fille ; voudriez-vous augmenter les chagrins de Madame ? Je sais par ma tante que ce qu'elle appelle la désobéissance de son fils la met au désespoir. Elle veut le marier et elle s'aperçoit que, à peine marié, il lui échappera.

Les questions de Lamiel sur ce qui se passait au pays furent sans bornes. Elle était déjà assez avancée dans la vie pour trouver du charme à revenir aux souvenirs innocents de son village. Elle apprit que Sansfin était à Paris ; il avait eu l'audace de se mettre à demi sur les rangs pour la place de député de l'arrondissement dont Carville faisait partie ; cette prétention avait été accueillie avec un éclat de rire si général que le petit bossu n'avait pu se résoudre à continuer d'habiter le pays. Il paraissait certain qu'un jour, dans le bois, aveuglé par la colère, il avait mis en joue M. Fantin, l'adjoint du maire, qui l'avait plaisanté sur cette idée de se faire député avec sa tournure.

Les nombreuses conversations que Lamiel obtint de l'abbé Clément hâtèrent infiniment les progrès de son esprit. Elle avait dit à l'abbé plusieurs choses fort éloignées de la croyance de celui-ci, il n'avait pu les réfuter d'une manière satisfaisante du moins pour Lamiel ; elle en conclut, non par amour-propre, mais plutôt par estime pour le caractère et la bonne foi de l'abbé, que ces idées étaient vraies.

L'abbé lui avait dit :

— On ne connaît un homme qu'en le voyant tous les jours et longtemps.

Lamiel, dès le soir même, disgracia le marquis de la Vernaye, et fit des yeux charmants à D [103].

— Je vous prends, lui dit-elle, afin de me moquer ouvertement du comte de Nerwinde et de lui voir développer son caractère. Je veux lui faire savourer les douceurs du cocuage, mais je ne vous vends point chat en poche ; le rôle que je vous destine peut avoir des dangers et vous ne recevrez votre récompense qu'à la première folie jalouse qui échappera à mon seigneur et maître.

Elle s'était adressée à un homme hardi. Le lendemain, il y avait un dîner dans les bois de Verrières, et D. fit des choses incroyables de folie pour montrer son amour pour Lamiel. Le comte vit tout, son caractère sombre s'exagéra tout ; ce fut l'excès de sa colère qui l'empêcha de s'y laisser aller.

« Quelle gloire pour cette petite Normande! Quelle preuve d'infériorité de ma part si j'avais un duel pour elle! »

D. était fou d'amour depuis que les yeux de Lamiel montraient de l'amour pour lui. Il alla consulter Montran qui lui demanda le secret, puis lui dit, piqué de quelques réponses peu polies de Nerwinde :

— Courez les chapeliers de Paris, vous trouverez bien quelqu'un qui vient de s'établir ; faites prendre chez lui un exemplaire de la circulaire que l'on écrit en pareil cas, mettez en bas l'adresse de M. Boucand de Nerwinde à Périgueux, et envoyez cette circulaire à votre rival.

Montran apprit à D. que le père du comte avait été chapelier.

Pour jouir de la mine furibonde du comte, D. fit remettre cette circulaire au comte au milieu d'un dîner. Le comte pâlit extrêmement, puis dit, après quelques minutes :

— Je me trouve mal, j'ai besoin de prendre l'air.

Il sortit et ne reparut plus de la soirée.

Journal de *Lamiel*

Ceci constitue une chronologie de l'histoire de Lamiel, *présentée sous la forme, aujourd'hui classique du* Calendrier *de Stendhal, publié par Henri Martineau (Le Divan, 1950), et du* Journal *de Stendhal, publié par Henri Martineau puis par Victor Del Litto. Naissance, vie et mort de l'œuvre et de son créateur apparaissent au fur et à mesure du calendrier connu de la vie de Stendhal et de ses notes, relevées systématiquement sur les manuscrits de* Lamiel *dont on trouvera la description dans la notice qui suit.*

Trois caractères typographiques indiquent les différences : 1° *le même caractère que celui du texte pour les fragments du texte proprement dit (par exemple, p. 232) ;* 2° *les petits caractères pour les notations de Stendhal ;* 3° *les italiques entre crochets pour tout ce qui n'est pas de la main de Stendhal, comme mes commentaires, les références, les dates non données par Stendhal. Les références sont données systématiquement, en raison du désordre des documents dans les recueils reliés par rapport à l'ordre chronologique. Au fil des notes, on trouvera des dates seulement suivies de références : ce sont toutes les dates inscrites par Stendhal sur tel et tel folio, et qui indiquent soit la date de la rédaction de ce folio, soit celle de sa correction.*

J'ai le moins possible retouché les textes, mais cepen-

*dant modernisé les graphies archaïques, corrigé quel-
ques fautes d'orthographe ou d'inattention. Les mots
oubliés ou laissés incomplets sont mis ou complétés
entre crochets. J'ai aussi ajouté entre crochets les
variantes les plus notables des noms, dates, etc. Un point
d'interrogation entre crochets signale un fragment non
déchiffré ; trois points de suspension entre crochets
signalent un passage supprimé parce que sans lien avec
Lamiel.*

1839

[*Stendhal est à Paris depuis le 8 août 1836. Molé, devenu président du
Conseil et ministre des Affaires étrangères le 6 septembre 1836, a accepté
les prétextes qui permirent au consul de Civitavecchia de transformer un
congé en séjour.*]

[*8 mars*
   Chute, provisoire croit-on, du cabinet Molé.]

[*29 mars*
   La Chartreuse de Parme, *dont la publication sera signalée par le*
Journal de la Librairie *du 6 avril, est déjà sortie : Beyle veut en offrir un
exemplaire à Balzac ce jour-là. Au tome II, au verso du faux-titre, figure
une liste des ouvrages « Du même auteur » suivie de : « sous Presse :*
Amiel, *2 vol. in-8.* »]

[*8-15 avril*
   Ébauche de Trop de faveur tue.]

13 Avril 39
   Je comptais me délasser de *la Chart[reuse]* avec *le Curieux de
province,* comédie.

Mais j'ai vu ce soir, 13 Avril, Amiel de la station près la Bastille à la rue S¹-Denis qu'elle a prise puis suivie. Beaucoup d'esprit à Amiel et à un autre personnage. Un personnage vaniteux pour accrocher la sympathie des Français. [*note du ms. de* Trop de faveur tue, *R 291, f°* *440.*]

13 Avril

Je vois Amiel le 13 au soir pleurant de honte et riant cinq minutes après des deux paysans.

13 Avril, commencé *Amiel*. Donner beaucoup d'esprit à Amiel (ou du moins à quelque autre personnage de ce roman. [Di] Fior[e] se plaint qu'il y a peu de choses à répéter dans la *Chart[reuse]*. Mettre dans *Amiel* quelque personnage *vaniteux* pour accrocher l'attention des Français. [*au verso d'une lettre; reproduit dans le catalogue de la vente Guérin du 22 novembre 1985 à l'hôtel Drouot.*]

Strasbourg, le 9 Mai 39

Sansfin vit au même village qu'Amiel à 15 ans et la guérit comme médecin.

Je prends deux [idées ?] au manuscrit non perdu à Moscou, égaré depuis 1830.

Chez Sansfin :

1° la haine fait souffrir la vanité ;

2° la vanité fait souffrir la haine.

Quel but de Sansfin ? (Peut-être) lier Amiel avec le duc, être aussi faible qu'il est aimable et porter celui-ci à épouser Amiel au moins de la main gauche. Amiel voit Choinard, l'amant énergique, l'homme qui tue, comme dit Roy[er]-Col[lard], et renverse tous les projets de Sansfin, soit par véritable amour, ou simplement, mais peut-être ceci est froid, par amour pour l'énergie véritable qui ne s'affaisse pas dans les luxures du repos, sûre qu'elle est de se trouver au moment de l'action.

(Dom[inique] ne [?] pas ces paroles et si par expérience il était sûr de se trouver au moment de l'action de [?] dans la 1ʳᵉ jeunesse.)

Sans but : Amiel, devenue femme du duc (d'abord marquis), Sansfin possède un centre d'action à lui, un centre noble, chose toute-puissante en 1838 : il peut agir comme M. Vic[tor] Hug[o] qui s'est fait grand homme (connu de M. Van [?] du Cours de Henri IV de Nantes), il se sent le génie, il ne lui manque qu'un point d'appui. Le duc alors marquis vit à 2 lieues du village d'Amiel, sa timidité l'attaque comme *facile*. [*en marge d'un ouvrage de Patin; publié par H. Martineau, éd. Pléiade, p. 863-864.*]

[*12 mai*
    Émeutes à Paris et constitution du ministre Soult.]

[*entre le 9 et le 16 mai ?*]
    [*f° 12 :*] Plan : veut dire : je m'explique.
    Le dégoût profond pour la pusillanimité fait le caractère d'Amiel.
    Amiel, grande, bien faite, un peu maigre, avec de belles couleurs, fort jolie, bien vêtue comme une riche bourgeoise de campagne, marchait trop vite dans les rues, enjambait les ruisseaux, sautait sur les trottoirs. Le secret de tant d'inconvenances, c'est qu'elle songeait trop au lieu où elle allait et où elle avait envie d'arriver, et pas assez aux gens qui pouvaient la regarder. Elle portait autant de passion dans l'achat d'une commode de noyer pour mettre ses robes à couvert de la poussière dans sa petite chambre, que dans l'affaire qui aurait pu avoir une influence sur sa vie entière, autant de passion et peut-être davantage. Car c'était toujours par fantaisie, par caprice, et jamais par raison qu'elle faisait attention aux choses et qu'elle y attachait du prix.
    Sa vie désordonnée se passait à marcher rapidement à un but qu'elle brûlait d'atteindre ou à se délecter dans une orgie. Alors même elle employait son imagination brûlante à pousser l'orgie à des excès incroyables et toujours dangereux, car, pour elle, là où il n'y avait pas de danger, il n'y avait pas [*f° 13 :*] de plaisir, et c'est ce qui la préserva dans le cours de sa vie non pas des sociétés criminelles, mais des sociétés abjectes : elle effrayait les âmes privées de courage.
    Du reste, sa hardiesse dans l'orgie avait deux caractères différents : la société avait-elle peu d'argent ? Il fallait faire avec ce peu d'argent tout ce qui était humainement possible, tout ce qui serait drôle à raconter huit jours après, et vous remarquerez que les petites escroqueries commises à droite et à gauche sur les benêts, que leur mauvaise étoile jetait dans le voisinage de l'orgie, n'en gâtaient pas le récit ; au contraire elles l'embellissaient. La société avait-elle beaucoup d'argent ? C'était alors qu'il fallait faire des choses vraiment mémorables et dignes dans les âges futurs de figurer dans l'histoire de quelque nouveau Mandrin.
    Comme on voit, *s'amuser* était chose étrangère au caractère d'Amiel ; elle était trop passionnée pour cela ; passer doucement et agréablement le temps était chose presque impossible pour ce caractère, elle ne pouvait *s'amuser* dans ce sens vulgaire du mot que lorsqu'elle était malade. Par une suite naturelle, bizarre, de l'admiration que, à quinze ans, elle avait eue pour M. Mandrin, il lui semblait petit et ridicule d'amuser les gens *par son esprit*. Elle eût pu de cette façon briller autant que bien d'autres, mais ce genre de succès [*f° 14 :*]

lui semblait fait uniquement pour des êtres faibles; suivant elle, une âme de quelque valeur devait agir et non parler.

Si elle se servait de son esprit, c'était assez rarement et uniquement pour se moquer, et même avec quelque dureté, de ce qui était établi dans le monde comme vertu; elle se souvenait de tous les sermons qui autrefois l'avaient ennuyée chez les [Breville *rayé*] Hautemare.

— Un paysan normand est vertueux, disait-elle, parce qu'il assiste à complies et non pas parce qu'il ne vole point les pommes du voisin.

Les père et mère d'Amiel sont morts depuis longtemps; son oncle [Hautemare, *ajout*] le bedeau, décide qu'elle ira au pays pour cette succession, mais comme depuis la répression des Chouans et la fusillade de Charette, il a une peur horrible du gouvernement, il fait prendre un passeport bien en règle par L'Amiel.

L'Amiel a 2, 3, 4 amants successifs. Revue des principaux caractères de jeunes gens de l'époque. Intérêt comme dans les contes. Chaque amour dure trois mois, puis regret pendant six mois, puis un autre amour.

Horrible injustice de l'oncle [Hautemare *ajout*] envers le pauvre jeune homme qui tient une petite pension dans le village pour le punir d'avoir dit que ce grand corps nu plus grand que nature et peint en couleur de chair [*f° 15 :*] que l'on voit cloué à l'entrée de tous les villages de Normandie me fait horreur.

Sansfin est chirurgien à Langanerie, esprit très vif mais sans nulle profondeur, il ne devine rien par imagination, mais sent avec finesse, analyse tout ce qui existe et tout ce qu'il éprouve ainsi qu'un homme couché dans un mauvais lit d'auberge en sent tous les noyaux de pêche.

1° La haine de Sansfin fait souffrir sa vanité.

2° La vanité fait souffrir la haine.

Le but de Sansfin est de lier L'Amiel avec le duc, être aussi faible qu'il est aimable, et plus tard de porter celui-ci à épouser L'Amiel, au moins de la main gauche.

L'Amiel, parfaitement indifférente à la richesse, se rit des projets de Sansfin et peut-être les lui eût laissé mener à bien, mais elle voit Pintard, le voleur énergique, l'homme qui tue. L'Amiel agit ainsi par véritable amour ou simplement par l'effet d'un caprice violent réveillé par l'énergie véritable qu'elle découvre dans Pintard. Ce qui lui plaît dans cet homme fort laid, c'est qu'il ne *s'efforce* pas dans les moments de repos, sûr qu'il est de se trouver au moment de l'action; cette particularité est un des traits les plus frappants du caractère de L'Amiel.

Sansfin se dit : « L'Amiel une fois femme du duc, je possède un centre d'action à moi, un salon que l'on peut avouer et même un salon noble. Avec mon esprit, c'est la chose qui me manque. [*f° 16 :*] Comme Archimède, une fois ayant ce point d'appui, je puis soulever le

monde ; en peu d'années je puis me faire un grand homme comme
M. V. Hugo, connu du gros marchand de Nantes. Je me sens le génie
de remuer ces Français ; une fois revêtu de grandes dignités, leur
vanité, satisfaite d'avoir des rapports avec moi, n'aperçoit plus ma
bosse. »

Le [marquis, plus tard *rayé*] duc de Myossens, charmant de tous
points, mais sans caractère, songe d'abord L'Amiel comme facile.

C'est un grand jeune homme fort mince et qui a les mouvements les
plus nobles, un peu lents.

Il a le cou long, la tête petite, le front très noble, un petit nez pointu
fort spirituel, une bouche bien dessinée mais impassible, les lèvres
fort minces, le menton un peu trop grand. Ses cheveux sont du plus
beau blond, mais sa petite moustache est jaune ainsi que ses favoris
qu'il porte peu étendus et qui ne sont pas assez fournis. Au total, c'est
une tête parfaitement noble, et belle dans un salon du faubourg Saint-
Germain ; toute sa personne est d'une grande distinction ; il est grand
et un peu trop maigre. Sa manière de se vêtir a l'air fort simple, ce
n'est qu'en voyant l'air commun des jeunes gens qui l'entourent que
l'on s'aperçoit qu'il est inimitable. Il parle volontiers de ses chiens
qu'il adore et de ses chevaux, [*f° 17 :*] mais en cela il n'est nullement
affecté ; tout simplement il parle de ce qui l'occupe.

Il s'ennuie dès qu'il est seul, mais ce qui rend sa vie assez difficile
c'est qu'il ne peut souffrir la conversation des gens communs, il a
également en horreur la conversation qu'il prévoit d'avance.

L'Amiel.

Elle est un peu trop grande et trop maigre [*note :* took] ; je l'ai vue
de la Bastille à la porte Saint-Denis et dans le bateau à vapeur de
Honfleur au Havre ; sa tête est la perfection de la beauté normande :
front superbe et élevé, cheveux d'un blond cendré, un petit nez
admirable et parfait, yeux bleus pas assez grands, menton maigre,
mais un peu trop long [*note :* vrai] ; la figure forme une ovale parfait et
l'on ne peut y blâmer que la bouche qui a un peu la forme et les coins
abaissés de la bouche d'un brochet. [*R 297, I, f°s 12-17, dictés.*
Choinard, l'amant énergique du 9 Mai est devenu Pintard dans la liste
qui suit. Ce fait explique ma datation de ce Plan dont le fond, par ailleurs,
est très proche de la note du 9 Mai.]

16 Mai 1839
                         L'Amiel
                      Personnages
L'Amiel
Sansfin : horriblement bossu, beaux yeux, [malheureux à la juive ;
   bien établir qu'il n'y a *ajout*] nulle profondeur ; beaucoup d'esprit

[spontané et *ajout*] vanité incroyable qui lui fait faire des folies.
[Le duc de Myossens *ajout*]

Pierre *Varaize :* voleur, joli homme blond, amour passion pour Amiel ;
du reste pas d'énergie pour les grands crimes.

Marc *Pintard :* [bilieux *ajout*] voleur et assassin, homme énergique,
horriblement couturé de petite vérole, fort laid, cheveux noirs et
crépus, mais homme hardi.

Le Marquis : le Marquis, plus tard duc de Myossens, fils unique de la
marquise de Myossens, jeune homme charmant, parfait, toutes les
qualités, d'un esprit doux, délicieux, admirable, mais du reste
manquant absolument de caractère. (Modèle : Bellisle)

M. de Trévant : M. Vauloup enrichi, homme de génie en ce genre
(comme MM. [Torlonia *rayé*] Aguado, [Torlonia *rayé*] Akermann),
voulant parler littérature, art, musique, et par là ridicule

M. Siberge : le triste jeune homme un peu poitrinaire, maître d'école
à [Carville qui a la sottise de give vent à son âme en parlant du
pendu à la †. Le peu de feu qu'il a, c'est pour parler du beau
littéraire. Du reste, dès qu'il veut agir, le contact des hommes lui
perce le cœur. *ajout*]. [R 298, II, f⁰ˢ 1-2. Au f⁰ 1, Stendhal nota :
Repris 1ᵉʳ Octobre 39, CVᵃ, *date probable des ajouts. Aguado,
Akermann et Torlonia étaient des financiers.*]

18 Mai
Personnage de l'Enrichi : homme de beaucoup d'esprit pour l'argent, voulant parler littérature.

M. de Trévant,
enrichi voulant parler de littérature, Arts, musique, etc. Comique.
C'est chez M. de Trévant qu'agit Sansfin. [*R 297, I, f⁰ 17 v⁰.*]

19 Mai 1839
[*notes diverses, par exemple sur* Féder Raliane. *R 298, II, f⁰ 70 v⁰.*]

[*19-21 mai*
*Après la constitution du cabinet Soult, Beyle se retourne vers Lingay,
l'inamovible secrétaire à la Présidence du Conseil de Juillet. Bien plus
qu'à quiconque, c'est à Lingay, qui lui procurait en 1837 un « grand
travail pour le ministère », qu'il devait d'être resté à Paris depuis 1836.
Or, il commet l'inqualifiable faute de ne lui envoyer La Chartreuse de
Parme, parue depuis deux mois, qu'au moment où il a besoin de lui et lui
demande son intervention. Le 19 mai, Lingay renvoyait La Chartreuse à
Stendhal et lui signifiait qu'il ne pouvait plus faire de « miracle » pour
lui. Le 20 mai, Stendhal recevait cet arrêt. Le 21, il commençait ses*

préparatifs de départ en allant, notamment, payer son copiste Bonavie,
l'un des employés de l'entreprise d'écritures Ricard, 34 rue Croix-des-
Petits-Champs.]

28 Mai 1839
Manière de Dominique
A chaque page je vois s'élever le brouillard qui couvrait la suivante.
[*R 298, II, f° 70 v°.*]

[*24 juin-10 août*
Départ de Paris-arrivée à Civitavecchia.]

Repris 1ᵉʳ Octobre 39 CVᵃ
  [*note sur la liste du 16 Mai. R 298, II, f° 1.*]

[*13 avril ?-*] 1ᵉʳ Octobre
[*f° 73 * :*]

AMIEL

Chapitre 1

A l'époque où commence cette histoire, c'est-à-dire
à la fin de 183 * dans un petit village de Normandie
qu'on appellera Carville pour ne déplaire à personne
vivait [Amiel *ant.*] Lamiel ; c'était bien la jeune fille la
plus éveillée et la plus gentille de tout le Cotentin. Une
coupe de visage singulière et gentille, des yeux bleus
d'une vivacité parlante, une peau superbe, une bouche
facilement souriante, la mettaient en grand honneur
principalement auprès de tous les jeunes garçons de
dix lieues à la ronde, mais en revanche toutes les
jeunes filles la détestaient, les plus futées allaient
jusqu'à l'appeler la fille du diable et les plus sottes le
croyaient et elles avaient peur. Voici pourquoi. Il y

---

  * Transcrit le 2 Octobre en corrigeant sur grand papier à 1 baïoc la
feuille.
  Le jeune marquis Fédor de Myossens.

avait mission à Carville, village fort riche et fort bien pensant. Les châteaux des environs protégeaient la mission [*f° 73 B :*] et les châteaux du Cotentin sont peuplés de gens à quatre vingt mille livres de rente, mais mourant de peur et parlant tous les jours du retour d'un second Robespierre plus brave et plus méchant que le premier.

Le dernier jour de la mission, nobles, fermiers et bourgeois enrichis et voulant être de bon ton remplissaient la jolie église gothique que jadis les Anglais bâtirent à Carville. Mais tous les fidèles n'avaient pas pu pénétrer dans l'église; mille cinq cents environ n'avaient pu pénétrer plus loin que le cimetière qui s'étend autour de l'église. Deux missionnaires avaient déjà prêché ou fait des prières, un chœur de quatre vingt jeunes filles bien pensantes formées et exercées par M. Le Clou, le plus éloquent des missionnaires, avait chanté pendant une heure; enfin, comme la tombée de la nuit arrivait, M. l'abbé Le Clou, le célèbre chef de la mission, monta en chaire et, à l'instant, il se fit un silence parfait dans toute cette foule de Normands, les plus bavards de tous les Français. [*f° 74 :*] M. l'abbé Le Clou parla comme un roman de Mme Radcliffe. Il faisait depuis une demi-heure une magnifique description de l'enfer; la nuit était tombée tout à fait, mais on n'alluma point les lampes d'argent de l'église. A une reprise d'éloquence sur le diable toujours présent partout pour séduire les fidèles et se transformant tantôt en jeune homme libéral arrivant de Paris, tantôt en vieux grognard de l'Empire parlant gloire et Napoléon, tout à coup M. Le Clou s'interrompt et s'écrie d'une voix lugubre et traînante :

— L'enfer, mes frères !

On ne saurait peindre l'effet de cette voix dans cette grande église obscure et jonchée de monde; les plus philosophes étaient émus. Tout à coup vingt pétards partirent derrière l'autel. Les cheveux se dressèrent sur toutes les têtes et plus [*f° 75 :*] de quarante femmes tombèrent sans dire un mot sur leurs voisines ; elles étaient profondément évanouies.

Mme Hautemare, la tante d'Amiel fut du nombre, son évanouissement était si profond que toutes les voix appelèrent M. Hautemare bedeau de l'église de Carville et, qui plus est, sonneur de cloches, chantre et premier maître d'école du village.

Il fut quelque temps sans accourir. C'était par ses ordres et à un signe fait avec son chapeau que trois jeunes gens, sonneurs de cloches volontaires et ses amis, avaient mis le feu aux fusées, et cependant il était glacé de terreur en accourant auprès de Mme Hautemare.

Enfin Mme Hautemare fut en état de marcher ; son mari alla remettre ses fonctions aux sous-chantres ses remplaçants. [*f° 76 :*] Il donna le bras à sa femme et ce digne couple sortit de l'église.

M. Hautemare avait soixante ans et, en faisant des économies sur un traitement qui pendant longtemps ne s'était élevé qu'à 69 francs par mois, il avait pu s'élever au rang honorable de petit bourgeois. Il est vrai qu'il tenait une école très fréquentée.

Depuis six ans qu'il avait obtenu la place de chantre pour les fils des artisans *bien pensants* [*R 298, II, f° 73-76.*

Seuls les f°s 73 B et 75 sont datés du 1er *Octobre. Le reste remonte vraisemblablement au commencement de la rédaction.*]

Réflexion du 1er Octobre 1839, CV^a
Voici la couleur du style qui rend possible le Ko[mique]. De plus voici le récit *d'une action* au lieu du *résumé moral* d'une action, chose qui va si mal surtout au commencement d'un roman. On ouvre un tel

livre pour avoir : 1° des récits ; 2° des récits amusants. [*R 298, II, f° 75 v°*.]

Réflexion

Si le récit est trop chargé de philosophie, c'est la philosophie qui fait l'effet de la nouveauté à l'esprit, et non le récit.

1ᵉʳ Octobre 39 [*R 298, II, f° 76 v°*.]

[*2 octobre*

Début de la rédaction du premier manuscrit, R 298, II, f°ˢ 4-70, vraisemblablement interrompue vers le 9 ou le 10 octobre, à l'endroit indiqué par la note 68 de la page 144. Ce texte a été publié par V. Del Litto, éd. cit., p. 13-63. Trois remarques :

1° Ce texte ne peut être considéré comme datant purement et simplement d'octobre 1839 : Stendhal l'a remanié ensuite pour la dictée de janvier 1840, au point de détruire des parties entières de la rédaction d'octobre. Certains passages sont de la main d'un copiste, dont il disposa à partir du 3 janvier.

2° Entre le texte primitif et les corrections pour la dictée, on relève des changements : Amiel *puis* l'Amiel *pour* Lamiel, les Breville *pour* les Hautemare, la marquise *pour* la duchesse, Flavien *pour* Fédor, Mˡˡᵉ Duval *pour* Mᵐᵉ Anselme, Langanerie *pour* Carville, Falaise *pour* Bayeux.

3° Ce texte est environ cinq fois plus court que celui de la dictée, tel que nous le publions pour les chapitres I à X, et, par rapport à ce dernier, nous constatons, en gros, les additions suivantes :

Chapitre   I   : *en entier.*
Chapitre   II : *tous les passages avec* Du Saillard, Pernin, Lamairette, Mᵐᵉ Anselme, *le narrateur.*
Chapitre   III : *du début jusqu'à* en gaieté, *p. 66.*
Chapitre   IV : La Ronze, Mᵐᵉ Anselme, Poitevin, *et tout ce qui concerne* Du Saillard *et* Lamiel, *p. 74-79.*
Chapitre   V   : *pratiquement en entier.*
[*Chapitre   VI*] : *pratiquement en entier.*
[*Chapitre   VII*] : *p. 104-108 et* Mᵐᵉˢ de Pauville *et de* Bruny.
[*Chapitre   VIII*] : *p. 116-117 et 119-120.*
[*Chapitre   IX*] : *pratiquement en entier.*
[*Chapitre   X*] : *p. 137-139 et 144-150.*]

Maxime. 2 Oct. 39

Sur chaque incident se demander : faut-il raconter ceci philosophiquement ou le raconter narrativement selon le système de l'Arioste ? [*note sur* Amiel, *R 298, II, f° 76 v°*.]

2 8bre 39 CV^a

Repris le 1 oct.

Written those 9 pag. the second of oct. 39 [*R 298, II, f° 3, devenu la page de titre de la copie en janvier 1840.*]

2 Octobre [*R 298, II, f°s 9 et 12.*]

4 Octobre [*R 298, II, f° 37, portrait primitif de Sansfin.*]

6 Octobre [*R 298, II, f° 38, suite et fin du portrait primitif de Sansfin.*]

CV^a 6 Octobre 39

Autre plan que *la Chart[reuse]*

1° D'abord, sujet plus intelligible

2° Esprit dans le style

3° Je fais connaître d'avance les personnages. Ce roman n'aura pas la forme des *Mémoires* dont se plaignait Mme la Duchesse de Vicence. [*R 298, II, f° 37 v°.*]

CV^a, 6 Octobre 1839

Quand je serai vers la fin de *Lamiel*, je verrai s'il faut supprimer l'abbé Clément et supprimer vingt pages dans ces 40 dernières.

La bonne compagnie lit les fariboles de M. de Lamartine parce que c'est de la saloperie fort vive que l'on peut lire *décemment*. Effet du caractère de l'abbé Clément. [*R 298, II, f° 70 v°.*]

Le 7 Octobre

[...] Dans une de ces conv[ersati]ons desquelles l'ennui éloignait la mar[qui]se, L'Amiel demande à l'abbé Clément ce que c'est que l'amour. Réellement elle l'ignore.

La marquise a épousé le second fils du duc qui a vingt ans de moins que son aîné et cet aîné s'est fait chevalier de Malte avec

(Complication inutile.) [*R 298, II, f° 43 v°.*]

Zimmer

7 Octobre 39

Sensation italienne. Je ne me fais pas au bruit ; exécrable bruit de la Zimmer sur la mienne. Différence des sensations italiennes et françaises. [*R 298, II, f° 42 v°. Le 7 novembre, Stendhal déménagera.*]

Le 7 Octobre. Les caisses à déballer. [*R 298, II, f° 44 bis. Il s'agit des caisses de livres rapportés de Paris.*]

[*10 octobre*]
Academus [*Mérimée*] arrive. [*R 297, II, f° 70, note du* 19 Novembre.]

[*11-20 octobre*
Rome *avec Mérimée*.]

[*21-octobre-9 novembre*
Naples *avec Mérimée*.]

10 Novembre
Mer magnifique. Retour à Civita-Vecchia à 7 h. 1/2 du matin après seize heures et demie de traversée. L'affreuse vanité d'Ac[ademus] gâte ce voyage à Naples. [*note d'un exemplaire des* Promenades dans Rome, Marginalia, *éd. Divan, 1936, II, 132*.]

[*10-19 novembre*
Stendhal écrit peut-être la description de Carville et du caractère de la duchesse qui formeront le chapitre I de la dictée. Voir la note du 25 mai 1840*.]

To take.
Le médecin portugais :
— L'as-tu vu cet Abraham ?
D'accord avec l'apothicaire.
Une couverture de laine et deux paires de draps ; deux couverts d'argent et une douzaine d'assiettes avec quatre serviettes.
Said le 18 au soir. 18 novembre. [*R 297, II, f° 123 v°*.]

[*19 novembre ?*]
Un beau jeune homme saoul l'embrasse. Elle ne trouve à cela aucun plaisir. Elle mène promener un nigaud dans le bois ; elle ne trouve rien. Elle en mène un second [de] qui elle se fait bien prendre son pucelage. « Quoi ! n'est-ce que cela ? » se dit-elle. Amour de ce niais de Dar [*R 298, II, f° 70 v°*.]

[*19 novembre-3 décembre*
Rédaction de la suite du manuscrit, R 297, II, f°s 117-203. En fait, le début de cette reprise est au f° 70 de R 298, II, où l'on trouve : repris le

19 9bre *et, en fin de folio ainsi daté le texte :* Pendant les mois suivants, elle s'ennuyait toutes les fois qu'elle était dans la maison de son oncle ; elle passait. *La suite :* donc sa vie dans les champs. *est au f° 117 de R 297, II, avec cette note :* 19 9bre 39 CV^a. Repris le 19.]

Repris le 19 Novembre à CV^a, tramontane. Repris avec humeur et cependant le personnage de Jean Berville se présente sans délai. Academus arrive le 10 Octobre [...]. [*R 297, II, f° 70.*]

19 Novembre [*R 297, II, f°s 120, 123.*]

Le jeune duc apprend bientôt par son valet de chambre qu'à cause de son arrivée la Duchesse s'est séparée de sa lectrice, jeune fille charmante. Il fait la cour à Lamiel.
19 Novembre 39 [*R 297, II, f° 123 v°.*]

20 Novembre [*R 297, II, f°s 124, 128.*]

21 Novembre [*R 297, II, f°s 125, 130, 131, 132, 134, 138, 139.*]

22 Novembre [*R 297, II, f°s 141, 142, 143, 145, 147, 149.*]

22 Novembre CV^a
Je reprends un peu mon travail. Made 9 de ces grandes pages de 1 [heure] et demie à 4 et demie, en trois heures.
Pluie de sirocco. Temps gris et ennuyeux. If I did not write. Bien en train demain. I will want M. Bonavie.
Peut-être Academus plus loin.
I am at 97. [*R 297, II, f° 149 v°. Le folio 97 primitif est l'actuel f° 149 au verso duquel cette note fut écrite. Pour M. Bonavie, voir au 21 mai.*]

[*22 ? novembre*]
Argument du chapitre
Lamiel s'enfuit de Rouen, arrive à Paris, loge rue de Rivoli. [*R 297, II, f° 147, en marge du début du* Chapitre *sans numéro.*]

[*22 ? novembre*]

TABLE
post opus

Voyage de Lamiel seule ————————————————
Les commis voyageurs ————————————————
Le vert de houx ————————————————

Rouen ———————————————————— page 95
Le Havre, Mme Volnys, la marquise ————————
Rouen ———————————————————————
Absence du duc ————————————————
Lamiel le plante là à Rouen, et arrive à Paris —————
Mme Legrand ———————————————————

« Est-il donc possible que cet amour si vanté soit si insignifiant pour moi ? » se dit-elle. Elle se donne au maître de danse qu'elle voit fort amoureux d'elle.

Après cela rajouter. [*R 297, II, f° 116. La page 95 est l'actuel f° 147. Mme Legrand est devenue Mme Le Grand le 23 novembre.*]

23 Novembre [*R 297, II, f°s 149, 150, 155, 156.*]

23 Nov. CV^a
   First [?] Seing the author. [*R 297, II, f° 151.*]

23 [*novembre*]

Plan le 23 N
[Surjaire *ajout*]   [Flavien d'Aubigné *ajout*]
   Elle voit rapporter Roger ivre mort cela l'intéresse [?]. [*R 298, II, f° 72. Dans le texte de ce folio, particulièrement mal écrit, on lit que Lamiel a un appartement chez Mme Delille.*]

Après l'arrivée de Lamiel à Paris, rue de Rivoli, quel sera son premier amant ?
23 Novembre, au soir.
Elle aime 1e un Roger de Beauvoir, id est le fat de 1836. [*R 297, II, f° 17 v°. Roger de Beauvoir, en réalité Augustin-Colas Roger (1807-1866), était un littérateur.*]

[*23 ? novembre*]

Plan
Pas de temp[érament], âme tendre et passionnée, mais elle l'ignore à Rouen. [*R 297, II, f° 152.*]

24 9^b 39 [*R 297, II, f° 162.*]

24 Novembre 39. Le Cte d'Aubigné [*R 297, II, f° 163, en haut de la marge.*]

[*25 ? novembre*]

Entrée du Cte d'Aubigné [*R 297, II, f° 163, au milieu de la marge, en face du début du texte de notre chapitre XIV.*]

25 Novembre [*R 297, II, f°s 157, 164, 165.*]

[*f° 5 :*] 25 9 1839

Plan

L'intérêt arrivera avec le véritable amour. [Valbaire *puis* Valdayre *ant.*] Valbayre rouvre la porte un instant après que l'amant de Lamiel vient de sortir ; elle se cache pour lui faire une plaisanterie et voir ce qu'il vient faire ; elle voit Valbayre qui jette un coup d'œil et se met sans délai à ouvrir un secrétaire. Lamiel se présente à lui ; il saute sur elle avec un couteau ouvert à la main et la prend par les cheveux pour lui percer la poitrine ; dans l'effort fait, le mouchoir de Lamiel se dérange ; il lui voit le sein.

— Ma foi, c'est dommage, s'écrie-t-il.

Il lui baise le sein, puis lâche les cheveux.

— Dénonce-moi, et fais-moi prendre, si tu veux ; lui dit-il.

Il la séduit ainsi. « Voilà du caractère ! » Elle ne se dit pas cela ; elle le voit et en sent les conséquences.

— Qui êtes-vous ?

— Je fais la guerre à la société qui me fait la guerre. Je lis Corneille et Molière. J'ai trop d'éducation pour travailler de mes mains et gagner 3 francs par dix heures de travail.

[*f° 5 v° :* Par suite de sa liaison avec Valbayre qui la mène fièrement au spectacle et qui la rend folle d'amour, elle se cache. Mme Le Grand la fait maîtresse de pension. Elle y rencontre le bossu Sansfin.

Arrive le duc de Myossens qui a pour elle une grande passion éprouvée par le temps ; il veut lutter avec Valbayre : les grâces apprises, l'énergie et le génie inventeur. Lamiel a des discussions avec Valbayre.

Sansfin veut la marier avec le duc pour se faire député.

Le comte de Nerwinde. *rayé*]

Quoique traqué par toutes les polices, et avec acharnement personnel, à cause des plaisanteries qu'il leur a faites, Valbayre la mène fièrement au spectacle ; cette audace la rend folle d'amour.

[*f° 6 :*] Elle voyait le maître de danse, jeune danseur à l'Opéra, sincèrement épris ; elle se donna à lui *.

— Est-il donc possible que cet amour si vanté soit si insignifiant pour moi ? se dit Lamiel.

* [*Phrase rayée avec cette note :*]

Toute réflexion faite, le maître de danse est froid ; il vaut mieux ne pas établir si bien la qualité de *fille*.

C'est pendant qu'elle vit avec lui que Valbayre saute dans sa chambre par la fenêtre ou entre par la porte*.

[Pendant qu'elle vivait avec le danseur, elle rencontre Sansfin qui veut se donner un titre auprès du duc de Myossens, toujours amoureux et lui dit qu'il sait où prendre Lamiel. Transports du duc. Lamiel le renvoie quand *version abandonnée*.]

Enfin, elle connaît *l'amour*. Elle prend la fuite, vit avec Valbayre et l'aide dans un crime après une discussion.

— La société est injuste envers moi, je lui fais la guerre, dit Valbayre. N'ai-je pas plus d'esprit que le duc de B. ?

Valbayre est emprisonné, elle court des dangers. La bonne Mme Le Grand la cache dans une pension de jeunes D^{lles} où elle entre comme sous-maîtresse ; elle y trouve Sansfin aide-médecin. Il veut se donner un titre auprès du duc de Myossens qui songe à elle parce qu'il est piqué de sa disparition (mais il est incapable d'amour et de passion). Sansfin lui dit qu'il croit avoir des données pour retrouver Lamiel ; il s'agirait de dépenser cinquante louis ; il en soutire cent au duc. Le duc la revoit ; elle s'ennuyait à la pension ; elle accepte de se remettre avec lui. Mais sans coucherie ; elle a horreur d'une infidélité à Valbayre, elle est toujours éperdument amoureuse de Valbayre. Les grâces apprises et la bonne éducation du duc luttent contre l'énergie et le génie inventeur de Valbayre. Horrible misère de celui-ci contrastant avec l'immense fortune du duc. A cette époque, Lamiel a assez de connaissance du monde pour juger bien des choses de la vie, aidée surtout de la fidèle amitié de Mme Le Grand. Lamiel est d'humeur sombre, le duc la trouve de beaucoup meilleur ton.

[f° 7 :] Il est grandement question de marier le duc ; grandes indécisions de celui-ci (Martial [Daru]). Il fait attendre pour la signature du contrat.

Sansfin dit à Lamiel :

— Vous êtes une nigaude de donner les mains à ce mariage ; le duc est tellement indécis que vous auriez pu empêcher ce mariage et l'épouser.

— Moi, être infidèle à Valbayre ! s'écrie Lamiel.

Lamiel a la fantaisie de voir la duchesse de Myossens dans son intérieur ; profond ennui de cette maison qui plaît à Lamiel qui est sombre. La duchesse va tellement découverte au bal, par esprit de contradiction contre la marquise, qu'elle prend une maladie de poitrine.

---

* Mais le saut de Valbayre doit-il avoir lieu sous le règne du comte d'Aubigné ?

J'aimerais mieux sous le règne du pédant Academus, mais cela nous présente trop peut-être le grand bout du roman sans intérêt. [*en face, au f° 5 v°*.]

— C'est une personne confisquée, lui fit Sansfin. Si vous êtes sage et suivez mes conseils à la lettre, vous lui succéderez.

On ne met pas en doute le consentement du duc. Lamiel lui est devenue nécessaire. Lamiel dit :

— Je pourrai avoir beaucoup d'argent et être utile à Valbayre.

Sansfin arrange la reconnaissance de Lamiel par un vieux libertin de l'école de Laclos, sans principes et sans un sou, M. le marquis [f° 8 :] d'Orpierre, né dans la haute Provence, vers Forcalquier.

Valbayre paraît devant la Cour d'assises ; il pourrait être condamné à mort, il n'est condamné qu'aux galères perpétuelles.

Valbayre fait ordonner à Lamiel par un forçat libéré d'aider une troupe de voleurs, ses amis, à voler le duc. On espère cinquante mille francs de cette affaire. Horribles combats. Lamiel résiste.

La duchesse meurt. Sansfin marie le duc avec Lamiel et reçoit une grosse somme ; sa vanité fait souffrir.

Le duc et la duchesse vont à Forcalquier. Le marquis d'Orpierre a reconnu une fille naturelle inconnue à tous ses amis. Le duc et la duchesse vont à Toulon ; elle voit Valbayre à une chaîne. Trois jours après la duchesse quitte son mari en emportant tout ce qu'il lui a donné. Elle donne à Valbayre la preuve d'amour de s'allier avec ses amis.

Valbayre achète fort cher des papiers d'un gentilhomme allemand (il est de Strasbourg et parle allemand) ; il revient à Paris, mange tout, assassine au hasard (comme Lacenaire), est condamné, se tue. Réponse froide de Lamiel.

[f° 9 :] Elle incendie le Palais de Justice pour venger Valbayre ; on trouve des ossements à demi-calcinés dans les débris de l'incendie, — ce sont ceux de Lamiel.

Sous le règne du comte d'Aubigné elle devient libertine pour chercher le plaisir et pour se dépiquer lorsqu'elle s'aperçoit que le comte joue toujours la comédie.

« Mais que diable croit-il et est-il au fond du cœur ? se demande-t-elle. »

Par vanité naissante chez elle, elle veut se venger de la profonde indifférence du comte.

Sachant qu'il va à un dîner de la Tour de Nesles, où se trouvait toute la bonne compagnie de l'Opéra en demoiselles, et qu'après les avoir reconduites chez elles on va au bordel, elle prend un masque de velours noir, comme on en portait au xviie siècle, et va se mêler aux filles de joie. Arrive le comte (on étend des matelas à terre). Ces messieurs sont assis tout autour, ils blaguent ; d'Aubigné se met à parler d'elle, elle se démasque ; le comte, si audacieux en apparence, si fier de sa supériorité en tout, *reste stupéfait.* [*R 298, I, f°s 5-9, daté au f°s 5 et 9.*]

[*25 novembre ?*]

Acad[emus]

✕

Vraiment un faible. [*R 298, I, f° 8 v°.*]

26 Novembre [*R 297, II, f°s 166, 168.*]

27 Novembre CV^a. Tempête avec soleil. [*R 297, II, f° 169.*]

27 Novembre [*R 297, II, f°s 170, 171, 174.*]
123 de Lamiel the 27 Nov 39 [*note d'un exemplaire de* De l'Amour, Marginalia, *II, 49. Le f° 123 est l'actuel f° 175.*]

Plan

Chercher à relever le caractère de Myossens, autrement animal peu noble, Sansfin [?] n'a pas de mérite.
La Duchesse, vers la page 30, dit à son fils : N'imitez pas ce mauvais sujet à froid, votre cousin le comte d'Aubigné.
27 Novembre.

———————

[*projet du passeport sous le nom de* Saint-Selve, *changé ensuite en* Saint-Serve.*] [*R 297, II, f° 174 v°.*]

28 Novembre [*R 297, II, f°s 176, 179.*]

28 Novembre

Je commence à reprendre l'habitude du travail, et la lassitude d'esprit du soir. Naturel dans les discours de distraction. Les deux frères de la S[andre : *la comtesse Cini*] le 27 à dîner. [*R 297, II, f° 177.*]

[*28 ? novembre*]

TABLE

POST OPUS

suite

Voyage de Lamiel seule ———————————	page
Les commis voyageurs ———————————	
Le Vert de Houx ———————————	
Rouen———————————	page 95
Absence du duc	
Lamiel le plante là à Rouen	

Arrivée à Paris ; la bonne Mme Le Grand

Lamiel lui fait une histoire : le père sous-préfet   page

Le comte [d'Aubigné *avec, en surcharge :* de Nerwinde]
   rapporté ivre ─────────────────────────────

Le domestique jette l'écu par la fenêtre ──────────

Le Cte descend chez Mme Le Grand   page

Retour de Nerwinde ; il mène Mme de Saint-Serve à
   l'Opéra ──────────────────────────────────

Caractère de Nerwinde ─────────────────────────

Au bout de huit jours, Lamiel fait lit à part ──────

Caractère ou plutôt amabilité de Lamiel

Conseils de Caillot ──────────────────────── page

Nerwinde invente de vivre comme frère et sœur avec
   Lamiel────────────────────────────────── p.

En répondant à ses reproches il saisit l'occasion de décrire
   son caractère devant Lamiel   page

Il lui fait la cour

Part pour Chantilly, y perd 17.000 francs en deux jours ;
   écrit à Lamiel et lui annonce le coup de pistolet────── p.

Il se retire à Versailles

Lettre de suicide ──────────────────────────

Mme de Sassenage le sauve, le Cte de Nerwinde lui envoie [*R 297, I,*
f° 8 ; le bas est coupé. Cette table s'arrête sur l'argument du f° 178, écrit le
28 novembre.]

Pour le 30 Novembre

   [*En face du f° 180 :* Le comte de Nerwinde, par son sérieux [...] les
chutes. (p. 204), *plans pour les pages suivantes : Lamiel fait chambre à*
part, est célébrée par Montan, est conseillée par Caillot ; parties de plaisir
à Sceaux, Maisons ; soirées à l'Opéra, aux Italiens, premières du
Français, puis glaces chez Tortoni ; Lamiel aime bien Pomerol ; elle
invente de s'habiller en homme. R 297, II, f° 179 bis v°.]

30 Novembre [*R 297, II, f°s 188, 189, 190, 191.*]

30 Novembre 39

   Corriger sur épreuves ; ôter la res[semblance]. [*R 297, II, f° 180.*]

1er Décembre [*R 297, II, f°s 182 bis, 186.*]

   Le caractère du comte de Nerwinde illustre cette maxime : « La moindre différence sociale engendre une nuance d'affectation considérable ».

———————————

For me.

Paresse d'écrire au moment même, pour le plaisir de rêver, prive D[ominique] de beaucoup de pensées. Elles ne reviennent pas, du moins sur-le-champ.

1er Déc 39 [*R 298, I, f° 9 v°.*]

[*1er décembre ?*

Plan pour : faisons lui mâcher le cocuage (*p. 206, R 297, II, f° 183.*]

[*1er décembre?*]

Plan

On lui envoie à propos d'adresses l'imprimé d'un chapelier ; on lui envoie une circulaire imprimée d'un chapelier à ses confrères au moment où allait commencer un grand dîner donné par lui.

Il est heureux quand il va incognito aux eaux de Barèges sous le nom de Marquis de Val. Il eût été plus heureux sous le nom de *Val* tout court. [*R 297, II, f° 184, pour notre p. 207. Val est un nom que Stendhal donne, dans son journal sur* Earline, *pour désigner le* rival.]

———————————

2 Décembre [*R 297, II, f°s 184, 193, 194, 195, 196.*]

2 Décembre 39

I am at 133 of Lamiel. [*note d'un exemplaire de la* Vie de Rossini, Marginalia, *II, 60. Le f° 133 est devenu le f° 183.*]

[*2 décembre. Voir la note de la page 215 du texte.*]

[*2 ? décembre*]

C'est comme le fat de nos jours qui s'amuse à faire mourir de chagrin une femme qui l'aime. *Vie de Ros*[*sini*], II, 271.

———————————

Si Nerwinde entreprenait de faire mourir de chagrin Lamiel ? [*R 297, II, f° 194 v°.*]

2 Décembre [*Plan pour la rencontre avec l'abbé Clément. R 297, II, f° 196 v°.*]

3 Décembre [*R 297, II, f°s 197, 198.*]

[*s. d.*]

En général, il manque la courbe du rire [?] [*R 297, II, f° 203, dernier folio du manuscrit ; la note est tronquée par une déchirure de la marge.*]

[*4 ou 5-31 décembre
     Rome.*]

1840

[*1ᵉʳ-20 janvier
     Rome.*]

[*R 298, II, f° 3, page de titre du manuscrit d'octobre 1839. Le copiste de Stendhal portait vraisemblablement le nom de Laigle ou de quelque autre oiseau de proie.*]

Commencement
     décor
est mal placé
1 Jʳ 40 [*R 298, II, f° 3 v°.*]

Corrigé le 1ᵉ janvier 40 [*R 298, II, f° 38.*]

1ᵉ Janvier 1840

   Tombé dans le feu en corrigeant la 35ᵉ page de *Lamiel*.

   J'invente assez vite, mais je ne puis juger si ce que j'invente est bon ou mauvais. Par ex, j'explique la formation des caractères de Sansfin et de Lamiel de 1 à 35, mais faudrait-il plutôt de l'action ? Rien ne m'est plus facile que d'en faire.

   Le jugement manque jusqu'ici. [*Note publiée sans référence par Martineau, éd. Pléiade, p. 865. La 35ᵉ page primitive est l'actuel f° 38 de R 298, II.*]

Corrigé 2 Janvier 1840 [*R 298, II, f° 4, le premier du manuscrit.*]

[*2 janvier ?*]

Plan

   1° [Gorgelin?] pauvre jeune homme pâle, pauvre géomètre qui chez lui reçoit quelques élèves auxquels il montre les quatre règles. Quand il reconnaît des dispositions à ses élèves, il leur enseigne la géométrie.

   2° L'irritable curé rabrividisce en rencontrant le regard sardonique d'un jeune bossu de vingt-huit ans nommé Sansfin, médecin du village et grand chasseur. Quoique horriblement bossu, ce médecin est rempli de vanité à un point vraiment comique. Une seule chose l'occupe : ce sont les bonnes fortunes.

   3° Enfin l'œil du curé est irrité de rencontrer le regard étonné plus qu'ironique d'un jeune écolier de huit ans, le jeune Fédor, fils unique de M. le [duc *ant.*] Marquis de Myossens. Ce petit vaurien est élevé à Paris et jamais nous ne verrons sortir rien de bien de cette capitale de l'ironie *. Le soir même le terrible curé chargé de la surveillance occulte de toute cette partie du diocèse appelle le pauvre abbé Lamairette chargé de l'éducation de Fédor et lui demande aigrement pourquoi il s'était séparé de son jeune élève.

   — C'est lui, Monsieur, qui s'est séparé de moi ; je le cherchais par tout et lui, qui me voyait apparemment, mettait tous ses soins à me fuir.

   L'abbé Du Saillard tance vertement le pauvre jeune prêtre Lamai-

   * Fédor, envoyé pour sa santé dans le Calvados, repartira le surlendemain du miracle des pétards [...] Quoiqu'à peine arrivé à Carville pour y passer quinze jours, il part le surlendemain des pétards. [*f° 9 v°.*]

rette et le menace durement *de le faire renvoyer* par la Marquise de
Myossens qui, à un quart de lieue du village, habitait le magnifique
château de Myossens bâti par le M^{al} d'Albret et qui avait quinze croisées de façade.

— Vous m'ôtez le pain, dit timidement le pauvre Lamairette, mais
en vérité je ne sais à quel saint me vouer. J'aime quasi mieux me retirer chez mon père portier de l'hôtel de Myossens à Paris et borner
mon ambition à solliciter sa survivance.

— Cela n'est pas mal hardi et jacobin, s'écria M. Du Saillard. Eh !
qui vous dit qu'on vous assurera cette survivance si je fais un rapport
contre vous ?

— Mais Mme la M^{se} m'honore de sa protection.

— Sachez que les décisions de la M^{se} ne sont bonnes qu'autant que
je les ai visées. Je saurais la rendre aussi furieuse contre vous que
maintenant elle vous [croit] bon. [*R 297, II, f°s 9-11.*]

[3-15 janvier
  Dictée de la partie du manuscrit écrite en octobre 1839. Voici les cotes
des parties découpées en chapitres par Stendhal :

Chapitre   I : *R 297, I, f°s 42-51, 50 v°, 58, 58 bis, 59-60, 58, 62, 63 bis,*
                63, 64, 65.
Chapitre II :   *f°s 66-103.*
Chapitre III :   *f°s 104, 107-151.*
Chapitre IV :   *f°s 152-194.*
Chapitre V ·   *f° 194.*
  Le reste de la dictée suit de ce f^{o} au f° 323, puis en R 297, II, f°s 2-114.
  Le texte du recueil R 297, I a été corrigé par Stendhal ; celui du recueil
R 297, II est sans corrections.

  Le chapitre I a une histoire compliquée, que révèle en partie le désordre
de la numérotation des folios. Son texte constitue une addition par
rapport au manuscrit d'octobre 1839. Cette addition fut peut-être
commencée en novembre, si l'on en croit une note du 25 Mai 1840. Dicté
en janvier, ce chapitre fut refait les 5, 6 et 10 février 1840, puis le 8 mars
1841 (voir à ces dates.)]

  La copie de   *[signature mark]*   coûte 7 centimes pour 20 lignes.
Janvier 1840, Omar [Rome]. [*R 297, I, f° 9.*]

[*s.d.*]

Je manque souvent de bonhomie. [*R 297, I, f° 42.*]

Dicté le 3 Janvier 1840. [*R 298, II, f° 8.*]

4 J^r 40 [*R 297, I, f° 96.*]

[*6 ? janvier*]

PLAN
Un village

[*Plan pour le rôle de Du Saillard dans notre page 75, dont le texte fut dicté le 7. R 297, I, f° 11 v°.*]

7 Janvier 40

Yesterday Adams. [*R 297, I, f° 168 v°. Le 6, Stendhal notait, en marge d'un exemplaire des* Promenades dans Rome, *sa soirée chez Sir Adams ; spectacle agréable, parfaite bonté et politesse de tous [...].*]

Plan

Lamiel est grandie et sachant résister à un homme tel que Sansfin. 7 J^r 40 [*R 298, II, f° 36.*]

[*s.d.*]

Manuscrit made in January 1840 [*R 297, I, f° 140 bis.*]

Pour le 8 J^r

[*Plan pour notre page 91, dicté le 8. R 298, II, f° 35 v°.*]

S[ans]f[in] eût été un hom[me] de bon sens s'il n'eût pas eu tant de vanité.

Sansfin veut séduire Lamiel. Il lui dit [?]. Il fait une cour distraite. Il dit ce que de l'Enclos dit à sa fille Ninon.

L'abbé Clément.

Le duc Fédor arrive. Sansfin se fait son ami.

Il y a de fait et prêt à dicter [*les chapitres*] :

1,

2,

3,

4,

5,

6.

Quelle est la faiblesse de 1, de 2 ?

8 Janvier 1840 [*R 297, I, f° 219.*]

8 J^r 40

A dicter le 10

Après l'avarice, la peur de l'enfer était la passion dominante de la Duchesse. Sansfin espérait arriver à la Chambre des députés par la Duchesse ; il songe donc à se rendre inattaquable de ce côté et sans souffrir qu'il se passât jamais rien de condamnable entre la D^{sse} et lui, la réduisant à l'état d'amante passionnée et désespérée de ne pouvoir se faire aimer tout à fait. Et il lui fait entendre que c'est par principe de piété qu'il ne veut pas commettre ce péché. [*R 298, II, f° 78 v°.*]

Dicté 11 Janvier 1840 [*R 297, I, f° 252 v°.*]

[*11 ? janvier*]

Le portrait du fils de madame ; il a l'air un peu *court*, un peu bête. Lamiel, aguerrie dans l'art de peindre ses idées par ses paroles d'une façon exacte. [*R 298, II, f° 38 v°. (p. 108).*]

A dicter le 12 [*Plan pour nos pages 107-108.R 298, II, f° 42 v°.*]

12 J^r 1840 [*R 298, II, f° 43.*]

12 Janvier 40

Hier Mahomet de Rossini à Tordinona. [*R 298, II, f° 46. Tordinona était le Teatro di Apollo, le plus beau de Rome, ainsi nommé parce que situé via Tordinone.*]

Dimanche, 12 J^r 40

166 de la copie [...] . [*R 298, II, f° 47.*]

Dicté le 12 Janvier 1840, 171. [*R 298, II, f° 48.*]

Dicté le 12 Janvier 1840, 179 de la copie . [*R 298, II, f° 51.*]

Dicté le 12 Janvier . [*R 298, II, f° 52.*]

Dicté le 12 Janvier 1840, 185.
   A dicter le 13 [*R 298, II, f° 53.*]

12 Janvier [*R 297, I, f°s 275, 308.*]

le 12 Janvier 1840 dicté jusqu'ici.
   [...] A dicter le 13. [*Plan pour les p. 119-120. R 298, II, f° 52 v°.*]

Dicté le 13 Janvier 40, 191. [*R 298, II, f° 54.*]

Dicté le 13 J^r
   Page 192 de la copie. [*R 298, II, f° 55.*]

Dicté le 13 J^r 40, 195 de la copie. [*R 298, II, f° 56.*]

Dicté le 13 Janvier, 196. [*R 298, II, f° 57.*]

Dicté le 13 J^r 40, 201. [*R 298, II, f° 52 v°.*]

Dicté le 13 Janvier, 207. [*R. 298, II, f° 58.*]

210 de la Copie  . [*R 298, II, f° 52 v°.*]

Dicté le 13 Janvier 1840, 211. [*R 298, II, f° 59.*]

Dicté le 13 Janvier, 213 de la copie.
A dicter le 14 J^r 40
I am at 241 le 13 au soir
En 11 jours, 241. [*R 298, II, f° 60.*]

Dicté en Janvier 1840 à
   Le 12 Janvier j'ai la page 185 en 11 jours, le 13 J au soir j'arrive at
241. [*R 298, II, f° 4, le premier du manuscrit.*]

13 J^r 40 [*R 297, I, f° 309.*]

   Fin du n° premier.
   13 Janvier 40. [*R 297, I, f° 324 v°. Le texte de la dictée, dans ce recueil,
s'arrêtait au f° 323 au milieu d'une phrase (voir n. 55, p. 119.*]

[*13 ? janvier*]

—————
2
—————

Le village
n° 2

pas assez bête pour son public
commencé 4 January 40 [*R 297, II, f° 1, page de titre de la suite de la dictée.*]

13 J^r 40 [*R 297, II, f° 2.*]

13 J^r 40

Plan

C[es] dames rirent beaucoup de leur peur et s'endormirent après avoir goûté pendant une demi-heure la profonde tranquillité du village.

La D^{sse} ne s'éveilla qu'à 9 heures et un instant après Fédor fut dans ses bras. Ce jour-là était le 27 juillet 1830. Fédor était arrivé à 7 heures, mais n'avait pas voulu réveiller sa mère.

Il était fort triste. Les troubles avaient commencé au Palais-Royal le 26 à midi. « Si cela a eu des suites, se disait le jeune duc, mes camarades m'appelleront déserteur. »

(Dans le fait, cela fut le remords de sa vie et dura longtemps). [*R 297, II, f° 44. Voir n. 61, p. 130.*]

Dicté le 14 Janv 40 [*R 297, II, f° 45.*]

14 J^r 40 [*R 297, II, f° 84.*]

Dicté le 14 Janvier 1840
Après la révolution et le voyage au Havre. [*R 298, II, f° 63.*]

Dicté le 14 Janvier 40
A dicter le 15 Janvier [*R 298, II, f° 65.*]

[*14 ? janvier*]

Plan

[Mme de Saint-Pois ne vient pas voir la D^{sse} de Miossens de peur de se compromettre. *rayé. R 297, II, f° 85 v°.*]

La D^{sse} a la première nouvelle de la révolte le 27 à midi. Elle délibère si elle dira la nouvelle à ses bons amis et, entre autres, à sa bonne amie, la vicomtesse de S[ain]t-Pois.

Mme Anselme dit la nouvelle.

Mme de St-Pois n'ose plus venir voir la D^sse de peur de se compromettre.

Mme de Miossens a fait des confidences ridicules ; elle a donné à son amour pour les Bourbons une publicité inutile, alors, comme aujourd'hui.

14 January 40
A dicter le 17 J^r [*R 297, II, f° 85 v°.*]

Dicté 15 Janvier [*R 298, II, f° 70, dernier du texte du manuscrit dans ce recueil.*]

Effet de la révolution de Juillet sur les sociétés nobles réunies à la campagne.
15 Janvier 40 [*R 297, II, f° 85 v°.*]

15 Janvier [*R 297, II, f°s 86, 95.*]

Le 15 J^r 40 dicté 28 pages de 294 à 322 [*R 297, II, f° 114, dernier de la dictée.*]

15 Janvier 40
Commencer le [17 *rayé*] 16 par la tartine de Mlle Anselme. Le 27 Juillet, elle instruit de ce qui se passait à Paris Mme la V^sse de Saint-Pois.

Je suppose que 21 lignes ou 1 page 1/2 de ms font 1 page printed. Mettons les chap à 20 pages (Difi [*Di Fiore*] les voudrait de 15 pour soulager l'attention, Dup [*Dupont, éditeur de* La Chartreuse] de 32). Des chapitres de 20 pages stamped prennent 30 pages of this ms.

$$\begin{array}{c|c} 322 & 30 \\ 22 & \overline{10} \end{array} \qquad \dfrac{22}{30}$$

font 10 chapitres $\dfrac{2}{3}$

Commencer le book par le paysage. [...] [*R 297, II, f° 114 v°, verso du dernier folio de la dictée.*]

15 Janvier 1840

[*R 298, II, dans la marge, au milieu du f° 68. Stendhal a-t-il eu ce jour-là une alerte de santé qui l'ait fait penser à la mort ? Ceci expliquerait l'arrêt de la dictée, qu'il avait prévu de continuer.*]

[*20 janvier-16 février*
   Civitavecchia.]

20 Janvier 40 [*R 297, I, f° 323.*]

   Nom odieux pris dans un mélodrame commun. 20 Janv 40 : M. de
M2mérail. [*R 297, I, f° 323 v°. Déjà, dans une marge de* Leuwen,
Stendhal s'était prescrit : Prendre des noms odieux dans les comédies
de M. Scribe.]

[*20 ? janvier*]
   Plan
Lamiel fait jouer à Sansfin le rôle de maquereau. (As Claude Hochet).

   Plan
   Lamiel, en arrivant à Paris venant de Rouen, se met ouvrière chez
Mlle Relandin. Elle est choquée, non du travail, mais du ton et des
mœurs de ses compagnes. Elle les fuit et va chez M   à l'hôtel rue de
Rivoli. [*R 297, I, f° 322 v°.*]

23 Janvier 1840 CV^a
   J'ai 310 pages de Lamiel dictées à Rome dans les premiers jours de
Janvier 40.
   Je trouve la vraie fable du roman. [*note d'un exemplaire des*
Mémoires d'un touriste, *II, 327. La p. 310 correspond à notre page 145.*]

[*13 avril 1839 et 24-25 janvier 1840*]
[*f° 51 :*]
25 Janvier 1840

Cours de littérature
Chapitre I
   Les ouvrages littéraires, poèmes, romans, comédies, tragédies,
odes, peignent des passions, ou combats de passion, ou bien font rire.
Le style doit être clair, net, brillant, rapide, etc. Plus tard nous nous
occuperons du style. Parlons d'abord des passions qu'Homère, le
Tasse, Shakespeare, etc., ont peintes. Qui ne connaît *la jalousie* ou
Othello, l'insolence militaire ou Achille, le désespoir d'amour ou
Roméo et Juliette, la jalousie prise de façon à exciter le rire ou *le Cocu
imaginaire*, les ridicules de l'amour ou les *Innamorati* de Goldoni,
etc. ?

[*f*° 52 :]
13 Avril 1839
24 Janvier 1840

Combat des *liens* ou passions d'habitude :

1° avec l'instinct ;

2° avec les passions accidentelles

L'*instinct* ou l'*amour de la vie* forme, comme il est naturel, la plus ancienne des habitudes.

Un homme est

fils,

frère,

père,

époux.

Ces quatre liens se battent d'abord avec l'*instinct* ou l'amour de la vie

[*f*° 53 :] C'est-à-dire :

un homme fait le sacrifice de sa vie à

sa mère,

son père,

son frère,

sa sœur,

son fils (comme Loizerolles),

sa femme.

Ou bien

un homme sacrifie à l'amour de la vie

sa mère,

son père,

son frère,

sa sœur,

son fils,

sa fille (Aristodème, tragédie de Monti),

sa femme.

Beaucoup de ces combats de passion sont ingrats pour les arts, ne donnent pas la sensation du beau par :

1° la terreur

2° la pitié

3° le rire.

Combats de l'amour de la vie avec les passions, et des liens ou passions habituelles avec les passions.

[*f*° 54 :] Un homme a

de l'Ambition

de l'Amour

de la Haine

de la Cupidité (envie d'acquérir)

de l'Avarice

de l'Envie

de la Crainte de ne pas conserver ses avantages.

Ainsi l'empereur fait empoisonner Wallenstein ; Philippe II fait empoisonner don Juan d'Autriche, fait périr son fils don Carlos. Pierre le Grand fait périr un fils indigne.

De peur de tomber dans l'obscurité, donnons le détail de ces combats :

1° dans le cœur d'un homme ;

2° dans le cœur d'une femme.

[*f*° 55 :]

Un homme éprouve le combat :

1° de l'amour de la vie avec :

N° 1, l'ambition ; n° 2, l'amour,

la haine,

la cupidité,

l'avarice,

l'envie,

la crainte de ne pas conserver ses avantages.

N° 1. Tous les ambitieux héroïques exposent leur vie : Manlius précipité du Capitole ; Scipion allant mourir à Minturnes ; Napoléon au 18 brumaire.

Bon pour le comique : un ambitieux, maire de Paris un jour d'émeute.

N° 2. L'amour de la vie : Richelieu passant sur une échelle à travers la rue ; un amoureux bien armé allant chez sa maîtresse mariée à un [*f*° 56 :] capitaine grand Duelliste...

D^{que} montant à l'échelle à Monchy [*chez Clémentine Curial*].

Bon pour le comique : faire tout ça avec peur.

Un homme croit sa vanité engagée à faire l'amour avec une femme, mais il a une peur du diable qui tue et anéantit tous les plaisirs de l'amour (Caractère *neuf*,

non peint,

ce me semble).

Pour exemple Sansfin venu faire l'amour à Lamiel devenue Duchesse de Miossens. Elle pour se moquer de lui, lui prépare des dangers en avertissant son mari fort jaloux et qui croit Lacenaire déguisé.

Lamiel blasée aguiche Sansfin puis jouit de sa peur. [*R 5896, tome XV, f*^{os} *51-56.*]

CV^a, 25 Janvier 1840.

Fin du plan de *Lamiel*. La peur et les désirs grossiers se battent dans le cœur de Sansfin. Oui ou non bossu ? [Journal, Œuvres intimes, *Bibliothèque de la Pléiade, II, 364.*]

26 Janvier [*R 297, I, f°s 127, 129, 131, 131 v°.*]

30 Janvier 40 duke Victor. [*R 297, I, f°s 113, 113 bis, 116. Il s'agit de Victor, duc de Broglie (1785-1870) qui fit escale à Civitavecchia lors de son retour d'un séjour à Naples. Comme ministre des Affaires étrangères, il avait été le « patron » de Beyle d'octobre 1832 jusqu'en avril 1834, puis de mars 1835 à février 1836.*]

[*fin de janvier-début de février ?*]
                         Sommaire des chapitres *
                              [Chapitre 1, page 1 de 23 pages.]
     Expose :

     La Normandie ; Carville ; l'auteur aimant la chasse ; Mme de Miossens ; le curé Du Saillard ; le docteur Sansfin ; égoïsme de la D[uchesse], égoïste par hauteur ; le flacon d'eau de vie ; Fédor ; Mlle Anselme ; commérages dans le salon de Carville ; feu du docteur Sansfin ; grenouille ; la mission de l'abbé Le Cloud arrive à Carville.

                              [Chapitre 2, page 23 de 38 pages]
     Le miracle des pétards derrière l'autel ; discours de Du Saillard ; il voit le pauvre géomètre, le docteur et le petit Fédor âgé de huit ans (né en 1810, Lamiel en 1814). Hautemare et ses quatre places (44) ; adoption de Lamiel (51) ; Hautemare apporte le pain bénit, devient maître d'école. L'abbé Le Cloud conseille à l'auteur de se faire missionnaire ; son voyage à La Havane ; il écrit ce livre-ci.

                              [Chapitre 3, page 61 de   pages]
     Le pont sur le Houblon au sortir de Carville. Le docteur arrive au lavoir par un sentier en zigzag. Mme Hautemare apparaît avec Lamiel, elle rencontre le chemin du château.
     Dispute du docteur et des laveuses (p. 70), sa chute (73). Les laveuses parlent de son habitude de lancer des coups de fusil à petit plomb. Mme Hautemare revient, renvoie Lamiel. Le docteur chez les St-Pois. Quatre ou cinq vieilles femmes appellent Lamiel *fille du diable* (suivant le propos du docteur) (87). Éducation de Lamiel. *Les Quatre fils Aymon* ; Cartouche et Mandrin.

                              [Chapitre 4, page 97 de 34 pages]
     La Merlin cabaretière dit que les Hautemare c'est bête, ça ment. Lamiel l'entend. Les yeux de la Duchesse s'entourent de rides. Négociation qui fait de Lamiel sa lectrice **.

     * Usage des sommaires : excellent pour la reprise du travail.
     ** Ennuyeux au premier aspect.

[Chapitre 5, page 131]

[*R 297, I, f°s 24 bis-25.*]

1e Février 40
   Two birds. Chute. [*R 297, I, f° 119. Stendhal est allé à la chasse et il a revu l'épisode de la chute de Sansfin.*]

1e Février 40
   2 birds [*R 297, I, f° 121.*]

1er Février 40

Plan
For me
   Le lendemain ce curé dit au docteur avec un air d'intérêt :
   — Savez-vous qu'on vous accuse d'avoir voulu tirer sur les femmes qui lavaient après votre *malheureuse chute* ?
   Ces deux mots furent prononcés avec une intention, une fausse pitié qui fit jeter des éclairs aux yeux du docteur. « Il faut, se dit-il, que je me lie de plus en plus avec ce coquin de p[rêtre]. Mais pour n'être pas tout à fait à la disposition de la congr[égati]on, il faut que je tâche de me rendre nécessaire ou agréable à cinq ou six marquises des châteaux des environs. J'opposerai, en cas de besoin, ces coquines de femmes à ces coquins de pr[êtres]. »

———————————————

   Le docteur trouvait dans les bois les plus fréquentés de lui pour la chasse de petits bossus en paille hauts de trois pieds pendus dans les arbres à dix pieds de hauteur. Ce fait fut la minime vengeance des jeunes paysans qui dansaient le dimanche avec les lavandières qu'il avait mises en joue après sa chute. [*R 297, I, f°s 122-123*]

[*5, 6, 10 février*
   Ces trois jours, Stendhal refit complètement le chapitre I de la dictée. Il le remaniera encore le 8 mars 1841. Le texte qui suit ici représente ce qui reste de la rédaction de février 1840. Il s'agit, soit de fragments fondus dans le remaniement de mars 1841, soit de fragments de cette rédaction ôtés en mars 1841, mais conservés et reliés hors les textes. Les cotes que j'indique permettent de distinguer les uns des autres.]

[*6 février*]

Lamiel
Chapitre 1
   Je trouve que nous sommes injustes envers les paysages de cette belle Normandie où chacun de nous

peut aller coucher ce soir. On vante la Suisse, mais il faut acheter ses montagnes par trois jours d'ennui, les vexations des douanes et les passeports chargés de visas. Tandis qu'à peine en Normandie [le] regard fatigué des symétries de Paris et de ses murs blancs est accueilli par un océan de verdure ; les tristes plaines grises restent du côté de Paris, la route pénètre dans une suite de belles vallées et de hautes collines, leurs sommets chargés de noires forêts se dessinent hardiment sur le ciel et bornent l'horizon.

S'avance-t-on plus avant ? On entrevoit à droite entre les arbres la mer, la mer sans laquelle aucun paysage ne peut se dire parfaitement beau. Si l'œil satisfait des lointains cherche les détails, il remarque au bord de tous les champs avoisinant la route des digues en terre de quatre ou cinq pieds de hauteur et une foule de jeunes ormeaux couronnant ces digues.

La vue dont je viens de parler est celle qu'on a des dernières maisons de Carville, village de deux mille habitants à quelques lieues en deçà d'Avranches. Du côté de Paris, le commencement du village perdu au milieu des pommiers gît au fond de la vallée, mais à deux cents pas de ces dernières maisons, dont la vue s'étend au nord-ouest vers la mer et le Mont-Saint-Michel, on passe sur un pont tout neuf un joli ruisseau d'eau limpide qui a l'esprit d'aller fort vite, car toutes choses ont de l'esprit en Normandie et rien ne se fait sans son *pourquoi*, et souvent un pourquoi très finement calculé. Ce n'est pas là ce qui me plaît de Carville, et quand j'allais passer le mois où l'on tue des perdreaux, je me souviens que j'aurais voulu ne pas savoir le français. Moi, fils de notaire peu riche, j'allais prendre quartier dans le château de Mme d'Albret de Miossens, femme de l'ancien seigneur du pays, rentrée en France seulement en 1814, ce qui faisait un grand titre vers 1826.

Le village de Carville s'étend au milieu de prairies dans la vallée dominée par le château, mais ce n'était que de jour que mon âme pouvait être sensible au délicieux paysage. La soirée, pour payer mon gîte, je m'occupais malgré moi des petites aventures et des commérages du village. Les finesses, les calculs sordides de ces Normands ne me délassaient presque pas de la vie compliquée de Paris.

J'étais reçu chez Mme de Miossens à titre de fils et petit-fils des bons MM. Lagier, de tout temps notaires de la famille d'Albret de Miossens ou plutôt de la famille de Miossens qui se prétendait d'Albret.

La chasse était superbe dans ce domaine et fort bien gardée ; le mari de la maîtresse de la maison, pair de France, cordon bleu et dévot, ne quittait jamais la cour de Louis XVIII et le fils unique, Fédor de Miossens, n'était qu'un écolier. Quant à moi, un beau coup de fusil me console de tout. Le soir, il fallait subir M. l'abbé Du Saillard, grand congrégationiste, chargé de surveiller les curés du voisinage. Son caractère profond me faisait peur. M. Du Saillard fournissait des idées sur les événements annoncés par *la Quotidienne* à sept ou huit hobereaux du voisinage.

De temps à autre arrivait dans le salon de Mme de Miossens un bossu bien plaisant qui voulait avoir des bonnes fortunes. [*R 297, f°s 346-351 ; la date est au f° 347 v°.*]

[*f° 352 :*] 10 février 1840

Cet original s'appelait le docteur [Sanbut *ant.*] Sansfin et pouvait avoir vingt-cinq ou trente ans. Un soir nous dessinions sur la cendre du foyer, voyez l'excès de notre *désoccupation*, les lettres initiales des femmes qui nous avaient fait faire les sottises les plus humiliantes. Le vicomte de Saint-Pois dessina M. et

B., puis on exigea de lui ce qu'il pouvait raconter de ses folies de jeune homme. Un vieux chevalier de Saint-Louis, M. de Malivert, mit A. et E., puis, après avoir dit ce qu'il pouvait dire, il remit les pincettes au docteur Sansfin, lequel écrivit fièrement [D, C et T *ant., ici et ensuite*] D., C., T., F.

— Quoi ! vous êtes bien plus jeune que moi et vous avez quatre lettres écrites dans le cœur ! s'écria le ch[evalie]r de Malivert en riant.

— Puisque nous avons fait vœu d'être sincères, dit gravement le bossu, je dois mettre [trois *ant.*] quatre lettres.

Nous étions là huit ou dix [*f° 353 :*] qui travaillions péniblement pour soutenir une conversation languissante. La réponse du docteur mit la joie dans tous les yeux ; on se serra autour du foyer.

Dès les premiers mots, les histoires du bossu firent rire, tant son sérieux était étrange. Pour comble de gaieté, les belles D., C., T., F., l'avaient toutes aimé à la fureur.

Mme de Miossens mourant d'envie de rire, nous faisait signes sur signes pour que nous eussions à modérer notre gaieté.

— Vous allez tuer la poule aux œufs d'or, disait-elle à M. de Saint-Pois placé à côté d'elle, et faites passer le mot d'ordre : modérez-vous, messieurs.

Mais rien n'était capable de réveiller le docteur nous contant non seulement ses bonnes fortunes, mais encore les détails des sentiments et nuances des sentiments qui avaient dicté les actions des malheureuses D., C., T., F., [*f° 354 :*] souvent négligées par leur vainqueur.

[La soirée se prolongea tellement que, comme plusieurs des rieurs avaient une lieue ou deux à faire pour regagner leurs foyers, la marquise parvint à nous faire accepter un souper. Elle n'estimait ses hôtes que suivant la quantité de vin de champagne qu'ils consommaient ; la marquise dut nous estimer excessivement ce soir-là. Et dans l'avenue, comme le vicomte de Saint-Pois et plusieurs de ces messieurs avaient fait attendre leur tilbury au bas de la montée près du lavoir, le docteur, toujours rempli du même sérieux, nous retint sous le vestibule pour nous conter la partie de ses aventures avec les belles D., C., T., F., qui ne pouvait pas [*f*° *355 :*] se dire devant les dames.

Lorsque je rentrai à deux heures, je vis la lumière au salon. La marquise y était encore, à laquelle je fus obligé de traduire ce que le docteur avait ajouté dans l'avenue.

— Il faut battre le fer tandis qu'il est chaud, s'écriat-elle.

Et aussitôt elle dit à Mlle Anselme d'écrire une belle invitation à dîner pour le lendemain qu'elle ferait porter le lendemain au docteur bossu.

— Il ne viendra pas. Il a dû se croire parfaitement aimable ce soir, il ne voudra pas *délayer* son succès. Si madame m'en croit, ajouta Mlle Anselme, madame lui dirait [*f*° *356 :*] par un mot *de sa main* qu'elle est indisposée et ne compte quitter son lit que pour dîner et, pour avoir le temps de détailler toutes les nuances de ses maux sans faire perdre de temps à un homme aussi occupé, elle l'attend à dîner.

Mais Mlle Anselme avait deviné : au dîner ce bossu facétieux n'ouvrit la bouche que pour manger. *Noté :* Good but Longueur *au f*° *355, et rayé depuis :* La soirée. *R 297, I, f*^os *352-356.*]

[*s.d.*]

[*f*° *357 v*° *:*] On appela le docteur *marquis de Caraccioli* en mémoire de cet ambassadeur des Deux-Siciles auquel Louis XVI disait :

— Vous faites l'amour à Paris, monsieur l'ambassadeur ?

— Non, Sire, je l'achète tout fait.

Mme de Miossens avait un ton charmant et était parfaitement heureuse quand on la faisait rire. Elle jouissait de la gaieté des autres, mais la vérité n'avait pas ce qu'il faut pour faire naître la gaieté.

[f° 358 :] Cette marquise mourait d'envie d'être duchesse, avait des manières admirables et d'une perfection si douce que, quoique la chasse me ramenât deux ou trois fois l'an dans son château de Carville [(autrefois château d'Albret) rayé], pendant deux jours ses façons d'agir me faisaient illusion et je lui croyais de l'esprit. Ce qui m'amusait et m'ôtait la sottise de prendre les choses au sérieux, c'est qu'on ne pouvait pas lui reprocher d'avoir une seule idée juste ; elle voyait toutes les choses du point de vue d'une duchesse et encore dont les aïeux ont été aux croisades. [J'avouerai que ce qui aidait à mon illusion c'est que, malgré ses quarante-cinq ans, la marquise de Miossens avait la figure la plus noble, elle ressemblait tout à fait à ce portrait de Mme Dudeffand que les libraires ont mis à la tête de la correspondance d'Horace Walpole. Elle avait passé sa vie à attendre la mort rayé. R 297, I, f°s 357 v°-358, derniers du recueil.]

[5 février]

[f° 55 : d'un beau-père de quatre-vingts ans [qui] ferait changer son titre de marquise en celui de duchesse. Simple marquise, fort noble à la vérité et fille d'un cordon bleu, elle exigeait de la société du faubourg Saint-Germain, telle qu'elle était vers 1820, les égards que dans ce monde-là on accordait alors à une duchesse. Comme elle n'avait ni une beauté supérieure à toutes les beautés ni une fortune à la Rothschild ni un esprit à la Staël, le faubourg de 1820

ne voulut pas lui accorder les égards *payés* à une
duchesse * *rayé*] Alors, par humeur et faute d'un ami
qui lui ouvrît les yeux sur l'injustice de ses prétentions
actuelles et sur l'ennui à venir, la marquise vint
s'installer à Carville sous prétexte que l'air de la mer
était nécessaire à sa poitrine :

— Car, ajoutait-elle [*f⁰ 56 :* historiquement, M. de
Miossens ne m'a ramenée en France qu'en 1815 et
depuis ma petite enfance j'habitais l'Angleterre. L'air
de la mer y arrive de toutes parts.

Durant ces vingt ans passés en Angleterre elle avait
toujours cru sincèrement rentrer à Paris au bout de six
semaines. C'était surtout sur le retour retardé jusqu'en 1815 que Mme de Miossens s'appuyait pour
exiger le traitement, les honneurs d'une duchesse.

On lui répondait :

— Une femme n'a que le rang de son mari et si le
vôtre meurt avant le duc son père, il ne sera jamais
duc.

Par l'effet d'une distraction qui m'allait fort bien, à
moi ancien serviteur de la famille pour les choses
sérieuses, il m'arrivait souvent de dire le *château
d'Albret* en parlant du château de Carville, et j'étais
récompensé par un doux sourire. « Quel dommage,
noté Longueur *et rayé; f⁰ 57 :*] me disais-je, qu'une si
aimable machine ne pense pas ! »

Un beau coup de fusil me dédommage d'une journée
d'ennui et quand les commérages de Carville, la seule
ressource de la marquise, me semblent trop pesants,
je vais à ma fenêtre regarder la mer.

[*f⁰ 58 bis :*] Mais la marquise se croyait sincèrement
d'une autre espèce que les nobles des environs de
Carville et que les habitants de ce bourg. En revanche,

* Abrégé le 8 Mars 1841.
Changé en Mars 31 [*sic*]. Elle a 30 ans, Sansfin 29.

[*Ensuite, le passage :* elle croyait le petit-fils [...], il faut l'avouer, *de notre p. 39. Ensuite au même f°, non rayé mais condamné me semble-t-il par la note :* Ici arriver à Sansfin, ailleurs les Hautemare, *ce passage :*]

Il fallait que le suppliant eût l'esprit de faire présenter sa demande par un gros bonhomme de six pieds de haut appelé Hautemare, lequel réunissait les emplois de chantre, de bedeau et de maître d'école. Ce M. Hautemare, parfaitement simple et honnête, avait tout crédit auprès de M. le curé depuis qu'il avait aidé à fabriquer un miracle auquel *lui-même était le premier à croire*, qualité bien précieuse en Normandie. Dans peu je parlerai du miracle dont je fus témoin, mais témoin moins bénévole que le maître d'école Hautemare.

[*Ensuite, le passage :* Au fond, Mme de Miossens s'ennuyait [...] qui avait un amant au village. *de notre p. 39, avec une note aux* commérages de Carville : Longueur (vrai, mais).]

[*f° 60 :* Cette Pierrette était en rivalité perpétuelle avec Mme Anselme, femme de chambre qui avait passé vingt-deux ans en Angleterre avec sa maîtresse et maintenant la gouvernait absolument. [*f° 61 :*] Tous le mois, au moins une fois Pierrette se brouillait avec Mme Anselme, et la bonne marquise était fort inquiète, mais elle ne pouvait se passer des anecdotes de Pierrette et, de toutes ces anecdotes, c'étaient surtout celles relatives aux bonnes fortunes du docteur Sansfin qui égayaient le plus la dame élégante. Je m'aperçois que j'ai oublié de dire qu'en 1823 ou 24, l'époque dont je parle, Mme de Miossens possédait une belle figure tranquille et noble comme un portrait de quelque abbesse de la cour de Louis XIV. Cette noble dame n'avait pas plus de quarante-cinq ans. Mme Anselme s'était fait un devoir de me l'apprendre bien des fois le propre jour de la mort de ce fameux jacobin

M. de Voltaire (le   1778). *rayé depuis :* Cette Pierrette. *Ensuite, la phrase :* Ce qui m'amusait [...] souvent exagérée, *de notre p. 39*]

[*f⁰ 62 :* Mais lorsqu'il s'agissait d'êtres du commun,
tels que le docteur Sansfin et les paysannes ou
bourgeoises du village qu'il tâchait de séduire sous
prétexte de les guérir, rien ne pouvait être indécent. Je
lui disais un jour en passant que Mme du Châtelet,
l'amie de Voltaire, se mettait au bain en présence de
son valet de chambre qui un jour, apparemment
ébloui en versant de l'eau dans la baignoire de la
marquise, la brûla un peu.

— Eh bien ? me dit Mme de Miossens attendant le
mot final de cette anecdote.

Elle n'y avait rien *rayé ; f⁰ 63 bis :*] vu.

Mais le docteur Sansfin se piquait et restait quelquefois un mois sans paraître au château car la
marquise prenait plaisir à lui raconter sous des noms
supposés les ridicules dont il se couvrait dans le pays.
Car les désarrois les plus comiques semblaient s'être
donné rendez-vous pour tomber sur la personne de ce
Don Juan bossu.

Du reste, s'il n'eût pas tenu à être un Don Juan, ce
médecin eût été passable. Fils unique d'un riche
fermier des environs, Sansfin s'était fait médecin pour
apprendre à se soigner ; il s'était fait chasseur intrépide, pour paraître toujours armé aux yeux des gens
du village qui auraient été tentés de se moquer de lui ;
il s'était confédéré avec le profond abbé Du Saillard
pour se donner un air de puissance dans le [*f⁰ 63 :*]
pays et, comme il était fort colère, plusieurs fois il lui
était arrivé, dit-on, de tirer par mégarde un coup de
fusil chargé de petit plomb sur les mauvais plaisants
qui riaient fort haut sur sa mine extraordinaire.

[*f⁰ 64 :*] Le docteur n'eût pas fait de sottises et
même eût pu passer pour un homme d'esprit s'il eût

été sans bosse, mais ce malheur en faisait un être ridicule, car il voulait faire oublier sa bosse à force de démarches savantes.

Le docteur eût été moins ridicule vêtu comme tout le monde, mais on savait qu'il faisait venir ses habits de Paris et, par une prétention vraiment insupportable à un bourg normand, il avait pris pour domestique un *coiffeur de la capitale ;* et il ne voulait pas qu'on se moquât de lui !

Le médecin était donc en possession d'une tête ornée d'une magnifique barbe noire beaucoup trop ample et disposée avec un art infini. La tête n'eût pas été mal, mais, comme dans la chanson de Béranger, un corps manquait à cette tête. De là la prédilection de Sansfin pour le spectacle ; assis au premier rang d'une loge il paraissait un homme comme un autre ; mais quand il se levait et laissait voir un petit corps chétif vêtu à la dernière mode, l'effet était irrésistible.

— Voyez donc cette grenouille ! s'écriait quelque voix du parterre.

Quel mot pour un bossu homme à bonnes fortunes !

[*f° 65 :* A mon dernier voyage à Carville*, qui eut lieu en 1818, je me souviens que j'étais venu en Normandie en partie pour économiser. N'allez pas me croire un parasite ; mon principe en logeant chez une marquise plusieurs fois millionnaire était de payer comme à l'auberge. Mais, même en payant les domestiques sur ce pied, j'économisais beaucoup sur mon mince revenu de fils de famille. Mon grand-père, qui avait pris un nom de terre, crut *en devoir à soi-même* d'émigrer en 1792, c'était son mot, et, au lieu de millions, sa famille n'a plus que deux cents mille francs *noté :* Longueur *et rayé. Ensuite, le texte :* Je m'ennuyais donc un peu [...] je suivrais ce métier. *Du*

---

* Lamiel née en 1814.

*haut de notre p. 40 à la fin du chapitre I. R 297, I, f°s 55-
65. La date : 5 Fév est aux f°s 60 et 63. La description de
Sansfin, aux f°s 63 bis, 63 et 64, a posé des problèmes à
l'auteur de* Lamiel *et à ses éditeurs. Le texte n'est pas
rayé mais, au f° 63, Stendhal note :* Fondre cette
peinture *et, au f° 64 v° :* Ici la copie de Rome. *Puis, au
f° 77, après la phrase :* « L'irritable curé frémit [...]
docteur Sansfin, *nouvelle note :* (Ici la description
dudit, page 20). *La page est l'actuel f° 64, et il est clair
que le placement était difficile. Stryienski et Martineau
ont jugé bon de* fondre cette peinture *des trois folios
après la phrase :* Cet original s'appelait [...] vingt-six
ans. *de notre page 36. Or, deux notes du* 10 février 1840
ont finalement condamné cette description. *Je l'ai donc
laissée* dans les substructions de l'édifice.]

5 Fév [*f° 27. Le haut du f° a été coupé et je n'y trouve pas
ces deux lignes :*] Je me souviens que le docteur
Sansfin ne put jamais lui faire comprendre les ridicules du duc *que V. Del Litto donne (éd. cit., p. 357), et
que ni Stryienski ni Martineau n'avaient pu donner.
Reste, en marge :* Fév, *puis ce texte :*] de B., écuyer du
roi Louis XVI, qui racontait au retour d'une chasse à
Compiègne qu'un garde du corps de l'escorte, étant
tombé sous les roues du carrosse du roi, avait eu les
deux cuisses broyées :

— Par bonheur, disait-il, j'avais un petit flacon
rempli d'eau-de-vie.

— Vous l'avez donnée au pauvre blessé ? lui dit-on.

— Pas du tout, répondit-il étonné ; je me suis hâté
de l'avaler, ce qui m'a un peu remis de ce triste
spectacle.

[*f° 28 :*] Mme de Miossens *ne concevait pas* qu'un duc
pût agir autrement. Offrir le flacon d'eau-de-vie à un
garde du corps, qui peut-être était *plébéien*, lui eût
semblé une sorte de crime d'État, une atteinte portée

à la monarchie. [*R 298, I, f°s 27-28. La date est au f° 28. Il s'agit de* L'anecdote du verre d'eau de vie, *réécrite, en reprenant ce fragment, le* 9 mars 1841 (*voir à cette date et au* 17 Mars).]

6 Fév
  Mal à l'estomac et à la tête. Sangsues. [*R 297, I, f° 347 v°.*]

9 Février 40
  Air ennuyé [?]. [*R 297, I, f° 102.*]

  Le roman pour moi commence ici
  10 Février 1840. [*R 297, I, f° 209 v°, vers le bas de la p. 87.*]

  RIRE
  Instruction de ce jeune homme
  10 Février
  Je trouvai dans ce salon un bossu bien plaisant qui voulait avoir des bonnes fortunes.
  La description trop profonde et trop soignée d'un caractère empêche le *rire.* [*R 297, I, f° 350 v°.*]

10 Février. Tramontane froide, le plus beau soleil. [*R 297, I, f° 353.*]

10 Février. Tramontane froide. [*R 297, I, f° 354.*]

10 Février
  Avis au jeune homme.
  Trop de profondeur dans la description d'un caractère empêche le RIRE.
  Donc la plus grande partie de ce que j'ai écrit sur le docteur Sansfin restera dans les substructions de l'édifice.
  10 Fév 40
  Oui. 19 Février. [*R 297, I, f° 356.*]

  Reprendre ici le 12 Février [*R 297, I, f° 219. Voir au 19.*]

[*f° 21* :] 15 Fév 40

Caractères
Sansfin

Dans une intrigue pressée on voit Sansfin perdre du temps pour ne pas s'enferrer à une position qui peut être tournée en *ridicule*, et, par ce retard, il échoue. Son imagination lui peint d'une façon exagérée le ridicule à encourir.

Voilà comment ce personnage ressemblera aux Duvergier de Haur[anne] puis aux Odil[on] Bar[r]ot, etc., et aux premiers hommes de notre temps ; c'est l'absence de telles pensées (autrement que peut le faire sous forme de remords qui donne tant de remords).

J'ai vu il y a une heure que ce roman marchait très bien. Si j'avais pu écrire dix pages en deux minutes, j'avais bien toute l'action.

———————————————

Lamiel

(Pour la grâce sans projet, comme Gina del Dongo).

Sans projet, bonne fille, elle voulait travailler pour vivre ; le travail n'est pas ce qui la dégoûte de cette voie.

C'est la *Vulgarité* des gens avec qui elle doit vivre et qui tuent les images agréables que son imagination lui présente.

Elle ne fait rien par projet ; elle a bien quelquefois de beaux projets, mais jamais elle ne les exécute ; elle n'agit que par un caprice soudain* :

[*f° 22* :] Quand Fédor veut l'enlever, cette idée lui offre une nouvelle perspective, elle n'en est nullement enthousiasmée, par vertige d'*ambition*, seulement elle trouve cela plus commode, moins désagréable que de travailler comme couturière chez Mlle Relandin (rien de [?] et Cricri), ouvrière en chambre. [*R 297, I, f°s 21-22.*]

For me

Le 15 Février, la page 34 traduite en style convenable est devenue 5 pages. L'esquisse s'est changée en tableau. [*R 297, I, f° 195 v°.*]

15 Février [*R 297, I, f°s 200, 201, 211.*]

Corrigé le 15 F^r [*R 297, I, f° 213.*]

Le 15 Février, j'en étais là quand on me propose de partir demain 16 à 4 [heures] pour Rome. Arrivé à Rome à 1 1/2. [*R 297, I, f° 212, à la fin du deuxième paragraphe de la p. 88.*]

* Lamiel (son caractère), autrement adieu la grâce.

[*16 février-23 mars*
  Rome. Passion platonique pour Earline *: The Last Romance.*]

Corrigé till there le 19 Février 1840
Reprendre ici le 26 F [*R 297, I, f° 164, à la fin du sixième paragraphe de la p. 73.*]

   Le penchant naturel de l'imagination de Dom^que est de *voir*, d'imaginer des détails caractéristiques.
   19 Février 40 [*R 297, II, f° 66 v°, en face du début du chapitre II.*]

   Ainsi le préambule a 60 pages ou même 55 moyennant les coupures faites le 19 Février à Amor. [*R 297, I, f° 107, premier du chapitre III.*]

   1e mot de Sansfin à Lamiel :
   — Une femme d'esprit se conduit toujours bien.
Said by Ladi ja.
20 Février, Rome [*R 297, I, f° 323 v°.*]

   Corrigé le 21 Février [*R 297, I, f°^s 182 v°, 219, 236 v°.*]

[*21 février ?*]
   A copier lisiblement. Envoyer le 26 ou le 28 Mars à CV^a. [*R 297, I, f° 219 v°, au milieu de notre chapitre V.*]

   29 Février [*R 297, I, f° 323.*]

All the Carnaval of Earline occupé
   7 Mars [*R 297, I, f° 322 v°.*]

Mardi 17 Mars 1840
   [...] Je ne puis travailler à rien de sérieux for this little gouine. [*R 5896, tome XV, f° 23.*]

[*20 mars-6 avril*
  Civitavecchia.
  29 mars. Fortes migraines.]

[*s.d.*]

Ce qui précède a été laissé à Rome le 20 Mars 1840 [*R 297, I, f° 29, maintenant détaché et relié, au hasard, avant la dictée.*]

[*31 mars-2 avril*
Ébauche de Don Pardo.]

[*7-29 avril ?*
Rome.]

10 Avril
[*Stendhal écrit* Les Privilèges.]

[*30 avril-2 juin*
Civitavecchia.]

Réouverture du volume 13 Mai. [*R. 297, I, f° 21, Voir le 7 mars 1841.*]

CV^a 25 Mai 1840

Art de composer les romans

Je ne fais point de plan. Quand cela m'est arrivé, j'ai été dégoûté du roman par le mécanisme que voici : je cherchais à me souvenir en écrivant le roman des choses auxquelles j'avais pensé en écrivant le plan et, chez moi, le travail de la mémoire éteint l'imagination. Ma mémoire fort mauvaise est pleine de *distractions*.

La page que j'écris me donne l'idée de la suivante : ainsi fut faite *la Char[treuse]*. Je pensais à la mort de Sandrino ; cela seul me fit entreprendre le roman. Je vis plus tard le joli de la difficulté à vaincre :

    1° les héros amoureux seulement au second volume

    2° deux héroïnes.

Or, ne faisant guère de plan qu'en gros, j'apaise mon feu sur les bêtises des *expositions* et des *descriptions* souvent inutiles, et qu'il faut effacer quand on arrive aux dernières scènes.

Ainsi, en novembre 1839, j'ai apaisé mon feu à décrire Carville et le caractère de la Duchesse (dans *Lamiel*).

Que faire ?

Je ne vois d'autre moyen (le 25 mai 1840) que d'indiquer seulement en abrégé ; *l'exposition* et *les descriptions*, car si je fais un plan, je suis dégoûté de l'ouvrage (par la nécessité de faire agir la mémoire). [*R 297, I, f*os *2-4.*]

25 Mai 40

Lamiel

Quelle injustice pour les paysages de Normandie, etc.

J'arrive chez la Duchesse, moi petit neveu des notaires de la famille. Puis, etc.

Puis, l'exposition faite, je dis : Je ne parlerai plus de moi ou j'abandonne le moi ; je ne parlerai plus de ce que j'ai observé. Tout ce qui suit n'est plus que la narration d'un simple conteur.

Introduction originale et qui permet les petits détails. C'est par cet artifice que Walter Scott n'effraie pas les hommes du commun.

Chapitre II

La culbute de Sansfin devant les lavandières, et marchons. [*R 297, I, f° 6.*]

[*25 mai ?*]

Caractère de Sansfin.

S était un de ces hommes d'esprit qui étonnent par leurs sottises incroyables. Sansfin saisissait avec rapidité l'événement présent surtout s'il mettait en jeu sa vanité, mais il était incapable de réfléchir à quelque chose d'une façon suivie. (Autrement plus de rire.) [*R 297, I, f° 6.*]

[*25 mai ?*]

PLAN

Pour annoncer la fortune du jeune duc la vicomtesse de   , voisine de la Duchesse, prend la fuite et emmène sa fille d'une façon prude quand elle apprend que le jeune duc est au château de sa mère.

Cela commence l'éducation par ignorance et simplicité.

Modèle : Mlle de Cher Ta [*Tacher*]. Sa mère, femme d'esprit, me vante sa *simplicité :* elle ignore tout. Cela amuse les mères comme chose difficile à faire. [*R 297, I, f° 7. Marie-Alexandrine de Tascher était la petite-fille d'un cousin de l'impératrice Joséphine. Sa mère était très liée avec l'amie de Beyle, Mme Gaulthier.*]

25 Mai 40

PLAN

Sansfin prend peu à peu l'idée de séduire la Duchesse.

Pendant ce temps Lamiel se forme ; puis maladie de Lamiel ; le docteur veut prendre ce pucelage. « Moi, disgracié de la nature ! s'écrie-t-il, Quel triomphe ! »

Ne pas m'occuper actuellement d'abréger ce qui est fait avant le 25 Mai 40, j'abrégerai à Paris en publiant.

Suivre les règles de la mode d'alors, toutefois en l'adaptant à mes idées.

Le grand objet actuel est le RIR[E]. [*R 297, I, f° 7 v°.*]

[*3-21 juin*
Rome.]

8 J 1840
Earline pense rarement à Dom^que [...]. [*R 298, II, f° 78 v°.*]

[*21-29 juin*
Civitavecchia.]

[*29 juin-19 juillet*
Voyage à Livourne-Florence-Livourne]

[*20 juillet-19 août*
Civitavecchia.]

[*19 août-15 septembre*
Voyage à Florence.]

[*16-29 septembre*
Civitavecchia.]

[*29 septembre-23 octobre*
Rome.
13-14 octobre. Goutte.
15 octobre. Stendhal lit l'article de Balzac, publié dans la Revue parisienne *du 25 septembre, sur* La Chartreuse de Parme.]

[*23 octobre-21 novembre*
Civitavecchia. Début des remaniements de La Chartreuse de Parme. *15 novembre. Migraines.*]

[*21 novembre-31 décembre*
  Rome.]

1841

[*1ᵉʳ-11 janvier*
  Rome.]

[*11-23 janvier*
  Civitavecchia.]

[*23 janvier-1ᵉʳ mars*
  Rome.
  9 février. Stendhal renonce à remanier La Chartreuse de Parme.
  11 février. Nerfs fatigués, great attaque in the morning. (*Le Calendrier de Stendhal, p. 376*). *Dès lors, la santé de Stendhal va se détériorer inexorablement. Les étapes de sa maladie doivent être évoquées ici, car les soubresauts et la fin du travail sur* Lamiel *sont liés à elle.*
  25 février. M. Lauri dit : Aconit 3 fois la journée 6 à 7 globules ; nux, je crois, 15 globules [...] *(Journal, II, 415).* M. Lauri *était un homéopathe berlinois, nommé Severin et qui habitait via Laurina.*
  27 février, goutte au coude gauche *(ibid, p. 416).*
  27 ou 28 février. Attaque non notée, mais évidente d'après la fin de la note du 28.
  28 février. Consultation Laurina. *Traitement des* entrailles, *du bras* gauche *et de* la tête. Ce traitement prévient l'accident [...] Ce médecin aurait dû consentir à la saignée que je réclamais constamment. M. Roy me dit : Ce n'est qu'une menace, il n'y a pas eu interruption de la vie. *(Ibid, p. 416).*]

[*1ᵉʳ-31 mars*
  Civitavecchia.]

Work 5-12 M [*R 297, I, fᵒ 113.*]

5 Mars
Préface à mes ouvrages

Il n'y a point de vrai beau ; il n'y a que des modes qui durent plus ou moins, longtemps, cent ans, deux siècles, plus ou moins.

Déjà je vois l'esprit charmant et rayonnant des *lettres persanes* qui s'effondre, la mode des lettres, pour citer des exemples concluants, quoique incompréhensibles dans soixante ou quatre-vingts ans et cependant le public sur lequel elle régnait fut peut-être le plus aimable qui ait rempli Paris. [*R 298, II, f° 79.*]

5 Mars

Le bossu Sansfin ne cherche à plaire à la Duchesse [*?*] à avoir pour accrocher le pucelage de Lamiel.

Sansfin toujours emporté d'une colère par le contraire dans une autre ; jamais de raison ; se fait entendre tirant des coups de fusil et battant ses chiens une heure tous les matins. [*R 298, II, f° 80 v°.*]

6 Mars
Sansfin

D^que aura-t-il assez d'esprit pour avilir comme il faut Sansfin ?

Comme D^que n'a que la bravoure et la *vertu* (être utile à son propre péril), ainsi je ne laisserai à Sansfin que le talent de M. Prévôt.

Comme de la moindre nuance de style dépend le Komi, faire un plan serait oiseux. Il faut faire ceci petit morceau par petit morceau ; à chaque instant D^que peut se laisser aller au talent de peindre avec grâce (même je l'admets) des sentiments ou des paysages, mais faire cela, c'est se tromper soi-même, c'est être aussi bête qu'un Allemand. Le *rire* n'est pas né.

Sansfin a le talent de Prévôt pour tout avantage. L'horreur de rouler sa bosse le porte à agir.

Il débute par la chute aux yeux des lavandières, puis son tempérament de satyre, son tempérament furieux le porte à tenter d'avoir Lamiel.

Il corrompt Lamiel, qui se fait avoir pour un écu. (Je suis fâché que depuis que cette idée est écrite, Léo de M. de Latouche m'ait volé cette idée. Ce n'est pas ma faute. Il me restera peut-être le coloris *normand* du fin paysan qui gagne cet écu. Je n'ai vu de Léo que l'extrait malveillant par M. de Balzac).

La vanité, la seule passion de Sansfin, la vanité, irritable et irritée, le porte à montrer à Lamiel qu'il peut séduire la Duchesse. (Modèle : *la pic[c]ola Maga.*)

Sansfin met Lamiel aux écoutes. La Duchesse l'accable d'outrages. Ce n'est pas arranger ces outrages qui m'embarrasse ; c'est de savoir s'ils produisent un effet suffisamment Komi.

Sansfin doit être attrapé en tout et ne se décourager jamais. (Modèles : Pot de vin blanc et princes d'Ultima Az) Il devient le sénateur comte Malin.

Modèle for me : le S[énateu]r Cl[ément] de Riz, qui disait de Mme Nardo[t] : On tirerait plutôt du sang de ce fauteuil que de la sensibilité de cette femme. [*R 297, I, f°s 19-20. J'ai évoqué dans la préface M.* Prévôt (*en fait, le docteur Prévost*), *la* piccola Maga, *les sénateurs comtes Malin et Clément de Ris. Les princes d'Ultima Az et Pot de vin blanc sont des énigmes. C'est dans la* Revue parisienne *du 25 juillet 1840 que Balzac avait parlé du roman de Latouche,* Léo, *où une jeune personne achète l'amour d'un peintre puis se fait épouser par un pair de France. Mme Nardot était la mère d'Alexandrine Daru.*]

Ne pas gâter ce manuscrit-ci. C'étaient mes idées de Janvier 1840 et Décembre 1839. Je n'ai rien fait depuis que *mûrir l'idée.* Ne pas me perdre en b bécarre en tombant dans le récit gracieux d'un roman ordinaire.

Le Sansfin *actuel* est sans cesse bafoué, et dure   il fait l'histoire des trois quarts des Sansfins actuels des princes d'Ultima et des Pots de vin blanc. Et au lieu de créer de l'odieux plat comme la vie réelle de ces gens-là, et leur petit bien-être, et leurs jolis meubles, il fait naître le rir[e].

Mais faire le plan n'est rien ; il s'agit d'exécuter l'un après l'autre les chapitres.

Je note en passant que D^que doit prendre un style plus incisif, plus efficace en ce sens et non pas dans le sens dithyrambique, *plus hardi.*

Il faut peindre Sansfin et sa chute et non pas s'égarer en b bécarre à peindre la Normandie, Lamiel, la Duchesse qui n'a plus, en 1841, que trente ans, chaste, quoique belle et riche, par orgueil. Un vilain bossu la séduire ! Oui, madame : 1° elle est malade imaginaire et Sansfin excellent médecin ; 2° le vilain bossu (le duc de Maine, aidé d'une vieille maîtresse, a bien séduit Louis XIV) est homme d'honneur, frotté de l'esprit du monde.

(6 Mars 1841) [*R 297, I, f° 20 v°.*]

[6 ? mars]

Le fond, la charpente de tout cela, c'est que Sansfin oublie net un *malheur de vanité* ou le coup de bâton dès qu'il est arrivé. [*R 297, I, f° 20 v°.*]

Les coups de bâton du siècle de Sansfin sont les déconvenues d'amour-propre. Lamiel le voit accablé de mépris par la Duchesse.
6 Mars 41 [*R 297, I, f° 20 v°.*]

Il faut réduire en style *rapide* de nouvelle tout ce qui n'est pas le personnage de Sansfin acteur. Je n'aurai pas de place pour le développer.

Samedi soir, 6 Mars. [*R 298, I, f° 80 v°.*]

Inventer des actions à la Card, à la Ro, à la [?], mais non dégoûtantes, faisant mal au cœur. Que le Komique distraie de la laideur qui fait mal au cœur.

7 Mars, beau temps [...]. [*R 297, I, f° 20 v°. Pour les noms en abrégé, V. Del Litto lit : « à la card[inal] de la Ro[chefoucauld], de Retz », éd. cit., p. 346.*]

Réouverture du volume 13 Mai [40], plus tard le 6 Mars 1841.

Pour juger des chapitres de Sansfin il faut les voir faits, on ne peut pas juger les choses Komi sur la théorie, sur le plan, sur l'imagination.

7 Mars 41. [*R 297, I, f° 21.*]

[*8 mars*
Refonte du chapitre I, avec montage de passages du texte refait les 5, 6 et 10 février 1840. Stendhal met ce nouveau chapitre au début du texte de la dictée. Ainsi placé, il représente donc l'état dernier, voulu par Stendhal, pour ce chapitre du texte écrit jusque-là. En effet, les autres textes, écrits ensuite le même jour et le lendemain, avec leur nouveau titre n'ont pas été retenus et placés dans le texte même de la dictée par Stendhal. Il s'agit, assez évidemment, d'une autre œuvre. Le chapitre I d'abord mis au point et placé au début du texte de la dictée le 8 mars est notre chapitre I.]

Revu par Henri pour ainsi dire le 8 Mars 41. [*R 297, I, f° 43.*]

A Paris, conserverai-je en les corrigeant les descriptions qui suivent ? Il me faut de la place pour le caractère de Sansfin.

8 Mars 1841 [*R 297, I, f° 44, au début du troisième paragraphe de la p. 34.*]

[*8 mars*
Voir au 5 février 1840, les notes du f° 55.]

8 Mars 1841 CV[a]

Aller à la page 63

Le lendemain des quatre [?] docteur Sansfin, une visite ennuyeuse chez le comte [?] m'avait mis sur le chemin de [?] Voici la vision que j'eus au retour. [*Les quatre sont, sans doute, les initiales de p. 36 et 37.*]

8 Mars 1841

Quatre lignes de description puis la chute du docteur page 63. [*R 289, I, f° 27 v°. Voir ce folio p. 268. Pour la page 63, voir la note du f° 112 v° de R 297, I, plus bas.*]

[*8 ? mars*]

(Ici la description qui est plus bas) [*R 297, I, f° 112, en marge du paragraphe :* L'objet assez singulier [...] notre ami Sansfin. *de la p. 55.*]

8 Mars

Venir de 52 ici à la chute de Sansfin

Introduire la chute et le dialogue que je trouve vrai et bon le 8 mars 1841 par dix lignes tout au plus de description.

Voilà une poignée de pages écrites inutilement. Cela tient à l'impossibilité de faire un plan sans perdre tout le feu. [*R 297, I, f° 112 v°, en face du bas de la p. 55.*]

Mon talent, s'il y a talent, est celui d'*improvisateur.* J'oublie tout ce qui est écrit. Je pourrais faire quatre romans sur le même sujet, et j'oublierais tout également.

8 Mars [...]

Aller à la page 63, à la chute de Sansfin [*R 297, I, f° 50 v°, à la fin de l'avant-dernier paragraphe de la p. 38.*]

Du 30 Janvier 1840 au 8 Mars 1841, pensé à autre chose. L'Article de M. de B[alza]c me fait penser au genre Roman. [*R 297, I, f° 114 bis.*]

Ne laisser ici Mme Hautemare que si j'ai besoin de l'introduire, ce que je ne crois pas.

8 Mars 1841 [*R 297, I, f° 115 v°, en face du texte de la p. 57.*]

Bon. 8 Mars 41. [*R 297, I, f° 117 v°, en face de l'avant-dernier paragraphe de la p. 57.*]

[*Ici s'achève l'établissement du texte de* Lamiel. *Ensuite vient le nouveau roman, avec son nouveau titre.*]

CV 8 Mars 41

Choses ajoutées à l'ancienne « Lamiel »
pour en faire « Les Français of φιλιπε »
en Mars 1841

La révolution de 1830 éclate. Une diligence couronnée de drapeaux tricolores l'annonce à Sansfin. « Un homme qui parle comme moi, se dit Sansfin, brillera à Paris et peut-être fera fortune. Dans cette ville où l'esprit distribue les rangs, on doit être peu sensible à la bosse, aux désavantages naturels. »

Le grand Vic[aire], qui est jaloux du crédit qu'il lui voit prendre sur la Duchesse, parle à l'étourdie de lettres de recommandation ; la Duchesse, qui meurt de peur, force le grand Vi[caire] à donner ces lettres de recommandation.

Le grand Vi[caire] écrit ces lettres aux gros bonnets de la congrégation à Paris ; la Duchesse y joint la sienne ; puis le grand Vicaire se repent d'avoir écrit et écrit tout le contraire par la poste (mais ces secondes lettres se perdent).

Les congrégationistes recommandent Sansfin au traître qui avait reculé à sept lieues le jour qui suivit la tempête de la nuit. Voici Sansfin sous-préfet. (Le mauvais effet produit en uniforme après avoir brillé par deux discours (si je ne trouve rien de mieux) dégoûte Sansfin.)

Sansfin sous-préfet. Les gens de Pot de vin craignent que Charles X n'ait le sens de profiter de l'imprudence de Rambouillet. [*R 297, I, f° 136.*]

[*s.d.*]

Choses ajoutées p. 87

Les choses ajoutées en Mars 1841 à CV placées dans le blanc après 87 faute d'autre *blanc* dans ce volume.

Le Bon Peter
merveilleux
jaloux de
Fellipe [*R 297, I, f° 1. La page 87 est le f° 136. Fellipe est, sans doute, Filippo Caetani, sigisbée institutionnel de la comtesse Cini. Je ne sais qui est Peter.*]

CV 8 Mars 1841

PLAN

Sansfin sous-préfet de Cxxx [*R 297, I, f° 135 v°.*]

[*f° 10 :*] Sank [sangsues]
 Au com[mencemen]t de Mars 42 si j'y suis

LES FRANÇAIS DU KING φιλλιππε

9 Mars 1841 CV[a]
                    Personnages
 M. Du Saillard, grand Vic[aire]
[*f° 11 :*] 9 Mars 1841 CV.

Caractère de Sansfin bien mélangé avec les événements et le début
de Lamiel.

Le jeune descendant de la longue race des notaires
dont le récit précède remarque à la visite de l'année
suivante que le grand Vic[aire] Du Saillard (déjà
nommé page 47, numéro en bas), dont les gourmands
qui venaient dîner chez la Duchesse de Myossens
admiraient la profondeur digne de Tacite, était
devenu en quelque   profondément jaloux de Sansfin.
Bien entendu qu'il faut entendre ce mot dans le sens le
plus honnête et tel qu'il peut convenir à la personne la
plus vertueuse. Mme de Myossens, malgré ses trente
ans passés, avait trop d'orgueil pour n'être pas d'une
irréprochable vertu. Mais, à l'exception des généalo-
gies des principales familles de France et d'Espagne,
dont elle possédait une connaissance approfondie et
non moins que détaillée et de force à faire honte aux
prétendus savants les plus sérieux de l'Académie des
Inscriptions, elle s'ennuyait souvent à périr. Presque
tous les livres étaient pour elle inintelligibles et
révoltants. Le ciel lui avait donné un esprit sec et
stérile. Elle dépensait 40 mille francs par an pour ses
dîners, mais au-delà du soin de se procurer des
primeurs et de faire venir des vins fins, elle n'avait
d'invention pour rien. Or, à peine la maladie de sa
petite favorite Lamiel avait duré un mois — et c'était
par intérêt pour cette petite paysanne [*f° 17 :* âgée de
seize ans, qu'elle avait consenti à faire appeler le

jacobin Sansfin — qu'elle s'était accoutumée aux
éclipses et aux figures brusques de son langage et que
le médecin était devenu nécessaire pour elle. Elle en
était venue au point de lui passer ses insolences. *rayé*]

[*f° 12 :*] Il faut savoir que la liaison de la Duchesse
de Myossens et du plus célèbre médecin de la basse
Normandie s'était faite de cette façon.

Comme toutes les femmes trop riches et par l'excès
des richesses conduites à la privation des difficultés et
à l'ennui, Mme de Myossens avait une favorite. Lamiel
était une [*f° 13 :*] jeune paysanne de quinze ans alors
qui, par sa mine éveillée et par ses réponses hardies,
deux ans auparavant, quand elle en avait treize, avait
attiré l'attention de la Duchesse.

Lamiel tomba malade. Mme de Myossens était
brouillée avec les médecins en réputation à Rouen.
Son médecin de Paris vint avec empressement la
première fois qu'il fut appelé, croyant que la Duchesse
était malade. Quand il vit qu'il ne s'agissait que d'une
sorte de femme de chambre, il montra beaucoup de
froideur. La maladie de la jeune favorite ne cédant
point aux prescriptions de l'art salutaire, il fallut bien
appeler le docteur Sansfin malgré son affreuse réputation de jacobinisme. Sansfin ne savait pas ce qu'il
croyait*. Il voulait parler beaucoup et bien parler. Il
était [*f° 14 :*] outré contre la nature qui l'avait rendu
porteur d'une bosse énorme, et il se figurait, non sans
raison, qu'à force de bien parler il ferait oublier sa
bosse. Il n'était content d'une visite que lorsqu'il avait
tenu le dé, et son état l'obligeant à faire continuellement des visites, se faire écouter et admirer du petit
marchand comme du noble propriétaire était devenu
une habitude chez ce bossu qui, du reste, avait une

---

* Modèle : Slavgoli [*peut-être l'avocat florentin Vincenzo Salvagnoli,
qui accompagnera Beyle à son dernier retour en France*].

belle tête, une barbe [noire *ant.*] blonde magnifique et un teint animé des plus riches couleurs. Cette figure, qui eût été belle si elle se fût présentée seule, jointe à une fort bonne [*f° 15 :*] santé et à une grande propension à dépenser avec facilité un argent gagné de même, en avaient fait un homme à bonnes fortunes.

Sansfin avait ce qui fait les grands succès : ne pas réussir ne lui faisait nulle vergogne, et son amour-propre était tel qu'il ne gardait aucun souvenir des irréussites. Du reste, bien différent du grand Vicaire, homme sans profondeur, sans plan de conduite, la moindre pique d'amour-propre le poussait, la plus petite jouissance d'amour-propre l'attachait en apparence à un parti, et l'habitude de son métier, qui dans les premières années lui avait été strictement nécessaire pour vivre, lui avait donné l'habitude de remuer et d'agir sans cesse. [*f° 16 :*] Dès qu'il n'agissait pas, dès qu'il ne remuait pas, dès qu'il ne tenait pas le dé dans un salon bien peuplé, il se figurait que l'on pensait à sa bosse et il y songeait lui-même.

A peine la maladie de la jeune Lamiel avait-elle duré un mois que la belle Mme de Myossens était accoutumée à la figure du docteur Sansfin, à la nécessité où il était de parler toujours, aux figures brusques et aux ellipses hardies de son style. Le bossu était devenu amusant pour elle ; elle en était venue au point de lui passer ses insolences, [*f° 17 :*] elle appelait ainsi certaines vérités simples et qui passent pour évidentes partout ailleurs que dans le château d'une Duchesse.

Deux ou trois fois Sansfin, dont l'amour-propre était à la fois implacable et fort chatouilleux, avait passé quarante-huit heures sans venir au château parce que la Duchesse de Myossens lui avait fait une scène à propos de quelque lieu commun dit par lui sans songer à mal. Or Mme de Myossens s'était brouillée dès longtemps avec les médecins de Rouen. Toutes [*f° 18 :*] les fois que Sansfin piqué avait prétendu être occupé, la Duchesse avait été obligée d'envoyer chercher son médecin de Paris. Ce médecin savant était rempli d'amour-propre et se fût cru déshonoré de chercher à être amusant, il affectait le ton d'oracle, le ton d'un homme qui parle d'une chose d'un aussi grave intérêt que la vie d'un être humain; ce ton que ce médecin n'avait adopté que depuis que ses recettes avaient atteint cent mille francs par an avait paru assommant à la Duchesse.

Après trois jours d'humeur, elle avait conclu en discutant avec Mlle Lambert, sa femme de chambre favorite, et en couvrant Sansfin des épithètes les plus humiliantes, qu'il fallait ménager [*f° 19 :*] le petit Bossu jacobin.

L'imprudence sans bornes et la vanité infinie de Sansfin ayant offensé une sous-femme de chambre qui faisait la cour à Mlle Lambert, il apprit de la langue bien pendue de Mlle Janvial, la sous-femme de chambre, tout ce que Madame avait dit sur son compte.

Sansfin qui, accablé dans sa petite jeunesse par les outrages du monde, ne brillait pas par la délicatesse, fit prendre à la jeune Lamiel des drogues qui devaient donner à sa légère maladie une apparence plus grave, puis dit à Mlle Lambert que des malades auxquels il devait en conscience prendre un fort grand intérêt l'obligeaient à passer deux ou trois jours sans monter au château. Il disait monter [*f° 20 :*] parce que le château est situé sur un monticule en face de la mer à un quart de lieue de Carville et une lieue de la mer qui, placée sur la droite du Mont-Saint-Michel, semble déposée par les dernières révolutions du globe de façon à produire une des plus belles vues de France.

Cette vue avait produit une des premières escarmouches entre le caractère de Sansfin, qui consistait à briller dans la conversation, et les préjugés qui tenaient lieu de caractère à Mme de Myossens. Sansfin était obligé à cause de la Province à gâter ses idées par le ton *pédant*, et disait donc :

— Le soulèvement des Cordillières fit refluer la mer sur l'Europe et sur notre Normandie, et l'une des plus heureuses révolutions du monde nous [*f° 21 :*] dota de cette admirable vue du Mont-Saint-Michel.

— Reste à savoir, Docteur, si un homme qui se respecte, peut se permettre de dire même en parlant de paysage ces mots étonnés de se trouver ensemble : *une heureuse révolution.*

— Permettez-moi, Madame la Duchesse, d'aimer à joindre le mot *heureux* à celui de *Révolution.* Les choses arrivées pendant la Révolution en France ont donné à une grande et riche Province la bonne habitude de m'appeler un grand médecin. Ce n'est pas moi qui ai besoin des gens riches, et quand une belle Duchesse veut me voir, il faut qu'elle m'envoie chercher.

En prononçant ces mots avec beaucoup de grâce, Sansfin fit une profonde révérence et, un instant après on entendit au bas du perron pavé [*f° 22 :*] du château de Carville le galop de ses deux fameux chevaux pommelés.

Chapitre

Un jour que la Duchesse était montée en voiture [*R 298, I, f°ˢ 10-22, daté aux f°ˢ 16, 17, 19, 21.*]

[*f° 23 :*]

Les Français de φι

CV 9 Mars 41

Les F de King φιλλιππε

Sortie et imprudence de Sansfin devant les amis de la Duchesse

Un jour que la Duchesse était montée en voiture au sortir de table pour aller faire une visite à quatre lieues de chez elle, et qu'elle avait prié le docteur (c'est ainsi qu'elle appelait Sansfin) de faire les honneurs du café et des liqueurs à ses amis et voisins*, suivant la coutume de la province et surtout de la basse Normandie, les amis et voisins se mirent bien vite à médire de la personne absente. Le chevalier [de] Saint-Foy trouvait la Duchesse impossible à définir :

— Quant à moi, s'écria Sansfin, je ne trouve rien de si facile que définir Mme la Duchesse. Pour peindre ce caractère, il suffit de dire ce que j'ai jugé à propos de faire pour me faire bien venir de cette noble dame aussi supérieure par son esprit qu'elle l'est par sa naissance et par [*f° 24 :*] sa fortune ; j'ai tout bonnement admis dans toutes les occasions comme une vérité démontrée et au-dessus de toute discussion que le fils d'un riche agriculteur, qu'un médecin homme de mérite, moi, enfin, messieurs, pour couper court, est un être d'une autre nature qu'une   mariée à un Phœbus d'Albret, duc de Myossens.

Une fois que Mme la Duchesse a été bien convaincue de ma croyance ferme et inébranlable à cette grande vérité, elle a été pour moi la plus naturelle, la plus polie, et j'oserais presque dire la plus simple des femmes.

— Elle, la plus simple des femmes, la plus naturelle, la plus polie surtout ! s'écria le chevalier de Saint-Foy. Dites donc [*f° 25 :*] le contraire de tout cela : la plus hautaine, la plus politique, pensant quinze jours de suite à amener une circonstance de société, un dîner, une visite, qui lui permette de placer une bonne malhonnêteté.

— Tout cela est très exact, mais tout cela, Monsieur le chevalier, prouve mon dire. Vous n'avez pas voulu, et peut-être avec raison, admettre que vous êtes d'une

---

* Est-ce le mot ?

autre race, d'une autre espèce que Mme la Duchesse.
Vous n'avez pas voulu être fils d'un agriculteur et
médecin de premier mérite. Laissez-moi, en ma qualité de médecin, vous raconter l'histoire d'une blessure grave que sans doute, du reste, vous connaissez
peut-être. Le pauvre La Peyronie, le maître de mon
maître [Louis *ant.*] Félix, en sa qualité de chirurgien
du roi, pansa la [*f° 26 :*] blessure du malheureux dont
il s'agit, chasseur des gardes du corps du roi Louis XV,
qui à la chasse à Rambouillet où il escortait le roi, se
laissa tomber de cheval d'une façon si malheureuse
que la calèche du roi, lancée au grand galop des
chevaux, lui passa sur les cuisses et les broya. [*R 298,
I, f°s 23-26. Stendhal voulait sans doute monter à la
suite le fragment des f°s 27-28 qu'il avait gardé de la
rédaction du 5 février 1840.*]

[*9 mars*]

   [*f° 29 :*] L'anecdote de Sansfin était vraie, et il avait
raison au fond, aussi son anecdote n'eut aucun succès
auprès du chevalier de Saint-Foy, des vicomtesses de
    et de la marquise de   . Celle-ci dit même tout bas à
la comtesse , sa voisine :

   — Mais vous ne m'aviez pas dit que ce petit homme
contrefait, que ce petit médecin était jacobin !

   Sansfin savait qu'il parlait bien, et même s'exagé-
rait ce mérite, comme il avait l'habitude de s'exagérer
tous les mérites qui avaient l'honneur de lui appartenir. Pour peu qu'il fût animé par les regards favora-
bles de ceux qui l'écoutaient, il était sujet à s'emporter
en parlant, [*f° 30 :*] il oubliait tout à fait pourquoi il
parlait, quelles gens l'écoutaient et n'était plus qu'à la
chose racontée et au désir de lui faire produire tout
l'effet possible.

   Ici, par exemple, il oublia complètement qu'il avait
été question d'abord de peindre le caractère de la

Duchesse de Myossens ou plutôt de donner une idée de
l'adresse parfaite au moyen de laquelle lui, pauvre
plébéien, fils de paysan, simple médecin de campagne, était parvenu à se faire bien recevoir ; il ne
songea plus qu'à bien peindre la profonde insensibi-
lité du gentilhomme garde du corps et à bien faire voir
jusqu'à quel point un [*f*° *31 :*] gentilhomme d'avant la
Révolution se croyait, de bonne foi, d'une autre espèce
qu'un soldat plébéien. Il oubliait net que la noblesse
riche de 1829 prétendait continuer entièrement et
absolument la noblesse de la Cour de Louis XV,
seulement momentanément obscurcie et lésée dans
son éclat et dans ses droits par les crimes de la terreur
et les insolentes parodies de M. Buonaparte.

Sansfin songeait encore moins que ses propos peu
mesurés pouvaient briser tout à coup sa liaison avec la
Duchesse de Myossens et avec toutes les dames nobles
qui habitaient les châteaux qui, à six lieues à la ronde,
environnaient celui de Carville. Or il aimait deux
choses presque également : admirer de près les beaux
bras et les belles épaules de ces dames et les saluer
devant les paysans et d'un air d'intimité quand ses
chevaux rencontraient les leurs.

[*f*° *32 :*] Dans ses paroxysmes d'éloquence, Sansfin,
enivré du son de ses paroles, aurait attaché bien peu
d'importance [à] la double imprudence qu'il venait de
commettre, il aurait répondu à tous les reproches
d'imprudence par ce seul mot : *Un médecin tel que
moi !* « Que j'aie la hardiesse d'aller m'établir à Paris,
de faire arriver des pâtés de foie gras et de conquérir
des journalistes qui distribuent la réputation des
médecins ; que j'aie la bassesse d'être toujours, dans
les consultations, de l'avis des sept à huit médecins à
la mode, en réputation dont j'aurai résolu de faire la
conquête, en trois ans j'acquiers à Paris la réputation
et le rang, dont je jouis en Normandie. A Paris, je

fatiguerai chaque [*f° 33* :] jour les trois mêmes chevaux que je mets sur les dents ici, allant au lit chaque
soir sans pouvoir visiter huit ou dix malades qui
sollicitent à ma porte. A Paris, avec la même peine que
je me donne ici, je gagnerai dix fois plus. Il faut
réellement que je sois un imbécile, un homme sans
résolutions, pour laisser vieillir et pourrir ma réputation au milieu des pommes de Normandie. Je sais
comme un autre que l'on ne fait point de réputation à
Paris quand on y arrive après trente ans. Mais la
chasse m'attache à la Normandie ; mal fait comme je
suis, ce n'est pas d'argent, c'est d'un exercice violent
que j'ai besoin pour vivre. »

Dans ces moments d'exaltation [*f° 34 v°* :] et d'éloquence, c'était en ces termes que Sansfin parlait de sa
bosse, mais il serait mort de chagrin si quelqu'un en
eût parlé devant lui.

Cet entraînement de bavardage qui lui faisait
oublier ainsi toute prudence avait un rare avantage :
il s'emparait de l'esprit de toutes les femmes dont les
yeux avaient pu [supporter] pendant un seul mois la
vue de la bosse et de la figure singulière du docteur
Sansfin [*R 298, I, f°s 29-34 v°, daté aux f°s 32 et 34 v°.*]

Le 10 Mars
                Lettre de recommandati[on]
                    du grand Vic[aire]
                Scène de Sansfin av[ec]
                    le baron [Féta ?]
                        [?]
    Sansfin sous Préfet [*R 298, I, f° 34.*]

[*f° 43* :] en cas de rire
    Autre argument que peut mon cœur élire

13 Mars 41 CV[a]
    Sansfin apprend les trois journées en voyant des drapeaux trico-
lores à la diligence de Paris.
    Par prudence, Sansfin se feint malade.

Sansfin était à cheval à dix minutes de Carville sur la route de Paris, il revenait de voir un malade lorsqu'il arrêta son cheval avec un geste de profond étonnement et même d'horreur : il voyait sur la diligence trois drapeaux tricolores. L'un fort grand en avant du cabriolet, l'autre voltigeant sur la rotonde et le troisième tout petit à la main du conducteur qui, placé sur l'impériale avec les voyageurs en blouse, l'agitait de moment en moment.

Sansfin est frappé de terreur à une telle vue et à un tel point que sa vue se trouble. Comme il fréquente le salon de Mme de Myossens et qu'il en respecte fort les habitués qui ont presque tous un carrosse, il est imbu de leurs opinions tout en voyant distinctement leur mépris pour lui et se dit : « Voici une révolution qui peut nous faire tous guillotiner. »

[f° *44* :] Tout à coup il fit sortir son cheval de la route : « Voyons bien ce que c'est que ces drapeaux tricolores, se dit-il. Ce peut être un coup d'adresse du bon parti comme celui où l'on prit ce nigaud de colonel Caron à Colmar. Mais non, se dit-il à mesure que la diligence approchait. Les gens en blouse qui sont sur la diligence sont de vrais paysans normands, ce ne sont point là des gendarmes déguisés, comme à Colmar, dame ! c'est qu'il s'agit de la tête à s'y laisser prendre. Les royalistes ne badinent pas, et notre grand Vi[caire] M. Du Saillard qui au fond serait à la tête de tout le jugement dans cette affaire, aurait un vrai plaisir à faire tomber ma tête. Je suis si imprudent qu'il voit dans mes yeux que je ne crois que juste autant qu'il le faut tous les contes qu'il fait chez Madame. [f° *45* :] [Il ne] faut pas que l'on m'interroge. »

Sansfin rentra bien vite chez lui par une rue détournée, mit son cheval à l'écurie et alla chez un de ses malades dont la maison avait les fenêtres de

derrière donnant sur l'écurie de la diligence. Il se tapit
contre l'une de ces fenêtres dont les grilles étaient à
demi bouchées de toiles d'araignées. Avec de cette
poussière [à] son chapeau et le collet de sa veste tout
couvert de toiles d'araignées, il descendit pour aller
boucher une fenêtre dans une chambre [?] « Eh bien !
oui, ils se battent à Paris ou, plutôt, c'est hier qu'ils se
battaient. [*f° 46* :] Il fallait entendre comme la canon-
nade ronflait. Mais, quoique ça, les nobles auront dû
fuir et c'est Lafayette qui va être nommé premier
Consul. »

Pendant une heure toujours Sansfin se cacha avec
grand soin ; [il] entendait la crépitation de ses propres
dents. « Il faut cacher mon argent », pensa Sansfin. Il
courut à sa maison modérant sa peur en passant dans
la rue et évitant les gens dont il pouvait être remarqué. Il remarqua fort bien huit à dix bourgeois qui
rentraient par prudence chez eux apparemment pour
en faire autant. Sansfin avait 123 louis qu'il mit au
fond [*f° 47* :] d'un vase qu'il mit devant la fenêtre du
troisième. En montant sur le toit, il remarqua qu'un
silence de mort régnait dans le bourg. On commençait
cependant à crier : *A bas le roi*, devant l'auberge où
s'était arrêtée la diligence.

En descendant du toit, où il avait placé son or de
façon à pouvoir apercevoir de partout le vase qui le
contenait, il vit la petite Lamiel venant à pied du
château, elle qui, malade de la poitrine et la favorite
de madame, ne marchait jamais qu'en voiture.

« Il ne faut pas, se dit-il, qu'elle me trouve venant
du toit, si, comme je le crois, elle vient chez moi. Que
[*f° 48* :] pourrait me vouloir la Duchesse ? Quelque
mauvaise commission à me donner. D'ailleurs, il n'y a
plus de Duchesse maintenant. Peut-être qu'on va
vendre leurs biens comme biens nationaux. Ce sont
des gens qu'il ne faut pas connaître. »

A peine Sansfin s'était-il exprimé dans ce genre de propos que la petite Lamiel sonna chez lui et bientôt entra. Il la trouva bien jolie. Il vit ses joues roses. « C'est bien joli, se dit-il, mais mauvais signe. Nous allons avoir une autre inflammation de poitrine. Et qui la soignera ? Qui lui donnera ses ventouses ? Voici déjà la Duchesse qui l'envoie courir par ce vent de mer capable de l'enlever. Mais une fois. [*R 298, I, f°s 43-48.*]

14 Mars
[...]
Ce cœur de dix-sept ans ne renfermait aucun germe de passion. Les idées semblaient absolues chez cette grande fille si maigre. Cette activité de dix-sept ans renfermée dans les choses de l'esprit absorbait l'imagination de Sansfin à ce point qu'il avait oublié cette haine générale pour tous les êtres humains qu'il devait à son *imperfection*, comme il disait lui-même en parlant de sa bosse. Cette haine, cette défiance, et non pas la raison, l'avait préservé de l'espérance ; il désirait vivement Lamiel, mais il ne l'aimait pas dans toute l'intensité du mot.

[*Le reste du folio en blanc jusqu'à :*]
Un événement singulier change tous les rapports de Sansfin avec Lamiel. [*R 298, II, f° 92.*]

Suivre de près les petites circonstances [?] Komi
16 Mars
Saignée [*R 298, I, f° 43.*]

16 Mars 41 CV^a
                     Madame de Myossens
A la Pédanterie près, une femme de goût. La parfaite éducation de la bonne compagnie du faubourg Saint-Germain de 1810 lui avait empêché de combattre la pédanterie. Du reste, remplissant parfaitement et dans les moindres détails ses devoirs de religion. Parfaitement soumise au pr[être[qui lui indiquait ses devoirs.

Mais, en sa qualité d'une d'Albret, elle croyait fermement qu'au ciel elle aurait une plus belle place que ce p[rêtre], en les supposant tous deux sauvés.

En parlant religion, Mme de Myossens croyait tomber ou s'exposer à tomber dans la *Vulgarité*, qui à ses yeux était le lot inévitable de tous les prê[tres] qui parlaient bien de ces matières sacrées. A ses yeux un pr[être] était une sorte de Valet de chambre chirurgien attaché au service de sa personne. [*R 298, II, f° 81.*]

16 Mars 41 CVᵃ
Sank

Lamiel

Aura-t-elle en dix-huit mois de la parfaite éducation du crésakœur [Sacré-Cœur] ?

Sans cela jamais de bonnes manières. Mᵐᵉ de Myossens donne les lois d'une religion qui ôte à Lamiel la vivacité de la campagne. En toutes choses au monde Lamiel a toujours l'air de se retenir et même de daigner agréer faire un sacrifice en votre faveur.

Aucune vivacité sans naturel aux yeux des sots qui aiment la vivacité de Mᵐᵉ Raybaud provençale, la vivacité provençale. Son naturel dans la retenue au plus grave moment, l'air sage et pénétré même en s'enfuyant pour coucher avec le duc de Myossens.

Lamiel prévoyait souvent ce qu'on allait dire par son esprit ; elle avait su résister même à se donner les yeux vifs.

Mᵐᵉ de Myossens lui avait dit :

— Tu ne paraîtras piquante que si tu es vive, sois toujours *obligeante*, jamais *empressée* [*R 298, II, f° 82. Pour* Mᵐᵉ Raybaud, *il est peu probable qu'il s'agisse d'une épicière de Grenoble, comme le croit* V. Del Litto. Stendhal *pense à la femme de lettres Henriette-Étiennette-Fanny Arnaud, femme de Charles Reybaud et belle-sœur de l'auteur des* Jérôme Paturot. *Elle était née à Aix-en-Provence, en 1802.*]

[*f° 87 :*] CVᵃ 16 Mars 41

Le père de Sansfin

Le père de Sansfin, Conventionnel, ne s'est pas vendu à Napoléon après le 18 brumaire comme MM. Fouché, Réal et tant d'autres. Il ne lui parle jamais morale ; pour toute magie, il lui dit :

— Tu n'as qu'un moyen de faire oublier ta bosse : c'est de te faire appliquer le mot de grand médecin.

Au moment de mourir, le père conventi[onn]el lui dit :

— J'ai connu ton caractère. Je ne t'ai jamais parlé morale ; tu t'en serais moqué. Tu me rendras la justice que, connaissant ton caractère, tu te serais moqué de la morale.

Il est au moment de la mort.

— Je te fis insinuer par un de tes amis, auquel je donnai deux beaux quintaux de pommes qu'un Bossu devrait se faire toujours voir un fusil à la main et dans l'action de tuer ; que tous les matins [*f°* 88* :] il devrait se faire entendre rossant ses chiens pendant une heure, loger au troisième étage d'une maison et tirer souvent par ses fenêtres comme pour essayer ses fusils.

Sansfin n'avait pour toute règle de morale que celle-ci traitant les bossus.

Il était mort en normand de la mort *normande*.

Son fils lui reproche en riant d'avoir hérité 4 000 fr. de rente de son père et de ne lui laisser que mille écus de rente, et encore sur un pré bien national. [*Le comte Réal avait été l'adjoint de Fouché au ministère de la Police, puis préfet de police aux Cent-Jours.*]

Ridicules

Il se jure, en allant voir Mme de Myossens après la venue du drapeau tricolore : « Je ne donnerai point de conseil. Je suis à l'opposé de l'aristocratie car ces gens-là prennent tout service de notre part comme acte de vasselage. »

Mais comment faire pour ne pas parler et ne pas chercher à *bien parler*, sa passion, (pour faire oublier sa bosse), ayant pour l'écouter une grande dame encore jolie ?

Il est donc ridicule même en disant une chose vraie et raisonnable, car elle lui nuit, et il se sifflera lui-même, à défaut d'autres. Se rappeler qu'il s'était juré le contraire. [*R* 298, *II*, *f°s* 87-88.]

16 Mars
After sangsues

Caractère de Mme de Myossens

Parfait exemple de Morale Chrétienne ; dit tout à son confesseur ; a une idée subalterne de god.

Parfaitement sage. Elle a appris dans le monde ou dans son seul monde que tout être qui reçoit une confidence devient ennemi.

Donc elle est ennemie de son confesseur et se moque publiquement comme d'un grand ridicule de toute femme bien née qui prend un confesseur sourd et inversement qui en change sans cesse est non seulement une hypocrite, mais s'expose à ce ridicule.

Elle ne change jamais de confesseur. Elle lui dit la vérité, et toute la vérité, mais le traite en subalterne, et elle en plaisante ; elle a l'idée de god comme d'un être subalterne.

Elle achète tous les livres de piété les mieux reliés, mais vantés par des prêtres subalternes ; elle les regarde comme subalternes. Elle est parfaitement sage, hautaine, égoïste, âme parfaitement sèche. Elle

---

* Morale du père de Sansfin.

répète avec étonnement en les traduisant en beaux *lazzi* les propos des prêtres sur les livres de piété, sur l'imitation de J[ésus-] C[hrist], par exemple.

Mme de Myossens dit :

— Comment reprocher à Égalité d'avoir voulu jouer à Louis XVI le tour que Louis XVIII a travaillé si longtemps avec le marquis de Favras à lui jouer ?

Elle raconte [?] l'admirable tour de Sansfin.

[?], dit Frédéric. Comment reprocher à L[ouis]-Ph[ilippe] d'avoir accepté un présent que Louis XVIII a travaillé des années entières à se faire jeter par la haute noblesse et le peuple ? [*R 298, II, f° 89 r° et v°. Frédéric était peut-être le narrateur : le pseudonyme complet de Beyle était baron Frédéric de Stendhal. Le fragment évoque une sombre affaire. Thomas de Mahy, marquis de Favras, ex-lieutenant des Suisses de Monsieur — le futur Louis XVIII —, fut chargé par ce dernier, à la fin de 1789, d'emprunter deux millions. Il s'agissait de financer l'enlèvement de Louis XVI, à la suite duquel il aurait abdiqué au profit de Monsieur. Arrêté et jugé pour complot contre La Fayette [sic], Favras devait être pendu en place de Grève le 19 février 1790, sans avoir parlé, grâce à une manœuvre du prince.*]

16 Mars

M. de Myossens, le jeune duc

Absolument sans caractère, *as* M. de Ste Aulai[re]. Il a la passion la plus vive pour Lamiel, mené par Sansfin pour avoir un salon où il règne. Lamiel lui préfère un Assassin, comme l'homme dans lequel elle trouve de l'*énergie*. Pour cela elle adore François Lacenaire qui est homme en guerre ouverte contre la société et justifie cette guerre. [*R 298, II, f° 90.*]

[*17 mars*

Sangsues le 9, le 16 avec une saignée, puis, comme on va le voir, le 17... Sauf les quelques corrections du 19, ce 17 est le dernier jour de Lamiel ou, plus exactement, des Français de Philippe. Il est difficile de classer les diverses épaves de ce jour. Un fait : la note sur Sansfin est à peu près illisible et, à l'évidence, confuse. Il est donc possible que cette note ait été écrite avant la saignée et les autres après, une fois la tête libre.]

17 Mars 1841

Sansfin

Peut-être en faire un homme pauvre. Son pré lui rapportait 60 francs. Pour se punir d'avoir bien parlé, et cela poussé [?] Bertrand [?] un peu d'audace [?] Mme Bertrand [?] par une grande dame, il cherche à se faire donner 25 napoléons d'or, chose qu'il n'avait jamais vue ensemble.

Il aimait l'argent parce que sa bosse le rendait malheureux, car il est VANITEUX à fond.

Chemin faisant, en allant à Paris, dans un [?], il se découvre le talent de parler ; alors ce talent devient son grand *satisfacteur de vanité.* [*R 298, I, f° 48 v°.*]

[*f° 83 :*]　　　　　　　Suite de Sansfin

Quand Sansfin est député, il se vend pour chaque vote :

1° l'apparence de ce vote à Paris ;

2° l'apparence en province ;

3° la réalité.

Il dit à Mme de Myossens :

— Je ne veux pas me compromettre sans recevoir par mois 40 fr. par jour de présence à la Chambre. Je ne recevrai rien par dessous.

» A la fin de l'année, je demande un cadeau dont l'on me remettra le montant si l'on le juge à propos.

Député ministériel de Lafayette du temps où l'Arago vient dans sa ville, il ne résiste pas à la vanité de prononcer le discours. Un libéral, son rival, l'avait préparé ; lui ne [*f° 84 :*] résiste pas au plaisir de prononcer un discours impromptu. Il perd ainsi 40 mille francs.

Sansfin ne veut point de place *à travail* de Directeur général.

Souvent, pour se donner l'air distingué, il sacrifie ces 40 fr. par jour. Il va dix jours à la campagne, en sa qualité de grand médecin, dans le moment le plus intéressant de la Chambre et sacrifie dix jours sur la demande de Mlle Esther pour se donner, malgré sa *bosse,* l'air d'homme à bonnes fortunes. [*R 298, II, f°s 83-84. On peut se demander si Mlle Esther n'est pas un nouvel emprunt à Balzac. C'est pendant le séjour de Beyle à Paris qu'était publiée en octobre 1838, sous le titre de* La Torpille, *l'histoire d'Esther, qui deviendra l'héroïne de* Splendeurs et misères des courtisanes. *A moins que Stendhal ait eut en vue le même modèle que Balzac : Esther Guimont, belle fille à tout le monde et, notamment, à Émile de Girardin.*]

Saignée du 17 Mars

PLAN

Quoique je sois assurément l'homme du monde le plus incapable d'imiter quand je le voudrais, j'écris ici, pour me comprendre moi-même, en peu de mots les idées qui me sont venues la tête libre après la saignée.

Pour le courant du récit, *imiter la brièveté* de Gil Blas, moins sa morale niaise sur la vertu, sur le respect pour les seigneurs, sur le King, etc.

Il n'a aucune morale ; fils de conventionnel qui, après le 18 brumaire, ne s'est pas vendu à Napoléon, comme Fouché, Réal et tant d'autres. [*R 298, II, f° 86.*]

[*f° 36 :*] 17 Mars 41 CV^a *

Chapitre 1

Vers les dernières années du règne de Charles X, c'est-à-dire en 1828 ou 29, le docteur Sansfin était un pauvre diable de médecin normand, lequel ne possédait pour tout bien qu'un méchant cheval pour faire ses visites, deux chiens, et un fusil, car il prétendait être grand chasseur. Pour comble de misère, il était bossu et très honteux de sa bosse, car, outre que le ciel lui avait donné de la vanité pour dix Champenois, il se croyait appelé à être homme à bonnes fortunes. Sansfin exerçait toutes ses prétentions dans un bourg de Normandie assez voisin d'Avranches, nous l'appellerons Carville afin d'en pouvoir médire en toute tranquillité, et sans nous exposer aux réclamations [*f° 37 :*] pathétiques de quelque bourgeois qui viendrait nous parler de l'honneur de son père, le tout dans l'espérance de voir son nom imprimé dans quelque journal.

Ce village de Carville était couronné par un beau château à demi-gothique bâti par les Anglais. On avait de là la vue de la mer située à une lieue, et, du côté de terre, une suite de collines couvertes d'arbres. Dans ce château admirablement situé passait dix mois de l'année une grande dame de Paris, Mme la Duchesse de Myossens. Elle n'avait guère plus de trente ans ; ses traits avaient de la noblesse, elle pouvait même passer pour belle. Sa fortune était fort considérable, et de plus elle en était maîtresse absolue. Cette Duchesse

* Mis au net le 19 Mars 41.

tenait surtout à jouer dans le monde un rôle convenable, elle remplissait donc tous ses devoirs avec scrupule ; mais je puis ajouter un fait bien singulier :
jamais, un seul instant dans la vie, elle n'avait cessé
d'être sage. On pouvait lui reprocher d'être fière. Il
faut convenir qu'on l'eût été à moins. Pour la punir de
sa fierté, je ferai remarquer qu'elle n'était point aimée
de la noblesse des environs. Il faut remarquer que,
dans cette partie de la [f° 38 :] Normandie, on rencontre toutes les trois lieues un château de trente
mille livres de rente. Mme de Myossens était bien au-
dessus de ces sortes de châteaux. Ses laquais étaient
toujours par voie et par chemin sur la route de Paris.
Elle faisait venir toutes les primeurs, mais aussi
voulait avoir tout le monde à ses dîners. Elle réussissait à demi. On venait bien manger ses admirables
dîners, qui souvent revenaient à des prix fous et qui
faisaient l'entretien de la province, mais, à peine le
dîner fini, on quittait le château d'Albret. Et par
exemple, ce château, la Duchesse eût voulu qu'on
l'appelât le château de Myossens et non d'Albret. Deux
ans auparavant, son mari avait succédé à son père et
étant devenu duc, elle avait débaptisé ce château et
non sans bonnes raisons valables, mais ce changement
de nom elle ne pouvait pas l'obtenir de ses nobles
voisins. Son mari [f° 39 :] ne l'aidait en aucune façon,
jamais il ne paraissait en Normandie. Ce mari, pair de
France et l'un des grands officiers de la Cour de
Charles X, passait pour être ami de ce prince et ne
sortait guère des Tuileries où il passait pour un
modèle parfait d'élégance. Il voyait le plus rarement
possible sa femme. Il est vrai que c'était elle qui
possédait toute la fortune de la maison et qu'elle ne le
laissait pas ignorer. Quant à son fils Hector de
Myossens il avait douze ans et finissait son éducation
au collège et venait tous les ans passer quelques mois

avec sa mère. Il résultait de ce genre de vie que Mme de Myossens s'ennuyait quelquefois.

Quelques années auparavant, elle s'était prise de passion pour la nièce de M. Hautemare, le bedeau du village. Cette petite fille, grande, élancée, maigre, à peine âgée de quatorze ans, était toute-puissante au château. Les femmes de chambre les plus en faveur essayaient de lutter contre elle, mais même Mlle Lambert, qui avait élevé la Duchesse, ne pouvait soutenir la lutte contre Lamiel, c'était le nom que la Duchesse avait inventé pour la petite paysanne.

[*f° 40 :*] C'est à propos de la petite Lamiel que la Duchesse s'était brouillée avec son médecin de Paris. Ce monsieur avait prétendu être devenu tellement célèbre et tellement connu qu'aucun prix, quelque extravagant qu'il fût, ne pouvait plus payer son absence pendant trois jours. Et, dans un moment d'humeur, la Duchesse recevant un troisième billet d'excuses de cet important monsieur, avait fait appeler de l'autre bout du village le pauvre diable dont nous avons décrit le pauvre cheval et la taille accidentée au commencement de ce chapitre.

Lamiel passait pour avoir un commencement de maladie de poitrine [*f° 41 :*] et la Duchesse exigea que Sansfin [la] visitât deux fois par jour. Lorsque, entraîné par un malade mourant et habitant à deux lieues du château, il essayait de ne pas paraître, la Duchesse savait bien lui dire avec l'air le plus sec, et d'habitude elle avait l'air sec :

— Vous devez paraître ici avec exactitude, monsieur, car je vous paie autant que qui ce soit et fort exactement.

La vanité de Sansfin fut profondément [*f° 41 v° :*] choquée et il délibéra s'il ne devait pas composer une lettre d'excuse pour le lendemain.

Mais les meubles étaient si beaux, mais on voyait

tous les gens titrés du pays chez Mme la Duchesse, mais, grâce à elle, deux jours auparavant pour la première [fois] de sa vie, il avait tâté le pouls à une vicomtesse !

L'anecdote du verre d'eau de vie.

[par cette note, Stendhal s'indique de placer à la suite le fragment conservé de la rédaction du 5 février 1840 (R 298, I, f°s 27-28), placement amorcé d'une autre façon le 9 mars 1841 (R 298, I, f°s 25-26).]

[*f^{o}* 42 :]

Chapitre 2

Un jour, et il y avait un an que ce genre de vie durait, Sansfin était à cheval à dix minutes de Carville [*R 298, I, f°s 36-42. La suite, articulée par cette phrase, devait évidemment être le texte écrit le 13 mars (R 298, I, f°s 43-48), que Stendhal reprend alors, d'où la note qui suit.*]

Corrigé le 17 Mars 41 [*R 298, I, f° 44.*]

Mis au net le 19 mars 41 [*R 298, I, f° 36, premier de l'ultime refonte du chapitre I, avec amorce du chapitre 2, le 17 mars. La mise au net porte sur tout ce travail : les sept folios sont corrigés.*]

[*25 mars ?*
A dater du 19 mars, Stendhal arrête, non seulement de travailler à son roman, mais tout travail de création. L'évolution de sa maladie explique ce fait. Il eut une attaque, dont il écrira le 5 avril qu'il s'est « colleté avec le néant ». D'après une lettre dont on ne possède pas l'original, la date de cette attaque est classiquement fixée au 15 mars (Correspondance, III, 429 et notes p. 736 sur la lettre 1765). Le calendrier du travail de Stendhal, tel que nous venons de le suivre, rend cette date pratiquement irrecevable : Stendhal n'aurait pu travailler comme il l'a fait le 16 et le 17 après son attaque. Il est probable que la date a été mal déchiffrée et qu'au lieu de 15, il faille lire le 25 mars. D'ailleurs, le 21 il pouvait encore écrire un billet, dans lequel il disait s'être fait saigner le matin « pour une

infâme migraine ». Certainement intransportable tout de suite après son attaque, c'est seulement le 31 qu'il sera en état de faire le voyage de Civitavecchia à Rome pour pouvoir consulter.]

[*31 mars-10 juin*
    Rome.
    La maladie, qui devait emporter Stendhal un an plus tard, explique, non seulement l'arrêt du roman, mais déjà l'impression de difficulté donnée par le travail qui a précédé l'attaque de mars. On peut raisonnablement penser que, dès lors, Stendhal n'était plus ni physiquement ni, il faut le dire, intellectuellement, en pleine possession de ses moyens.
    A partir de sa Correspondance, de son Journal, qui permettent de faire ici le point sur sa santé, on constate que, depuis 1831, Stendhal avait des accès de paludisme et, surtout, une « goutte » compliquée, dès cette époque, au moins, de calculs des reins et d'infection urinaire, dont il avait manqué mourir en avril, mai et juin 1831. Cette goutte, aggravée par un tempérament pléthorique lié à une boulimie, reconnue par lui-même, avait inévitablement abouti à une hypertension artérielle et à des accidents vasculaires cérébraux, qui ont dû atteindre différents territoires des deux hémisphères cérébraux, mais qui prédominèrent sur l'hémisphère droit. Ces accidents vasculaires expliquent les troubles moteurs, sensitifs et psychiques plus ou moins graves, plus ou moins longs et plus ou moins rapidement et complètement résolutifs que Stendhal nota dans ses « marginalia ».
    L'accident de mars, accompagné d'une perte de connaissance, laissa des séquelles importantes dont témoignent son portrait du 8 août 1841 et les réactions de ses amis, lors de son retour à Paris en novembre, ainsi que ses propres notes et lettres. Il s'agissait des séquelles d'une atteinte de l'hémisphère cérébral droit, donc avec effets sur le côté gauche de la face et du corps, d'où les traces de paralysie à gauche, visibles sur le portrait, les parésies des membres gauches, qu'il nomme des faiblesses, d'où, enfin, les accès d'aphasie amnésique et les troubles du langage.
    Nous avons vu, dans la préface, une partie de la lettre qu'il écrira le 5 avril à Di Fiore pour lui dire son attaque de mars, survenue après six mois de migraines horribles *et quatre accès d'aphasie amnésique, dont il répète :* J'ai eu quatre suppressions de mémoire de tout français depuis un an ; cela dure six à huit minutes ; les idées vont bien, mais sans les mots. *Ce jour-là :* Je me suis aussi colleté avec le néant. *Il est clair, pourtant, qu'il ne dit pas tout à son ami. Il n'avoue pas l'autre attaque, avec perte de connaissance, dont témoignait sa note du 28 Février. Est-ce pour ne pas effrayer Di Fiore ? Est-ce parce que son pouvoir d'expression et, peut-être, d'idéation est altéré ? Cela semble confirmé par les répétitions, les signes de confusion et d'atteinte de la mémoire que l'on trouve dans sa lettre du 5 avril, puis par la première*

phrase de sa lettre du 10 avril au même Di Fiore : Voici ma première
lettre. *A l'évidence, il a oublié la précédente. Le 5, il lui disait avoir
consulté le docteur Severin et, le 10, il lui annonce être* venu à Rome, le
premier de ce mois [sic], *pour profiter des lumières du brusque
docteur Dematteis. Sa maladie ?* la langue épaisse, *et :* Je suis, quatre
ou cinq fois par jour, sur le point d'étouffer ; mais le dîner me guérit à
moitié et je dors bien [...] Une lettre de trois lignes à écrire me donne
des étourdissements. *Enfin, à la fois pudique, prémonitoire et poi-
gnant :* J'ai assez bien caché mon mal ; je trouve qu'il n'y a pas de
ridicule à mourir dans la rue, quand on ne le fait pas exprès.

Le 19 avril, il écrira à Di Fiore : Hier on m'a mis un exutoire au bras
gauche ; ce matin on m'a saigné. Le symptôme le plus désagréable,
c'est l'embarras de la langue qui me fait bredouiller. *En post-
scriptum :* Le 20 avril, attaque de faiblesse dans la jambe et la cuisse
gauches. *Le 28 mai, dans un mot à Colomb :* Après des saignées, la
goutte ne remonte plus à la tête.

*Mais, pour bien comprendre la violence de l'attaque de mars et les
incontestables ravages qu'elle fit, peut-être suffit-il de lire les toutes
premières lignes qu'il traça après cette attaque, pour Balzac, le 4 avril. Ce*
Dimanche des Rameaux, Moutarde, *a-t-il noté* (Le Calendrier, p. 377).
*Ce traitement était le moins que l'on put faire en ce jour où, soucieux
d'indiquer à Balzac l'adresse de Colomb, le pauvre Beyle, en un billet d'à
peine dix lignes, donne trois adresses, dont l'une trois fois et l'autre deux
fois. On peut s'étonner que ce signe de totale confusion mentale n'ait
jamais été perçu et retenu comme tel.*]

[10 juin-11 août
  Civitavecchia.
  19 juin, à Romain Colomb : J'ai deux chiens que j'aime tendrement
[...] j'étais triste de n'avoir rien à aimer.
  *Vers la fin de juin, nouveaux malaises. Le 8 juillet, il écrit avoir été
soumis à huit saignées.* C'est un accès de goutte. Je n'ai presque plus
la faculté de penser.
  En août, Two and tenth of August 41, perhaps the last in his life...
(Journal, II, 422). *Il s'agit des jours les plus glorieux de sa rencontre avec
Cecchina Bouchot, fille du chanteur Lablache. En souvenir, Stendhal
antidatera au 2 août le portrait de lui que le peintre Heinrich Lehmann,
ami de Mme Bouchot, fit, signa et data le 8 août. Dans ce dernier portrait
de Stendhal, les signes d'atteinte à gauche sont visibles, affreusement, à
l'œil gauche fixe, à l'hémiface gauche figée, au bras gauche flasque.*
  9 août, à Guizot, ministre des Affaires étrangères : Je suis dans les
premiers jours d'une pénible convalescence, après une maladie de
quatre mois [sic]. La goutte menaçait d'une congestion au cerveau. Il

a fallu neuf saignées. *Il demande un congé pour aller consulter, à Genève, le docteur Prévost.*]

[*11-16 août*
  Voyage à Livourne et à Florence.]

[*16-19 août*
  Civitavecchia.]

[*20-23 août*
  Rome.]

[*23 août-?*
  Civitavecchia.
  15 septembre : Beyle reçoit l'accord du ministère pour son congé, mais il doit attendre le retour de son chancelier consulaire pour partir.]

[*?-8 octobre*
  Florence, dernier séjour.]

[*10-14 octobre*
  Rome, dernier séjour.]

[*21 octobre*
  Dernier jour à Civitavecchia.]

[*22 octobre-8 novembre*
  Livourne-Paris.
  Après l'escale à Livourne, puis celle de Gênes, le 23, Beyle arrive à Marseille le 24. Il y retrouve son ami Salvagnoli, qui doit l'accompagner à Genève puis à Paris. Son état est tel qu'il ne peut repartir le lendemain et c'est seulement le 31 qu'ils arrivent à Genève. L'épuisement de Beyle alarme Salvagnoli, qui renonce à toute excursion pour rester auprès de lui. Après la consultation auprès du docteur Prévost, ils quittent Genève le 5 novembre et mettront quatre jours pour atteindre Paris.]

[*8 novembre-31 décembre*
    Paris.
    Impression de Romain Colomb : « *Je m'aperçus douloureusement des traces que la maladie avait laissées* [...] *Le physique et le moral me parurent singulièrement affaissés ; sa parole si vive était maintenant traînante, embarrassée ; le caractère s'était singulièrement modifié, ramolli, pour ainsi dire ; sa conversation plus lente offrait moins d'aspérités.* »
    ... *de Tougueniev* : « *Il a vieilli et peut-être son esprit a baissé.* »
    ... *de Louise Ancelot* : « *il a bien vieilli ; si son esprit y a perdu, son cœur me paraît y avoir gagné.* »

1842

[*1ᵉʳ janvier-23 mars*
    « *A Paris pour mourir...* » (Henri Martineau).
    En janvier et en février, Beyle fait des séjours au Havre, puis à Compiègne pour y chasser.]

9 et 10 Mars 1842.
    Course à Versailles
    Il y a quatre choses à prendre dans le manuscrit de C[ivita-Vecchia] :
    [1°] Le commencement et quelques phrases sur les paysages de Normandie, plus la description de Carville.
    2° Les premiers traits du caractère ridicule du bossu Sansfin, sa folle vanité qui a à son service un esprit infini, mais, en revanche, le moindre mécompte lui perce le cœur ; il ne peut être consolé que lorsqu'une nouvelle action vient placer ses souvenirs entre le chagrin de sa défaite et le moment présent. Il descend à cheval par le sentier en zig-zag qui aboutit au tronc de noyer creusé qui sert de bassin aux blanchisseuses. Leurs plaisanteries criées à haute voix percent le cœur de Sansfin et commencent à dessiner son caractère ridicule dans l'esprit du lecteur.
    3° La maladie de Lamiel l'introduit au château de Carville. Il y est d'abord tout intimidé devant la haute noblesse qui le fréquente et qui traite ce médecin grotesque avec toute la hauteur de hobereau normand. Émoustillée par ces signes de mépris, la vanité de Sansfin se démène dans tous les sens et parvient enfin à saisir la place de

remède à l'ennui qui fait le supplice de la Duchesse. Cette place est restée vacante depuis la maladie de Lamiel. Après cette première victoire, la vanité de Sansfin prend les ailes, il songe à la fois à prendre le p[ucelage] de Lamiel et à se faire épouser par la Duchesse.

4° Sansfin est exalté par ces idées hardies ; la vie commence pour lui ; il parvient à oublier l'état d'humiliation profonde et de timidité que son imagination admirable avait tirées jusque-là de sa pauvreté et de son imperfection physique.

L'esprit de Lamiel, éclairé par les réflexions profondes et cependant parfaitement claires que Sansfin consacrait à son éducation, lui faisait faire des progrès immenses. Sansfin lui disait la vérité sur tout. « Ce n'est qu'à force d'esprit, si la nature lui en a donné le germe, que cette jeune fille peut s'apercevoir un jour que, malgré mon imperfection physique, je vaux mieux que la plupart des hommes. » Cette éducation donnée avec passion et par un homme qui disait la vérité sur tout en se servant des termes les plus clairs fut aidée par les dix-sept ans de Lamiel. [*R 298, I, f°s 2-4.*]

Dicté le 13 Mars
  Idée les 9 et 10 Mars 42
  Voyage à Versail[les]
  lucidité [?]
  Dicté le dimanche de la Passion De Giovani
  13 Mars 1842
  13 et 14 Mars

Lamiel

13 Mars 42
A faire
  Pour éviter l'ennoblissement de Sansfin Fabien le bâtonne. Sansfin fait semblant de ne pas le reconnaître. Ou un autre le bâtonne [?] de son maître. Perhaps cette belle énergie est indélicate, tue le comique. Que Fabien reste. Sansfin, qui songe à être député, lui fera valoir son écorchure. [*R 298, I, f° 1.*]

[f° 56 :]

Lamiel
Coup de poignard
donné par un bossu
13 Mars 1842

[f° 57 :] Un jour celle-ci dit à Sansfin :
— J'ai donné 40 francs au jeune tapissier Fabien, lequel m'a délivrée de mes doutes sur ce qu'on appelle le p[ucelage].

Fureur et désappointement de Sansfin. Il sort de la chambrette de Lamiel. Dans un couloir qui conduisait au salon où la Duchesse tenait sa cour, environnée de quatre ou cinq dames du voisinage qui étaient venues lui faire une visite du matin, Sansfin rencontre Fabien, qui allait être présenté ce matin-là à ces dames. Il était vêtu avec une extrême recherche et parut à Sansfin plus fat encore qu'à l'ordinaire. Le médecin bossu fut surtout choqué d'une chemise admirablement repassée par une des femmes de chambre qui faisait la cour au jeune Fabien.

A ce moment, celui-ci eut la malheureuse idée d'adresser au médecin une plaisanterie d'assez mauvais goût, dont le but secret était de lui faire comprendre l'aventure si extraordinaire qui venait de changer sa position auprès de la belle Lamiel. Cette plaisanterie fut trop bien comprise par le médecin, qui se sentit porter un coup au cœur. A l'instant, il saisit un poignard qu'il avait placé dans la poche de côté de son habit, pour le cas non arrivé jusqu'ici où il se verrait victime de quelque plaisanterie outrageante sur son imperfection physique. Une réflexion rapide comme l'éclair vint malheureusement rappeler au médecin que son cheval, poussé convenablement, pouvait faire quatre lieues à l'heure et le mettre rapidement à l'abri des poursuites du brigadier et des deux gendarmes en station à Carville. A peine donc la mauvaise plaisanterie de Fabien était-elle prononcée que Sansfin lui répondit par un coup de poignard lancé au beau milieu de cette chemise si bien repassée et si coquettement étalée. Mais le jeune Fabien avait eu le temps d'avoir peur au vu du brillant de la lame du couteau-poignard, il fit un léger mouvement de côté qui lui sauva la vie. La jeune femme de chambre avait repassé la chemise avec un tel luxe d'empois que la pointe du poignard lancé sur la poitrine en fut comme arrêtée ; elle ne pénétra qu'en glissant de droite à gauche sous la peau au-dessus des côtes, ce qui n'empêcha pas le jeune tapissier de se croire mort. Il voulut pénétrer en criant dans le salon où se trouvait la duchesse.

— Ce n'est rien, c'est une plaisanterie, demain, il n'y paraîtra plus.

Mais en prononçant ces paroles avec assez de présence d'esprit, Sansfin retenait le jeune tapissier par sa belle cravate qu'il chiffonnait impitoyablement ; ce malheur n'échappa point à Fabien.

— Quelle figure vais-je faire devant ces belles dames qui ne m'ont jamais vu ! se dit-il. J'aurai l'air d'un ouvrier saligot.

Cette idée le rendit furieux, il éleva la voix :

— Vous m'avez causé une incapacité de travail de plus de quarante jours et mon père, qui a de bonnes protections à Paris, saura bien vous la faire payer cher. D'ailleurs, Mme la duchesse, à laquelle je vais montrer le signe de votre violence, ne souffrira point qu'on assassine ainsi ses ouvriers.

Pendant qu'on lui adressait ces paroles, Sansfin réfléchissait que si ce charmant jeune homme, avec sa chemise sanglante, paraissait devant les dames réunies dans le salon voisin, il était perdu dans le pays.

— Je tuerai plutôt tout à fait cet amant de Lamiel, si le bonheur veut que je ne sois surpris par aucun domestique ; je cacherai le cadavre dans la garde-robe voisine dont je prendrai la clef, et ce soir aidé par Lamiel elle-même, je ferai disparaître le corps du beau Parisien. Un homme comme moi est capable de se tirer d'une situation bien pire.

Une idée bien digne de la Normandie se présenta au médecin bossu : « En supposant que tout réussisse à souhait, cette étourderie peut me coûter cent louis. Faisons-les refuser à ce petit animal qui m'embarrassera bien plus mort que vivant. »

— Si tu veux me suivre hors du château et ne rien dire à personne, je te fais une pension de trois cents francs par an. Tu meurs de faim avec ton père avare et qui n'a pas soixante ans, il peut te faire attendre quinze ou vingt ans l'héritage de sa boutique, tandis que tu auras un bien-être assuré avec cette pension de trois cents francs que je vais à l'instant t'assurer par un bon acte passé devant notaire et en présence de quatre témoins.

Fabien, outré de l'état dans lequel il sentait mettre sa cravate, fit un puissant effort pour s'échapper. Sansfin tordit sa cravate de façon à l'étouffer.

— Je vais te donner un coup de poignard dans l'œil ; tu es borgne à tout jamais et, qui plus est, mort. Accepte la pension de trois cents francs.

Et il tordit la cravate de plus belle.

Fabien, réellement étouffé, cria à voix basse :

— J'accepte la pension.

Sansfin lui mit la main sur la bouche et l'entraîna rapidement par un escalier dérobé qui par le couloir du bûcher les conduisit en trois minutes hors du château. [*R 298, I, f° 56 de la main de Stendhal, f°s 57-63 dictés.*]

[*13 ? mars*]

Il y avait à Carville un petit jeune homme de dix-huit ans, que sa physionomie doublement normande, tant il était attentif à ses intérêts, avait fait choisir pour piéton du village. Il allait tous les soirs, à 9 heures, chercher les lettres adressées aux gens du pays, à la ville voisine, distante d'une lieue, où les déposait le courrier de Paris. Avant minuit, elles étaient toutes distribuées ; jamais il n'y avait d'erreur ; mais avec les demi-sous que le piéton se faisait payer, en trompant des paysans normands, il était parvenu à se donner la toilette d'un monsieur. Il était fort bien venu des demoiselles du pays.

On le citait de tous côtés pour sa discrétion à toute épreuve. Pendant longtemps, jamais il n'avait été connu que telle demoiselle recevait des lettres par la poste ; c'était un moyen fort commode d'entretenir une correspondance entre deux jeunes gens de Carville. Le piéton déposait les lettres à la poste de la ville voisine et les rapportait à Carville, à sa course du lendemain. Une fois cependant, le piéton put être soupçonné d'avoir manqué à sa discrétion, vertu qui lui était si nécessaire : il se trouva que le docteur Sansfin et lui faisaient la cour à la fille du boulanger, l'une des plus jolies du pays et des plus riches. Le bruit se répandit que le docteur, monté sur son bon cheval [aveugle *a entendu et écrit le copiste pour :* anglais], ayant fait rencontre du piéton, lui avait distribué quelques coups de cravache. Bientôt il fut connu que la belle boulangère, malgré les quatre mille livres de rente que l'opinion publique accordait à son père, s'était décidée en faveur du médecin bossu qui, à la vérité, s'était fait précéder par le don de six napoléons d'or.

C'était ce piéton, fort bien vêtu et renommé à la fois pour son extrême discrétion et pour sa passion encore plus grande pour l'argent, qu'avait choisi Lamiel lorsque sa curiosité avait voulu se former une idée nette de ce que les jeunes filles du pays appelaient l'amour.

Elle raconta à son ami Sansfin l'extrême hauteur, allant presque jusqu'au ton de l'insulte, qui avait présidé aux négociations qu'elle avait entretenues à ce sujet avec le piéton. Elle lui avait remis un beau napoléon d'or sous la condition que jamais il ne prononcerait son nom ; que, sous quelque prétexte que ce fût, jamais il ne lui adresserait la parole. En revanche, si elle était parfaitement contente de la parfaite indifférence même de ses regards, elle laisserait tomber à ses pieds, le 12 janvier de chaque année, la somme de 5 francs.

Comment réussir à peindre la rage profonde qui agitait Sansfin pendant que Lamiel lui donnait tous ces détails avec une froideur parfaite et comme cherchant à se faire louer des précautions inventées par sa prudence ? Il était donc un être tellement sans conséquence, tellement étranger à toute idée d'amour et même de sensualité que l'on pût sans honte se vanter devant lui de tels détails !

Le docteur fit à Lamiel une scène furibonde, mais qu'il eut cependant l'esprit d'abréger. En sortant de la chambre de Lamiel, le hasard voulut qu'il rencontrât dans le couloir intérieur, qui conduisait au salon où la duchesse recevait en ce moment la visite de plusieurs dames du voisinage, le fatal piéton, qui venait d'être le héros des confidences si cruelles de Lamiel. Espérant remettre en mains propres à la duchesse et, peut-être, encore devant des dames, le piéton avait consacré une heure à une toilette qui dépassait de bien loin les soins de la propreté la plus parfaite. S'il eût pu déguiser l'âpreté doublement normande de son œil de renard, il eût pu passer pour un jeune homme de dix-huit ans appartenant à la société de Paris.

— Que faites-vous dans ce couloir qui n'est destiné qu'aux femmes de Mme la duchesse et où les valets de chambre eux-mêmes n'osent jamais se montrer ?

— Je n'ai pas d'avis à recevoir de vous, ces choses-là ne regardent pas un vilain bossu.

Sur la réponse du docteur qui fut outrageante, le piéton saisit la chemise de toile de Hollande de Sansfin, étalée avec une coquetterie parfaite sur sa poitrine, et mit son ennemi hors d'état de paraître devant des dames. Sansfin, qui était fort, répondit par un coup de poing fort bien appliqué ; le piéton, persistant dans son plan d'attaque, saisit à deux mains la chemise du docteur, de façon à la déchirer entièrement et à mettre en évidence le gilet de flanelle qui seul défendait sa poitrine. Après avoir mis son ennemi dans cet état, le piéton fit beaucoup de bruit, espérant attirer l'attention de la duchesse qu'il savait d'un caractère fort craintif et qui, peut-être, ouvrirait sa porte.

Les espérances du jeune Normand furent surpassées : la duchesse parut sur la porte du salon, précédée de deux jeunes femmes qui se trouvaient avec elle, et suivie du curé, pâle comme son linge, songeant à la fois aux attentats de la Révolution et à sa qualité d'homme qui l'aurait obligé à précéder les deux jeunes femmes qui avaient pris sur elles les dangers de cette sortie.

— Voici une lettre, dit le piéton de l'air le plus timide, que M. le docteur voulait m'enlever. [*R 298, I, f°s 49-55 dictés.*]

[*15 mars*
  Rédaction de la dernière préface de De l'Amour.]

[*15-22 mars*
  Remaniement de Suora Scolastica.]

[*21 mars*
  Plan de La Juive.
  Traité avec Bonnaire pour la publication, dans un an, de deux volumes de Contes et Romans, *et, auparavant, tous les deux mois, dans la* Revue des Deux-Mondes, *de nouvelles. Offre de :* 1° Suora Scolastica ; 2° Mlle de Vanghen, la Juive ; 3° Trop de faveur tue, histoire de Florence ; 4° Le Chevalier de Saint-Ismier.]

[22 mars

Attaque d'apoplexie, en sortant d'un dîner avec le ministre Guizot, sur le trottoir longeant le ministère des Affaires étrangères, rue Neuve-des-Capucines (au niveau de l'actuel n° 24, de la rue des Capucines, où se trouvait une des entrées du ministère, alors situé et jusqu'en 1853, dans l'ancien hôtel du maréchal Berthier). Par hasard, Romain Colomb fut vingt minutes plus tard auprès de son cousin : « je le trouvais sans connaissance dans une boutique, vis-à-vis le lieu où il était tombé ; je ne pus obtenir de lui ni une parole, ni le moindre signe. » On le transporta à son hôtel : « Là, toutes les ressources de l'art furent épuisées sans succès. »]

[23 mars

Marie-Henri Beyle meurt à deux heures du matin dans sa chambre de l'Hôtel de Nantes, 78 rue Neuve-des-Petits-Champs (l'actuel n° 22 de la rue Danièle-Casanova), à l'âge de cinquante-neuf ans.]

CHRONOLOGIES

Plusieurs folios des textes ou des folios séparés portent des notes, intitulées ou non « chronologies ». Elles montrent que Stendhal tenta de fixer les dates de l'action et les âges des personnages et qu'il flotta notablement. Aucune de ces notes n'est datée. Plutôt que d'essayer une datation ou un classement chronologique forcément conjecturaux, j'ai préféré les présenter séparément ici, en donnant successivement celles trouvées sur le manuscrit, celles de la dictée, celles des folios séparés.

Chronologies du manuscrit

Chronologie.
Supposons que le roman commence en 1828. Donc : Fédor né en [1814 *ant.*] 1816, en 1828 Fédor a 12 ans ; Lamiel née en 1824, en 1828 Lamiel a 4 ans ; Sansfin né en 1804, en 1828 Sansfin a 24 ans. [*R 298, II, f° 13 v°.*]

Cinquante ans en 1830. Donc née en [*coupure du papier*] ; émigrée en 1792, à douze ans. [*R 298, II, f° 40 v°.*]

Chronologies de la dictée

1 824	1 824	1 778	1 830	1 810	1 771
45	40	45	20	1 772	32
1 779	1 784	1 823	1 810	32	1 810
45					
1 824					

Elle a eu Fédor en 1811 à trente-deux ans, à Londres. [*R 297, I, f° 61. Voir ce folio au 5 février 1840.*]

Chronologie
    Ceci se passe en octobre 1818
    Lamiel née en 1814 [*R 297, I, f° 78 v°, au début du chapitre II, à propos du miracle des pétards.*]

Chronologie
    Lamiel née en 1814
    en 1818, miracle elle a 4 ans et Fédor 8. Fédor né en 1810 a 20 ans en 1830 [*R 297, I, f° 85 v°.*]

Chronologie
    Lamiel née en 1814
        a 4 ans   en 1818
                      en 1830 a 16 ans [*R 297, I, f° 104, page de titre du chapitre III.*]

[Chronologie, Lamiel née en 1811, Fédor de Miossens en 1807. Lamiel a dix-sept ans en 1828. *rayé. R. 297, I, f° 144 v°.*]

For me and for substructions
    Sansfin, en s'éloignant du Château depuis 2 ans, a rendu la surprise possible pour Mme de Miossens, car il a [?] non par passion.
    En 1830, il a quarante ans. [*R 297, I, f° 207 v°.*]

Métier. 200 fr.	1 286,56
	571
	715,56

Retarder jusqu'à la fin de l'année.

Chronologie.
Le docteur Sansfin né
La duchesse née en 1778.
Fédor né en 1810 aura vingt ans en 1830.

1 778   La duchesse née en 1778.
   32
─────
1 810   Fédor, né en 1810.
1 830   a vingt ans en 1830.
1 778
─────
   52

[*R 297, I, f° 209 v°, avec une note du 10 février 1840.*]

Chronologies des folios séparés

Chronologie
    La scène des pétards a lieu en [1815 *puis* 1817 *ant.*] 1816 ; ce jour-là
Lamiel née en 1813 a quatre ans, Fédor né en 1809 a huit ans.
    Quand Fédor aime Lamiel, il a [17 *ant.*] dix-neuf ans au plus,
Lamiel a quinze ans, donc [1830 *ant.*] 1828 [*R 297, I, f° 11.*]

Un village
    de
Normandie
        Personnages
Lamiel 17 ans
Hautemare maître d'école et sa femme
la Duchesse de Miossens 48 ans
Sansfin (le D^r), médecin bossu 30
Fédor de Miossens 18 ans fils de la Duchesse
l'abbé Clément 27 ans
Du Saillard curé 49 ans
les Missionnaires
Mme Le Grand tenant l'hôtel de la rue de Rivoli
Un village de Normandie
le Comte de Nerwinde ou de Nerwin (y penser)
Me Anselme femme de chambre [*R 298, II, f° 77.*]

                        Lamiel
                ══════════════════

                      Chronologie
                      de 1 à 250
    Me de Miossens née en 1780, accouche à Londres en 1810 de Fédor.
Elle rentre à Paris en 1814.
    Lamiel, née en 1814, a quatre ans de moins que Fédor et quatre ans

quand M. et Mme Hautemare, sous le nom de M. et Mme Prévôt, la choisissent à l'hôpital de Rouen.

Le docteur Sansfin, né en [1800 *ant.*] 1790, a vingt-huit ans à l'époque de la mission de 1818, quand il écrit trois initiales sur la cendre du foyer du salon de Mme de Miossens [*R 297, I, f° 18. De 1 à 250 correspond au 14 janvier 1840 ; les trois initiales au manuscrit du 10 février 1840.*]

Lamiel

Commencement

de la page 1 à 250

Mme de Miossens, née en 1780, accouche à Londres en 1810 de Fédor. Elle rentre à Paris en 1814.

Lamiel, née en 1814, a quatre ans de moins que Fédor, et quatre ans quand M. et Mme Hautemare, sous le nom de M. et Mme Prévôt la choisissent à l'hôpital de Rouen.

Le docteur Sansfin, né en [1800 *ant.*] 1790, a vingt-huit ans à l'époque de la mission de 1818, quand il écrit trois initiales sur la cendre du foyer du salon de Mme de Miossens. [*R 297, I, f° 30. La répétition des mots, et jusqu'à la rature, de ce texte et du précédent, est un peu impressionnante...*]

DOSSIER

VIE DE STENDHAL
1783-1842

1783. *23 janvier :* naissance à Grenoble d'Henri-Marie Beyle, le futur Stendhal.

1790. *23 novembre :* mort de la mère de H. B. ; il sera élevé, avec ses deux sœurs cadettes, chez son grand-père maternel, le docteur Henri Gagnon.

1796. *21 novembre :* entrée de H. B. à l'École Centrale de Grenoble.

1799. H. B., qui avait obtenu, l'année précédente, le premier prix de Belles-Lettres, sort de l'école avec un premier prix de mathématiques.
30 octobre : il quitte Grenoble pour Paris, où il arrive le lendemain du 18 brumaire.

1800. Dans les premières semaines de l'année, Pierre Daru, son cousin, prend avec lui, au ministère de la Guerre, H. B. qui est envoyé en Italie le 7 mai.
En juin, il est à Milan ; en septembre, il est nommé sous-lieutenant de cavalerie à titre provisoire.

1801. *Fin décembre :* il part passer à Grenoble un congé de convalescence.

1802. Séjour à Paris. Il s'essaie au théâtre.

1803. *Juin :* retour à Grenoble, pour neuf mois.

1804. *Avril :* H. B. revient à Paris.
31 décembre : il rencontre la comédienne Mélanie Guilbert.

1805. *25 juillet :* H. B. rejoint Mélanie à Marseille.

1806. *10 juillet :* H. B. revient à Paris, renoue avec Daru, de qui il obtient une mission en Prusse. En octobre, il est nommé adjoint provisoire aux commissaires des Guerres et envoyé à Brunswick.

1807. H. B. est titularisé comme adjoint aux commissaires des Guerres. Typhus.

1808. *1ᵉʳ décembre* : H. B. arrive à Paris.

1809. H. B. est envoyé à Strasbourg, puis accompagne Daru à Vienne. Malade, il manque la bataille de Wagram. Il se lie de plus en plus avec la comtesse Daru.

1810. A Paris, de nouveau. Il inaugure la période mondaine, brillante, élégante et galante, bref, insouciante et heureuse qu'il ne retrouvera jamais. Il rêve toujours de conquérir la gloire par le théâtre. Il est nommé successivement auditeur au Conseil d'État et inspecteur du mobilier et des bâtiments de la Couronne.

1811. *Fin janvier* : début d'une liaison de quatre années avec Angéline Bereyter, cantatrice au Théâtre Italien.
7 septembre : arrivée à Milan, où Angela Pietragrua devient sa maîtresse. Voyage à Bologne, Florence, Rome, Naples.
27 novembre : retour à Paris.

1812. H. B. travaille à l'*Histoire de la peinture en Italie*.
23 juillet-14 septembre : Paris-Moscou.
16 octobre : départ de Moscou pour la retraite de Russie, où il se comporte avec efficacité et courage.

1813. *31 janvier* : retour à Paris.
6 juin : H. B. est nommé intendant de la province de Sagan (Silésie). En juillet, nouveau typhus, convalescence à Dresde, puis à Paris. Mise en congé.
Automne : Milan, où il retravaille à l'*Histoire de la peinture en Italie*, Venise, Grenoble, Paris.

1814. *Janvier-mars* : mission à Grenoble et à Chambéry. De retour à Paris, il entreprend les *Vies de Haydn, de Mozart et de Métastase*.
10 août : arrivée à Milan où il habitera sept ans.

1815. *Janvier* : publication des *Lettres écrites de Vienne en Autriche sur le célèbre Haydn, suivies d'une Vie de Mozart*, etc.
22 décembre : rupture avec Angela Pietragrua.

1816. *5 avril-19 juin* : Grenoble, où aura lieu la conspiration Didier et où il vend une maison pour payer les 37 000 francs de dettes qu'il a faites pendant l'Empire.

1817. *Août* : publication de l'*Histoire de la peinture en Italie* et voyage à Londres.
Septembre : publication de *Rome, Naples et Florence en 1817*.

1818. Amour pour Matilde Dembowski.
9 avril-5 mai : Grenoble.

1819. *10 août-14 octobre* : Grenoble, où son père est mort, et Paris.
29 décembre : idée de *De l'Amour*, inspiré par Matilde

1820. Travaille à *De l'Amour*. Mise sous surveillance policière autrichienne.

1821. *13 juin :* départ de Milan.
21 juin : retour à Paris.
Automne : voyage en Angleterre.

1822. *Août :* publication de *De l'Amour*.

1823. *Mars :* publication de *Racine et Shakespeare*.
Novembre : publication de la *Vie de Rossini*.

1824. *Janvier :* Rome.
Mai : début de sa liaison avec Clémentine Curial.
Fin août : début d'une collaboration de trois ans au *Journal de Paris*.

1825. *Mars :* publication de *Racine et Shakespeare II*.
Décembre : publication de *D'un nouveau complot contre les industriels*.

1826. *Fin mai :* rupture avec Clémentine Curial.
Fin juin-mi-septembre : voyage en Angleterre. Au retour, ébauche d'*Armance*.

1827. *20 juillet :* départ pour l'Italie, Naples, Rome, Florence, Venise, etc.
Août : publication d'*Armance*.

1828. *1er janvier :* H. B., intercepté par la police autrichienne avant d'entrer à Milan, est refoulé vers la France.
29 janvier : retour à Paris, où il va chercher un emploi.

1829. *Été :* liaison avec Albethe de Rubempré, cousine de Delacroix.
Septembre : publication des *Promenades dans Rome*, puis voyage dans le Midi jusqu'à Barcelone. Ébauche, à Marseille, de *Julien*.
Décembre : publication de *Vanina Vanini*.

1830. *Janvier :* H. B. reprend *Julien*.
Mars : Giulia Rinieri, qu'il connaît depuis 1827, se donne à lui.
Mai : Le Rouge et le Noir commence à être imprimé. *Le Coffre et le Revenant* paraît.
Juin : Le Philtre paraît.
Le 6 novembre, jour de son départ pour Trieste où il vient d'être nommé consul, H. B. demande la main de Giulia à son tuteur, qui élude la requête.
13 novembre : Le Rouge et le Noir paraît.
Le gouvernement autrichien ayant refusé son agrément, H. B. est nommé consul à Civitavecchia.

1831. *17 avril :* arrivée à Civitavecchia. Grave maladie des reins et paludisme.

1832. Il voyage à travers l'Italie et écrit les *Souvenirs d'égotisme*, puis commence la *Vie de Henry Brulard*.

1833. Découverte et copie des manuscrits qui lui fourniront le thème des *Chroniques italiennes*.
Juin : mariage de Giulia.
11 septembre-4 décembre : congé à Paris ; séjour chez Clémentine Curial à Monchy-Humières près de Compiègne, pendant trois semaines. *22 novembre :* H. B. est reçu en audience par Louis-Philippe.
15 décembre : H. B. rencontre à Lyon George Sand et Alfred de Musset, en route pour l'Italie. Ils descendent ensemble le Rhône.

1834. *Mai :* H. B. entreprend *Lucien Leuwen*. Goutte.

1835. *15 janvier :* H. B. reçoit la croix de la Légion d'honneur.
Novembre : abandon de *Lucien Leuwen*, reprise de la *Vie de Henry Brulard*.

1836. *24 mai :* arrivée à Paris pour un congé de trois mois qui durera trois ans.

1837. *Mars :* publication de *Vittoria Accoramboni*.
Juillet : publication des *Cenci*.
Ébauches et voyages.

1838. *Juin :* publication des *Mémoires d'un touriste*.
Il revoit Giulia.
Il publie *La Duchesse de Palliano*.
4 novembre-26 décembre : Stendhal rédige *La Chartreuse de Parme*.

1839. *Février-mars :* publication de *L'Abbesse de Castro*.
6 avril : publication de *La Chartreuse de Parme*.
13 avril : Stendhal commence *Lamiel*[1].
24 juin-10 août : Paris-Civitavecchia.
1er octobre : reprise de *Lamiel*.
10 octobre-10 novembre : visite de Mérimée et voyage à Rome et Naples avec lui.
19 novembre-3 décembre : reprise de *Lamiel*.

1840. *1er janvier :* pris d'un malaise, H. B. tombe dans sa cheminée.
3-15 janvier : dictée de *Lamiel*, suivie de nouveaux malaises. Correction de la dictée.
16 février-23 mars : passion platonique pour « Earline », vraisemblablement la comtesse Cini.
15 novembre : début des grandes migraines.

1. Pour une chronologie plus complète à partir de 1839, voir ci-dessus le « Journal de *Lamiel* ».

1841. *11 février :* attaque.
   27 ou 28 février : attaque avec légère perte de connaissance.
   5-19 mars : reprise de *Lamiel.*
   25 mars : attaque sévère, avec sérieuse perte de connaissance et séquelles.
   Début de juillet-10 août : après quatre mois de pensées de la mort, une oasis : Mme Bouchot.
   21 octobre-8 novembre : Civitavecchia-Genève-Paris.

1842. *22 mars :* nouvelle attaque d'apoplexie, dans la rue Neuve-des-Capucines, à sept heures du soir. Il ne reprend pas connaissance.
   23 mars : mort de Stendhal, à deux heures du matin.

NOTICE

PRINCIPALES ÉDITIONS

Lamiel. Roman inédit publié par Casimir Stryienski (Librairie moderne, 1889).

Lamiel. Texte établi, annoté et préparé par Henri Martineau (Le Divan, 1928); réédité plusieurs fois, notamment à la Bibliothèque de la Pléiade.

Lamiel. Texte établi, annoté et préfacé par Victor Del Litto (Cercle du Bibliophile, Genève, 1971).

MANUSCRITS ET TEXTE

L'ensemble des manuscrits de *Lamiel* est conservé à la Bibliothèque municipale de Grenoble dans quatre recueils : R 297, I et II, et R 298, I et II. Les textes proprement dits, dont je donnerai une description plus détaillée des manuscrits au fur et à mesure, sont ainsi répartis :

R 298, II, f°s 4-70 : manuscrit du début, écrit en octobre 1839.

R 297, I, f°s 42-323 et R 297, II, f°s 2-114 : refonte du texte précédent, avec augmentations, dicté à un copiste en janvier 1840, puis recorrigé ensuite, et qui forme nos chapitres I à X.

R 297, II, f°s 117-203 : manuscrit de la suite, écrit en novembre-décembre 1839, dont le texte s'enchaîne avec celui de la dictée (à partir de notre chapitre XI).

Le texte du roman, tel qu'il est publié dans la présente édition, est donc celui de R 297, I, f°s 42-323 ; R 297, II, f°s 2-114 et 117-203.

Reste : R 297, I, f°s 1-42, 324-359

      R 297, II, f°s 1, 115-116

      R 298, I, f°s 1-63

      R 298, II, f°s 1-3, 71-92.

Ces folios sont soit des folios blancs — une vingtaine en R 297, I —, soit des pages de titres, de notations, de plans, soit des fragments de rédaction conservés par Stendhal après avoir été remplacés dans le texte par d'autres, soit des ébauches non retenues ou non mises en place. Le tout a été relié plusieurs fois, bien après la mort de Stendhal, dans la plus totale confusion. J'ai tenté de les placer dans l'ordre chronologique dans le « Journal de *Lamiel* » qui précède (p. 226 à 310).

Pour ce qui concerne le texte même du roman, voici les étapes, par à-coups, de sa rédaction :

— 1er-9 ou 10 octobre 1839 : rédaction du début.

— 19 novembre-3 décembre 1839 : rédaction de la suite, inachevée.

— 3-15 janvier 1840 : dictée de la partie écrite en octobre 1839, remaniée et augmentée, notamment d'un chapitre préliminaire devenu le chapitre I.

— 5, 6 et 10 février 1840 : remaniement du chapitre I, puis, le 15, révision du texte jusqu'à notre p. 89.

— 8 mars 1841 : refonte du chapitre I mise en place, alors, dans le R 297, I, f°s 42-52.

Notre texte date donc du 8 mars 1841 pour le chapitre I, de janvier-février 1840 pour les chapitres II à X, de novembre-décembre 1839 pour les chapitres XI à XVI.

Publier la dernière leçon est le choix classique en fait d'édition de textes. C'est, pour *Lamiel*, le choix qu'ont fait successivement Casimir Stryienski et Henri Martineau. Seul Victor Del Litto s'en est écarté dans son édition de 1971, édition purement critique, présentant notes et textes dans l'ordre qu'il présume chronologique — ce n'est pas toujours le mien —, procurant ainsi une édition de travail.

Même dans le choix classique, l'établissement du texte comporte de nombreuses difficultés. Structures, lectures : rien n'a été fixé par Stendhal, dont, au surplus, la terrible écriture complique encore la tâche. Ces faits rendent compte des différences entre les éditions, dont aucune, la nôtre comme les autres, ne peut être parfaite.

Pour la structure, dans sa dictée, Stendhal indique les quatre premiers chapitres et le début du chapitre V (donc pas les « six chapitres » décrits par Martineau et Del Litto). Pour la partie du manuscrit qui forme nos chapitres XI à XVI, Stendhal n'a indiqué qu'un seul « chapitre » et sans numéro (notre chapitre XIII). Le découpage de Stryienski, en vingt-cinq chapitres, morcelait même ceux indiqués par Stendhal. Le découpage de Martineau, respectant celui de Stendhal au début, aboutissait à treize chapitres en tout, mais, dès le chapitre V, son découpage produisait des divisions allant jusqu'à vingt-deux pages de notre édition, alors que celui de Stendhal oscillait entre neuf et seize de nos pages pour les quatre chapitres qu'il avait fixés. De plus, les coupures de Martineau ne correspondaient pas toujours au rythme de l'œuvre. Ainsi, par exemple, la fin du chapitre I du manuscrit de Stendhal se retrouvait au milieu du chapitre VII de Martineau ; dans la présente édition, cette fin est la fin de notre chapitre VIII (p. 122). Notre découpage a visé à se tenir au plus près, en longueur, de celui de Stendhal.

Quant à l'établissement du texte proprement dit, les embûches sont en nombre et en diversité tels qu'il serait insupportable de les évoquer toutes.

L'essentiel à dire est qu'il n'est pas possible de ne pas intervenir, de prendre quelques libertés, sauf à procurer un texte illisible et incohérent.

Stendhal ne faisait pas de plan — cela « me glace », disait-il. Mais, plus grave, il change au fil de la rédaction bien des données, des lieux, des dates, voire l'identité, le nom, le caractère de ses personnages. Ainsi, Mme de Miossens : marquise puis duchesse, puis les deux ; nommée Myossens en 1839 et après la dictée ; âgée de 45 à plus de 50 ans jusqu'en mars 1841 où, dans le début du chapitre I, elle a tout à coup « trente ans ». Son fils se prénomme successivement Flavien, Hector, César et enfin Fédor. J'ai donc, comme Henri Martineau, uniformisé en Fédor et en Miossens. De même, pour Mme Anselme : d'abord Mlle Duval puis Mme Anselme, elle se retrouve, même dans la dictée, tantôt Mlle, tantôt Mme...

Le cas le plus aberrant est celui de l'amant parisien de Lamiel : de comte d'Aubigné, prénommé Roger puis Flavien, et petit-cousin de Mme de Maintenon, il devient d'une page à l'autre comte Ephraïm Boucand de Nerwinde, petit-fils puis fils d'un chapelier de Périgueux.

Il y a ainsi bien des flottements. Ceux des lieux — Stendhal a changé partout le Falaise d'origine en Bayeux puis en Avranches, sauf aux pages 141 et 163 ; ceux des dates, ceux des événements : Lamiel et Fédor ont deux premières rencontres : « Manque de concordance pour lequel je ne puis faire plus que de le signaler », écrivait déjà Henri Martineau à ce sujet.

Une autre difficulté est dans le choix des mots et des passages à publier. Des mots, parce que couramment Stendhal aligne ou superpose des termes, sans rien rayer, se laissant à choisir plus tard. Ainsi, dans notre note 43 : « la vue perspective », p. 61 : « ce gros bonhomme butor », p. 95 : « et de plus, ce qui valait bien mieux » ; faut-il « la vue » ou « la perspective » ? faut-il « ce gros bonhomme » ou « ce gros butor » ? faut-il « et de plus » ou « et, ce qui valait bien mieux » ? De même, pour les mots entre parenthèses : Stendhal les met ainsi, souvent, pour lui-même et non pour être insérés dans le texte. Ainsi p. 87 : « (langage de commis marchand) », mis dans le texte par tous les éditeurs me semble *une note*, au même titre que « (peu élégant tour) » de la p. 35, donné en note par tous les éditeurs, alors que cette parenthèse se trouve, tout comme la précédente, au fil même du texte. Parfois, comment décider ? Ainsi « (le tailleur à la mode) » p. 93. Est-ce une indication de Sansfin à Lamiel ? Est-ce une indication de Stendhal à lui-même pour changer le nom de Staub s'il n'est plus « à la mode » quand le moment de publier le roman serait venu ? Il y a un précédent : en 1834, dans le manuscrit de *Lucien Leuwen*, Stendhal avait déjà mis au fil du manuscrit, au lieu du nom définitif d'une couturière, cette indication : « (la Victorine de 1835) ».

Autre difficulté : les mots manquants. Tournant une page ou dans le feu de sa rédaction, Stendhal oublie parfois des mots. Il s'agit le plus souvent de broutilles et, sauf quelques cas où l'oubli est représenté par des points de suspension, pour les mots les plus simples, dans le texte, je les ai mis sans le signaler par des crochets : un roman est un roman, un texte critique autre chose. Dans l'ordre des oublis, il arrive qu'après avoir nommé un personnage secondaire, Stendhal ne se souvient plus, quelques lignes après, de ce nom. Ainsi Saxilée, nommé une fois, oublié deux fois (p. 134) ; j'ai cru pouvoir rétablir son nom ; ainsi même le nom de Carville, jamais donné dans le manuscrit de novembre-décembre.

Enfin, s'agissant des mots, il y a, non seulement l'écriture de Stendhal, mais même sa prononciation. On peut se demander si les troubles marqués du langage qui l'affecteront en 1841 n'avaient pas commencé avant. La dictée, en tout cas, contient beaucoup de coquilles et prouve que le copiste ne comprenait pas toujours. H. Martineau avait cité quelques exemples : « Ces dames sans dormir de bonne heure », pour : « Ces dames s'endormirent de bonne heure » ; « revenant de la compagnie au bâtiment », pour « revenant de l'accompagner au bâtiment ». V. Del Litto en a relevé d'autres : une « tour », pour une « Cour » ; « au prix de l'étude », pour « auprès de l'étude » ; etc. J'ai noté que le copiste avait entendu et écrit « Lablain », pour « Lemblin (que Stendhal a toujours écrit Lamblin).

Outre la prononciation, l'écriture de Stendhal met à l'épreuve les éditeurs les plus scrupuleux. On verra, dans le « Journal de *Lamiel* », que des mystères subsistent. On peut s'en faire une idée en consultant les notes de V. Del Litto dont plus des trois quarts sont consacrées à indiquer un « texte redressé » par rapport à la version de H. Martineau. H. Martineau lui-même avait critiqué C. Stryienski dont le texte est, cependant, proche du sien. Bien des fautes, mises par V. Del Litto au compte de H. Martineau étaient, en fait, imputables à C. Stryienski. Aucun éditeur de *Lamiel* ne peut être infaillible.

Comment le pourrait-il ? C. Stryienski n'a-t-il pas lu : « Lamiel frémit aussi », là où H. Martineau a lu : « Lamiel sourit amusée », et là où V. Del Litto a lu « Lamiel lui rit au nez » ? En l'occurrence, je lis comme V. Del Litto (p. 163). Mais là où C. Stryienski et H. Martineau ont lu : « manoirs du voisinage », et V. Del Litto : « châteaux du voisinage », je lis : « manans du voisinage » (Stendhal écrivait toujours, selon la graphie de son époque : enfans, manans, etc.) et j'ai mis « manants » p. 98. Deux exemples entre mille. On mesurera la difficulté par un autre et dernier exemple. Parmi les folios de notes, l'un — le f° 72 de R 298, II — n'a été publié ni par C. Stryienski ni par H. Martineau. Sage retenue : cette page est à peu près illisible. V. Del Litto le reproduit (p. 104 de l'éd. cit.) mais incomplètement (sans la date : « 23 N [ovembre] » ; sans le titre : « Plan » ; sans les noms inscrits en haut : « Surjaire », à gauche, « Flavien d'Aubigné », à droite). Et, pour le seul début de ce texte, là où V. Del Litto lit : « Elle le voit porter par le concierge et les domestiques », je lis : « Elle voit rapporter Roger ivre mort cela l'intéresse »...

Reste le choix des textes. H. Martineau critique la « manie d'échenillage » de C. Stryienski. On pourrait peut-être reprocher à H. Martineau sa manie de rembourrage. Sans doute ne voulait-il pas perdre le moindre morceau de texte de Stendhal et il en récupérait le plus possible dans les folios épars. Passe encore pour certains fragments dont Stendhal n'a pas exactement fixé la destination, qu'il a écartés du corpus mais, peut-on supposer, provisoirement. Seulement, quand il s'agit de passages que Stendhal a nettement condamnés, il me semble fâcheux de les réintroduire dans le récit. Ainsi H. Martineau a inséré au chapitre I, (p 38, après le quatrième paragraphe) tout un portrait de Mᵐᵉ de Miossens (« J'avouerai que ce qui aidait à mon illusion [...] égards *payés* à une duchesse. » R 297, I, f° 358). Réinsertion malencontreuse puisque ce fragment de février 1840 (voir le « Journal de *Lamiel* », pp. 263-264) précisait que la marquise a « quarante-cinq ans » et se trouve ainsi à la suite du texte de mars 1841 où, d'entrée de jeu, Stendhal lui donne « trente ans » (p. 35). De même pour Sansfin : C. Stryienski et H. Martineau ont cru bon de récupérer une description du personnage (« Mais le docteur se piquait [...] bossu homme à bonnes fortunes ! », R 297, I, fᵒˢ 63 bis, 63, 64 ; voir le « Journal de *Lamiel* », pp. 266-267), qu'ils ont insérée entre le troisième et le quatrième paragraphe de notre page 36. Or, Stendhal a deux fois nettement condamné la description de Sansfin, le 10 février 1840. Même en mars 1841, où le personnage prend les proportions du premier grand rôle, Stendhal marque que cette description restera « dans les substructions de l'édifice ».

Dans ses ébauches, Stendhal ne bride ni son imagination, ni son style, ni ses travers : donner trop de détails, se disperser, se répéter. En fait, il procède pour les détails comme pour les mots : il les accumule lors de la rédaction très rapide et spontanée du premier jet, pour choisir ensuite, selon « l'effet sur lui » des lectures suivantes, quand sa mauvaise mémoire lui aura permis d'oublier son propre écrit. C'est en le dictant que Stendhal a mis au point le texte de *La Chartreuse de Parme*. Ces exemples prouvent qu'il maîtrise parfaitement sa manière de créer, le moment venu.

Pour *Lamiel*, le moment ne vint jamais. C'est une ébauche, parfois un brouillon. Ainsi est cette œuvre et l'éditeur comme le lecteur doivent la prendre pour ce qu'elle est.

NOTES

Page 33.

1. Dans les *Mémoires d'un touriste,* Stendhal écrivait, pour l'arrivée à Granville : « Je ne saurais assez louer la suite de collines char-mantes couvertes d'arbres élancés et bien verts par lesquels la Normandie s'annonce [...] On voit de temps à autre la mer et le mont Saint-Michel. Je ne connais rien de comparable en France. Aux yeux des personnes de quarante ans, fatiguées des émotions trop fortes, ce pays-ci doit être plus beau que l'Italie et la Suisse. »

Page 34.

2. Écrit Myossens pratiquement partout ailleurs que dans la dictée, ce nom réel d'une branche de la maison d'Albret fut illustré par César-Phœbus, baron de Miossens, maréchal d'Albret, gouverneur de Guyenne en 1670. Si Saint-Simon parle de tout cela, ce n'est peut-être pas des *Mémoires* que Stendhal prit ce nom, mais d'un souvenir oral, puisqu'il l'écrit Miossince dans *Le Rose et le Vert,* en 1837, puis Miossens dans *Le Chevalier de Saint-Ismier* et dans *Lamiel,* en 1839, donc après l'avoir vu écrit, vraisemblablement quand il passa par la ville de Pau, dans l'arrondissement de laquelle se trouve la commune de Miossens, lors de son *Voyage dans le Midi* de 1838 qui lui apprit qu'on y dit « *moin-ce* » pour moins, et « *Tonin-ce* » pour Tonneins.

3. La modération et l'esprit de conciliation étaient morts avec Louis XVIII, en 1824. Sous Charles X, les ultras donnant le ton, il était mal vu d'être rentré d'émigration avant la chute de l'Empire en 1814.

Page 36.

4. Trait personnel. Dans *Brulard,* Stendhal dit sa précoce « pas-sion » pour la chasse et, dans sa *Notice biographique* sur son cousin, Romain Colomb écrit : « Beyle était adroit à la chasse [...] Un jour, à Brunswick, se trouvant dans une voiture menée au grand trot, il abattit, à quarante pas, un corbeau, d'un coup de pistolet chargé

d'une seule balle. » Dans les marges de *Lamiel*, il tenait le compte de ses coups de fusil réussis sur les « lodoles » (alouettes).

5. Ce que l'on nommait alors la Congrégation avait été la bête noire de Beyle sous la Restauration. L'appellation, erronée comme l'a montré le R. P. de Bertier de Sauvigny dans *Le Comte Ferdinand de Bertier et l'énigme de la Congrégation* (Les Presses continentales, 1948), désignait à la fois jésuites et ultras sur arrière-fond de menées secrètes pour restaurer l'Ancien Régime. A noter que, dans le manuscrit d'octobre 1839, le personnage était seulement évoqué au f° 38, comme relation de Sansfin et sous le nom de « l'abbé Flamand ».

6. *La Quotidienne* : quotidien pieux et royaliste, particulièrement prisé par les ultras qui boudaient dans leurs châteaux le régime constitutionnel.

7. *Nous dessinions sur la cendre du foyer* : comme Astarté, dans *Zadig*, et comme Henry Brulard écrivent des noms aimés dans la poussière.

8. L'Ordre royal et militaire de Saint-Louis, institué par Louis XIV, récompensait des faits de guerre. Pendant les quinze années de la Restauration, il fut distribué « 12 180 croix de Saint-Louis ; un si large usage du droit de nomination diminua la valeur d'une distinction ainsi prodiguée » (Pierre Larousse).

Page 38.

9. *Cette marquise* : plus haut, elle était duchesse. Ces flottements viennent du fait que, dans le manuscrit, Stendhal l'avait d'abord faite marquise et qu'il n'a pas toujours corrigé les passages réutilisés. Casimir Stryienski uniformisa sur duchesse. Henri Martineau le fit moins systématiquement. Il m'a paru possible de laisser ici ces disparates, qui semblent peu gênantes puisque le personnage est dit devenir duchesse sous Charles X, donc après 1824, et que, ici par exemple, nous sommes en 1818. Ce ne sera plus le cas pour la partie de l'intrigue située en 1830 (voir la note 77).

Page 39.

10. Louis XVIII ne fut pas académicien, mais il se piquait fort de belles-lettres. Quant au qualificatif décerné par la duchesse, il se retrouve dans la bouche d'un autre personnage romanesque, la princesse de Blamont-Chauvry, qui, dans *La Duchesse de Langeais*, de Balzac, traite Louis XVIII de « jacobin fleurdelisé ».

Page 41.

11. Mme Radcliffe : romancière anglaise qui écrivit les chefs-d'œuvre du roman noir basé sur de terrifiants effets fantasmagoriques.

Page 42.

12. Dans son *Voyage dans le Midi*, Stendhal soulignait, à propos de la mission étudiée à Toulouse : « pour le public, c'est un remède tout puissant à l'ennui qui dévore la province. » La supercherie des pétards avait été mise en œuvre réellement sous la Restauration : « Un fait analogue s'était passé au cours d'une mission qui fut prêchée à Saint-Nicolas, près Nancy. Voir l'article du *Constitutionnel* du 27 novembre 1825 » (H. Martineau, Bibliothèque de la Pléiade, *Romans*, II, p. 1464, note de la p. 885).

Page 43.

13. Pernin : successivement anonyme, en mai 1839, nommé Siberge le 16 mai, Gorgelin avant la dictée, ce personnage semble la dernière réminiscence et fort affaiblie, de Gros, géomètre et professeur de mathématiques d'Henri Beyle à Grenoble, évoqué dans *Brulard* et, sous le nom de Gauthier, dans *Lucien Leuwen*.

Page 47.

14. Stendhal a laissé en blanc le quatrième emploi. Je signale ici, une fois pour toutes, que les points de suspension marquent un blanc laissé par Stendhal et qu'il n'était pas possible de combler sans abus.

Page 48.

15. *Louis-le-désiré :* nom authentiquement donné à Louis XVIII sous la Restauration.

Page 49.

16. Guillaume : d'abord prénommé Jacques dans le manuscrit, où sa fille se nommait Jeanon (f° 11).

Page 50.

17. Mme Anselme : dans le manuscrit, Mlle Duval, d'où le Mlle laissé parfois que je corrige en signalant cette uniformisation ici une fois pour toutes.

Page 51.

18. Avranches : d'abord, dans la copie, Bayeux. Stendhal n'a pas corrigé partout. Je signale ici que je l'ai fait là où cela m'a semblé nécessaire. Dans les *Mémoires d'un touriste*, il écrivait : « c'est à Avranches ou à Granville que je fixerais mon séjour, si jamais j'étais condamné à vivre en province dans les environs de Paris. »

Page 52.

19. Des Perriers : d'abord nommé Desplantiers.

Page 54.

20. Ce plan, comme celui que l'on trouvera plus loin, a été tracé par Stendhal, très coutumier du fait quand il décrivait un lieu et même une scène avec des personnages, comme en témoignent, par exemple, les nombreux croquis au long de la *Vie de Henry Brulard*.

Page 55.

21. Encore un souvenir de Granville, noté dans les *Mémoires d'un touriste* : « Quand des chevaux viennent boire et prendre un bain dans ce fleuve de dix pieds de large [...] l'eau s'élève et inonde toutes les blanchisseuses qui savonnent sur ses bords. Alors grands éclats de rire et assauts de bons mots entre les servantes qui savonnent et les *grooms* en sabots. »

Page 56.

22. Une femme survint : mots ajoutés, Stendhal ayant laisse un blanc.

Page 62.

23. Dans ses *Mémoires*, le poète italien Alfieri conte qu'il employait ce moyen pour rester à sa table de travail et s'empêcher d'aller retrouver des belles.

Page 64.

24. Dans la *Vie de Henry Brulard*, Stendhal dit comment il obtint de ses « tyrans » familiaux, qui le tenaient en charte strictement privée, d'aller seul chez un professeur de dessin et d'en revenir de même : « Je compris qu'en allant fort vite, car on comptait les minutes [...] je pourrais faire un tour sur la place de la Halle » (Folio, 1973, p. 162).

Page 65.

25. Dans la *Vie de Henry Brulard*, tout un passage est consacré aux tilleuls du ministère de la Guerre où son cousin Daru avait fait entrer Beyle en 1800 : « mon âme était *rafraîchie* par la vue de ces amis. Je les aime encore après trente-six ans de séparation » (éd. cit., p. 387).

Page 67.

26. Bien que les préfets ne l'aient pas toujours fait appliquer, l'interdiction de danser était prescrite sous la Restauration en vertu de la loi du 18 novembre 1814 relative à l'observation des dimanches et fêtes. De là, le pamphlet publié en 1822 par Paul-Louis Courier, *Pétition pour des villageois que l'on empêche de danser*, où l'on retrouve le détail même mentionné ici par Stendhal : « Nous dansons au son du violon. »

Page 68.

27. Monthyon : comme la plupart de ses contemporains, comme Balzac, Stendhal écrit mal le nom du philanthrope Jean-Baptiste Auguet, baron de Montyon (1733-1820), fondateur de plusieurs prix : six, entre 1780 et 1787, supprimés par la Révolution, dont Montyon rétablit deux à la Restauration, le prix couronnant l'ouvrage littéraire le plus utile à la société et, plus connu, le prix de vertu.

28. Note du *Journal* de Beyle, le 9 janvier 1806 : « Ce soir, chez Mme Cossonier, contes de voleurs et d'assassinats qui distraisent M[élanie], inaccessible (je le crois, dans ce moment-là) à tout autre touchant qu'à celui de pareilles histoires. »

Page 69.

29. Veuve Renoart... et ses sept enfants : dans le manuscrit, la veuve Renavant et trois enfants.

Page 71.

30. M. de la Ronze : Stendhal écrivit d'abord un nom, fort rayé et commençant par Del, vraisemblablement Delachanterie, oculiste réel.

31. Amorphose : ce mot n'existe pas, mais Stendhal a évidemment le souvenir d'amorphie — désordre dans la conformation, selon Littré — qu'il a pu entendre quand lui-même eut besoin des « Lunettes d'yeux devenus plats », notées dans une marge du manuscrit de *Leuwen*, le 1er septembre 1835.

32. Coloquinte : purgatif violent et même dangereux qui s'administrait, en préparations, contre « les hydropisies passives, l'apoplexie séreuse, la manie » (P. Larousse).

Page 75.

33. Sortez : dit par Roxane, à la fin de la scène 4 de l'acte V.

Page 76.

34. Dans son *Journal*, le 25 juillet 1815, Stendhal avait dessiné un emblématique éteignoir pour les « Armes de France » sous la royauté.

Page 78.

35. La *Vie de Marianne*, de Marivaux.

Page 80.

36. Comédienne, Mme de Genlis le fut seulement dans la vie privée, mais considérablement. Ex-« gouverneur » des enfants de Philippe-Égalité, elle devint un auteur prolixe et moralisant beaucoup plus par

la plume que dans sa conduite. *Les Veillées du château* avaient paru en 1784 et son *Dictionnaire des étiquettes de la cour*, en 1818.

Page 81.

37. C'est de Dash, le king-charles de la princesse Mecherska, que vint le pseudonyme de la comtesse Dash, nom de plume de la vicomtesse de Poilloüe de Saint-Mars, amie de la comtesse Curial et bien connue de Beyle, dont elle parle avec plus ou moins d'aménité dans ses *Mémoires des autres*. Ce baptême littéraire avait eu lieu en 1835. Faut-il voir ici un coup de patte à ladite dame, ou simplement la preuve de la vogue de ce nom pour un chien ?

Page 82.

38. Plus haut, déjà, Hautemare évoquait la poitrine délicate de Lamiel. Dès ses relations avec Beyle, Mélanie parlait de sa « faible poitrine » (*Correspondance*, Bibliothèque de la Pléiade, I, 1211). En 1810, à Saint-Pétersbourg, un médecin lui délivrera un certificat attestant que, sujette « à des crachements de sang et à des douleurs de poitrine », elle doit suspendre ses représentations au Théâtre impérial (André Doyon et Yves du Parc, *De Mélanie à Lamiel*, 154).

Page 83.

39. Prince Eugène : c'est en janvier 1806, au moment où il faisait roi l'électeur de Bavière et où il nommait Eugène de Beauharnais son fils adoptif, que Napoléon maria le second avec la fille du premier. En 1814, le roi de Bavière donna à son gendre le duché de Leuchtenberg (et non de Lichtenberg, lu jusqu'ici par les éditeurs de *Lamiel*). Augusta eut deux fils et cinq filles, ce qui la rend un « modèle » d'autant plus remarquable, en l'occurrence, mais un modèle prouvé. Lors d'un bal, en janvier 1834, Rodolphe Apponyi note : « La duchesse de Leuchtenberg [...] a la taille d'une personne de dix-huit ans ; je ne dirai pas la même chose de sa figure » (*Journal*, II, 106).

Page 85.

40. *Gazette des Tribunaux :* ce « journal quotidien de jurisprudence et de débats judiciaires » avait commencé à paraître le 1er novembre 1825.

Page 88.

41. Aristide-Isidore-Jean-Marie, comte de La Rue (1795-1872), lieutenant-colonel en 1836, colonel en 1839, fut souvent chargé de missions diplomatiques sous la monarchie de Juillet.

Page 89.

42. Héroïque : « Terme de médecine. Très-puissant, très efficace » (Littré).

43. Plus loin, Sansfin évoquera trois fois son projet d'aller en Amérique. Ici, Stendhal avait d'abord écrit : « Arrivé à la vue perspective de la vie qu'il mènerait à New-York, Sansfin ne se trouva point content. » (Voir p. 324 de la notice, l'explication de « vue perspective ».) Dès après la publication de *De la démocratie en Amérique* de Tocqueville, à la fin de janvier 1835, Stendhal faisait conclure par Leuwen, après un même projet : « Je ne puis préférer l'Amérique à la France ; l'argent n'est pas tout pour moi. »

Page 90.

44. Surgeaire : d'abord écrit Surjaire dans une note du 23 novembre 1839, ce nom était-il une réminiscence d'Hélène de Surgères, l'inspiratrice de Ronsard ?

Page 91.

45. Contrairement aux dires de Henri Martineau et de Victor Del Litto, Stendhal n'a indiqué de découpages que pour les *quatre* premiers chapitres et *le début du cinquième*. Le chapitre VI de leurs éditions n'est pas dans le manuscrit. Ici, leur césure forme le début de notre chapitre VII. La présente coupure est déduite du manuscrit où le texte qui suit commence en haut du f° 219 de R 297, I, de façon apparemment tranchée d'avec ce qui précède. A partir d'ici, et à l'exception du chapitre XIII, le découpage des chapitres est le nôtre.

Page 93.

46. Staub : tailleur suisse, établi depuis 1815 à Paris, rue Saint-Marc, 25, et rue Richelieu, 92, plusieurs fois nommé par Balzac dans la partie d'*Illusions perdues* publiée en 1839, année où Staub se retira.

Page 97.

47. Il est assez vraisemblable que l'idée de cette tour carrée « du moyen âge », soit venue du pays de la famille d'Albret et, très précisément, de la tour carrée fort remarquable qui domine le château de Pau, que Stendhal avait vu et admiré en avril 1838. Dite tour de Gaston Phœbus, cette tour fut édifiée au XIVe siècle sous ce grand prédécesseur du César-Phœbus auquel la tour romanesque doit son nom de *tour d'Albret*.

Page 102.

48. Cent cinquante francs : cinq cents francs, dans la première rédaction.

Page 107.

49. Cette phrase est un clin d'œil. Eugène Guinot (1805-1861) n'a pas écrit de Vie de Talleyrand, ni grand-chose d'autre. Alors journa-

liste au *Siècle*, cet homme d'esprit était fort paresseux. C'est pendant son séjour à Paris, à partir de 1836, que Stendhal s'était lié avec Guinot.

Page 108.

50. Mme de Miossens avait donc suivi Louis XVIII en exil. C'est au printemps de 1809 que le futur roi loua le château d'Hartwell, situé à seize lieues de Londres. Il y demeura jusqu'à son retour de 1814.

51. Edmund Burke (1729-1797), publiciste, orateur et homme d'État anglais d'origine irlandaise, publia en 1790 ses *Reflections on the Revolution in France*, pamphlet si plein de faussetés et de haine qu'il suscita des controverses même en Grande-Bretagne.

Page 109.

52. Voici la description de Mélanie que donnait le *Courrier de l'Europe et des spectacles* du 18 juin 1807 : « Sa taille est belle et élevée, les proportions sont régulières ; sa physionomie a de l'expression et, sous le rapport des qualités extérieures, avec un peu plus d'embonpoint, elle laisserait peu de choses à désirer. »

53. Il s'agit des quatre Ordonnances royales du 25 juillet 1830, destinées à contrer le mécontentement grandissant, concrétisé par les élections qui, quelques jours plus tôt, avaient donné 274 sièges à l'opposition, pour 143 au gouvernement ultra de Polignac. Elles stipulaient : suspension de la liberté de la presse ; dissolution de la Chambre ; changement de la loi électorale et réduction du nombre des députés ; convocation des collèges pour septembre. De là vint la révolution des 27, 28 et 29 juillet. Dans la « préparation » de ce coup de force ultra, un homme joua un rôle important : Rubichon, « modèle » de Du Poirier dans *Leuwen*.

Page 119.

54. M. de Bermude : d'abord, M. Boneau.

55. Avec les mots : « comme le croit le », finit le texte dans le recueil R 297, I, au f° 323. La suite : « nigaud, en riches », est en R 297, II, au f° 2.

Page 122.

56. Fin du chapitre I du manuscrit.

57. Le camp de Saint-Omer, destiné aux grandes manœuvres annuelles de l'Infanterie, fut organisé en 1826 par le général Curial, commandant supérieur du camp. Mauvais souvenir pour Beyle : c'est à Saint-Omer, cette année-là, que Menti, femme du général, lui

signifia la fin de leur liaison. En 1827, le roi alla visiter le premier camp, composé de 14 000 hommes d'infanterie et de 3 000 hommes de cavalerie, du 10 au 15 septembre. Le trône commençait alors à craquer. La visite du roi à Saint-Omer fut l'occasion d'une campagne alarmiste que Beyle ne manqua pas de propager. Il écrivait à son ami Sutton Sharpe, en franco-anglais, le 11 juillet : « Un des contes est que le Roi va aller à Saint-Omer, où il trouvera 22 ou 25 mille hommes ce qui est parfaitement vrai jusqu'ici, mais ici commence le Roman et avec eux marcheront sur Paris 80 évêques Pairs et ils proposeront aux deux Chambres de s'ajourner jusqu'en 1837, la nation étant *enflammée*, etc. »

Page 123.

58. Leuwen, renvoyé de l'École polytechnique pour républicanisme sous la monarchie de Juillet, reflétait une réalité constante de l'état d'esprit des élèves de l'École depuis sa fondation.

59. Il y avait déjà un Saint-Jean valet dans *Armance*, dans *Le Rouge et le Noir*, dans *Lucien Leuwen* et, dès 1826, dans l'ébauche de la comédie *La Gloire et la bosse*.

Page 126.

60. Faute alors courante sur le nom de La Rochefoucauld.

Page 130.

61. Lu par erreur jusqu'ici : le « 18 » juillet, jour où, comme nous l'avons vu plus haut (n. 53), les Ordonnances n'étaient pas encore votées. Fédor a quitté Paris quand les troubles avaient déjà commencé : le 27.

Page 132.

62. Comme Balzac, Stendhal écrivait, à tort : « Lamblain », et le prononça de telle manière que la dictée porte : « Lablain ». Ce café avait été fondé par Lemblin en 1805, aux n°s 99-102 des arcades de la galerie de pierre, au Palais-Royal. Le jour même où les troupes étrangères entrèrent dans Paris, en 1815, l'établissement fut le théâtre d'un mémorable affrontement entre des Prussiens et des officiers revenus de Waterloo qui se trouvaient là. De ce jour, le café Lemblin devint le quartier général de l'opposition bonapartiste puis républicaine. Et il « a eu pour clients jusqu'à sa fermeture les élèves de l'École polytechnique les jours de sortie » (B. Saint-Marc et le marquis de Bourbonne, *Les Chroniques du Palais-Royal*, Librairie ancienne et moderne, Théophile Belin, s.d., p. 232).

Page 133.

63. *Casino* : ce nom, déjà utilisé dans *Le Rouge et le Noir*, était, en fait, celui du cercle des nobles de Grenoble sous la Restauration.

64. Réminiscence de Retz : « la Reine se mit en colère, en proférant, de son fausset aigre et élevé, ces propres mots : " Il y a de la révolte à s'imaginer que l'on se puisse révolter " » (*Mémoires*, Bibliothèque de la Pléiade, 1983, p. 217.)

Page 134.

65. Saxilée : ici et plus loin dans le paragraphe, Stendhal laissa en blanc le nom qu'il avait écrit un peu plus haut.

Page 136.

66. Stendhal écrivit : « Mais il était de l'intérêt du docteur de ne se trouver à Carville au moment [...] » C. Stryienski, repris par V. Del Litto, mit : « de ne [pas] se trouver ». J'opte pour la version de H. Martineau.

Page 141.

67. Ici et plus loin, il ne m'a plus paru nécessaire de remplacer Bayeux par Avranches.

Page 144.

68. C'est vraisemblablement sur cette phrase, conservée à la dictée, que s'acheva la partie du manuscrit écrite en octobre 1839. Le texte qui suit jusqu'à la fin du chapitre, p. 150, fut ajouté lors de la dictée de janvier 1840.

Page 146.

69. Littérature pieuse et fanée. *Éraste ou l'Ami de la jeunesse*, dialogues pédagogiques de l'agronome moraliste Jean-Jacques Filassier, avait été publié en 1773 et réédité plusieurs fois jusqu'en 1818 ; *Sethos, histoire des monuments de l'ancienne Égypte*, roman philosophique de l'abbé Jean Terrasson, publié en 1731, est cité dans la *Vie de Henry Brulard* parmi les ouvrages dont Beyle parlait avec son grand-père (éd. cit., p. 180) ; quant à l'ecclésiastique et historien Louis-Pierre Anquetil (1723-1806), il a laissé nombre d'ouvrages dont un *Précis d'histoire universelle* et, à la fin de sa vie, une *Histoire de France* commandée par Napoléon.

Page 150.

70. Fin du texte de la dictée, où le dernier paragraphe est un ajout. A partir d'ici, le texte est celui du manuscrit de novembre-décembre 1839 qui, répétons-le, ne comportait qu'une division : celle de notre chapitre XIII (voir note 79).

71. Avec les mots : « oncle ; elle passait », s'achève le texte du manuscrit dans le recueil R 298, II, au f° 70. La suite : « donc sa vie dans les champs », se trouve en R 297, II, au f° 117.

Page 153.

72. Dans le projet du 19 octobre 1839 pour cette scène, Stendhal nota comme modèle : « Amour de ce niais de Dar. » Il paraît impossible de lire Daru : Martial Daru était le contraire d'un niais avec les femmes. Il est bien possible que le niais soit Beyle lui-même et Dar serait mis pour Darlincourt, nom qu'il se donna dans son *Autobiographie* de 1831, et qu'il se donna par dérision puisqu'il l'empruntait au personnage ridicule qu'était l'homme de lettres d'Arlincourt.

Page 154.

73. Fédor de Miossens : dans le manuscrit Hector — puis César, à partir de la p. 155 — de Myossens. L'uniformisation des prénoms et du nom sur le Fédor de Miossens de la dictée est signalée ici une fois pour toutes.

Page 156.

74. Il semble qu'ici le personnage soit proche du modèle prévu par Stendhal le 16 mai 1839 : Louis Pépin de Bellisle (1788-1823), son « ami intime » selon *Brulard*, très beau garçon — dans *Les Privilèges* du 10 avril 1840, Beyle se souhaitait « la tournure de Pépin de Bellisle » —, « le meilleur et le plus aimable, à un peu de tristesse et de bon ton près », selon une lettre du 9 octobre 1810 à Pauline, et presque trop « parfait d'éducation », selon le comte Beugnot.

Page 160.

75. Carville : tout au long du manuscrit, Stendhal laissa en blanc le nom du village, vraisemblablement parce qu'il l'avait oublié ; plus loin, il s'indiquera : « (le village de Hautemare) »... Donc, toutes les mentions du nom de Carville ont été ajoutées par moi à partir d'ici et je signale ce fait ici une fois pour toutes.

Page 161.

76. A l'exception de l'initiale D, le nom est illisible.

Page 163.

77. Ici, Stendhal revenait à la marquise initiale, par pure distraction, de même plus loin, parfois. Pour la raison invoquée à la note 9, j'ai cru préférable de rétablir à partir d'ici le titre de duchesse.

Page 171.

78. Sur l'utilisation antérieure du vert de houx, voir *Mina de Vanghel* dans le volume *Le Rose et le Vert, Mina de Vanghel* et autres nouvelles, Folio, 1982, p. 129.

Page 174.

79. Ici, le manuscrit porte : « Chapitre », sans numérotation.

Page 175.

80. Mlle Volnys : pour 1830, date de l'intrigue, ce nom est un anachronisme. C'est seulement après son mariage, le 29 septembre 1832, avec le comédien Charles Joly, dit Volnys, que Jeanne-Louise-Léontine Baron, dite Mlle Fay (1810-1876), prit le nom de Mme (et non « Mlle ») Volnys. Lamiel est sa seconde imitatrice après Mathilde de La Mole, dont Julien Sorel se disait : « Cette respiration pressée qui a été sur le point de me toucher, elle l'aura étudiée chez Léontine Fay, qu'elle aime tant » (*Rouge*, II, xii).

Page 182.

81. Mme Le Grand : d'abord Mme Delille, dans le Plan du 23 novembre 1839, puis Mme Legrand, nom donné, selon H. Martineau, en souvenir de Mme Petit, tenancière de l'hôtel de Bruxelles, rue Richelieu, où Beyle habita en 1821-1822.

Page 185.

82. *Le Moniteur :* le *Journal officiel* du temps.

Page 187.

83. Le comte d'Aubigné : pour gommer le hiatus formé par le changement du personnage en Boucand de Nerwinde au début du chapitre XV, C. Stryienski avait pris l'ingénieux parti de le faire tout au long, à partir d'ici, comte d'Aubigné-Nerwinde.

Page 190.

84. Jean-François Becquerelle, dit Firmin (1784-1859), entré à la Comédie-Française en 1811, la quitta en 1831. Dans *Le Rouge et le Noir* (II, vii), c'est le marquis de La Mole qui imitait le marquis de Moncade, personnage de la comédie de Soulas d'Allainval (1700-1753), *L'École des bourgeois.*

85. Exactement : de la rue de Clichy, où se trouvait la prison des débiteurs insolvables. Mais Stendhal introduit, encore, un anachronisme : la prison de Clichy fut ouverte en janvier 1834.

Page 193.

86. Luzy : nom du Dauphiné. Un fils de la famille de Luzy de Pellisac épousa une des filles de M. de Pina, maire de Grenoble. Dans *Leuwen*, il y avait déjà un M. de Pelletier-Luzy.

87. La comtesse de Damas : authentique figure de l'aristocratie parisienne.

Page 194.

88. Réminiscence de Saint-Simon, selon qui Dangeau était « non pas un seigneur, mais, comme a si plaisamment dit La Bruyère sur ses manières, un homme d'après un seigneur » (*Mémoires*, Bibliothèque de la Pléiade, 1983, II, 670-671).

Page 196.

89. Montanclos : nom peut-être tiré d'une pièce ou emprunté à feu la femme de lettres et auteur dramatique Marie-Émilie Maryon de Montanclos (1736-1812).

90. Cercle des Jockeys : nouvel anachronisme : la réunion constitutive du Jockey-Club eut lieu le 11 novembre 1833.

Page 197.

91. En fait, pour 1830, le *Journal du Commerce*, quotidien fondé en l'an III et devenu *Le Commerce* à partir du 10 mai 1837 : « Le moins menteur des journaux de tous les jours », selon une lettre de Beyle à Mme Gaulthier du 7 octobre 1836. Le 14 août 1840, il écrit à Marie Bonaparte : « Les deux journaux que je reçois, *le Commerce* (de l'opposition) et *le Siècle* (un peu vendu), sont à votre service. »

Page 198.

92. Le comte de Nerwinde : dans le manuscrit, Stendhal continua d'abord à nommer le personnage d'Aubigné, puis corrigea en Nerwinde toutes ses mentions jusqu'à celle de la page 202, où il le nomma Nerwinde d'emblée.

Page 199.

93. Beaumarchais : « La femme la plus aventurée sent en elle une voix qui lui dit : Sois belle, si tu peux, sage si tu veux ; mais sois considérée, il le faut » (*Le Mariage de Figaro*, I, iv).

Page 201.

94. Sassenage : nom historique du Dauphiné.

Page 207.

95. « Les chapeaux de Carton enfoncent le carton » : en écrivant trop vite, Stendhal commet sans doute un lapsus qui rend la plaisanterie quelque peu absconse. Il voulait dire, je pense : « Les chapeaux de Canon [...] ». Canon était un chapelier parisien, établi au 34 de la rue Caumartin, rue où Stendhal habita en 1837 et 1838, au 8 puis au 33.

96. Oscar : plus haut (p. 201), Nerwinde se prénomme Éphraïm. Les éditeurs antérieurs de *Lamiel* ont relevé cet Oscar comme un

nouveau changement dans l'appellation du personnage. Il me semble que Stendhal s'amuse à faire nommer le furieux Nerwinde d'après le héros, sans cesse en fureur, de la tragédie d'Arnault alors bien connue, *Oscar, fils d'Ossian*.

Page 208.

97. Caillot : plus loin (à partir de la page 213), Stendhal écrira « Gaillot », dans le manuscrit, pour éloigner un peu le nom de son origine : Céline Cayot, qui fut comédienne au Théâtre des Variétés de février 1831 à la fin de 1832 et maîtresse de Mérimée de 1832 à 1835. Il l'avait déjà prise comme modèle de Raimonde, dans *Leuwen*.

Page 211.

98. Prévan : ce modèle est un personnage des *Liaisons dangereuses*.

Page 214.

99. La Brocard : les éditeurs antérieurs n'ont pas déchiffré ce nom. Il s'agissait de Laure Brocard, danseuse à l'Opéra, « belle et jolie femme, dont chacun vante la grâce et remarque la gentillesse, le mérite comme mime et comme danseuse » (L. de Géréon, *La Rampe et les coulisses*, 1832, p. 10).

100. Le mot de la marquise de Sévigné (à Mme de Grignan, 29 décembre 1688) avait été repris auparavant par Mme Leuwen, disant à son mari : « Vous parlez déjà beaucoup trop : j'ai mal à votre poitrine » (*Lucien Leuwen*, Folio, II, 381).

Page 215.

101. Mélanie habitait l'entresol de la maison faisant l'angle de la rue Neuve-des-Petits-Champs (aujourd'hui des Petits-Champs), au 45, et de la rue Helvétius (aujourd'hui Sainte-Anne), au 47, construite en 1671 pour Lulli. L'exemple d'insistance se retrouve dans le *Journal*, noté le 5 mars 1805 le lendemain d'un jour où Beyle était retourné, en vain, trois fois chez Mélanie, et où il fut si malheureux qu'il n'eut pas le courage d'en faire le récit et le long examen le jour même.

Page 220.

102. Saint-Quentin : Stendhal, qui avait déjà oublié le lieu indiqué plus haut (p. 183), laissa ici un blanc.

Page 221.

103. Stendhal laissa en blanc les deux premières mentions du personnage. J'ai uniformisé sur le « D » de la troisième.

DOSSIER

DU MÊME AUTEUR

Dans la même collection

LE ROUGE ET LE NOIR. *Préface de Claude Roy. Édition établie par Béatrice Didier.*

LA CHARTREUSE DE PARME. *Préface de Paul Morand. Édition établie par Béatrice Didier.*

CHRONIQUES ITALIENNES. *Édition présentée et établie par Dominique Fernandez.*

LUCIEN LEUWEN, tomes I et II. *Préface de Paul Valéry. Édition établie par Henri Martineau.*

VIE DE HENRY BRULARD. *Édition présentée et établie par Béatrice Didier.*

ARMANCE. *Édition présentée et établie par Armand Hoog.*

DE L'AMOUR. *Édition présentée et établie par V. Del Litto.*

LE ROSE ET LE VERT, MINA DE VANGHEL *et autres nouvelles. Édition présentée et établie par V. Del Litto.*

SOUVENIRS D'ÉGOTISME, *suivi de* PROJETS D'AUTOBIOGRAPHIE *et des* PRIVILÈGES. *Édition présentée et établie par Béatrice Didier.*

LAMIEL. *Édition présentée et établie par Anne-Marie Meininger.*

ROME, NAPLES ET FLORENCE (1826). *Édition présentée et annotée par Pierre Brunel.*

COLLECTION FOLIO

Impression Bussière à Saint-Amand (Cher),
le 25 septembre 1989.
Dépôt légal : septembre 1989.
1er dépôt légal dans la collection : avril 1983.
Numéro d'imprimeur : 9667.
ISBN 2-07-037462-9./Imprimé en France.